CHIRAC
ET LES 40 MENTEURS...

DU MÊME AUTEUR

AUX ÉDITIONS ALBIN MICHEL

Tous coupables
(Dossier O.R.T.F., 1944-1974), 1974

Les Finances du P.C.F., 1977

La France communiste, 1978

Les Secrets de la banque soviétique en France, 1979

La Mafia des syndicats, 1981

850 jours pour abattre René Lucet
(Les secrets d'une exécution politique), 1982

Lettre ouverte d'un « chien »
à François Mitterrand...
au nom de la liberté d'aboyer, 1993

Mitterrand et les 40 voleurs..., 1994

Rendez l'argent !, 1995

Le Gang du cancer, 1996

Main basse sur l'or de la France, 1998

Les Voyous de la République
Carnets secrets 1, 2001

Le Marché aux voleurs, 2003

CHEZ D'AUTRES ÉDITEURS

Les Corrompus
La Table Ronde, 1971

Dossier S... comme Sanguinetti
Éditions Alain Moreau, 1973

Jean Montaldo

CHIRAC ET LES 40 MENTEURS...

Albin Michel

À Jean-François Revel,
notre maître, mon ami,
pour l'accompagner dans son éternité...

À grands voleurs, grandes révérences ;
À petits voleurs, grandes potences.

Maurice Barrès, *Dans le cloaque*,
Émile-Paul Frères, Éditeurs, 1914.

1

Commandant de bord d'une monstrueuse machine... à tromper et corrompre

Les allées du pouvoir en France seraient-elles la propriété du diable ? Voilà douze ans, le 18 juin 1994, je publiais *Mitterrand et les 40 voleurs...*, livre où je relatais les secrets d'un règne marqué par la corruption des hommes et l'avilissement des mœurs de la République. J'eus alors la faiblesse de croire que les révélations de cet ouvrage, ajoutées aux investigations sans complaisance d'une nouvelle génération de juges et au vote d'une batterie de lois assurant enfin le financement légal des partis politiques, dissuaderaient à tout jamais nos gouvernants de céder à la tentation et de continuer à piocher furieusement dans les caisses de l'État. Un an plus tard, le départ de François Mitterrand et l'arrivée à l'Élysée de Jacques Chirac me confortaient dans mes naïves espérances d'une République enfin débarrassée de ses parasites et de ses mauvaises habitudes. En votant Chirac, une majorité de Français – dont j'étais – venait de manifester sa colère, son rejet d'une gauche disqualifiée par trop d'« affaires ». Du dossier Pechiney à l'affaire Urba, en passant par les écoutes téléphoniques des barbouzes de l'Élysée, les gabegies délirantes du Crédit lyonnais ou du Crédit foncier de France, le raid boursier frauduleux sur la Société générale ou les débuts de la tentaculaire affaire Elf Aquitaine, la liste n'en finissait plus des scandales majeurs où l'on avait vu les protégés du président Mitterrand (élu en 1981 et réélu en 1988... au nom de la morale et de la vertu) se disputer milliards de francs et prébendes à qui mieux mieux.

Au même titre que des millions de Français, candide impénitent, j'avais vu en Jacques Chirac et sa majorité de droite les possibles sauveurs d'une France affaiblie si ce n'est déshonorée par tant de vilenies. Au terme de deux septennats de dérives intolérables, nous attendions du nouveau président de la République, entre autres mesures urgentes, qu'il déclare prioritaire la lutte contre la corruption, mal endémique qui mine la démocratie. Avec, pour conséquence première, de sévères sanctions contre les élus défaillants, les obligeant à rendre à l'État ou aux collectivités locales tout ce qu'ils ont perçu malhonnêtement, sanctions assorties d'une inéligibilité à vie, et à payer une amende proportionnelle au montant de leurs vols.

Assainir les comptes de la France, déjà en ruine, était la priorité. Aussi espérions-nous de Jacques Chirac des dispositions claires, courageuses, pour que le fardeau d'une dette publique colossale soit apuré et non alourdi, pour que le budget national revienne à l'équilibre, afin que les contribuables et les générations futures ne soient pas condamnés à payer, toujours davantage, les folles dépenses ou les indélicatesses d'irresponsables gouvernants.

Erreur sur toute la ligne.

Aujourd'hui, s'il me faut reprendre la plume pour l'écriture de ce *Chirac et les 40 menteurs...*, c'est que rien n'a changé et que, pis encore ! tout s'est aggravé, le chef de l'État s'étant perdu de réputation dans la tourbe des « affaires ». Voir son nom régulièrement cité dans les cabinets d'instruction et les prétoires ne le trouble guère.

Moi, si ! Cocu, certes, mais pas content !

Comment accepter qu'au hit-parade 2005 des pays les moins corrompus dressé par l'organisation Transparency International, la France, grande donneuse de leçons devant la terre entière, arrive en 18e position, distancée par l'Islande, la Suède, la Suisse (tant décriée à Paris), l'Autriche, le Royaume-Uni, le très critiqué Luxembourg, le Canada, l'Allemagne, les États-Unis ? Autant de pays où les prévaricateurs ont fort à faire avec la justice – dans la mesure où ils sont découverts –, tandis que leurs homologues français sont laissés tranquilles, ou dorment sur leurs deux oreilles... avec des peines indolores.

Ardent militant de l'annulation de la dette des pays les plus pauvres, Chirac omet de voir que leurs dictateurs, tous corrompus et tous reçus en grande pompe à l'Élysée, continuent d'engloutir les ressources de leurs États et de désespérer leurs populations meurtries. En Afrique, au Moyen-Orient, des trésors insolents s'amassent et s'en vont vers d'opaques paradis fiscaux. Tandis que, par cantines diplomatiques pleines à ras bord de billets, satrapes et potentats sanguinaires de tous poils s'offrent les faveurs de la France, « pays des Lumières ». Cupidité, gaspillages et gestion calamiteuse engendrent guerres, misère et exil.

Ainsi vais-je découvrir qu'une foultitude de chefs d'État africains ont alimenté la caisse noire de Jacques Foccart, l'ex-monsieur Afrique de l'Élysée et Matignon, en remplissant, à Paris et dans sa villa de Luzarches (au nord de la capitale), ses secrètes armoires fortes... Après sa mort, survenue le 19 mars 1997 à 6 heures du matin, deux émissaires de l'Élysée en firent aussitôt leur affaire, en grand équipage. Sur cet exploit méconnu, je conserve quelques témoignages éclairants : lingots d'or, sacs de voyage et valises couleur bordeaux pleins à craquer de billets disparus à tout jamais, par l'escalier de service et en plusieurs voyages. Le tout couronné par une scène de partage digne des *Tontons flingueurs* et des obsèques en grande pompe, le 24 mars 1997, dans la cour d'honneur des Invalides, devant un président Chirac, menton raide, lors des hommages et honneurs militaires rendus au vieil homme de l'ombre.

À l'heure où j'écris ces lignes, un seul homme d'État, le pape Benoît XVI, a le courage de prêcher (dans le désert) contre « la corruption qui ravage le monde actuel[1] ». Juste diagnostic, curieusement absent des programmes et discours politiques de la France, « fille aînée de l'Église ». Sauf en période électorale, quand il faut grappiller des voix, à la manière de César dévoyant les aspirations du peuple de Rome en lui offrant « du pain et des jeux ».

Au fur et à mesure du temps qui passe, les témoignages reçus, les procédures qui encombrent les cabinets des juges d'instruction et les tribunaux, les dossiers empilés dans les rayonnages de mes archives, me donnent le spectacle d'une France à l'agonie, d'une République non plus seulement bananière mais fromagère.

Douze années durant, le président Chirac se sera employé à avilir la plus haute fonction de l'État dans de sordides « affaires ». Avec le soulagement de toujours s'en tirer la tête haute et avec la volonté chevillée au corps d'échapper à nos juges... contraints, eux, de se rabattre sur ses premiers et seconds couteaux, ses personnels de maison, infatigables acteurs de réseaux spécialisés dans l'enrichissement frauduleux : chefs et sous-chefs du gouvernement ; ministres ; parlementaires ; élus et hauts fonctionnaires dévoyés ; divers professionnels de l'arnaque recrutés dans toutes les sphères du monde politique, économique et des affaires.

Ne rien faire, tout laisser passer sans rien dire n'est plus possible. La vérité est là, insupportable : Jacques

1. Homélie du pape, le 9 avril 2006, lors de la messe du dimanche des Rameaux célébrée à Rome, place Saint-Pierre, à l'occasion de la XXIe Journée mondiale de la jeunesse.

Chirac n'est plus que le commandant de bord d'une monstrueuse machine à tromper et corrompre. Vaille que vaille, notre société est ainsi conduite sur les chemins de la décadence.

Trouvant lors de son installation à l'Élysée une situation alarmante, fruit de deux septennats mitterrandiens de rapines et de démagogies, Jacques Chirac aurait été bien inspiré de lire (ou de relire ?) le troisième tome des *Mémoires de guerre*[1] du général de Gaulle. Du grand homme dont il s'affirme pourtant l'héritier, il aurait appris qu'« il faut au premier des Français tout son courage et tout son sens politique pour rétablir l'économie de l'État dans un pays ravagé ». Même si la France n'est plus dans l'état de dévastation où elle se trouvait à l'issue du second conflit mondial, il faut bien constater qu'à s'entêter dans une politique économique désastreuse, les gouvernements socialistes ont tous failli. Et ceux de Chirac, tous échoué... à force de démissions.

Dans une nation en passe de sombrer, dans un État champion du monde en matière d'impôts confiscatoires et dont les dirigeants s'enorgueillissent de faire fuir les « riches » pendant qu'ils attirent en France la misère du monde tout en vidant ses caisses, dans un État où chacun est invité à toujours plus demander en travaillant moins, dans une République qui se ruine en soumettant ses forces vives à une criminelle logique de paresse et d'appauvrissement, Jacques Chirac se serait grandi en faisant sien l'enseignement du chef des Français libres : « Plus le trouble est grand, plus il faut gouverner. Sortant d'un immense tumulte, ce qui s'impose, d'abord, c'est de remettre le pays au travail. »

Mais comment faire ? De Gaulle a montré la voie, sans que nul jamais le conteste, même parmi ses adversaires les plus résolus : en donnant le courage et la probité en

1. *Le Salut : 1944-1946*, Plon, 1959.

exemple ! « Il n'y a de réussite, insistait-il en ces temps troublés, qu'à partir de la vérité. »

Au lieu de cela, tournant le dos à ses électeurs et à ses responsabilités, Jacques Chirac va obstinément, avec sa garde rapprochée, ignorer la leçon du grand homme dont il se réclame et qu'il ne célèbre plus qu'avec de faux discours, assortis de rares pèlerinages sur sa sépulture à Colombey-les-Deux-Églises. Mais, bien plus grave, au-delà des campagnes et des faubourgs, ce fils indigne ira jusqu'à désespérer la France entière dans des scandales sans limites, en accueillant à la table du Conseil des ministres de la France, « vitrine de la démocratie », on ne sait plus combien de croupiers indélicats. Et voilà que – cerise sur le gâteau ! – nous découvrons une secrète entente avec les partis d'opposition en vue de violer la loi pour amasser toujours plus d'argent sale... en recourant à des procédés mafieux.

J'eus pour la première fois la puce à l'oreille en 1997-1998, lorsque, en grand secret, j'enquêtais sur l'affaire Yanacocha, du nom de la mirifique mine d'or péruvienne que la France avait vendue et bradée, en 1994-1995, lors d'une opération de privatisation savamment truquée. Un scandale encore une fois étouffé, qui en définitive aura tout de même coûté aux contribuables plus de 4 milliards d'euros (26 milliards de francs).

Lors de la rédaction de mon livre *Main basse sur l'or de la France*[1], mes informateurs, à Paris, aux États-Unis et au Pérou, m'avaient alerté sur les agissements d'un sulfureux homme d'affaires et atypique intermédiaire qui, sans se gêner le moins du monde, se réclamait du président de la République française. Étrange République... où je découvre ensuite que le même aventurier des affaires, bien qu'il s'en défende aujourd'hui, commerçait avec Saddam Hussein, sanguinaire tyran de l'Irak qui

1. *Main basse sur l'or de la France*, Albin Michel, 1998.

l'avait inscrit, en bonne place, sur la liste des « amis » à qui il se devait d'octroyer frauduleusement d'importantes cargaisons de pétrole, en raison de sa « proximité » avec Jacques Chirac. Il s'agit cette fois du gigantesque scandale du programme de l'ONU « Pétrole contre nourriture », impliquant des régiments d'aigrefins partout dans le monde. Nous y reviendrons.

Au début de l'été 2000, les affaires des « emplois fictifs » et des « HLM de la Ville de Paris » me faisaient entrevoir une autre facette de Jacques Chirac. Lors d'un déjeuner en tête à tête, je rencontrais Jean Tiberi, député-maire de Paris – successeur de l'homme illustre dont il fut le premier adjoint à l'Hôtel de Ville –, sans autre but pour moi que d'y voir clair. Et pour lui de s'en ouvrir à un observateur indépendant, disposé à vérifier sur le tas « l'inanité des accusations » dont on l'accablait. Cible d'une campagne de dénigrement, Jean Tiberi ne décolérait pas, se disant l'un des rares innocents (malgré de fâcheuses apparences) de ces deux dossiers gigognes. Abandonné par les siens et même insulté par le premier cercle des amis du chef de l'État, dont il fut si longtemps le bras droit, l'homme faisait peine à voir tant sa détresse était immense : « Ce que l'on me reproche ne m'est pas imputable, me répétait-il. Ceux qui m'accablent pour tenter de se sortir d'affaire sont bien placés pour le savoir et feraient mieux de balayer devant leur porte. »

Puis venait, en complément, l'évocation de plusieurs anecdotes et secrets savoureux, dont l'un retenait plus particulièrement mon attention : « Devenu maire à la place de Chirac, après son élection à la présidence de la République, j'ai hérité de coffres-forts vides. Il y en avait partout, à commencer par ses appartements, son bureau et la salle de bains attenante à celui-ci. Le spectacle était hallucinant. Et c'est moi que l'on accuse ? De qui se moque-t-on ? »

Vérification faite auprès d'anciens habitués des lieux,

j'apprenais qu'à l'heureux temps de Jacques Chirac, maire de Paris, les coffres étaient pleins à craquer. On me racontait même que le locataire des lieux ne se lassait pas d'en compter et recompter les contenus.

Sur tout cela, sur les **118** voitures avec chauffeurs dont disposait le maire Jacques Chirac (pour son usage personnel, celui de son cabinet et de ses obligés), sur ses fastueux « frais de bouche », sur les voyages en jet privé payés sur fonds occultes... pour aller bronzer en famille et avec sa cour au bout du monde, sur les emplois dont bénéficiaient les petits copains dans des entreprises privées, sans jamais y mettre les pieds (pratiques enfin interdites à l'Hôtel de Ville de Paris par « Tiberi le maudit ») et sur combien d'autres dossiers, il nous faudra revenir. Utile détour, huit ans après la publication du livre prémonitoire de Jean-Marie Colombani, *Le Résident de la République*[1], ouvrage d'analyse fine (aujourd'hui introuvable) sur le système Chirac, notamment « au travers des décisions concernant la ville [*de Paris*] et des réseaux d'une clientèle tenue par l'appât du gain ou la vanité des récompenses ». Le directeur du *Monde* y fustige, fort à propos, les « coresponsables de tous les actes de gestion de la Ville, et non le seul Jean Tiberi, sur qui se concentrent aujourd'hui, assez injustement, les regards et les investigations ».

Rattrapé par la justice, obligé de s'expliquer devant les Français, l'ancien maire devenu président de la République nie tout en bloc :

• le sulfureux copain corrézien, un jour lama cracheur au Pérou, une autre fois renard du désert du côté de Bagdad, sous l'aile protectrice de son dictateur, Saddam Hussein ;

• les emplois fictifs, dont son ancien Premier ministre

1. Stock, 1998.

et successeur à la tête du RPR, Alain Juppé, supportera seul les frais ;

• ses dépenses somptuaires à la mairie de Paris ;

• les caisses noires en tout genre, dont il a tant usé et abusé ;

• sa participation aux multiples réseaux de corruption qui les ont alimentées.

Avec le flegme du sumotori en position de défense sur son tapis, le président répond invariablement, narines et mains talquées : calomnies que tout cela !

Le 14 juillet 2001, lors de la traditionnelle garden-party de l'Élysée, Patrick Poivre d'Arvor, présentateur-vedette du journal de TF1, l'interroge à propos de sa mise en cause par la justice pour le financement, à coups de millions, de ses voyages privés et ceux de ses proches, entre 1992 et 1995. À l'évocation des sommes litigieuses (2,4 millions de francs, excusez du peu !) ayant servi à payer, sans bourse délier, ses déplacements de luxe tous azimuts, Poivre d'Arvor ne se satisfait pas des réponses alambiquées du chef de l'État. Il insiste : « Donc, pour vous, les sommes se dégonflent ? »

Droit comme un « I » majuscule, nullement gêné, ayant bien appris son texte, Jacques Chirac rétorque : « Ce n'est pas qu'elles se dégonflent, c'est qu'elles font "*pschitt*", si vous me permettez cette expression. »

Bravo l'artiste !

« Pschitt » ? Cette onomatopée évoquant le bruit d'un liquide qui fuse, qui jaillit, comme dit le dictionnaire, va amuser la presse et l'opinion pendant quelques jours. Mais du côté des cabinets des juges d'instruction où le nom de Jacques Chirac revient comme le ressac d'une mer démontée, la plaisanterie ne fait pas rire. Aussitôt, dans le dossier des marchés truqués de la Région Île-de-France, ces propos sont retranscrits, actés, sous la cote « **D 5591** » et l'intitulé : « Interview de Jacques Chirac, le 14 juillet 2001. » En d'autres termes, sans que Chirac le sache, sa galéjade présidentielle devient une pièce à conviction.

Ce jour-là, talonné par Patrick Poivre d'Arvor, le président de la République croit pouvoir s'en tirer par un bon mot. Sans prévoir un seul instant que son « pschitt » va rester dans l'histoire comme la pitrerie de trop, comme la dérobade... qui fait « boum » ! Car, à lui seul, ce dossier exemplaire – intimement lié à plusieurs autres – illustre remarquablement l'aptitude de Jacques Chirac à exceller dans le rôle du trompeur tranquille. Je livrerai ici deux versions des faits, par respect du débat contradictoire : la mienne, au chapitre « *Des voyages et des circuits d'argent sale... blanchis au kérosène* »... où le lecteur trouvera la relation factuelle (fondée sur des témoignages et documents, eux réellement étouffés) des déviances d'un clan de privilégiés claquemurés dans la folie des grandeurs ; celle, pour mémoire, d'un président et de sa suite qui se gaussent à loisir de voir « la vérité, la transparence et la justice dévoyées, par le soupçon, la rumeur, la manipulation et la présomption de culpabilité érigée en système, pour... occulter le débat démocratique ».

Voici donc, consigné dans ces pages, l'essentiel de ce que je sais – étant en mesure de le prouver devant nos juges – sur le dernier président de la Ve République... qui eut singulièrement tort de ne pas s'alarmer de cette blague des faubourgs où pointe la sourde colère des Français désespérés : « Les hommes politiques sont de drôles d'oiseaux. Mais la différence entre les politiques et les oiseaux, c'est que les oiseaux, eux, s'arrêtent de temps en temps de voler. »

Parole d'ornithologue.

8 janvier 1996, 8 heures du matin : toutes les rédactions des radios et télévisions sont mobilisées pour commenter la mort de François Mitterrand survenue à l'aube. À gauche comme à droite, dans un unanimisme sans dissonance, chacun fait son deuil. De ce cacophonique concert d'hommages et de louanges diffusé en boucle, je me dis qu'après tout, il n'y a rien là de vraiment anormal, puis-

qu'il n'est certes pas l'heure d'émettre la moindre critique sur le parcours d'un homme d'exception, quoique celui-ci ait avant tout marqué son temps par l'état de dévastation morale et financière dans lequel, bien avant son départ de l'Élysée, en 1995, il avait plongé la France, faillissant ainsi aux trois devoirs impératifs de tout chef d'État : que le trésor national soit bien administré et géré, la justice rendue et l'ordre public assuré. Ayant combattu au long de ma carrière une armée de fripons enrubannés, comment cacher que François Mitterrand reste haut placé dans le panthéon de mes batailles ?

Ce matin-là donc, en un jour qui se veut de deuil national, j'évite les déclarations intempestives et me réfugie respectueusement dans le silence qui convient lorsqu'il faut honorer la mort. Que deviendraient les hommes bien nés s'ils ne savaient s'incliner devant toute dépouille, fût-elle celle de leur pire ennemi ?

Mais, au soir même de ce 8 janvier 1996, comme pour ajouter la plus belle des couronnes sur le noir catafalque de son prédécesseur, voici que Jacques Chirac, président de la République depuis le 7 mai 1995, apparaît sur les écrans de télévision. Déclaration convenable au premier abord, digne de sa fonction, ainsi que du mort illustre qui a commandé quatorze ans durant aux destinées de la France. Entendre de la bouche du président Chirac, depuis son bureau de l'Élysée, des phrases telles que : « Le président François Mitterrand est mort ce matin ; les Français ont appris avec émotion la disparition de celui qui les a guidés pendant quatorze ans ; je voudrais saluer la mémoire de l'homme d'État, mais aussi rendre hommage à l'homme, dans sa richesse et sa complexité ; en politique, François Mitterrand fut d'abord profondément respectueux de la personne humaine, et c'est pourquoi il décida d'abolir la peine de mort ; respectueux aussi des droits de l'homme : il ne cessa d'intervenir partout où ils étaient bafoués ; ses choix étaient clairs, et il les a toujours faits au nom de l'idée qu'il se faisait de la

France », entendre ces mots, me disais-je, relève du discours dont nul ne saurait s'étonner. Même si, dans le flou d'un raccourci poli, le président exagère ou déforme quelque peu la réalité. Passons ! Non sans rappeler que Mitterrand fut durant la guerre d'Algérie le ministre de la IVe République qui, avec soixante et une mises à mort, usa le plus la guillotine, au point de devoir en commander une toute neuve, fabriquée à l'arsenal de Toulon, sur le budget de la Défense nationale [1] !

Puis vient, signé Chirac – on disait autrefois Furax –, un nouveau couplet flagorneur : « Mais François Mitterrand, c'est d'abord et avant tout, je crois, une vie. Certaines existences sont paisibles, et égrènent des jours semblables, parsemés d'événements privés. Le président Mitterrand, au contraire, donne le sentiment d'avoir débordé sa propre vie. Il a épousé son siècle. Plus de cinquante ans passés au cœur de l'arène politique, au cœur des choses en train de s'accomplir. La guerre. La Résistance. Les mandats électoraux. Les ministères dont, très jeune, il assume la charge. La longue période ensuite, où il sera l'une des figures majeures de l'opposition, avec détermination, opiniâtreté, pugnacité. Les deux septennats enfin, où il prendra toute sa dimension, imprimant sa marque, son style à la France des années 80. »

« Résistance », « dimension », « marque », « style » ?

À l'évidence, venant de notre président de la République qui ose se prosterner aux pieds d'un homme dont

1. Voir Jean Montaldo, *Lettre ouverte d'un "chien" à François Mitterrand au nom de la liberté d'aboyer*, Albin Michel, 1993, pp. 163 et 164. Avant de changer radicalement son discours, Mitterrand avait déclaré à propos des rebelles algériens : « L'Algérie, c'est la France. Des Flandres au Congo, il y a une loi, une seule nation, un seul Parlement. C'est la Constitution et c'est notre volonté... Tous ceux qui troubleront le calme et agiront en faveur d'une sécession seront frappés par tous les moyens, ainsi que leurs complices. » Il en était résulté, sous le couperet de la guillotine, rasoir national, 61 mises à mort en dix-sept mois.

j'ai amplement prouvé qu'il était perdu de vices – dans d'innombrables articles pour *Le Figaro Magazine, Paris Match, Le Quotidien de Paris* ou plusieurs livres, sans bien sûr prétendre à l'exhaustivité –, les louanges dithyrambiques de Jacques Chirac sont choisies, à dessein, pour tirer un trait définitif sur une existence ô combien trouble et sur deux septennats de filouteries.

Vient maintenant, au son des violons, l'hymne à la gloire... façon Jacques Chirac : « Ma situation est singulière, car j'ai été l'adversaire du président François Mitterrand. Mais j'ai été aussi son Premier ministre [*lors de la première cohabitation, de 1986 à 1988*], et je suis, aujourd'hui, son successeur. Tout cela tisse un lien particulier, où il entre du respect pour l'homme d'État et de l'admiration pour l'homme privé qui s'est battu contre la maladie avec un courage remarquable, la toisant en quelque sorte, et ne cessant de remporter des victoires contre elle. »

Par charité – parce que j'ai mes bonnes œuvres –, je passe encore sur la référence à « l'homme privé » qui s'était surtout distingué par l'étalage sans vergogne de sa vie dissolue et de ses mensonges. N'avait-il pas ordonné à ses médecins de cacher son cancer – qu'il savait incurable – avec de multiples faux bulletins de santé ? Passons aussi sur l'oubli que ses « victoires » contre la mort devaient autant à son courage – indéniable, au demeurant – qu'à la compétence d'émérites médecins, à commencer par le professeur Bernard Debré, futur ministre de la Coopération dans le gouvernement d'Edouard Balladur, fils de l'ancien Premier ministre du général de Gaulle et actuel député de Paris[1].

Mais à quoi bon s'arrêter à de si subalternes remarques :

1. J'appris en 1992 que l'éminent professeur Bernard Debré avait secrètement conseillé à son patient, François Mitterrand, aux prises avec de terribles souffrances, de renoncer à son intention de démissionner : « Si vous choisissez de partir, lui avait-il dit en résumé, avec une belle humanité, vous risquez de n'être plus de ce monde dans six mois. »

le président Chirac est bon garçon ; à la France en pleurs, son élégance naturelle lui commande de prêter son mouchoir. Et même d'en rajouter... comme pour mêler sa peine aux sanglots de la foule : « De cette relation avec lui, contrastée mais ancienne, ajoute-t-il, je retiens la force du courage quand il est soutenu par une volonté, la nécessité de replacer l'homme au cœur de tout projet, le poids de l'expérience. Seuls comptent, finalement, ce que l'on est dans sa vérité et ce que l'on peut faire pour la France. »

L'art, en somme, de flatter sans ne rien dire, en usant de mots convenus, l'art d'endormir le plus rétif des chiraquiens.

Puis, emporté par son élan, voici que Jacques Chirac sort du cadre habituel de l'éloge funèbre et croit utile d'ajouter aux condoléances d'usage à la famille une conclusion singulière, incongrue, exorbitante : « À l'heure, proclame-t-il, où François Mitterrand entre dans l'histoire, **je souhaite que nous méditions son message.** »

Que « nous méditions » le « message » de François Mitterrand ? Ai-je bien entendu ?

Cette fois, c'en est trop !

Méditer quoi ? Et quel « message » ?

Poussière parmi des millions de Français, Mitterrand fut pour moi l'homme qui institua le mensonge comme moyen d'accession et de maintien au pouvoir, utilisant tous les stratagèmes, tous les coups fourrés pour toujours l'emporter, à force de tromperies, et avec le plus parfait cynisme !

Le mensonge ! Rien ne m'a jamais paru plus haïssable chez un homme politique que la tromperie devenue un art de gouvernement, que le recours permanent aux promesses qui n'engagent que ceux qui les reçoivent.

Ah ! monsieur Chirac, les beaux « messages » de François Mitterrand que voilà !

Ce 8 janvier 1996, quand, dépité, je voyais poindre dans votre exhortation l'emphase du démagogue, j'eus l'indulgence de croire à la surenchère dans l'émotion propre à un grand général de la politique.

Comment aurais-je pu envisager que les derniers mots de cette oraison funèbre, à la gloire d'un coquin surdoué, qui avait commis des fautes innombrables contre la probité, annonçaient la perpétuation – sous la présidence de Jacques Chirac – des travers et mensonges de la néfaste présidence de François Mitterrand ?

Comment aurais-je pu imaginer qu'après le *Mitterrand et les 40 voleurs...*, ouvrage que j'avais rédigé d'une plume indignée, après que François de Grossouvre, mon ami (et celui de Mitterrand), eut été retrouvé « suicidé » (le 7 avril 1994) dans son bureau du palais de l'Élysée, il me faudrait, une décennie plus tard, le cœur glacé, lui donner la suite qui convient dans ce *Chirac et les 40 menteurs...* ? Et d'en appeler à Zola, faisant mienne son apostrophe à l'adresse de ses juges : « Je n'ai pas voulu que mon pays restât dans le mensonge et l'injustice ; la lumière, toute la lumière, je n'ai eu que ce désir passionné ; il ne faut pas s'étonner si nous assistons à une crise si désastreuse, car lorsqu'on sème à ce point la sottise et le mensonge, on récolte forcément la démence ; les fautes des gouvernants s'entassent sur les fautes, un mensonge en nécessite un autre, de sorte que l'amas devient effroyable. »

Effroyable, en effet, l'épisode de l'histoire de France ici conté où l'on voit la corruption passer du stade artisanal (sous Mitterrand) à l'ère industrielle (sous Chirac).

Que « nous méditions » le « message » de François Mitterrand ?

Avec les années, à force de tromperies patentes et de compromissions multiformes, indignes du gardien de nos institutions, qui lui feront perdre tout crédit, l'élève et clone Jacques Chirac va finir par dépasser son maître et modèle pour entrer, à son tour et à sa suite, dans les annales de la délinquance en queue-de-pie.

2

Au bal des hypocrites,
Jacques Chirac ne fait pas banquette

Nous voici donc contraints de procéder à l'addition tragique d'affaires liées entre elles par les méthodes inavouables de leurs acteurs (hommes politiques ou de l'ombre). Pour comprendre leur système démoniaque, je me suis imposé d'aller rechercher dans la multitude des dossiers qui ont défrayé la chronique judiciaire depuis la fin de la décennie 1980 ce que les juges n'ont pu (ou pas voulu) voir. Tout y est : les noms, petits et grands, les faits, les dates, les sommes colossales captées en eaux profondes par d'invincibles nageurs de combat. Rassembler ces éléments épars était la priorité... pour pouvoir identifier les donneurs d'ordre servis par une nuée de commis, redoutables mercenaires d'une corruption institutionnalisée.

Voici comment les monarques qui nous gouvernent se sont emparés de la République, pour en faire leur jardin d'Éden.

Voici comment ces bienheureux princes s'y sont pris pour toujours échapper – eux et eux seuls ! – au glaive de la loi, tout en recommandant aux juges et aux procureurs qu'elle frappe prioritairement, exclusivement, cochers et laquais. Jamais la noblesse de sang bleu.

Loupe en main, je reviendrai d'abord sur des affaires dont le lecteur connaît parfois la réalité, mais certes pas les subtilités et les secrets dérangeants. Ceux que, précisément – par l'utilisation du système dit du « saucissonnage » –, notre appareil judiciaire s'est épargné de mettre en lumière. Or, il existe bien un lien continu, incarné par une personne, entre les coups fourrés d'envergure exposés dans ces pages. Mais, à la différence de nos magistrats le plus souvent apeurés, il n'est pas dans mes habitudes d'exclure de ma copie les grands de ce monde, pour m'acharner sur des lampistes sacrifiés... au nom de la raison d'État.

Voulant dresser le bilan des deux mandats présidentiels de Jacques Chirac, désirant décrypter, je dirais même disséquer au scalpel les initiatives de l'homme en qui j'avais mis tant d'espoirs, j'utiliserai la méthode qui fut toujours mienne... pour débusquer, ici les trahisons des communistes, là celles de François Mitterrand et de ses disciples.

Devant rester rigoureux et impartial, j'agirai comptes en main. En me référant soit à des originaux, soit à des documents irréfutables, certifiés conformes.

Pour ouvrir le bal, je m'en suis allé retrouver, là où il dormait, un « incunable » de la haute finance politique, façon *Touchez pas au grisbi.* Sur ma table de travail, dans son jus d'époque, cette relique est un document comme je les adore : l'intégralité des comptes de l'Association pour l'élection de Jacques Chirac à la présidence de la République, lors de la campagne qui l'opposa, les 24 avril et 8 mai 1988, au président sortant François Mitterrand.

Composé de 16 folios et établi par le « département bancaire BMI » (Banque mutuelle industrielle, aujourd'hui disparue[1]), ce récapitulatif révélateur se présente

1. BMI : en 1988, la Banque mutuelle industrielle est une filiale à gros problèmes de la banque Worms, vendue en 1989 au groupe Fimalac de Marc Ladreit de Lacharrière, administrateur (1986-1993) du Crédit lyonnais alors nationalisé. Rachetée en 1992 par la SDBO, la BMI coûtera à cette filiale très décriée du Crédit lyonnais – où Bernard Tapie allait (comme d'autres) faire son marché – une perte ultérieure de 87 millions de francs.

à la manière des listings informatiques de l'époque : une longue affiche murale en forme d'accordéon sur papier à rayures bleues et blanches, percé de petits trous des deux côtés. Sa date (17 octobre 1988) le confirme : il ne s'agit pas des chiffres officiels déposés par le candidat Chirac et ses mandataires au Conseil constitutionnel, juste après le scrutin, et publiés en synthèse au *Journal officiel* du 18 juillet 1988.

Top secret, j'ai sous les yeux, beaux comme le « pschitt » de Chirac, les vrais comptes de sa campagne d'alors. Ceux qu'il ne fallait surtout pas montrer. Et qui, si la discipline avait régné dans les rangs des « compagnons » du RPR, aurait dû finir à la broyeuse. Par chance, il n'en fut rien. Un archiviste éclairé de l'état-major chiraquien a voulu m'en faire – avec d'autres pièces d'Art premier – le « légataire universel... à titre moral ». Non sans me fournir le mode d'emploi et la grille de lecture de ce brûlant document référencé **221490 12020 42 020**.

Tout commence le 31 décembre 1987, quand le compte bancaire de l'Association de Jacques Chirac est ouvert avec 0 franc.

Puis, dans les semaines et les mois qui suivent, sont répertoriés, sur trois colonnes, opération après opération (assortie des dates des écritures) : les débits (dépenses) ; les crédits (rentrées en espèces, par chèques ou virements) ; le solde du compte.

À l'analyse, une évidence saute aux yeux : le 16 octobre 1988, au jour de la clôture du compte, le total des dépenses de Jacques Chirac pour sa campagne s'élève à **97 278 654,28** francs. Excusez du peu ! Un total sensiblement supérieur aux **95,884** millions de francs officiellement déclarés.

Mais ne chipotons pas. L'intérêt du joli bijou comptable que le père Noël a déposé dans mes petits souliers est ailleurs.

Ébloui par ce joyau, j'y observe surtout, au chapitre des recettes, de multiples versements en espèces, pour des montants énormes. Les chiffres me donnent le tournis et parlent mieux que je ne saurais le faire. Cet argent liquide – qui n'a rien à voir avec les dons des militants – se monte à **10 640 420** francs, soit **10,86 %** du total des **97,278** millions de francs. Ce cash tombe par gros paquets, parfois fractionnés dans la même journée, comme pour atténuer l'aspect tapageur du tableau. Car dans la maison Chirac on n'aime pas le clinquant. D'autant que – la chose doit être rappelée – le gouvernement de Jacques Chirac venait, pour la première fois, de faire voter (le 11 mars 1988) la « loi organique sur la transparence financière de la vie politique ». En fait de transparence, c'est dans l'opacité la plus totale que tout devait continuer comme avant. Et même en pire. À preuve, dans les comptes de l'Association de financement du candidat Chirac, les dépôts de liquides effectués à la vitesse d'une Formule 1, dans un parfait anonymat et sans que puissent être retracées leurs origines :

- **965 000** francs le 24 mars 1988 ;
- **524 000** le 31 mars ;
- **252 500 + 753 000** le 1er avril ;
- **225 000** le 15 avril ;
- **72 000 + 127 000 + 173 000 + 452 000 + 721 500** le 28 avril [*entre les deux tours de l'élection*] ;
- **185 000 + 125 250 + 485 700 + 209 200** le 29 avril ;
- **1 312 700 + 212 000 + 721 700** le 3 mai [*trois jours avant le second tour*] ;
- **637 000** le 4 mai ;
- **584 800** le 5 mai ;
- **770 000** le 6 mai ;
- **234 500** le 7 mai ;
- **581 000** le 10 mai [*alors que les carottes sont cuites*] ;
- **197 200** le 17 mai [*alors que Chirac est dans les choux*].

Je rappelle, pour que tout soit clair, qu'à cette époque

tout versement en espèces supérieur à **150 000** francs était strictement interdit par la loi.

Au rayon des gros chèques, le micmac prend un tour plus sérieux. Je découvre qu'ils proviennent de la conversion de bons de caisses anonymes ou d'espèces en chèques de banque. Montant total du magot : **43 993 300** francs, soit **44,90 %** de l'ensemble. Et bien plus que le virement de « **35** millions de francs » (**35,72 %** du total) reçu du ministère de l'Intérieur, le 18 août 1988, au titre du remboursement des dépenses de la campagne, sur fonds publics.

Extraordinaire listing de Jacques Chirac... où les chèques, venus d'on ne sait où, s'additionnent comme par magie :

- **3,4** millions de francs le 21 mars ;
- **320 000** le 11 avril ;
- **10** millions + **225 000** le 15 avril ;
- **370 000** le 25 avril ;
- **480 000** le 28 avril ;
- **500 000** le 5 mai ;
- **374 950** le 9 mai ;
- **197 000** [*par transfert*] le 10 mai [*deux jours après la défaite*] ;
- **222 750** + **310 500** le 13 mai ;
- **4,25** millions + **472 800** le 16 mai ;
- **480 000** le 19 mai ;
- **500 000** + **520 000** le 25 mai ;
- **9** millions le 2 juin ;
- **12** millions le 6 juin ;
- **2 450 600** le 20 juin.

Bravo, monsieur Chirac ! Champion de la poignée de main, vous l'êtes aussi dans la récolte des blés d'or. Car, toujours selon les documents inédits et originaux mis à ma disposition, seuls **8,52 %** de vos dépenses pour la campagne de 1988 proviennent de dons réellement militants. À l'examen du tout petit résumé de vos comptes publiés au *JO*, il apparaît que vos chiffres officiels n'ont qu'un lointain rapport avec la vérité. Je constate également que dans votre synthèse publiée, vous êtes le seul des grands candidats (François Mitterrand et Raymond Barre) à ne pas faire le distinguo entre les dons en espèces et ceux reçus par chèque. Par gêne ? Ainsi, grâce aux acrobaties des experts de ladite Association, des millions de francs vous sont tombés dessus, grandeur Loto. Sans le vouloir ? Sans que vous le sachiez ? Et pour de si gros volumes ? En fait, selon ma calculette, ce bon paquet d'argent est venu s'ajouter, par le miracle de « dons » d'amis, à votre budget pour affronter le président sortant, dont vous étiez le Premier ministre. François Mitterrand dont je découvre maintenant, consterné, que vous l'égaliez dans l'empilage de fonds baladeurs, à défaut de pouvoir finalement le battre par les urnes.

Bref, en 1988 déjà, le financement de la campagne électorale de Jacques Chirac n'avait rien à envier aux procédés frauduleux (prouvés et publiés) de François Mitterrand (alimenté, lui, par le racket de l'officine Urba). Méthodes qui firent par la suite si grand scandale qu'elles firent vaciller le Parti socialiste lors des élections législatives de 1993. Nous aurons l'occasion d'y revenir.

Mais pour savoir ce qui se tramait dans les ateliers clandestins du candidat Chirac, encore aurait-il fallu avoir accès au document que je dévoile ici. Exemplaire illustration de l'utilisation de fonds inavouables pour, comme Mitterrand, accéder au pouvoir suprême.

Une question demeure : d'où venaient tous ces millions, tout cet argent baladeur injecté dans les circuits financiers de la campagne ? « Les méthodes étaient diverses, complexes et bien rodées, m'explique l'homme qui me fait don de la mémoire des comptes du candidat Chirac en 1988. Tout passait par des jeux d'écritures, des valises, par l'utilisation de comptes de passage dans des banques amies, avec le plus souvent la martingale des fameux bons de caisses anonymes. Il nous fallait aussi nous rendre à l'étranger, notamment en Suisse, là où l'argent était stocké. Et je ne vous parle pas des packs de billets scellés par la Banque de France empilés à Paris, dans les coffres toujours alimentés de ceux dont je tenais fidèlement les comptes, avec des ordres précis. Tout était réglé comme du papier à musique. »

Caisses noires, argent liquide, fonds secrets, paradis fiscaux, coffres-forts bien garnis... Au long de ce livre, il ne sera question que de cela. Tel est le fil rouge qui relie Chirac à l'ensemble des affaires (en acier trempé) ici contées, elles-mêmes unies au fer à souder. Visite mouvementée dans l'enfer des forges... de la chiraquie.

Nous sommes donc à la fin des années 1980. C'est justement l'époque où les Français découvrent l'étendue de la corruption politique, au travers d'une multitude d'« affaires », dont le radioactif dossier Urba-Gracco[1] impliquant le Parti socialiste au pouvoir, de nombreux ministres et le président Mitterrand en personne. Scandale immense... qui consterne la France entière, contraignant le PS à faire son mea culpa et la classe politique dans son ensemble à adopter de nouvelles lois censées « encadrer et moraliser le financement des partis » pour, nous assurait-on à chaque fois, tirer un trait définitif sur un noir passé.

Ce fut d'abord la première loi du 11 mars 1988 relative à la « transparence financière de la vie politique », pour y placer l'opportune amnistie (le 20 juillet suivant) des délits en relation avec le financement direct ou indirect des campagnes électorales comme des partis politiques.

---

1. Dans l'affaire Urba-Gracco apparaissaient, en première ligne, deux entreprises du BTP, la SAE et la Sormae, filiales de la Générale des eaux (devenue Vivendi puis Veolia). Il leur était imputé diverses infractions liées à la recherche et au financement de marchés publics truqués dans le Midi. À Marseille, socialistes et responsables de droite s'en étaient tirés de justesse, par un classement sans suite, à la demande du ministre socialiste de la Justice.

Ce fut ensuite, alors qu'en coulisse la machine à chaparder continuait de tourner à plein régime, une seconde loi du 15 janvier 1990, sur « la limitation des dépenses électorales et la clarification du financement des activités politiques », assortie elle encore d'une nouvelle loi effaçant toutes les infractions commises avant le 15 juin 1989. Dans l'exposé de ces motifs, n'y était-il pas indiqué, sous la plume d'un garde des Sceaux socialiste, ancien trésorier de la campagne présidentielle de François Mitterrand, payé avec de l'argent extorqué, que « **la contrepartie légitime des mesures prises était que ceux qui les enfreindraient à l'avenir ne pourraient avoir aucune espèce d'excuse** » ?

Pour justifier ce coup de chiffon magistral sur les brigandages du passé, le gouvernement de Michel Rocard avançait un argument du plus parfait cynisme : pour que tout soit oublié, pardonné, pour que plus rien ne soit comme avant, il fallait faire « une distinction entre ceux qui s'étaient enrichis personnellement et les autres, beaucoup plus nombreux [*sic*], qui avaient pensé ne pouvoir faire autrement pour financer leurs activités politiques, et avaient donc, en quelque sorte, été victimes d'un système pernicieux ». Ainsi fut-il opportunément décidé de mettre l'éteignoir sur une multitude d'affaires, de telle manière que les tribunaux n'aient pas à les connaître... et l'opinion publique à en être informée.

Entendons-nous bien : l'objet de ce livre n'est pas d'agiter les fantômes d'une Ve République victime d'insatiables piranhas. Il est de montrer qu'en matière d'infractions pénales, trop de nos actuels dirigeants politiques, à commencer par les plus éminents, sont des récidivistes impénitents. Combien de fois ai-je écrit, pour en avoir fait l'expérience sur le tas, qu'il est plus difficile de renoncer à des habitudes que de ne pas les prendre.

En outre, comme pour mieux verrouiller les antichambres où corrupteurs et corrompus montaient leurs mauvais coups, une loi du 3 janvier 1991, à l'initiative du ministre des Finances Pierre Bérégovoy – soucieux, nous disait-on, d'organiser « la transparence et la régularité des procédures de marchés publics » –, avait créé une « mission interministérielle chargée de procéder à des enquêtes sur les conditions de régularité et d'impartialité dans lesquelles sont passés les marchés de l'État, des collectivités territoriales et de leurs établissements publics ». En somme, un énième comité Théodule qui, en Île-de-France, là où élus de droite et de gauche barbotaient encore et toujours des sommes astronomiques, fera preuve d'une exemplaire cécité. Comment aurait-il pu en être autrement, dès lors que des ministres en exercice étaient partie prenante dans l'organisation du trucage... avec le blanc-seing du parrain des parrains, le futur président de la République Jacques Chirac ?

Cynisme éhonté et... mensonges sur toute la ligne !

En pointe avec d'autres – dont l'ancien inspecteur de la Brigade financière de Marseille, Antoine Gaudino, et feu le juge d'instruction Thierry Jean-Pierre – dans la révélation de ces dérives, pour alerter l'opinion publique et tenter d'y mettre fin, je suis alors à cent lieues d'imaginer que les partis de droite (qui ne se privent pas d'accabler les socialistes à l'Assemblée nationale, lors des questions d'actualité du mercredi) sont en train de se partager avec la gauche (dont les communistes) l'énorme gâteau des lycées de l'Île-de-France. Sur le devant de la scène, tous nous jurent, la main sur le cœur, qu'ils ont renoncé à leurs anciennes pratiques et que rien ne pourra plus être comme avant. Promesse de Gascon car, en catimini, ayant mobilisé des régiments de filous, ce beau monde continue de voler, au nez et à la barbe de l'électeur-contribuable... toujours là pour payer les pots cassés, sans plus pouvoir les compter.

En Région Île-de-France, le festin perdura jusqu'en 1997, les plus hauts responsables de nos partis s'entendant comme larrons en foire pour détourner les fonds publics franciliens et... les encaisser par brouettes de millions. En France même ou à l'étranger.

De ces temps pas si anciens où les promesses continuaient d'être jetées aux Français comme des tartes à la crème, je garde dans le labyrinthe de mon fonds d'archives, sur le thème de la morale en politique, les beaux discours des uns et des autres.

Souvent je les relis. Des leçons de mes maîtres, j'ai retenu la règle (de droit romain) : « On lie les bœufs par les cornes et les hommes par les paroles. »

À la tête du Parti communiste, avec le même culot que son prédécesseur Georges Marchais, Robert Hue persiste à tout nier et à présenter sa formation, inventrice du système de racket des entreprises, comme un modèle de rigueur et de probité. Par l'entremise de Pierre Sotura, son obscur caissier, trésorier du PCF depuis neuf ans, le premier des communistes français assure le 11 juin 1991 à l'Assemblée nationale : « Désormais des lois [*de 1988 et 1990*] existent, nous agissons strictement dans leur cadre. (...) Nous travaillons désormais dans le cadre de la loi. Ainsi, pour l'exercice 1990, nous n'avons reçu que des dons de personnes physiques. (...) Ce n'est pas la peine que le législateur fasse une loi, si les partis politiques commencent à la transgresser[1]. »

De son côté, en 1992, toujours prompt à donner des leçons de vertu et de bonne conduite sur les questions d'argent, le socialiste Henri Emmanuelli rend compte aux militants de son activité de « secrétaire national du PS chargé [*de 1988 à 1990*] de l'administration et de la trésorerie », sous l'autorité du premier secrétaire Pierre

1. Cf. le rapport de la commission d'enquête (présidée par le futur président du Conseil constitutionnel Pierre Mazeaud) sur le financement des partis politiques et des campagnes électorales sous la Ve République, tome II, pp. 19 à 31.

Mauroy[1]. Après être devenu président de l'Assemblée nationale en janvier 1992, contraint de démissionner de son mandat de député en raison de son renvoi en correctionnelle dans l'affaire Urba-Gracco, Emmanuelli écrit un ouvrage intitulé *Livre blanc, Chronique d'un procès politique*, publié par le PS le 24 août 1993, avec une lettre d'accompagnement de Pierre Moscovici, trésorier national en fonction. Sachant forcément, comme son camarade Moscovici, ce qui se passe de longue date sur le terrain, où les collecteurs de fonds socialistes redoublent d'audace, il y écrit avec un formidable aplomb, digne de leur maître François Mitterrand : « Avec la loi du 15 janvier 1990, s'ouvre une nouvelle existence pour les partis politiques. (...) Conformément aux dispositions du texte [*de la loi du 15 janvier 1990*], le Parti socialiste a désormais un budget publié où apparaissent en toute clarté [*sic*] ressources et dépenses. (...) Jusqu'à maintenant, on vivait en pleine hypocrisie. (...) Désormais, le budget de l'État contribue au financement des partis par une dotation annuelle. En outre, les dispositions de la loi permettent aux entreprises et aux particuliers de participer légalement, par des dons déductibles [*fiscalement*], au financement des partis (...). La combinaison de ces deux éléments permet désormais d'établir des budgets réalistes et transparents ! (...) Pour ce qui nous concerne, nous avons décidé de donner l'exemple et de jouer la transparence complète [*resic*]. Pour nous, c'est une nouvelle période qui a commencé et qui va nous permettre d'organiser la direction financière du Parti sur des bases nouvelles [*reresic*][2]. »

---

1. Au poste de premier secrétaire du PS, Mauroy est remplacé en 1992 par Laurent Fabius, auquel succèdent (en 1994-1995) l'ex-trésorier Henri Emmanuelli, puis Lionel Jospin, de 1995 à 1997.

2. Dans cet opuscule, Henri Emmanuelli se réfère à sa précédente communication à l'adresse des militants du PS parue dans *Vendredi* (n° 91 du 22 février 1991), l'hebdomadaire du parti.

Nous verrons dans les pages qui suivent ce qu'il en sera.

Au bal des hypocrites, Jacques Chirac ne fait pas davantage banquette. Le 25 novembre 1992, dans « Laissez passer la justice », tribune publiée par le quotidien *Le Monde*, le président du RPR exploite sans vergogne l'une des rares affaires où il n'est pas impliqué, mais où son ennemi juré, Laurent Fabius, ancien Premier ministre socialiste, est provisoirement mais salement empêtré : « Le pays demande des comptes et ce n'est que justice. Pour l'affaire du sang contaminé, bien sûr. Mais aussi pour tout le reste. Pour les pressions exercées sur les juges. Pour la protection affichée dont jouissent les amis du Prince [*le président en titre, François Mitterrand*]. Pour l'amnistie [*récente*] que les socialistes ont fait voter [*afin de faire passer à la trappe les affaires de corruption en cours d'instruction qui les accablent*]. On ne dira jamais assez le rôle majeur joué par cette amnistie [*voulue par Mitterrand*] dans la dégradation du climat politique de la France. Symbole de l'impunité érigée en système, tous les événements ultérieurs ont été appréciés à travers ce prisme et les politiques soupçonnés a priori, non pas d'être forcément coupables, mais de vouloir échapper à toute éventuelle responsabilité. »

Alors qu'avec ses subalternes et divers complices, il est en train de s'illustrer dans des infractions pénales du plus gros calibre, le futur chef de l'État conclut son feu d'artifice avec un bouquet final d'anthologie : « Que faire maintenant ? Rien d'autre que laisser passer la justice, afin que les citoyens ne ressentent plus l'injustice. La justice, aujourd'hui, suppose que la Haute Cour désormais formée aille jusqu'au bout de sa mission. Non pour poursuivre je ne sais quelle vindicte : chacun doit pouvoir bénéficier de la présomption d'innocence. Non pour couvrir d'opprobre, mais pour cerner les responsabilités et établir la vérité. (...) Ce qui doit changer, c'est aussi et surtout un état d'esprit, une pratique de la politique. Faire passer des solidarités de parti avant l'exigence de justice, la fidélité à ses amis avant l'éthique ; faire peu de cas des principes dont on se réclame par ailleurs ; accepter le pouvoir, mais non les devoirs et les contraintes morales de ce pouvoir, voilà ce que les Français ne supportent plus. »

Deux ans plus tard, dans son livre-programme *La France pour tous* paru peu avant sa première élection à la présidence de la République, Jacques Chirac, parrain en chef du racket des marchés de l'Île-de-France – qui, devenu chef d'État, s'obstinera à ne pas répondre aux convocations des juges –, claironne aux Français, en parfait Tartuffe (ou amnésique ?) : « (...) La justice doit passer librement, en disposant des moyens nécessaires à son efficacité. La place des juges doit être reconnue et précisée. Il fallait améliorer le contrôle des collectivités locales, clarifier les procédures, veiller à la transparence du patrimoine des élus [*sic*], interdire le financement des partis politiques par les entreprises [*resic*]. J'approuve ce qui vient d'être fait dans ce domaine au Parlement. Le renouveau de l'État républicain que je propose exige un autre état d'esprit. Récusons une fois pour toutes le cynisme des privilégiés, le poujadisme qui en est la conséquence. Cessons de valoriser ceux qui trichent avec succès [*reresic*], volent l'État [*rereresic*], s'enrichissent sans profit pour l'économie. Retrouvons le simple bon sens, la vertu sera au rendez-vous : notre vieux pays en recèle dans ses profondeurs[1]. (...) »

« Vol », « recel » ? Vous avez dit « vol », « recel » ?

Les mots sont bien choisis et tombent à pic. Car, à la place où il se trouve, en matière de vol et recel (de fonds détournés)... pour des financements malhonnêtes et des enrichissements indécelables, le maire de Paris, chef

1. Extrait de Jacques Chirac, *La France pour tous*, Nil Éditions, 1994, pp. 67 et 68.

coutumier du RPR, en connaît un rayon. Et pour ce qui ressort du « cynisme », il en est déjà un professeur émérite... persuadé – à raison ! – que nul, jamais, n'osera appliquer à la personne du président de la République, qu'il s'agisse de François Mitterrand ou de sa doublure, Jacques Chirac, le vieux principe de notre droit (hérité de celui de l'ancienne Rome) : « **Nul ne reçoit la chose d'autrui qu'il n'en doive rendre compte.** »

Remontons maintenant à la source des flots d'argent noir où le cinquième président de la Ve République se baigne comme à plaisir, au long du fleuve tranquille qui, depuis des lustres, irrigue les terres gaullistes, mais aussi centristes, socialistes et communistes. De telle manière que tout le monde y trouve son compte... pour ne pas créer de jalousies entre amis ou frères ennemis.

L'examen clinique des grands dossiers connus, mal connus ou inconnus des années Chirac va nous en apprendre de belles sur les méthodes des maharanis et maharadjas de la République française... enturbannés de bleu, blanc, rouge.

3

“Y’en a qui gaspillent et y’en a d’autres qui collectent”

Au Palais de Justice de Paris, ce 21 mars 2005, l'ambiance n'est pas au « pschitt ». Pour la première journée du procès-fleuve des marchés truqués des lycées de l'Île-de-France, escortés par des dizaines d'avocats, ténors du barreau de Paris, 47 prévenus sont filmés, photographiés sous tous les angles par une nuée de reporters et cameramen.

Si, de mars à juillet 2005, je m'impose d'assister aux interminables débats de la 11e chambre correctionnelle chargée de juger des actes gravissimes, c'est que la plupart des personnes impliquées dans le dossier ne me sont pas inconnues. Depuis que je traque la corruption, je les ai rencontrées dans nombre des dossiers de financement occulte de nos hommes politiques, à commencer par le système de racket mis en place par le Parti communiste, dès les années 1960-1970, puis développé à une échelle industrielle par ses émules socialistes, dont Urba-Gracco, le bureau d'études bidon du PS ou la Sages, l'officine du T.·. ILL.·. F.·. (Très Illustre Frère) Michel Reyt [1]. Toujours

---

1. Michel Reyt : figure historique de la fausse facture socialiste des années 1980-1990, fondateur et pontife (à L'Haÿ-les-Roses) de la loge Victor Schoelcher, du Grand Orient de France, dont il fut le « conseiller de l'ordre ».

les mêmes conspirateurs ! Seuls changements en cette année 2005 : la couleur des cheveux qui ont blanchi ; les ventres devenus bedonnants.

Maintenant alignés devant nous, contraints de prendre place sur des banquettes en bois dont l'inconfort les change quelque peu des lambris dorés de la République qu'ils sont accusés d'avoir trahie, les 47 prévenus sont poursuivis pour avoir participé, en bande très organisée, à un pillage en règle de fonds publics.

Affaire exceptionnelle, révélatrice de coutumes secrètes, révoltantes.

Payés avec l'argent des contribuables, d'innombrables marchés ont été attribués par le conseil régional d'Île-de-France (alors présidé par le futur ministre RPR Michel Giraud, puis le gaulliste Pierre-Charles Krieg, aujourd'hui décédé, et de nouveau par Giraud), en violation flagrante du Code des marchés publics. Les chefs d'accusation sont accablants. Lors de ses investigations, le juge d'instruction Armand Riberolles a répertorié, pêle-mêle, « **un dispositif d'entente anticoncurrentielle, de favoritisme, de pratiques corruptrices** », le tout assorti de bakchichs au profit des décideurs politiques. Et non des moindres... loin s'en faut.

Nous verrons qu'ajoutée à d'autres dossiers connexes visant la SNCF, la RATP, Aéroports de Paris, les routes et autoroutes, les ponts et ronds-points – innombrables affaires non soumises à la justice et laissées à la seule sanction (légère au demeurant) du Conseil de la concurrence –, l'affaire des marchés truqués de la Région parisienne nous révélera les graves conséquences d'une « concertation généralisée » entre les majors des professions du BTP... en vue de se répartir, lors de tours de table frauduleux, les marchés publics soumis à appels d'offres. Avec, pour tous, le blanc-seing d'élus de droite et de gauche, gavés aux grains de la même mangeoire.

Incroyable mais vrai !

Selon l'ordonnance de renvoi du juge Armand Riberolles, dans l'affaire des marchés truqués des lycées de la Région Île-de-France, « l'information judiciaire a mis au jour un vaste système d'entente organisé entre les entreprises du bâtiment qui ont obtenu, entre 1989 et 1997, des marchés de construction ou de rénovation de lycées. Les entreprises ont été favorisées à tour de rôle, les unes par rapport aux autres, selon un "***tour de table***" préétabli, par leurs dirigeants respectifs (entente horizontale), entériné par [*les élus de*] la commission d'appel d'offres (entente verticale)... ».

Ainsi, « **2 %** du montant des marchés devaient être versés par les entreprises attributaires aux différents partis politiques, selon une clé de répartition, affectant ces sommes au Rassemblement pour la République (RPR) aux formations de l'UDF, au Parti socialiste (PS) »... et à son allié communiste. Pour ne pas faire de jaloux et éviter les accrocs, les Centristes et un boulimique écologiste ont été cordialement invités à se régaler de cette tambouille financière. Au final, seuls les camarades du Parti communiste peuvent se flatter d'être miraculeusement épargnés – une nouvelle fois ! – par la Justice.

Corruption, nous revoilà ! Avec son cortège de singularités, bien françaises.

Les sommes dérobées sont astronomiques. Elles portent sur **560** millions de francs de commissions frauduleusement extorquées et un nombre indéterminé de valises biodégradables pleines de billets, que nul, jamais, ne pourra retrouver. Le circuit infernal emprunté pour ces détournements en Île-de-France est ahurissant. Savoir qu'ils n'auraient pu exister sans d'actives complicités à tous les niveaux de l'appareil politique, administratif et de contrôle est encore plus inquiétant, voire choquant. Aussi, l'absence dans le prétoire des concepteurs de l'opération, destinataires de surcroît des picaillons dérobés par wagons entiers, y fait planer un lourd malaise.

Comment l'une des plus graves affaires de corruption dans l'histoire de la République peut-elle être jugée équitablement sans qu'ils soient appelés à la barre et, à tout le moins, confrontés à leurs subordonnés ?

L'affaire trouve son origine dans le vaste programme de rénovation des lycées, collèges et établissements scolaires lancé à la fin des années 1980 par le conseil régional pour le montant pharaonique de **24** milliards de francs (**3,66** milliards d'euros).

Que ces lourds investissements aient été consentis pour l'éducation des jeunes Franciliens n'a nullement freiné la cupidité des vautours de tous bords.

Les découvertes du magistrat instructeur vont, selon les cas, de « **la corruption active (ou passive)** » au « **trafic d'influence** », assorti du délit de « **favoritisme** » et de son « **recel** », de l'« **entente anticoncurrentielle et (ou) frauduleuse** », l'« **abus de confiance** », le « **faux et usage de faux** », sans oublier le sempiternel « **abus de biens sociaux** ».

Beau tableau de chasse où l'on apprend que tous les marchés étaient mis en coupe réglée par des scélérats sans scrupule, sous l'égide des grands chefs des partis politiques, qu'ils aient été au gouvernement ou dans l'opposition.

Dossier hallucinant où l'on découvre qu'autour de la table du banquet, garnie comme jamais, oubliant grandes déclarations et différends idéologiques, les prédateurs de toute tendance – RPR, UDF, PS, PCF – ne font pas la fine bouche. De droite ou de gauche, tous exigent d'être grassement payés, en s'abritant derrière la loi du 15 janvier 1990 (assurant aux partis un financement « officiel »), ou sous des formes plus discrètes : emplois fictifs ; valises de billets ; versements en espèces, dans d'impénétrables paradis fiscaux, sur une cascade de comptes tenus par des virtuoses de la délinquance financière.

Pour siphonner les caisses de la Région Île-de-France, les élus de tous bords ont trouvé une martingale infaillible : l'utilisation frauduleuse de la loi de décentralisation initiée en 1982 par le ministre socialiste de l'Intérieur Gaston Defferre, vieux compagnon du président François Mitterrand. Loi miraculeuse, qui multiplie les centres d'initiatives et de décisions, allège les contrôles financiers et, en conséquence, excite les mauvais instincts, à commencer par ceux des élus. Elle rend chaque région propriétaire de ses lycées ou établissements d'enseignement assimilés : **471** dans la seule Île-de-France. Un champ d'action de rêve pour élus dévoyés. Chaque année, de lucratifs marchés de constructions, reconstructions, extensions ou rénovations doivent y être lancés : **59** ici ; **101** là ; **214** ailleurs...

Avec le temps et les habitudes, les chiffres gonflent, jusqu'à ce que plus personne ne puisse se rendre compte de l'énormité du trésor capté.

Par centaines de millions, des sommes gagnées illégalement vont tomber dans les caisses d'entreprises complices avec, à la clé et très souvent, de coquettes rétrocommissions pour les élus corrompus et accessoirement leurs partis, de préférence en espèces sonnantes et trébuchantes... dont on ne pourra jamais retrouver la trace.

Dès lors, sans désemparer, le syndicat des faussaires en col blanc et écharpe tricolore va concocter, pour trahir la loi et réussir ses magouilles, des types inédits de procédures, toutes **illégales**. Au conseil régional d'Île-de-France, des experts à chaussures cloutées leur ont préparé plusieurs recettes miracles :

• Dès 1990, une procédure spécifique, baptisée **CRM** par les technocrates maison, est inventée pour la construction d'établissements scolaires nouveaux. Comme ses initiales l'indiquent, elle associe des prestations de Conception, Réalisation et Maintenance. Compliqué à souhait, ce dispositif sera le riche filon qui, jusqu'en 1997, permettra au conseil régional de passer et de trafiquer **59** marchés CRM, pour plus de **4** milliards de francs.

• Pour les travaux de rénovation lourde, de reconstruction et même de conception-réalisation, une autre procédure dite **METP** (abréviation de Marchés d'Entreprise de Travaux Publics) est aussi instaurée.

Son concepteur ? L'illustre Jean-Pierre Fourcade, ancien ministre des Finances et premier vice-président (UDF) de la Région. Motif officiel : « pallier l'insuffisance de ses capacités financières » pour la rénovation de son patrimoine immobilier scolaire. Comment faire ? Les METP permettent au conseil régional de vivre à crédit. Quand des entreprises acceptent telle ou telle rénovation ou construction et en assurent les frais d'entretien durant dix années, la Région s'engage, de son côté, à leur payer des annuités d'avance. Contrats pervers par excellence : ils obligent la collectivité à s'endetter pour pouvoir honorer ses échéances, et à régler aux entreprises des travaux forcément soumis à la TVA, alors que si elle en avait elle-même assumé la charge, elle en aurait été exonérée. Alain Guédé et Hervé Liffran, deux journalistes du *Canard enchaîné* qui scrutent depuis longtemps les déviances de la chiraquie, découvrent que les METP permettent aux « bétons flingueurs » d'offrir à leurs propres sociétés de véritables rentes de situation : « Ces dernières, écrivent-ils, ne prennent en effet pas de grands risques puisque la durée de ces fameux METP couvre la garantie décennale dont bénéficient ordinairement tous les bâtiments neufs. Au bout de cette période, la Région se retrouve donc avec des bâtiments déjà anciens, nécessitant forcément des réparations de plus en plus lourdes[1]. »

En l'espace de six ans, de 1991 à 1996 – et pour ne

1. Cf. Alain Guédé et Hervé Liffran, *La Razzia, Enquête sur les fausses factures et les affaires immobilières du RPR*, Stock, 1995.

m'en tenir prudemment qu'à ce qui a pu être établi –, le conseil régional attribuera aux entreprises dans la combine **101** de ces marchés frelatés, pour une dépense himalayesque de **13,3** milliards de francs. Ajoutée au reste, l'ardoise finale est quasiment double avec, pour les politiques initiateurs des opérations, la garantie d'un intéressement, à la hauteur de leurs risques et de leurs appétits gargantuesques.

Pour dissimuler les parrains du système, tous dans la stratosphère du pouvoir, pour protéger ces princes avides de deniers publics, pour réussir le plus grand casse de cette fin de siècle en évitant qu'élus de droite et de gauche aient trop à se salir les mains, il faut des petites mains zélées et des complices. D'où la décision du conseil régional de s'assurer le concours de Bureaux d'études techniques et d'ingénierie – surnommés **BET** par les têtes d'œuf du gang –, qui servent tout à la fois d'écran et de tour de contrôle. C'est à ces structures aux ordres qu'est dévolue la fonction d'Assistant à maîtrise d'ouvrage (en abrégé **AMO**) et, à ce titre, la mission de préparer les appels d'offres – truqués comme les tables de jeu d'un casino borgne –, puis de suivre l'exécution des marchés, autant dire superviser la collecte des fonds extorqués.

214 marchés AMO seront ainsi attribués à ces BET, pas aussi bêtes que leur nom l'indique. Avec toujours les mêmes comparses : les plus grands patrons du BTP qui, malgré l'accumulation, depuis une bonne dizaine d'années, des scandales, des procédures, des condamnations et incarcérations, persistent à faire leur béton avec du sable de plage et de l'eau salée.

D'où, au centre du dispositif, le rôle dévolu à Patrimoine Ingénierie, un bureau d'études marron baptisé d'un nom ronflant à souhait, par qui vont transiter **80 %** des marchés falsifiés. Tenanciers de la boutique, Gilbert et Claude Sananès l'ont créé en 1984, avec la bénédiction du RPR et un objectif précis : « **Devenir le point de passage obligé des entreprises candidates à l'attribution des marchés et le pilier central des irrégularités commises.** »

Les frères Sananès appartiennent à une nouvelle race de collecteurs. Seul Claude sera épargné. Avec eux, le racket brut est proscrit. Leur entreprise est structurée et leurs talents d'organisateurs à la mesure des opportunités qui se présentent.

Riche, respecté, intelligent et ingénieux, Gilbert monte en première ligne et aime à jouer au gentleman. Bien élevé, il n'a pas besoin de se forcer. L'expérience lui a appris à nouer des alliances utiles pour pouvoir grandir.

Soucieux d'impressionner, les Sananès ont appelé en renfort des poids lourds de la finance et de l'industrie. Au capital de Patrimoine Ingénierie, parfait cocktail de l'économie mixte à la française, se côtoient les plus grands noms des secteurs public et privé :

- la SNCF ;
- le géant Saint-Gobain ;
- les fameux ascenseurs Otis (bientôt impliqués dans l'affaire des HLM des Hauts-de-Seine, pour des surfacturations de « 3 % ») ;
- le tristement célèbre Comptoir des entrepreneurs (déjà au centre d'un scandale dévastateur, couvert par les équipes de Mitterrand) ;
- la puissante Lyonnaise des eaux (au travers de sa filiale Cofreth) entre les mains du discret Jérôme Monod, ombre portée de Jacques Chirac ;
- un bureau de contrôle (CEP) qui, moins connu, a pour président de son conseil de surveillance, depuis 1989, l'ancien ministre Robert Galley, trésorier du RPR.

N'administre pas Patrimoine Ingénierie qui veut !

Le hasard faisant bien les choses, CEP va travailler pour le compte du conseil régional. De même, la Cofreth (rebaptisée Elyo) sera titulaire de nombreux marchés de travaux et d'entretien de ses installations thermiques de chauffage, augmentés de la fourniture de fioul aux lycées. Mélanges et conflits d'intérêts caractérisés !

Bien avant la justice et ceux qui l'ont officiellement alertée ou saisie, les journalistes Alain Guédé et Hervé Liffran ont tiré la sonnette d'alarme. Dès 1995, ils écrivent : « D'emblée, Sananès se voit confier pour les lycées la quasi-totalité des contrats d'"*assistance à maîtrise d'ouvrage*". En clair, il hérite de prérogatives qui relèvent habituellement des seuls fonctionnaires. Par exemple, il est chargé de sélectionner les entreprises et de préparer les dossiers qui seront examinés par la commission d'appel d'offres[1]. »

Vice-président du conseil régional chargé des Finances, l'UDF Jean-Pierre Fourcade, finalement sorti de l'affaire, leur a avancé un pudique prétexte : « Nous ne voulions pas gonfler le personnel de la région, c'est pour ça que nous avons préféré déléguer. »

Au point, soit dit en passant, de permettre à Sananès de convoquer lui-même les réunions de la commission d'appel d'offres, sans, bien sûr, passer par les élus et les fonctionnaires du conseil régional.

Paroles, paroles, paroles !

Dans la ruche qui permet à ces messieurs de faire leur miel, Gilbert Sananès (surnommé « Le Grec » par les gens du BTP, mais en fait d'origine tunisienne) supervise la fabrication et la récolte de la gelée royale. Sur instruction de la direction du RPR qui, depuis le départ, tire les ficelles, Patrimoine Ingénierie se voit attribuer une écrasante majorité (**170** sur **214**) des contrats de maîtrise d'ouvrage des lycées de l'Île-de-France, soit **80 %** de l'ensemble. Dotée de la fonction stratégique de « maître d'œuvre » et bénéficiant d'une « délégation de service public » – un privilège quasi exclusif ! –, l'officine de

1. *Op. cit.*, *supra*, p. 52.

Sananès peut ensuite, en toute quiétude, orienter la Région dans le choix des entrepreneurs désignés pour construire ou rénover les établissements scolaires.

Véritable homme-orchestre de l'opération, l'insatiable Sananès présélectionne les entreprises candidates aux appels d'offres restreints, frelatés comme l'alcool des bars clandestins de New York et Chicago à l'époque de la prohibition. Leur désignation est arrêtée lors de réunions préparatoires organisées sous l'égide, notamment, de Christine Lor, chargée des lycées au cabinet des présidents successifs du conseil régional (Michel Giraud, puis Pierre-Charles Krieg, et de nouveau Giraud).

Entrée en 1986 à la Région, cette ancienne petite fonctionnaire de l'Éducation nationale, simple « conseillère d'éducation », n'est pas une élue. Surnommée « Miss bijoux », exécutante docile, elle ressemble à s'y méprendre à « Madame Mado », l'inoubliable tenancière des *Tontons flingueurs* (ici métamorphosés en « bétons flingueurs »), Christine Lor doit tout à son patron, dont elle est l'égérie. Toujours habillée de noir, amie des frères Sananès, aux ordres d'un pouvoir qui se croit tout permis, cette femme de caractère tient les marchés des lycées d'une main de fer. Rien, jamais, ne la fait reculer. Faisant la pluie et le beau temps, elle ne ménage pas sa peine pour imposer les « entrepreneurs amis ». Comme dit à l'écran le regretté Lino Ventura, interprète de Fernand Naudin, patron de « Madame Mado » : « Y'en a qui gaspillent, et y'en a d'autres qui collectent... »

Tandis qu'un conseiller régional se souvient que « toutes les entreprises devaient passer par les fourches caudines du "*Grec*" », un autre se rappelle : « J'ai vu Sananès évoluer. Au début, il arrivait dans une petite Renault. Après, c'était la Mercedes climatisée et il fumait cigare sur cigare. Cela dit, il faisait aussi un vrai boulot. »

Façon de parler. Car pour pouvoir le vérifier, encore faudrait-il avoir accès aux archives du conseil régional.

Par malheur pour la justice – et grand bonheur pour les partis politiques impliqués –, les documents où tout était consigné « ont été hâtivement dispersés[1], rendant les contrôles a posteriori aléatoires ». Parce que dangereux ? Toujours est-il qu'un témoin entendu déclare avoir « protesté en 1997 [*lors des premières investigations judiciaires*] contre la destruction des archives[2] de la commission d'appel d'offres, notamment les offres des entreprises écartées, et s'est opposé à Michel Giraud sur la régularité de cette mesure ».

Pourquoi tant de fébrilité ? Qu'avait-on à cacher qui pouvait justifier cette panique ?

L'enquête a établi que le choix réitéré par la Région Île-de-France de Gilbert Sananès et de sa société Patrimoine Ingénierie, comme partenaire privilégié bénéficiant d'une « délégation de service public », a été « facilité par une entente conclue en amont avec ses principaux concurrents [*d'autres bureaux d'études*] ». Notamment la société COTEBA Management, à l'époque filiale de la Générale des eaux, devenue Vivendi puis Veolia.

Directeur général de COTEBA, Marcel Guégan ne fait pas mystère d'avoir accepté, à la demande de son confrère et faux concurrent Sananès, de déposer « une quarantaine d'offres de couverture », à l'occasion des deux ou trois premières vagues d'appels d'offres en trompe-l'œil. Efficace, le patron de Patrimoine Ingénierie « le contactait téléphoniquement, lui communiquait sa propre offre et il [*Marcel Guégan*] acceptait alors de déposer une offre [*chiffrée*] légèrement supérieure », de telle manière que Sananès puisse officiellement apparaître comme « le moins disant ». En clair, tout était joué d'avance, le match ayant été truqué dans les vestiaires. Comme dans les combats de catch où, devant des publics

1. C'est le juge Armand Riberolles qui souligne.
2. C'est toujours le juge Riberolles qui souligne.

avides de violences convenues, des monstres encagoulés font mine de s'étriper.

Ce service, Marcel Guégan l'avait accepté volontiers, dans la mesure où COTEBA était, à l'époque, engagé sur un important chantier, étranger au conseil régional, ce qui rendait son bureau d'études indisponible. En contrepartie, précise-t-il, « Gilbert Sananès nous laisserait plus tard quelques priorités ». Nonobstant, n'ayant obtenu aucune des compensations promises, et après une démarche infructueuse auprès de Christine Lor (dont il connaissait les liens avec Gilbert Sananès), Guégan avait décidé « d'entrer à nouveau dans la compétition en 1992 ».

Bref, chacun a déjà compris que ces réunions de filous n'ont rien à envier aux montages des redoutables « comités d'affaires » de la mafia sicilienne. Moins le sang versé...

Terrorisés par l'ampleur de leurs méfaits, répertoriés dans des milliers de documents saisis et sous scellés, bon nombre des chefs d'entreprise et intervenants de tout poil ont choisi de dire la vérité. Preuve qu'après une bonne garde à vue sans ceinture ni lacets, assortie de la menace d'un long séjour à la maison cinq cents couverts, la raison finit souvent par l'emporter.

À cet égard, il est d'abord le récit haut en couleur de Jacques Durand, directeur commercial de GTM (Grands Travaux de Marseille), l'une des principales filiales du groupe Lyonnaise des eaux-Dumez, présidé par Jérôme Monod, l'ami intime de Chirac. Durand confirme « l'entente généralisée entre grands groupes » : « En 1990 et 1991 à l'occasion de la première vague de METP, des réunions d'information, auxquelles étaient conviés les grands groupes [*du BTP*], ont été organisées et animées par Christine Lor, Gilbert Sananès et Yves Leblanc [*collaborateur de Michel Giraud*], au conseil régional, et par Xavier Bezançon au Syndicat national du Bâtiment. Puis, précédant le lancement de chaque vague [*de marchés publics*], des réunions entre les directeurs commerciaux de ces entreprises (SPIE, SAE, Bouygues, Fougerolles, Sicra, Sogea, GTM, Dumez, Nord-France) se sont tenues (soit à l'hôtel Méridien de la Porte Maillot, soit dans un hôtel de l'avenue Gabriel à Paris). »

C'est en ces lieux de libations champagnisées que les gredins multicartes se répartissent les marchés, en fonction de leurs intérêts respectifs, de la situation géographique de chaque chantier par rapport à leurs implantations respectives, et dans la recherche de « l'équilibre » financier convenu entre eux. Jacques Durand est formel : c'est Gilbert Sananès qui jouait le rôle de « fédérateur » ou d'« arbitre ».

Le mode d'emploi est toujours le même. Tout est prévu pour laisser croire que les entreprises soumissionnaires sont réellement concurrentes. Lors de ces réunions occultes, le candidat qui a obtenu l'aval de ses confrères pour se voir attribuer un marché en fait part à Sananès qui, avant même l'ouverture des enveloppes contenant les propositions des différents soumissionnaires, lui confirme l'information capitale : le montant confidentiel du budget prévu. Concomitamment, l'offre est communiquée aux autres compétiteurs, qui, pour « garantir la fiabilité et la cohérence des offres », réalisent tout de même une « étude de prix ». En réalité, un habillage de façade, pour simuler une concurrence.

La société désignée – GTM en l'occurrence, mais dans chaque autre cas, un autre groupe du BTP – est alors libre de fixer son prix et son bénéfice. Ces ententes garantissent ainsi à l'heureux élu des « marges substantielles ». Jacques Durand évaluait entre « 2 et 3 % » le profit de son entreprise dans un environnement concurrentiel sain. Dans les opérations trafiquées des marchés d'Île-de-France, les ententes avec ses confrères et l'exécutif régional lui garantissaient des marges records de « 5 à 6 % ». Pour certains chantiers, conjuguées avec la baisse des taux d'intérêt et l'amélioration des performances de sa société, ces combines lui avaient permis d'afficher des performances bien supérieures... de l'ordre de « 15 à 20 % ». Exemple : le marché du lycée de Coulommiers, ville RPR. Pour celui du lycée de La Courneuve (communiste) et combien d'autres, le manège avait continué de tourner à plein régime, jusqu'à ce que les protagonistes de la vaste arnaque se fassent prendre... la main dans le sac.

Mêmes récits embarrassés chez les autres patrons du BTP. Peu ou prou, tous avouent avoir participé à une gigantesque mascarade, parfaitement « verrouillée ».

Directeur général de Bouygues Bâtiment, Patrick Leleu reconnaît l'organisation de réunions secrètes auxquelles il lui était arrivé de participer. Il précise que Gilbert Sananès faisait circuler une liste de lycées à rénover « pour permettre aux entreprises d'annoncer leurs ambitions [*sic*] ». Statistiquement, la manœuvre permettait aux « tontons bétonneurs » de s'octroyer, sans concurrence, la part des travaux que chacun convoitait : « Chaque vague de marchés donnait lieu à une ou deux réunions de concertation », raconte-t-il.

La règle est immuable : pour franchir le cap de la présélection, il était indispensable de rencontrer le vice-amiral d'escadre, Gilbert Sananès, et de lui faire part de ses « motivations ». Terme élégant pour désigner la dîme que l'entreprise choisie était disposée à verser aux partis politiques, selon la « clé de répartition » arrêtée. Quant aux moyens de paiement, à gauche comme à droite, comme chez les maquignons ou les revendeurs de voitures volées, ces messieurs n'étaient pas regardants. Tout était bon : chèques, espèces, emplois fictifs... voire d'invisibles versements dans les paradis fiscaux les plus impénétrables, avec pour ce faire d'émérites magiciens.

Chez Bouygues toujours, le directeur commercial Jean-Jacques Thous, collaborateur direct de Patrick Leleu, décrit les conviviales réunions des entrepreneurs, toujours autour d'une bonne bouteille. Bien connue des noctambules car ouverte jour et nuit, la brasserie Le Congrès de la Porte Maillot à Paris abritait souvent leurs conciliabules. L'homme de Bouygues est catégorique : « Gilbert Sananès avait un rôle pivot dans les accords entre sociétés. »

Les aveux de Jean-Pierre Boidé ne sont pas moins édifiants. Ce directeur de la Sogea, également directeur général adjoint de la Sicra – deux filiales de l'incontournable groupe Générale des eaux, rompue, à l'époque de l'ère Mitterrand, dans l'art de la corruption... sans frontières –, confesse sa participation à une réunion préalable au lancement de la première vague de marchés, « dans un grand hôtel parisien ». En présence de Gilbert Sananès. Il indique que « tout marché était conditionné au versement aux hommes politiques d'une commission occulte de 2 % ». Selon Frédéric Clairefond, un autre collaborateur de Sicra, ce pourcentage « était un point de passage obligé et faisait partie de la donne ». À preuve, le transparent nota bene, en bas de page d'une note manuscrite du 7 novembre 1990 (scellé n° 683, folio 10 D1711/2) relative aux lycées des villes de Chelles et Sevran et ainsi libellé : « Discussion amenée par JPB [*Jean-Pierre Boidé*] sur PQVS [*abréviation de* "***Pour qui vous savez***"]. OK que PMC [*Pierre-Michel Chaudru, le P-DG de Sicra, supérieur de Boidé*] distribue en haut lieu. Mais, information doit passer car, sinon, difficulté de discuter avec intéressés. »

Pour le bien nommé Clairefond – témoin clé, car plus bavard –, cette formulation sibylline signifie qu'il leur fallait rappeler aux élus et à leurs personnels la nécessaire « **collaboration** » attendue en retour du conseil régional, après le secret versement « **à qui vous savez** ».

Quand vient son tour d'être mis sur la sellette, le P-DG Pierre-Michel Chaudru assortit les aveux de ses subordonnés de quelques patchoulis du plus bel Orient.

Jamais avare de pressions lors de ses incursions chez Sicra, Sananès ne cachait guère la règle du jeu dont il était le distributeur de cartes et le gardien du pot : « Il faut être gentil avec les partis politiques pour avoir des chances de concourir avec succès », disait-il.

Dans une autre filiale de la Générale des eaux, Campenon Bernard Construction, le directeur général, Patrick Bonnetain, reconnaît de même avoir assisté, dès 1989, à des « réunions d'information » des majors du bâtiment, en vue de la répartition des marchés du conseil régional d'Île-de-France. Précis, il situe ces discussions de tripot dans un hôtel du rond-point des Champs-Élysées. Les rencontres plus techniques avaient lieu au siège du syndicat de la profession, toujours dans la confidence. Et en présence de Gilbert Sananès, Christine Lor et Yves Leblanc, autre collaborateur de Michel Giraud.

Comme ses collègues, Bruno Boulay, directeur général de Dumez-Île-de-France, a participé aux conciles des frères Rapetout. D'abord à l'initiative du Syndicat du bâtiment, puis sur « invitation de Gilbert Sananès ». Il évoque des réunions dans la très chic Résidence Maxim's, propriété du couturier Pierre Cardin, avenue Gabriel, à quelques mètres de l'Élysée et de ses gardes républicains. Lors de la seconde rencontre, raconte-t-il, « des accords de répartition des marchés entre les entreprises ont été conclus ». Pour les vagues suivantes de marchés truqués, nul n'avait plus à gaspiller de temps et d'argent en inutiles palabres. Tout était convenu à l'avance. Les répartitions se faisaient directement « par des contacts téléphoniques entre les entreprises ».

Ben voyons !

Homme de la Lyonnaise des eaux, Bruno Boulay ne manque pas d'indiquer que, dans les plénums de l'hydre mafieuse avant le lancement des appels d'offres, Gilbert Sananès « s'affichait comme le patron, représentant la Région ». Ainsi, les cadres dirigeants de la puissante Lyonnaise des eaux-Dumez sont convaincus de s'être prêtés de bonne grâce, en compagnie de l'envoyé spécial et truqueur en chef de la Région Île-de-France, à des marchandages proprement frauduleux. Sans que jamais Jérôme Monod, le président du géant de l'eau, du chauffage et du BTP, lui-même ancien secrétaire général du RPR, ne leur interdise ces constantes pratiques de voyous. Évidemment, après coup, rien ne permet d'assurer le contraire.

Curieuse étrangeté : cet aspect pourtant capital de l'affaire n'a pas été exploré lors de l'instruction. Absente du dossier, la question ne sera pas davantage traitée par le tribunal !

Déjà miraculeusement épargné à Grenoble, dans l'affaire Carignon [1], l'austère et très chanceux P-DG de la Lyonnaise des eaux-Dumez n'a pas même été interrogé. Aux grands hommes, la justice française sait être reconnaissante. Formidable P-DG amidonné qui abandonne à leur triste sort ses collaborateurs : Jean-Jacques Prompsy, Louis Bera et Marc-Michel Merlin. Présidents de plusieurs filiales de la Lyonnaise, ils seront condamnés (avec Alain Carignon) à de lourdes peines : trois ans de prison pour Jean-Jacques Prompsy, employés à rédiger un roman à clé (*La Cour des cadres*, à compte d'auteur)... où un innocent patron, ressemblant à s'y méprendre à Jérôme Monod, apparaît sous un masque de fer.

Justice aveugle... qui s'arrête à la porte des puissants !

---

1. Député-maire de Grenoble, président du conseil général de l'Isère et ministre de la Communication (démissionné le 17 juillet 1994 du gouvernement Balladur), mis en examen le 25 juillet pour « recel et complicité d'abus de biens sociaux », écroué le 12 octobre suivant pour « corruption passive », sévèrement condamné le 9 juillet 1996 à cinq ans de détention par la cour d'appel de Lyon, Alain Carignon a purgé sa peine. Que lui reprochait-on ? D'avoir cédé aux sirènes de la SDEI (Société de distribution des eaux intercommunales), une filiale de la Lyonnaise dont Jérôme Monod tenait tous les leviers de commande. Ce qui ne l'avait pas empêché d'affirmer, sous serment, lors du procès en première instance (au début de 1995), avoir tout ignoré des financements politiques.

Lors de sa garde à vue suivie de son incarcération le 24 novembre 2000 (pour être libéré le 6 décembre), menotté, car à la croisée de toutes les accusations, Gilbert Sananès a vite compris qu'il lui fallait ouvrir le parapluie. Devant les enquêteurs, le patron de Patrimoine Ingénierie se lance dans des explications alambiquées. Certes, il reconnaît avoir supervisé les réunions et les ententes entre les entreprises du BTP – ce qu'il lui est impossible de nier. Mais il tente d'embrouiller les pistes et de minimiser son rôle. À l'en croire, c'est malgré lui qu'il est devenu, en bon Samaritain, le maître queux des trucages. S'il est intervenu, proteste-il, c'est à la demande pressante des entreprises, en raison des difficultés qu'elles prétendaient rencontrer pour pouvoir répondre efficacement aux appels d'offres. Effrayées par l'importance des vagues de marchés et par le coût des études préalables – entre 500 000 et 1,5 million de francs par opération –, c'est dans un élan unanime que toutes l'auraient appelé au secours. D'où la première réunion à la Résidence Maxim's, où fut retenu le principe d'une « entente » comme « meilleure solution pour pallier les difficultés inhérentes à la masse des marchés annoncés ». Ensuite, plaide-t-il, les entrepreneurs membres du « cartel » avaient continué de s'entendre sans qu'il intervienne. Sananès assure même ne plus avoir participé aux concertations et n'en avoir rien su.

Dans le jargon si particulier des ingénieurs de la fausse facture et des marchés publics faisandés, « Le Grec » présente le diabolique système d'entente dont il était le maître des cérémonies comme « ascendant et descendant ». Initié par les entreprises et accepté par la Région Île-de-France, c'était, explique-t-il, le meilleur moyen de mener à bien l'opération globale de construction et de rénovation de ses 471 lycées.

Ben alors !

Renversant les rôles avec un aplomb dont il ne se départira plus, Gilbert Sananès lâche benoîtement que les responsables de la Région et des partis politiques n'ont compris qu'après coup le profit qu'ils pouvaient tirer de ces ententes conclues avec leur onction. Comprenez : remplir leurs coffres-forts, à ras bord.

Version absurde, démentie au premier coup d'œil, et par les dates, et par les faits. Car, d'un bout à l'autre de l'affaire, de 1989 à la fin, le missi dominici de ces messieurs n'aura jamais cessé d'être la courroie de transmission entre hommes politiques corrompus et entreprises corruptrices. Placé délibérément au cœur du dispositif, par la volonté des présidents RPR de la Région ainsi que par la direction nationale du RPR (Jacques Chirac et son état-major), c'est bien lui qui était chargé d'organiser la falsification d'un nombre incalculable de marchés ; puis de jouer les poinçonneurs, en faisant passer les entreprises à la caisse... pour le compte des dirigeants des quatre principales formations politiques françaises, au premier rang desquelles le RPR, le PS et le PC... qui, à l'inverse des gens de l'UDF, ne seront, eux, jamais inquiétés.

4

Dans l'enfer d'un système mafieux, façon "Jacques l'embrouilleur"

Organisée au sommet des partis politiques français (gaulliste, socialiste, centriste et communiste), avec l'onction de leurs chefs suprêmes qui se partagent la manne sans tambour ni trompette, l'entourloupe des lycées de l'Île-de-France va prospérer pendant au moins neuf ans, jusqu'en 1997.

Tout commence à se gâter en février 1994, à la suite d'une dénonciation de l'administration fiscale, tenue par le ministre du Budget, Nicolas Sarkozy, déjà en conflit ouvert avec Jacques Chirac. L'information judiciaire qu'elle provoque vise des sociétés du bâtiment en relation avec un BAF – comprenez un Bien Aimé Frère ∴ ∴ ∴ –, collecteur de fonds occultes et en pointe au RPR, Jean-Claude Méry (ami du couple Chirac). Curieusement, ces entreprises du BTP sont aussi mêlées aux marchés truqués de l'Office public d'HLM de la Ville de Paris. Avec toujours les mêmes intervenants, les mêmes intermédiaires, d'identiques méthodes d'intervention. Confiée au juge Éric Halphen, l'affaire des HLM de Paris est lancée... qui va allumer celle des lycées de la région parisienne, en plus de quelques bombes annexes. Jacques Chirac et son cabinet y sont à chaque fois cités. Emporté par l'ambition de se faire un nom ou de quitter la magistrature pour le Parlement, Halphen rêve-t-il déjà de séduire les socialistes, en faisant de Chirac un taulard potentiel ? Candide, le détonant juge d'instruction reconstitue un puzzle qui fait très vite apparaître un vaste chantier de corruption. Sans trop voir que la gauche y est également impliquée jusqu'à plus soif. À l'automne 1994, l'apprenti sorcier sort de Paris, rôde dans les Hauts-de-Seine, perquisitionne au siège du *Clichois*, une feuille militante et confidentielle du RPR local Didier Schuller, pleine à craquer de pages de publicité payées par les géants du BTP et tarifées au prix des grands journaux nationaux : autour de 110 000 francs la page. Combine éprouvée, mise au point de longue date par le PCF et le PS[1]. De fait, tous les annonceurs du *Clichois* sont en affaires avec l'office d'HLM des Hauts-de-Seine dirigé par Didier Schuller, une de mes vieilles connaissances[2], dont on découvre maintenant qu'en 1995, en plein scandale, il avait engrangé en Suisse, à Genève, sur son compte finement codé *Jungle*, 18 millions de francs, dont la moitié en espèces.

Peu avant, le 20 décembre 1994, le piège s'était refermé sur le trop curieux juge Halphen. Un coup terrible l'avait frappé de plein fouet : Jean-Pierre Maréchal, son beau-père, médecin psychiatre, avait été arrêté, en flagrant délit, en train de se faire remettre un « biscuit » (un million de francs !) par le crotale Schuller.

Nouvelle affaire dans l'affaire : Maréchal et Schuller

1. Voir Josua Giustiniani, *Le Racket politique, Amnistie et fausses factures*, Albin Michel, 1990, collection « Jean Montaldo présente ». Ouvrage de référence où l'auteur raconte comment, jeune gauchiste, il fut enrôlé, à partir de 1982 et par contrat, par le Parti socialiste, pour, durant la décennie 1980, « devenir l'un de ses racketteurs officiels et remplir ses caisses noires » avec le concours actif d'un « commando d'élite »... au service des plus hauts responsables du PS : maires, parlementaires, ministres, chefs successifs du gouvernement et président de la République, nommément cités.

2. Voir Jean Montaldo, *Rendez l'argent !*, Albin Michel, 1995, pp. 269 à 295.

se connaissaient de longue date, appartenant à une « chaîne d'union » maçonnique devenue au fil des ans et des affaires une « internationale de la combine ». Octroyée au docteur Maréchal par Schuller, un de ses Très Illustres Frères ∴ ∴ ∴, militant RPR marron des Hauts-de-Seine gravement impliqué dans les tripotages véreux de l'office d'HLM de ce département, le plus riche de France, cette coquette rançon était versée en règlement de son intervention auprès de son gendre, pour qu'il mette la pédale douce sur ses découvertes et fiche la paix à Schuller.

Discrédité par son beau-père, le juge Halphen conservera malgré tout le dossier des HLM de Paris, mais sera privé du volet Hauts-de-Seine de l'affaire. Entre-temps, Schuller aura profité du scandale et de la confusion qui en a découlé pour prendre la poudre d'escampette, sur les conseils – dira-t-il plus tard – de son avocat, Me Francis Szpiner (également conseil de Jacques Chirac et Alain Juppé), autant que de l'homme des missions de confiance, le discret et richissime intermédiaire Alexandre Djourhi, ami sulfureux de Jacques Chirac et Dominique de Villepin. Affaire à suivre...

Au palais de justice de Créteil, le juge Halphen ruminera longtemps et amèrement d'avoir dû se plier sous ce sérieux revers de raquette.

Le 20 octobre 1994, le groupe Front national de la Région Île-de-France lui offre l'occasion de prendre sa revanche. Par courrier officiel, il l'informe de l'affaire des lycées. Sous l'intitulé « *Jean-Claude Méry et autres...* », les élus frontistes dénoncent « un scandale bien plus important que celui des HLM (de Paris) ». À l'appui de leurs dires, ils livrent à Halphen, en plus des noms des principaux élus et collecteurs de fonds, la clé de répartition entre les partis, puis avancent des chiffres : « Ce racket, de 1986 à 1993, a porté sur environ **20 milliards de francs de travaux** et rapporté aux instigateurs de cette organisation environ **400 millions de francs de "*commissions*".** »

En réalité, les signataires de cette missive versée au dossier des HLM de Paris, puis à celui des marchés des lycées de la Région Île-de-France (quand les deux affaires seront disjointes), ne font que reprendre à leur compte et aggravent (sans excès, il est vrai) ce que *Le Canard enchaîné* a déjà publié. Quelques semaines auparavant, le 14 septembre 1994, grâce au concours d'une gorge profonde, haut gradé du RPR (nom de code *Sherwood*, comme la forêt de Robin des Bois et un bar parisien du quartier de l'Opéra), ses journalistes Alain Guédé et Hervé Liffran ont commencé à révéler les turpitudes du conseil régional d'Île-de-France et le rôle de divers intermédiaires, dont le très dangereux Jean-Claude Méry. Un an plus tard, en novembre 1995, dans *La Razzia*, ouvrage de 402 pages, Guédé et Liffran dresseront un premier inventaire des vilaines affaires de Jacques Chirac, tant à la mairie de Paris que du côté de la Région Île-de-France. Mais sans savoir encore qu'outre l'UDF, le nouveau chef de l'État avait pour gourmands complices les formations politiques (PS et PCF) avec lesquelles il s'étripait...

De ces multiples avertissements sans frais, en haut lieu, nul ne s'est ému. Ni avant ni après la première élection de Jacques Chirac à la présidence de la République, en mai 1995. Il faudra attendre l'intervention publique de Claude-Annick Tissot, une élue RPR plus courageuse que ses collègues (ou moins inconsciente ?), pour, sur le terrain, détruire enfin la fourmilière.

Conseillère régionale depuis 1992, et de la Ville de Paris depuis 1994, future adjointe au maire Jean Tiberi, successeur de Jacques Chirac en 1995, Claude-Annick Tissot est devenue vice-présidente de la Région Île-de-France en octobre 1994. Dans la foulée, « sur proposition de Jacques Chirac, maire de Paris », elle est propulsée à la présidence de la commission d'appel d'offres. Avant son arrivée, et dès 1993, *Le Canard enchaîné*, l'hebdomadaire *L'Express*, les quotidiens *Libération* et *Le Parisien libéré* ont déjà fait état de graves soupçons planant sur les marchés de l'Île-de-France. À son nouveau poste, la compagne de l'ancien ministre RPR Alain Devaquet (avec lequel elle a aujourd'hui deux enfants) comprend vite que les cartes des marchés maintenant sous sa coupe sont biseautées. Sa décision est prise : non, elle ne se déshonorera pas dans un pitoyable laisser-faire, façon Mister Fourcade, sapeur Camember innocenté de la bande à « Jacques l'embrouilleur ».

Dès sa prise de fonction, Claude-Annick Tissot constate « une situation laxiste au plan administratif et notamment le rôle excessif et illégal des assistants à maître d'ouvrage ». Rapidement, elle a la conviction que sa commission d'appel d'offres fait « un travail fictif » ; mais – plus grave encore ! – les nombreuses irrégularités qu'elle relève répondent à une volonté délibérée de l'exécutif régional ; et c'est en vain qu'avec le soutien du directeur financier de la Région, et celui du service juridique, elle tente d'y imposer un fonctionnement rigoureux. D'autant qu'un de ses amis banquiers l'a informée de la pratique des entreprises qui se réunissent en amont de la commission d'appel d'offres pour se répartir les marchés, bénéficiant de relais efficaces au conseil régional.

Le 7 décembre 1994, lorsqu'elle réunit pour la première fois dans son bureau les fonctionnaires chargés des marchés, Claude-Annick Tissot vient de recevoir les doléances d'un entrepreneur honnête « mis au piquet », victime des ententes entre les majors du BTP. Face à cette petite assemblée de ronds-de-cuir recrutés pour tout avaliser, son sourire n'est que de façade. Et son verbe ferme : ordre leur est donné de revoir leurs copies et de ne plus se présenter devant elle qu'avec des appels d'offres clairs et transparents. Trois jours après, le 10 décembre 1994, elle préside pour la première fois la fameuse commission et tombe des nues. Séance houleuse, où on lui reproche ouvertement d'avoir dénoncé « les points de passage obligé [*Gilbert Sananès et Christine Lor*] » pour qui veut obtenir une part des marchés : « J'ai l'impression de traverser une forêt en pleine nuit. Le "*relâchement*" que j'avais imaginé se révèle bien plus grave. Aucune fiche de présence pour les personnels administratifs chargés de l'ouverture des plis, des rapports anonymes, des responsables absents se faisant représenter par des personnes non habilitées à défendre les dossiers inscrits à l'ordre du jour, va-et-vient incessant du personnel dans la salle, alors que le règlement prévoit des débats à huis clos... »

Aussi, seule contre tous, va-t-elle essayer de remettre de l'ordre dans la boutique. La mission s'avère quasi impossible. Trop de forces s'emploient à saboter ses efforts. En butte à des représailles incessantes, il lui faut engager le combat contre la nomenklatura de la Région qui l'isole, lui cache **toutes** les opérations en rapport avec les décisions de la commission qu'elle préside.

Pour illustrer ce bras de fer, Claude-Annick Tissot évoque devant le juge une réunion, le 1er mars 1995, lors de laquelle le président du conseil régional, Michel Giraud, en présence des vice-présidents UDF (Jean-Pierre Fourcade et Jean-Philippe Lachenaud), lui a enjoint « avec fermeté » de suivre les conseils qu'on lui donnait : « On te dira qui tu dois retenir et ce que tu devras faire ! »

Textuel.

Prudemment désapprouvée par Fourcade, cette admonestation l'a convaincue de prendre, quelques semaines après, une initiative de la dernière chance. Elle ne lui sera pas pardonnée. Au printemps de 1995, désespérée de toujours tomber sur des murs, la petite dame brune, sans prévenir quiconque – postant elle-même un courrier qui n'aurait aucune chance d'aboutir autrement –, saisit le nouveau ministre des Finances Alain Madelin, arrivé à Bercy le 18 mai, à la suite de l'élection de Chirac à la présidence de la République. Leader de la famille libérale, Madelin y a donné le meilleur de lui-même. Sans se douter qu'après une courte lune de miel, il serait disgracié. Comme Claude-Annick Tissot, à son modeste niveau. Dans sa réponse, le 16 juin 1995, Madelin la conforte chaudement dans sa volonté de nettoyer les écuries d'Augias et d'instaurer, conformément à la loi, une vraie concurrence dans les marchés dont elle a la responsabilité.

À réception de ce courrier officiel du ministre des Finances (et de tutelle de puissants services de contrôle), l'esclandre est immédiat. Pensez donc ! Si d'aventure il était suivi à la lettre, tout l'édifice (rongé de la cave au grenier) s'écroulerait, avec des dommages collatéraux considérables, dont chacun, à son pupitre, mesure les effets. Fines gâchettes de Michel Giraud et de ses commanditaires, les frères Sananès sont les tout premiers à s'en inquiéter. Car c'est par leur bureau d'études, Patrimoine Ingénierie, que tout se trame. Les deux loustics écrivent immédiatement au président Giraud pour clamer leur indignation et menacer de devoir licencier du personnel. En d'autres termes, c'est le vol qui leur permettrait de créer des emplois ou à tout le moins de les maintenir.

Après ce grand numéro de cirque, Claude-Annick Tissot est convoquée par Michel Giraud dans son bureau. Le gratin des lieux est là, représenté par les deux vice-présidents UDF du conseil régional, le sénateur Jean-Pierre Fourcade et Jean-Philippe Lachenaud, « chargé des lycées », par ailleurs conseiller maître à la Cour des comptes (!) et président du conseil général du Val-d'Oise. Savon carabiné de l'assemblée : « À cause de vous et parce que vous avez fait annuler un certain nombre de procédures, le BTP de la Région Île-de-France est en train de couler. »Variation sur un même thème ! Depuis quand, pour survivre, une entreprise serait autorisée par l'autorité publique, son client, à enfreindre la loi ? Et depuis quand, en retour, les détenteurs de cette autorité pourraient-ils se faire graisser la patte ?

Mais, de leur univers impitoyable, Claude-Annick Tissot n'a cure : malgré des pressions insensées et de moins en moins voilées, l'inflexible élue ne lâche pas prise. Le soutien venu du premier argentier de France lui a même renforcé les ailes. En haut lieu, l'inquiétude grandit. Et deux mois après, c'est de nouveau le clash... cette fois sur un autre front. Alain Madelin – dont les relations avec le Premier ministre Alain Juppé, président du RPR, se sont subitement dégradées – raconte : « Début août, nous étions d'accord sur tout. Fin août, il avait changé d'avis, sans que je comprenne pourquoi. Alors nous avons... divorcé. »

Le 28 août donc, après seulement trois mois de présence aux Finances, le champion des libéraux français quitte le gouvernement. Il s'en retourne vers sa circonscription bretonne. Et Claude-Annick Tissot n'est plus qu'une femme seule.

Dès lors, tout s'envenime et s'accélère. Le 19 octobre 1995, en pleine euphorie chiraquienne – cinq mois après l'élection présidentielle qui a vu le parrain du réseau propulsé à l'Élysée –, une réception tourne à la corrida. On honore ce jour-là le départ de Jean-Pierre Fourcade, vice-président du conseil régional. Claude-Annick Tissot et les hauts fonctionnaires qui la soutiennent sont attaqués. Sans ménagement. À l'issue de la cérémonie, la charge continue : « C'est alors, écrira plus tard l'élue agressée, que Michel Giraud en personne me rejoint. Il m'adresse de sévères reproches. Tous les invités sont partis. Une nouvelle fois, je rappelle que nous allons "*dans le mur*" (....). Chacune de mes remarques déclenche une série de ricanements ! Michel Giraud me sermonne : "*Tu fais du rigorisme. (...) Fous la paix aux entreprises. Elles n'ont pas de boulot, on leur en donne. Ne joue pas à la roulette russe avec elles.*" Pendant quelques instants, je reste immobile dans la cour du conseil régional. J'essaie de retenir mes larmes. Cette fois-ci les limites sont dépassées. Je prends brusquement conscience que les loups sont sortis du bois : je suis seule face à une meute protégeant des intérêts considérables. Comment vais-je m'en sortir ? Je suis dans une situation inextricable. »

Le premier électrochoc intervient le lendemain, le 20 octobre 1995, avec une perquisition surprise du juge Éric Halphen de Créteil, rue Barbey-de-Jouy, où se trouve le somptueux siège du conseil régional, dans le très huppé 7e arrondissement de la capitale, le quartier des ministères. Dans les marchés de l'Office public d'HLM de la Ville de Paris, le magistrat a relevé la présence fréquente des Sananès et de leur société Patrimoine Ingénierie. L'heure est venue pour lui de porter l'estocade et de se laver du mauvais coup de son beau-père acheté par l'infâme Schuller. Accompagné de nombreux policiers de la Brigade financière de Paris, le juge Halphen – qui ne donne pas dans la discrétion – vient chercher la liste des marchés qui leur ont été attribués par l'assemblée régionale, de même que les procès-verbaux des réunions de la commission d'appel d'offres depuis 1989. Dans les couloirs du palais de la Région, c'est la panique. Secrétaire général, également directeur général des services et du cabinet de Michel Giraud, Pierre Pommelet court dans tous les sens : « Halphen est là ! Halphen est là ! »

Claude-Annick Tissot croit à une blague. Au cabinet du président, on tremble. Et aux toilettes, on fait la queue. Consigne est donnée à tous : « Immersion immédiate et silence radio ! »

Quand, au début de 1996, Éric Halphen reviendra pour saisir toutes les cassettes audio d'enregistrement de la commission d'appel d'offres, l'atmosphère change : maintenant prise au sérieux, Claude-Annick Tissot reçoit enfin quelques confidences troublantes. Mais, juge Halphen ou pas, les conjurés n'arrêtent pas pour autant leur chevauchée infernale. Fort en goût, l'appât du gain leur a tourné la tête.

En mars 1996, pour s'être obstinée à vouloir imposer de la rigueur dans les travaux de la commission des marchés, la courageuse élue RPR se voit opposer les conclusions d'une pseudo-Inspection générale de la Région, opportunément créée par le président Michel Giraud et confiée à un ami docile, le préfet de la Région Henri Rouanet, ancien directeur du cabinet (de 1993 à 1995) du ministre du Travail... le même Michel Giraud. Étranges singularités : cette inspection ne peut être saisie que par le seul président du conseil régional, unique destinataire de ses rapports ; ses statuts sont l'exacte copie de ceux de l'Inspection générale de la Ville de Paris. Ce qui n'empêche pas le préfet Rouanet de déclarer, sérieux comme un moine : « Une région ne peut s'exonérer des exigences de transparence, de lisibilité et d'évaluation des performances de gestion des fonds publics. »

Au nom de la transparence donc, l'inspecteur en chef Rouanet engage la chasse aux gaspillages des gommes et crayons, mais ne trouve rien à redire à propos de ce qui se trame du côté des marchés... où des centaines de millions de francs sont en train d'être dévorés par des mygales de concours. « En réalité, explique Claude-Annick Tissot au juge Riberolles lorsqu'il l'interroge un an après, je dois me rendre à l'évidence : cette inspection est utilisée contre moi pour accréditer l'idée que je fais preuve d'un trop grand rigorisme. » Le premier résultat de son inspection tombe à pic : dans son rapport, Henri Rouanet préconise, ni plus ni moins, une séparation des directions des affaires juridiques et financières du secrétariat de la commission d'appel d'offres. Et donc l'émiettement des centres de décisions et de contrôle. Ce qui revient à confiner sa présidente, Claude-Annick Tissot, dans « un total isolement ». En conséquence, de guerre lasse, s'estimant privée des moyens de poursuivre sa mission avec le concours de services essentiels, tenus par d'honnêtes et courageux fonctionnaires, la bouillante incorruptible décide de prendre les devants et de commencer à mettre sur la place publique les secrets honteux du gang dont on a voulu la rendre complice. Ce sera fait dans un entretien publié le 9 mai 1996 par *Le Parisien libéré*.

Quatre jours après (le 13 mai), après dix-huit mois d'une lutte sans merci contre l'indomptable président du conseil régional, aveuglément suivi par un entourage hautement suspect, Claude-Annick Tissot est contrainte de démissionner... à la demande de Jacques Chirac, que Giraud tient informé, soit directement, soit par l'intermédiaire du secrétaire général de l'Élysée, Dominique de Villepin. Elle est aussitôt remplacée par... Michel Giraud soi-même.

Circulez bonnes gens ! Il n'y a rien à voir !

À la même époque et de la même manière, le président de la République abandonne son ancien bras droit, Jean Tiberi, maire de Paris... coupable, lui, d'avoir refusé d'endosser, à sa place, les fautes gravissimes commises à l'Hôtel de Ville de Paris, au temps où il en était le pacha et Jean Tiberi le premier caïd.

Sous pression, Giraud s'inquiète de tout ce qui se dit, çà et là. À commencer dans la presse. S'il a obtenu de Chirac que la « mouche » de la commission d'appel d'offres soit démissionnée en catastrophe, il lui est en revanche impossible de faire la chasse aux journalistes du *Canard*, de *L'Express* ou du *Parisien* qui pilonnent le conseil régional d'articles ravageurs. En plein désarroi, l'ex-ministre d'Edouard Balladur s'imagine qu'il pourra au moins user de son autorité pour, à bon compte, se payer la tête de la correspondante permanente de l'AFP, la très officielle Agence France-Presse. Claude-Annick Tissot raconte que, fort de l'appui sans réserve de certains médias, Michel Giraud l'accuse alors d'être « manipulée », et de « tirer contre son propre camp ».

Ainsi, avec l'appui et de la technostructure maison et d'élus de tous bords soucieux de se protéger ou de continuer à participer à un jeu conçu pour que tous y gagnent, tout est entrepris, jusqu'au bout, pour sauver la poule aux œufs d'or...

Comme au temps de Mitterrand qui n'eut jamais à se plaindre de la charcuterie des procureurs à ses ordres, au parquet de Paris la décision est prise : il faut continuer à faire du « saucisson ». Comprenez : tronçonner le dossier pour éviter un trop-plein de dommages collatéraux. Attitude constante d'une justice docile, dans le traitement des multiples volets des « affaires » touchant le système Chirac, tant à Paris que dans le reste de la France.

En 1997, l'enquête sur les affaires du conseil régional est donc disjointe de celle visant l'Office public d'HLM de Paris. Deux juges de la section financière sont désignés pour prendre le relais de leur collègue Halphen : Armand Riberolles et Marc Brisset-Foucault. Et avec deux procédures distinctes :

- l'une (le 2 juin 1997) sur les appels d'offres truqués du conseil régional ;
- l'autre (le 29 août suivant) sur les avantages que le président Michel Giraud (alors en vacances sur son yacht) s'est octroyés, en employant dans son château de Morsang-sur-Seine, dans l'Essonne, de décembre 1993 à la fin de 1996, un couple de gardiens rémunérés sur le budget régional[1].

Appelée le 25 juin 1997 à ouvrir le bal des témoins, Claude-Annick Tissot ne faiblit pas. Ses déclarations tom-

1. Mis en examen en octobre 1997, Michel Giraud sera une première fois condamné, le 31 mai 1999, pour « prise illégale d'intérêts », à huit mois de prison avec sursis, 800 000 francs de dommages et intérêts (à verser à l'assemblée régionale d'Île-de-France). Anciennement appelé « délit d'ingérence », la « prise illégale d'intérêts » réprime celui qui, en charge de l'administration ou de la surveillance d'une affaire, y prend directement ou indirectement un avantage quelconque.

bent comme des coups de marteau... à déchirer les tympans des grandes oreilles de la République : « Du début jusqu'à la fin, ma conviction s'est forgée que la commission que je présidais faisait un travail fictif. (...) J'ai découvert des anomalies dont il m'est apparu qu'elles participaient d'un ensemble cohérent dont j'ai probablement été le rouage. (...) L'aspect administratif des choses, c'est-à-dire l'ensemble des irrégularités, signifiait à mon sens qu'il y avait une réelle volonté pour que les choses se passent comme ça, qu'il y avait une chaîne de complicités et que j'étais là, seulement, pour apposer ma signature au bas des documents. (...) »

Un travail de potiche en somme... que tous ses prédécesseurs, le doigt sur la couture du pantalon, ont accepté d'accomplir, sans état d'âme, à la demande de la mairie de Paris. Comme de bien entendu, Jacques Chirac et le RPR ne pourront pardonner cette rébellion. Elle coûtera à Claude-Annick Tissot sa carrière politique. Exclue du groupe gaulliste du conseil régional, en mars 1997, elle est privée de l'investiture du RPR et de l'UDF pour les élections législatives de mai.

Le 18 décembre suivant, sachant que la justice opiniâtre recherche activement les pièces à conviction du hold-up, Michel Giraud tente une ultime manœuvre de camouflage. Claude-Annick Tissot l'accuse d'avoir voulu ce jour-là faire « débloquer 960 000 francs pour récupérer les archives stockées dans les locaux de Patrimoine Ingénierie », alors même que, peu avant, la Région avait « fait savoir aux magistrats de la chambre régionale des comptes, qui en avaient demandé communication au cours de l'enquête sur les investissements de la Région, que ces documents avaient disparu ». Rien, en effet, n'est plus imprévisible et dangereux qu'une mémoire écrite et informatisée, assortie de notes, lettres, contrats, procès-verbaux et comptes rendus divers. Retrouvées par les enquêteurs, ces pièces accumulées pourraient devenir entre leurs mains un redoutable détecteur de mensonges. Faire disparaître les traces de ce qui s'est passé, éviter que tombent entre les mains des magistrats des pièces à conviction confondantes, devient une obsession. Aussi tenace que la volonté de casser l'impudente élue qui a eu le front de résister. D'où, en sus, la dispersion, puis la destruction des archives de la commission d'appel d'offres[1].

Le 3 février 1998, c'est l'hallali : Edouard Balladur – que Michel Giraud, ministre du Travail, avait rejoint dans sa bataille fratricide contre Chirac, lors de la présidentielle de 1995 – l'évince de la liste RPR-UDF pour les élections régionales de mars : « La question de la présence de Mme Tissot sur nos listes n'est qu'une idée fixe de journaliste », déclare l'ancien chef du gouvernement. « Mis en examen » en janvier, pour la deuxième fois, des chefs de « faux et usage de faux en écritures publiques », Giraud se venge comme il peut. Celle qui était surnommée « la Mouche » devra reprendre son métier d'avocat. Malheureuse, retenant ses larmes devant Jean-Michel Aphatie de l'hebdomadaire *L'Express,* Claude-Annick Tissot assume sans complexe sa qualité de diptère, n'hésitant pas à piquer qui de droit, aux alentours : « Il [*Edouard Balladur*] a délibérément rayé mon nom, sans me donner la moindre explication. »

Balladur déclare alors qu'il n'a pas besoin d'une « caution d'honnêteté ». Même si son ancien ministre du Travail Michel Giraud est déjà poursuivi pour « participation personnelle et déterminante à une action concertée, convention, coalition ou entente empêchant, restreignant ou faussant le jeu de la concurrence ». Même si la justice impute aussi à son fervent supporter de s'être « rendu complice du délit de corruption passive », en étant « initié au pacte de corruption » reproché à Sananès et pour avoir remis « une somme de 2 millions

1. Cf. *supra*, p. 57.

de francs à François Donzel », élu vert et Très Illustre Frère ∴ ∴ ∴, achetable et corvéable à merci[1].

Reprenant les dépositions recueillies lors de l'instruction, relatives à la responsabilité personnelle de Michel Giraud dans la commission des infractions qui lui sont reprochées, le juge Armand Riberolles remet les pendules à l'heure. Sans langue de bois, sa relation des faits se réfère fidèlement aux déclarations qu'il a enregistrées. Sous la plume d'un magistrat tenu de mener son information à charge et à décharge, voici, en concentré, les explications de Michel Giraud et Gilbert Sananès, aux prises avec une psychose paranoïaque où, complexe à souhait, la vérité sommeille : « Michel Giraud a fait valoir qu'ayant publiquement apporté son soutien à Edouard Balladur, candidat à l'élection présidentielle, dès le 13 janvier 1995, il n'excluait pas que les critiques acerbes dont il a fait l'objet dans la presse à partir du printemps 1995 puissent s'expliquer par un objectif de déstabilisation politique des partisans de Jacques Chirac, dont Claude-Annick Tissot n'était que le "*bras armé*". Il rappelait qu'il n'était pas le candidat qu'on attendait à la présidence de la Région et que la nomination de Claude-Annick Tissot avait été l'objet d'un débat serré. Gilbert Sananès a confirmé qu'il se disait au conseil régional que M. Giraud avait trahi Jacques Chirac, candidat en 1994 à l'élection présidentielle [*de 1995*], en détournant des fonds pour financer la campagne de son concurrent Edouard Balladur. »

En résumé, pour sanctionner le traître Giraud, les chiraquiens auraient activé leur marionnette Claude-

1. Donzel sera incarcéré préventivement pour « recel de corruption, faux et usage de faux », du 20 janvier au 6 avril 1998, mettant en cause Balladur soi-même, ainsi que son ex-directeur de cabinet à Matignon, Nicolas Bazire. Devenu directeur général du groupe LVMH de Bernard Arnault et associé-gérant de Rothschild et Compagnie Banque, Nicolas Bazire s'est inscrit en faux contre les déclarations de François Donzel.

Annick Tissot, puis en auraient perdu le contrôle, n'imaginant pas qu'elle défierait les lois du clan et de son parrain. Un crime intolérable, dont Giraud ne s'est pas privé de se servir, toute honte bue, en mai 1996, en demandant sa tête à... l'Élysée. En 1998, Edouard Balladur n'aura fait finalement que terminer le travail, en empêchant le renouvellement de son mandat électif au conseil régional. Le coup de pied de trop !

Dans les mois qui suivent, la proscrite écœurée finit de mettre, noir sur blanc, ce qu'elle a enduré comme vexations, insupportables pressions, accusations de « trahison ». Et en octobre 1998, les Éditions Albin Michel publient les 229 pages d'un livre factuel et de bonne facture, *L'Insupportable Vérité,* où l'outrecuidante livre *Les dessous d'une affaire d'État.* Furieux, Michel Giraud contre-attaque : procès en diffamation contre l'hebdomadaire, aujourd'hui défunt, *L'Événement du jeudi.* Débouté en première instance par la 17e chambre du tribunal correctionnel de Paris, il interjettera appel, puis – redevenu enfin sage – se ravisera... tant il est vrai que « La raison du plus fort est toujours la meilleure », même si dans la fable *Le Loup et l'agneau,* d'où nous vient cette morale, « le loup emporte l'agneau, et puis le mange, sans autre forme de procès ».

Malgré ce bannissement, seuls Philippe Séguin, alors président mal-aimé du RPR, et Jean Tiberi, nouveau maire de Paris (en butte lui aussi aux venimeuses manigances de l'état-major chiraquien), ne se détournent pas de la « brebis galeuse ». En train de faire les frais des dérobades de son prédécesseur, Tiberi l'a appelée et maintenue à ses côtés, comme maire adjoint de Paris. Témoin vedette du procès des marchés truqués, sa déposition à la barre du tribunal correctionnel sera à la hauteur de ce qu'elle a subi. Mais n'anticipons pas.

À la suite de Claude-Annick Tissot, trois élus verts de la région se saisissent à leur tour du scandale. En octobre

1996, ils décident – mieux vaut tard que jamais ! – de dénoncer au procureur de la République de « graves irrégularités », après avoir vainement demandé (le 20 juin, puis à plusieurs reprises) au président de l'institution, Michel Giraud, d'en prendre l'initiative. Leur avocat, le futur et talentueux député socialiste Arnaud Montebourg, bête noire des corrompus (ceux de son bord compris), transmet au parquet une note interne du conseil régional, en date du 15 juillet 1995, où Christine Lor demande au secrétariat de la commission des marchés publics de reprendre en compte les offres des sociétés Sicra et Sogea, du conglomérat Générale des eaux, précédemment écartées.

L'affaire des lycées d'Île-de-France est lancée. À la vitesse de la tortue ! Il faudra encore plus d'une année pour que, le 3 juin 1997, le procureur de Paris finisse – tout de même ! – par ordonner l'ouverture d'une information judiciaire, après examen des observations de la chambre régionale des comptes, adressées au parquet le 9 avril précédent. Le dossier est confié à une équipe de choc : les trois juges Renaud Van Ruymbeke, Marc Brisset-Foucault et Armand Riberolles... celui qui, demeuré au final seul à la barre, a signé l'ordonnance de renvoi des 47 prévenus devant le tribunal correctionnel de Paris. Terrible document sur lequel plane l'ombre de Chirac. Nombre de ces mis en examen ont l'insigne honneur d'être également cités dans d'autres dossiers déjà jugés ou en passe de l'être et dans lesquels le nom, le rôle prépondérant du président de la République est discrètement évoqué... pour mémoire.

5

Les pillages d'un gang sans pitié

Comment de tels usages ont-ils pu prospérer dans la première des régions françaises, alors que des règles très strictes et les délibérations d'une commission d'appel d'offres sont censées encadrer la dévolution des marchés publics ? Question cruciale. Jusqu'à la fin de l'année 1993, plus de 50 personnes participent régulièrement aux réunions de la commission. Pour les marchés dévolus à des entreprises de travaux publics, Gilbert Sananès est assis aux côtés du directeur des affaires scolaires et de l'enseignement supérieur, Jean-François Maury. Et parmi tout ce beau monde, il ne se trouve personne pour renifler le scandale, jusqu'à ce que le grain de sable Tissot vienne gripper la machine.

Informés de ces procédés de malfrat, les élus de tous bords de la Région Île-de-France ont laissé faire, quand ils ne les ont pas encouragés. Le 9 mars 2001, honteux comme un renard pris par une poule, le sénateur et ancien ministre des Finances Jean-Pierre Fourcade admet devant le juge que, premier vice-président UDF du conseil régional, il a accepté – comme tout le monde – « l'entente entre les entreprises ». Dans un premier temps, dit-il, il en a mesuré le risque. Dans un deuxième, il en a été informé. Et, dans un troisième, il aurait pris les mesures adéquates pour en conjurer les effets nocifs.

Oubliées cette fois ses précédentes explications aux journalistes du *Canard enchaîné* : « Nous ne voulions pas gonfler le personnel de la Région, c'est pour ça que nous avons préféré déléguer. »

Quoi qu'il en soit, ces arrangements, pourtant formellement interdits par la loi, lui sont apparus inévitables... pour pouvoir conduire dans les meilleurs délais des opérations de construction urgentes. La belle excuse ! À en croire l'ingénieux inventeur des fameux marchés METP, ces « ententes » de caboulots ont une vertu cardinale : elles permettent de répartir les marchés entre les entreprises, en fonction de leurs charges de travail et des possibilités de création d'emplois. Éternelle ritournelle. Et tant pis si la mise en concurrence n'est que de pure forme... et la loi allégrement foulée aux pieds. Quant aux risques liés à l'exercice de ces pratiques barbares, ils lui ont semblé – je le cite – avoir été contrôlés par une surveillance étroite des prix et des taux d'intérêt, pour ne pas générer de surcoût.

Version totalement démentie par Claude-Annick Tissot à l'examen immédiat des dossiers et plus tard lors de l'instruction. Mais à quoi bon pinailler sur les prétextes quand il nous faut aller à l'essentiel : le viol délibéré de la loi !

Au final, nullement troublé d'avoir à s'expliquer à propos d'aussi graves contraventions, l'ancien ministre des Finances, numéro deux du conseil régional d'Île-de-France, est droit dans ses bottes, affirmant n'avoir rien à se reprocher. Fermez le ban ! Et chapeau bas devant l'intrépide Fourcade qui, pour ses exploits à la tête de la Région Île-de-France, n'aura jamais autant mérité le sobriquet de « balai-brosse » qui lui fut décerné en 1975-76, dans l'émission télévisée *Le Petit Rapporteur*, par l'inénarrable comédien Jacques Martin.

Du haut en bas de l'échelle des responsabilités, les explications sont du même calibre. Après Jean-Pierre Fourcade – qui a la chance, lui, de ne pas être renvoyé devant le tribunal correctionnel et de s'en tirer avec un « non-lieu » –, le cas de Christine Lor, dite « Miss bijoux », conseiller technique pour les affaires scolaires auprès du président Giraud, est tout aussi affligeant. Fourcade reconnaît, toute honte bue, qu'elle l'avait dûment « informé du financement politique réclamé aux entreprises attributaires de marchés ». Que ne l'avait-il pas mise à la porte sur-le-champ et n'avait-il pas saisi illico la justice, quitte à dénoncer Giraud et tous les commanditaires du système !

Contre toute évidence, la première ouvrière de ces messieurs assure n'avoir jamais participé à l'organisation des ententes, mais reconnaît tout de même sa participation aux réunions officieuses de la « commission de présélection » qui assurait un « équilibre global » entre les entreprises corruptrices. Membre du cabinet du président Michel Giraud, chargée des marchés des lycées, cette dame toujours vêtue de noir déclare avoir acquis la certitude de l'existence des ententes en 1992 et 1993. Cependant, au lieu de les refuser tout net, elle avait décidé de les cautionner. À l'image du vice-président épargné... Jean-Pierre Fourcade.

Élu UDF, dépositaire de l'autorité publique, en sa qualité de président de la commission d'appel d'offres de 1987 à 1992, le centriste Michel Elbel déclare, la main sur le cœur, avoir ignoré qu'il existait une répartition entre les entreprises des marchés, dits METP. Néanmoins, nuance-t-il, il avait constaté que la concurrence « avait du mal à s'exercer » et n'avait pas exclu une possibilité d'entente. Curieuse manière de se défendre, alors qu'il est lui-même poursuivi pour avoir touché un don en espèces d'un million de francs... qu'il remettra tardivement à son parti, le CDS (Centre des démocrates sociaux), dont aucun des responsables n'est poursuivi.

Au fil de l'enquête, de multiples témoignages confirment que ces fraudes ont obéi, dès 1988-1989 et jusqu'en 1997, à une volonté tenace des dirigeants politiques. Au point de punir les entrepreneurs récalcitrants, les fonctionnaires incorruptibles et les élus refusant de cautionner ces illégalités.

Comme de bien entendu, les membres de la commission des marchés ont tous nié avoir eu connaissance de quelque entente et financement politique que ce soit. Ainsi, aveugles et sourds, Michel de Rostolan, Bernard Bret, Jean-Louis Fanost, Jean-Philippe Lachenaud et François Guérard ont eu le sentiment d'exercer leur mission « en toute impartialité » et n'ont pas décelé d'anomalies dans le déroulement des travaux de la commission.

Même son de cloche avec l'énarque Marie-Thérèse Hermange, elle encore fidèle de Jacques Chirac, dont elle fut la coqueluche à la mairie de Paris. Vice-présidente du conseil régional en charge de l'administration générale, et précédente présidente de la commission d'appel d'offres (de 1992 à 1994), tout – jusqu'au bout ! – lui avait semblé fonctionner régulièrement, l'ayant présidée avec – je cite Mme Hermange – « honnêteté, rigueur, loyauté et transparence ». Ben dis donc ! Née Jacono, à Alger, d'une honorable famille qui n'avait pas besoin de cette publicité, formée à l'école de Jacques Chirac, Marie-Thérèse Hermange affirme n'avoir découvert l'existence des ententes entre entreprises qu'à l'occasion des révélations de Claude-Annick Tissot publiées dans la presse. Ces dénégations n'ont pas trompé les enquêteurs. Il ne leur a pas non plus échappé que, dans leur quasi-totalité, les autres membres de l'exécutif de la région étaient parfaitement au courant de la tricherie : outre Jean-Pierre Fourcade, citons, par ordre d'entrée en scène :

- le secrétaire général, directeur général des services et du cabinet du président du conseil régional, Pierre Pommelet, qui a reconnu, lors de sa garde à vue, avoir été mis au courant, dès 1992, par son patron Michel

Giraud, que « 2 % du montant de tous les marchés étaient reversés à tous les partis politiques », non sans toutefois préciser que « Giraud (...) héritait d'un système mis en place, dès 1989, par la mairie de Paris » (entre les mains de Jacques Chirac) ;

• son adjoint à la direction générale des services et des directions du conseil régional, Xavier de La Gorce...

• le chef de cabinet de Michel Giraud, en charge des campagnes politiques et de leur financement, Jacques Chérifi.

Bien que La Gorce ait affirmé que les présidents successifs de la commission d'appel d'offres avaient une parfaite connaissance de ces fraudes massives, Marie-Thérèse Hermange a été écartée des poursuites. Ainsi, chiraquienne pur sucre, pourra-t-elle devenir député européen, puis sénateur, membre du Comité consultatif national d'éthique [*sic*] pour les sciences de la vie et de la santé [*resic*]. La sainte dame en est, à n'en pas douter, une experte émérite.

Cas d'espèce, les parcours ultérieurs de Pierre Pommelet et de Xavier de La Gorce ne sont pas moins surprenants. Quand tout sera consommé, ils n'auront pas à se plaindre de leur brillant passage en Région Île-de-France pillée par des Attila méthodiques.

Durant ces années folles, le fringant polytechnicien Pierre Pommelet (surnommé « Pomme au lait » par ses copains de promo) a fait mine de ne rien voir, rien savoir. C'est sans sourciller qu'il a signé les ordres du jour de la commission d'appel d'offres et les avis d'appel à la concurrence. Et c'est encore lui qui, avec les préfets des huit départements franciliens, s'est penché sur la légalité des marchés. Les ayant regardés avec des lunettes noires, il ne se sent ni responsable ni coupable. Lorsque la justice s'intéresse enfin à lui et le met en examen (avant de le laisser en paix), le haut fonctionnaire s'éclipse. Non sans être récompensé par ceux qu'il a fidèlement servis. En 1998, le revoici donc nommé directeur général de l'ANAH, l'Agence nationale pour l'amélioration de l'habitat [*sic*], chargée de distribuer, par dizaines de millions d'euros, des subventions pour la rénovation des logements anciens. Par la suite, Pommelet enchaîne les missions de confiance. En 2003, le ministre UDF de l'Équipement Gilles de Robien – qui dans l'utilisation des compétences ne manque pas d'humour – lui demande, par lettre officielle s'il vous plaît, de recenser « tous les terrains appartenant en Île-de-France aux administrations publiques, pour pouvoir envisager dans un second temps leur utilisation pour créer des logements ». Il est vrai que Pommelet en connaît tous les secrets. En août 2004, Jean-Louis Borloo, ministre du Travail, de la Cohésion sociale et du Logement du gouvernement Raffarin, fait encore appel à ses qualités reconnues. Par lettre de mission, Borloo, ancien avocat du vertueux Bernard Tapie, l'invite à « faire des propositions pour la relance du logement en Île-de-France », terre profondément marquée par l'empreinte de ses talents. Si, pour paraphraser de Gaulle, le difficile n'est pas de sortir de Polytechnique mais de l'ordinaire, Pommelet peut s'enorgueillir d'avoir magistralement réussi son coup.

L'itinéraire de Xavier de La Gorce (alias « le Châtelain ») n'est pas moins édifiant. Menaçant et désagréable en diable, cet autre gardien du temple, corrézien d'origine et membre administratif de la commission d'appel d'offres, est chargé, en 1996, de mettre en place le service d'inspection croupion du préfet de région Henri Rouanet. La mission de Rouanet est très spéciale : il faut faire diversion, surtout ne rien inspecter. Provisoirement mis en examen (tout comme Fourcade et Pommelet), Xavier de La Gorce, lui encore, s'en tirera finalement avec un « non-lieu ». Merci pour lui. Entre-temps, en 1996, le haut fonctionnaire a déjà été repêché par une autre éminence, l'ancien Premier ministre Raymond Barre, député-maire de Lyon. Barre l'a nommé à un poste stratégique : secrétaire général de sa mairie, deuxième ville de France. De la capitale des Gaules aux bandits manchots, il n'y a qu'un pas. En avril 2000, Barre, que l'on ne savait pas si joueur, inaugure en grande pompe dans sa bonne ville un casino du groupe Partouche, le premier établissement de jeu à être installé dans une agglomération de cette taille. Une fois Raymond Barre parti en retraite, en mars 2001, et Lyon passé à gauche, Xavier de La Gorce n'a pas besoin de s'inscrire au chômage. Il se recycle tout naturellement, comme... « délégué général des casinos modernes de France ». Autrement dit, chef des casinotiers et des croupiers de l'Hexagone. Puis, le 17 novembre 2004, nouvelle promotion : Jean-Pierre Raffarin le fait passer des tapis verts à la grande bleue, en le nommant « Secrétaire général de la mer ». Un « machin », comme disait de Gaulle, placé sous l'autorité directe du Premier ministre. Il fut créé, en 1995, pour... être un des refuges dévolus aux serviteurs de la République en mal d'affectation et ayant bien mérité de la patrie. Un poste ingrat qui oblige ce petit-fils d'académicien à sillonner en plein hiver la Guyane, la Polynésie et nos plus exotiques départements d'outre-mer. En ces temps d'économie budgétaire, sa dernière initiative a valeur de symbole : « Le lancement d'une réflexion sur le thème de la mer aujourd'hui, la mer demain [*sic*] ». Un programme digne de l'inoubliable et tautologique « Fécamp, port de mer et qui entend le rester »... du général de Gaulle.

Pour avoir prêté son aimable concours aux fossoyeurs de la Région Île-de-France, dont il était l'inspecteur Colombo (si je puis dire), Henri Rouanet ne sera pas chichement récompensé. Digne représentant de la préfectorale, il arbore aujourd'hui, avec fierté, la Légion d'honneur (ce qui donne confiance), l'ordre du Mérite (ce qui impressionne toujours les concierges), le Mérite agricole (ce qui fait très cultivé), les Palmes académiques (utiles pour la natation et la nage en eaux troubles) et surtout la rarissime médaille de l'administration pénitentiaire (très recommandée pour les gardes à vue). Administration pénitentiaire qu'Henri Rouanet, lui, n'a fort heureusement jamais connue que de l'autre côté des barreaux. Au même titre que ses collègues d'alors en Région Île-de-France, il aura droit à une reconversion... sur mesure. En 1998, quand tout explose, il est élevé au rang de préfet de région honoraire et discrètement « exfiltré » – comme on dit dans les services spéciaux – en tant que conseiller de la Fédération nationale du bâtiment et des travaux publics... Vous avez bien lu : il s'agit, comme par hasard, du syndicat professionnel où cotisent tous les grands groupes du BTP, les entrepreneurs corrupteurs que je vois maintenant défiler, tête basse et verbe éteint, à la barre du tribunal correctionnel.

Destin exemplaire... d'un grand commis de l'État !

Les brillants états de service d'Henri Rouanet en Île-de-France iront même jusqu'à lui rapporter d'être propulsé à la tête de la Commission interministérielle des contrôles sur les opérations cofinancées par les fonds structurels européens (CICC). Autrement dit, la structure en charge de la surveillance des milliards d'euros de subventions allouées, chaque année, par l'Union européenne. Fichtre ! Les contribuables sont ainsi rassurés : leurs deniers sont bien gardés. Depuis mars 2005, cet oiseau rare, fin connaisseur des rouages de l'État, s'est trouvé un autre nid à sa mesure : la société en déconfiture Eurotunnel (9 milliards d'euros de dettes... générées par des dirigeants incapables), qui l'a chaleureusement fait entrer dans son conseil. Bon vent à tous !

Hermange, Pommelet, La Gorce, Chérifi, Rouanet... : repêchés, ces grands serviteurs de la République ont été épargnés par la justice. Leurs rôles lui sont apparus secondaires au regard des excès d'une Christine Lor, victime, elle, d'un déficit de diplômes et de position sociale.

Soutenue jusqu'au bout par Michel Giraud et l'appareil RPR, mise en examen le 24 novembre 2000 pour

« favoritisme et complicité de corruption active et passive », « Madame Mado » aura tout de même droit à la reconnaissance de ses pairs. Quand la situation tournera au vinaigre, la conseillère du président sera discrètement recasée dans les transports publics, à la RATP, à un poste à la hauteur de ses compétences : « Responsable des relations avec les élus »... de toutes tendances. Une experte en la matière.

Ainsi s'achèvent – ou s'achètent à bon compte ? – les silences et... les pleurs d'une pauvre femme à tout faire !

Au terme de ses longues investigations, le juge Armand Riberolles est certes sélectif, mais catégorique. Son ordonnance de renvoi de l'affaire devant le tribunal correctionnel fustige au vitriol les auteurs de cet incroyable saccage : « Ces ententes se sont accompagnées du versement à des élus ou à des formations politiques, selon une règle implicite, mais connue de tous, consistant à rétrocéder, selon divers procédés, **2 %** du prix des marchés aux principaux partis politiques de la région, soit **1,2 %** pour le RPR et **0,8 %** pour le Parti socialiste. Le versement de ces commissions, aux dires des entreprises qui les ont versées, n'était pas une obligation mais un atout évident pour concourir efficacement. Le lien de causalité, implicite mais évident, établi entre ces versements et les décisions de la commission d'appel d'offres du conseil régional a justifié l'élargissement de l'instruction à des faits de "*corruption*" et de "*trafic d'influence*". (...) Quoi qu'il en soit, l'instruction a rapporté la preuve formelle que la commission d'appel d'offres du conseil régional entérinait, purement et simplement, au stade de la présélection des entreprises, les choix qui lui étaient proposés par un groupe de travail officieux, lui-même guidé par les propositions du bureau d'études Patrimoine Ingénierie de Gilbert Sananès. Le groupe de travail veillait au respect d'une répartition équilibrée de la commande entre les grands groupes du BTP – dont les ententes étaient généralement entérinées – et entre ces majors [*du BTP*] et les PME indépendantes. En vue, notamment, de permettre aux entreprises de s'entendre entre elles sur la répartition des marchés et d'ajuster leurs offres, il est avéré que de nombreuses informations confidentielles leur étaient communiquées en cours de procédure. En outre, à la faveur d'autres manquements au Code des marchés publics, le conseil régional s'est affranchi du principe de liberté d'accès et d'égalité des candidats, pour favoriser des entreprises, soit en recourant abusivement à des procédures négociées, au lieu de relancer les procédures d'appel d'offres déclarées infructueuses, soit en admettant, en cours de procédure et dans des conditions irrégulières, la candidature d'entreprises évincées ou non agréées. »

Et que dire du préfet de région qui – jamais ! – ne trouve de motifs pour engager des recours dans le cadre du « contrôle de légalité » qui lui est imparti ? Et pourtant, les occasions n'ont pas manqué.

Ainsi, partout, sauf quelques exceptions, telles les villes d'Antony (Patrick Devedjian), Courbevoie (Jacques Kossowski), Issy-les-Moulineaux (André Santini) ou Neuilly-sur-Seine (Nicolas Sarkozy), la tromperie sur la réalité de la concurrence s'est hardiment développée... aboutissant à attribuer des marchés à des entreprises soumises à la loi persane du bakchich. Fantastique concasseur d'argent sale, voulu par les plus hautes autorités de l'État – au pouvoir ou dans l'opposition ! –, bénéficiant de la complicité, du moins passive, de maires, préfets et diverses autorités de contrôle, tous aux abris.

Aussi, pour le traitement forcément sourcilleux de ce dossier exemplaire – où l'on voit la première et plus riche des régions de France livrée à une légion de pirates barbaresques –, je me suis efforcé de dresser l'inventaire des pillages.

Quelle que soit la ligne de leurs élus, toutes les villes, tous les départements ont été touchés : des plus huppés à ceux abritant les cités-dortoirs où, à l'automne 2005, éclateront les émeutes dites « des banlieues ». M'étant astreint à un travail de fourmi couvrant la seule période de 1989 à 1995, voici donc, reconstituées par mes soins et dans l'ordre, la carte géographique et la liste noire (non exhaustive !) des marchés des lycées et collèges qui y furent à peu près tous manipulés. Précis, jamais porté à la connaissance du contribuable nettoyé au crésyl, cet indispensable recensement nous ouvre une vue panoramique sur la table de gavage du gang :

- **Achères** (lycée polyvalent Louise-Weiss),
- **Alfortville** (lycée polyvalent Maximilien-Perret),
- **Argenteuil** (les lycées polyvalents Georges-Braque, Jean-Jaurès, Fernand et Nadia-Léger),
- **Arnouville-lès-Gonesse** (lycée Vaillant),
- **Arpajon**, (lycée)
- **Athis-Mons** (lycée Robert-Schuman et lycées polyvalents Clément-Ader et Marcel-Pagnol),
- **Aubergenville**,
- **Aulnay-sous-Bois** (les lycées Voillaume, Jean-Zay et Georges-Brassens, dont la chanson *Les Copains d'abord* prend, ici comme ailleurs, un relief singulièrement argenté),
- **Bagneux** (lycée polyvalent Léonard-de-Vinci),
- **Beaumont-sur-Oise** (le lycée Évariste-Galois et l'Érea [*établissement régional d'enseignement adapté*] Françoise-Dolto),
- **Bezons** (lycée polyvalent Eugène-Ronceray),
- **Blanc-Mesnil (Le)** (lycée Aristide-Briand),
- **Bobigny** (lycée polyvalent Louise-Michel),
- **Bonneuil-sur-Marne** (établissement régional d'enseignement adapté),
- **Boulogne-Billancourt** (lycée d'enseignement professionnel [*LEP*] Édouard-Vaillant),
- **Brétigny-sur-Orge** (l'institut universitaire de technologie [*IUT*] et le lycée polyvalent Jean-Pierre-Timbault),
- **Brie-Comte-Robert** (lycée polyvalent Blaise-Pascal),
- **Bussy-Saint-Georges** (lycée polyvalent Martin-Luther-King),
- **Cergy-le-Haut** (lycée polyvalent Jules-Verne),
- **Cergy-Pontoise** (l'ENSEA : École nationale de l'électronique et de ses applications),
- **Cesson** (lycée),
- **Champigny-sur-Marne** (lycée polyvalent Langevin-Wallon),
- **Champs-sur-Marne** (lycée polyvalent René-Descartes),
- **Châtenay-Malabry** (lycée Jean-Jaurès),
- **Chelles** (lycée polyvalent Gaston-Bachelard et lycée Louis-Lumière),

- **Chesnay (Le)** (lycée Jean-Moulin),
- **Claye-Souilly** (lycée Le Champ-de-Claye),
- **Clichy** (lycée Newton),
- **Clichy-La Garenne** (lycée polyvalent René-Auffray),
- **Clichy-sous-Bois** (lycée polyvalent),
- **Colombes** (lycée professionnel Claude-Garamond),
- **Conflans-Sainte-Honorine** (lycée),
- **Corbeil-Essonnes** (lycée polyvalent),
- **Coulommiers** (lycées polyvalents Jules-Ferry et Georges-Cormier),
- **Courneuve (La)** (lycée Denis-Papin),
- **Créteil** (lycées Édouard-Branly et Antoine-de-Saint-Exupéry),
- **Deuil-la-Barre** (lycée polyvalent Camille-Saint-Saëns),
- **Domont** (lycée polyvalent George-Sand),
- **Dourdan** (lycées polyvalents Alfred-Kastler et Francisque-Sarcey),
- **Drancy** (lycées polyvalents Le Rolland et Eugène-Delacroix),
- **Dugny** (lycée polyvalent François-Rabelais),
- **Élancourt-Maurepas** (lycée polyvalent),
- **Enghien-les-Bains** (lycée),
- **Épinay-sur-Seine** (lycée polyvalent Jacques-Feyder),
- **Ermont** (lycée Ferdinand-Buisson),
- **Étampes** (lycée polyvalent Geoffroy-Saint-Hilaire),
- **Évry** (lycée),
- **Fontainebleau** (lycée François-Couperin),
- **Fosses** (lycée polyvalent Charles-Baudelaire),
- **Franconville** (lycée polyvalent Jean-Monnet),
- **Gagny** (lycée polyvalent),
- **Garches** (l'Érea [*établissement régional d'enseignement adapté*] Jean-Monnet),
- **Garges-lès-Gonesse** (lycée polyvalent),
- **Gif-sur-Yvette** (la Maison de l'ingénieur, au Centre d'Orsay),
- **Gonesse** (lycée polyvalent René-Cassin),
- **Goussainville** (lycée polyvalent Romain-Rolland),
- **Guyancourt** (lycée polyvalent De Villaroy),
- **Jouy-le-Moutier** (lycée polyvalent),
- **Juvisy-sur-Orge** (lycée),
- **Lagny-sur-Marne** (lycée polyvalent Van-Dongen),
- **Lilas (Les)** (lycée polyvalent Paul-Robert),
- **Limeil-Brévannes** (lycée polyvalent Guillaume-Budé),
- **L'Isle-Adam** (lycée polyvalent Fragonard),
- **Livry-Gargan** (les lycées polyvalents André-Boulloche et Henri-Sellier),
- **Longjumeau** (lycée Jean-Perrin),
- **Maisons-Alfort** (lycée Paul-Bert),
- **Mantes-la-Ville** (lycée Camille-Claudel),
- **Marly-le-Roi** (lycée polyvalent Louis-de-Broglie),

- **Massy** (lycée du Parc de Vilgenis),
- **Meaux** (lycée polyvalent Henri-Moissan et l'institut universitaire de technologie [*IUT*]),
- **Mée-sur-Seine (Le)** (lycée polyvalent George-Sand),
- **Mennecy** (lycée polyvalent Marie-Laurencin),
- **Moissy-Cramayel** (lycée de La Mare-Carrée),
- **Montereau** (lycée polyvalent),
- **Montigny-le-Bretonneux** (lycée polyvalent),
- **Montsoult** (lycée Jean-Mermoz),
- **Morangis** (lycée polyvalent Marguerite-Yourcenar),
- **Mureaux (Les)** (lycée Jacques-Vaucanson),
- **Nangis** (lycée polyvalent Henri-Becquerel),
- **Nemours** (lycée polyvalent Étienne-Bezout),
- **Nogent-sur-Marne** (lycée polyvalent Louis-Armand),
- **Noisiel** (lycée),
- **Noisy-le-Grand** (lycée polyvalent et l'Institut francilien d'ingénierie),
- **Orsay** (lycée polyvalent Blaise-Pascal),
- **Palaiseau** (lycée),
- **Paris** (les Érea Jean-Jaurès et Édith-Piaf, de même que les lycées Louis-Armand, Beaugrenelle, Bourseul-du-Bois, Colbert, Condorcet, Diderot, Étienne-Dolet, Fénelon, Fresnel, Sophie-Germain, Joseph-Marie-Jacquard, Marie-Laurencin, Louis-le-Grand, Martin-Nadaud, Pirandello, Raspail, Racine, Edmond-Rostand, Saint-Louis, Érik-Satie, Nicolas-Louis-Vauquelin, sans oublier le centre Industrie Cuir d'Alembert et la prestigieuse Université Paris-Dauphine),
- **Pavillons-sous-Bois (Les)** (lycée Claude-Nicolas-Ledoux),
- **Poissy** (lycée polyvalent Adrienne-Bolland),
- **Pontault-Combault** (lycée polyvalent Camille-Claudel),
- **Porcheville** (lycée polyvalent Lavoisier),
- **Queue-les-Yvelines (La)** (lycée polyvalent Jean-Monnet),
- **Raincy (Le)** (lycées polyvalents Albert-Schweitzer et René-Cassin),
- **Rambouillet** (lycée polyvalent Louis-Bascan),
- **Ris-Orangis** (lycée Pierre-Mendès-France),
- **Rosny-sous-Bois** (lycée polyvalent Charles-de-Gaulle),
- **Rueil-Malmaison** (lycée polyvalent Gustave-Eiffel),
- **Saint-Cloud** (lycées Santos-Dumont et Florent-Schmitt),
- **Saint-Denis** (lycées Frédéric-Bartholdi et Paul-Éluard, plus un lycée polyvalent),
- **Sainte-Geneviève-des-Bois** (lycée Albert-Einstein),
- **Saint-Maur** (lycées polyvalents Condorcet, Pontault et François-Mansart),
- **Saint-Maur-des-Fossés** (lycée polyvalent Marcellin-Berthelot),
- **Saint-Maurice** (lycée),
- **Saint-Michel-sur-Orge** (lycée polyvalent Léonard-de-Vinci),
- **Saint-Ouen** (lycée polyvalent Marcel-Cachin),
- **Saint-Ouen-l'Aumône** (lycée Jean-Perrin),

- **Saint-Quentin-en-Yvelines** (lycée),
- **Saint-Witz** (lycée polyvalent Léonard-de-Vinci),
- **Sarcelles** (lycée polyvalent de La Tourelle),
- **Sartrouville** (lycées Jules-Ferry, Évariste-Galois et Jules-Verne),
- **Savigny-le-Temple** (lycée polyvalent Pierre-Mendès-France),
- **Savigny-sur-Orge** (lycée polyvalent Gaspard-Monge),
- **Sevran** (lycée polyvalent Blaise-Cendrars),
- **Stains** (lycée polyvalent Maurice-Utrillo),
- **Sucy-en-Brie** (lycée polyvalent Christophe-Colomb),
- **Suresnes** (lycée polyvalent Paul-Langevin),
- **Taverny** (lycée polyvalent),
- **Trappes** (lycées Henri-Matisse et Louis-Blériot),
- **Tremblay-en-France** (l'institut universitaire de technologie [*IUT*] et un lycée polyvalent),
- **Unay** (lycée polyvalent),
- **Vélizy-Villacoublay** (l'institut universitaire de technologie [*IUT*]),
- **Versailles** (lycée La-Bruyère),
- **Villemomble** (lycée polyvalent Georges-Clemenceau),
- **Villeneuve-la-Garenne** (lycée polyvalent Charles-Petiet),
- **Villepinte** (lycée polyvalent Georges-Brassens),
- **Villiers-le-Bel** (lycée Pierre-Mendès-France),
- **Villiers-Saint-Frédéric** (lycée polyvalent Viollet-le-Duc), et...

... j'en passe, un bon wagon.

Arrêtons là ! Comment citer **471** marchés effrontément bombardés ? Démonter la mécanique infernale qui a permis de ratisser les fonds des contribuables dans les marchés de la Région Île-de-France relève du travail d'anthropologue. À la recherche des pages oubliées de l'histoire, il faut avancer à tâtons, étiqueter ses découvertes, les ranger soigneusement. Puis les décortiquer au bistouri, les passer au tamis, les analyser au microscope. Ainsi parvient-on à identifier les bénéficiaires ultimes.

Dès le départ, je suis frappé par la concordance des dates. J'observe que le pillage prend sa vitesse de croisière en 1989. Nous sommes alors en pleine affaire Urba-Gracco, calamiteux scandale d'État qui finira par totalement ruiner la réputation du PS. En 1991, en pleine tempête Urba, le député socialiste Claude Bartolone qui tente d'allumer un contre-feu est le premier à lever le lièvre de l'affaire des lycées d'Île-de-France. Membre de la commission d'enquête de l'Assemblée nationale sur « Le financement des formations politiques et des campagnes électorales sous la Ve République », Bartolone actionne maladroitement une bombe à fragmentation... qui fera des victimes jusque dans son propre camp. Le 12 juin 1991, lors de l'audition d'Henri Emmanuelli, trésorier sortant du Parti socialiste, ce proche de l'ancien Premier ministre Laurent Fabius veut jouer les chevaliers blancs. Il lui pose la question qui fâche. Bartolone sait-il que sa propre formation est mêlée au pacte de corruption, dont nous connaissons maintenant les tenants et aboutissants en Île-de-France ? Interrogation ingénue (ou hypocrite ?) de l'apprenti sorcier : « Peut-on imaginer qu'il y ait eu dans certaines collectivités, où les majorités ne sont pas stables, des contacts entre des systèmes de financement de différentes organisations politiques ? Avez-vous entendu parler de partages de marchés entre différentes organisations politiques ? »

Réponse lapidaire d'Emmanuelli à son camarade de cordée : « C'est une question qui m'embarrasse, car la réponse n'est pas facile. (...) Si votre question est de savoir si [*l'officine*] Urba-Gracco s'est livrée seule à certaines pratiques, alors je réponds non. »

Habile, détenteur des clés du coffre où le PS entasse ses trésors, Emmanuelli prétend ignorer que ces pratiques ont continué après la liquidation d'Urba-Gracco (à partir du 31 janvier 1990)... pour justement combler les trous résultant de sa disparition. S'il consent, toutefois, à admettre leur existence, c'est pour les situer dans une période révolue, au temps où les lois de 1988 et 1990 réglementant le financement des partis n'existaient pas.

Une semaine plus tard, le 19 juin 1991, lors de l'audition de Robert Galley, trésorier du RPR de 1984 à 1990, Bartolone réitère sa question. Tel un éléphant dans un magasin de porcelaine, il joue au plus malin, dans des allusions qui, a posteriori, ont un effet boomerang. Car en titillant son interlocuteur gaulliste, Bartolone met aussi en cause le PS. Ignore-t-il que, comme à peu près toutes les autres grandes organisations, son propre parti est englué dans les sables mouvants de l'affaire des marchés truqués d'Île-de-France ? Dans la gestion irréfléchie des affaires sensibles, voici ce qui arrive lorsqu'un fourbe « chevalier blanc » entreprend de troubler un enterrement de première classe, en entonnant un tonitruant « Je te tiens, tu me tiens par la barbichette » : « Je voudrais, dit-il doctement à Robert Galley, vous poser une question qui naturellement relève totalement de la fiction [*sic*]. Vous nous avez dit qu'il n'était pas question pour le RPR et pour la société que vous présidez [*la SDP*] d'avoir des relations avec les entreprises. Imaginons, en nous situant avant puis après la loi sur le financement des partis politiques, que, par exemple dans la Région Île-de-France, des entreprises retenues pour réaliser ou construire des lycées aient décidé de faire des dons au RPR. »

Tout comme Emmanuelli, Galley reste muet. Mais peut-il ignorer les micmacs qui ont cours en Île-de-France ? Entendre de manière gentiment diffuse que son entreprise de services SDP (Société de développement et publicité), fondée en 1984 à l'initiative du RPR, pour ses besoins en général et ceux de son président Jacques Chirac en particulier, pourrait y être associée le scotche au plafond. Plusieurs fois ministre, grand officier de la Légion d'honneur, « mis en examen » dans un premier temps (à l'instar de l'honorable Jean-Pierre Fourcade), il aura droit comme lui à un « non-lieu ».

Lorsque, plusieurs années après, les enquêteurs interrogent Claude Bartolone à propos de ses questions à Henri Emmanuelli et Robert Galley – fidèlement reproduites dans le tome 2 de son Rapport publié au *Journal officiel* de la République le 15 novembre 1991 –, sa verve s'éteint... comme par enchantement. L'arroseur arrosé fournit sans sourciller une explication en forme de serviette-éponge. Et qui « fera date », comme on disait dans les oasis de mon enfance algérienne. Timide, il affirme qu'il n'avait à l'époque nulle information particulière sur les pratiques dévoilées par l'information judiciaire : « Aucune rumeur ou aucun écho n'est à l'origine de la question que j'ai posée. »

Doué d'un instinct de prémonition extraordinaire, capable de lire le passé, le présent et l'avenir dans une boule de cristal, le camarade Bartolone ne pouvait imaginer que ses questions, de pure « fiction », puissent se rapporter à des embrouilles dont il ignorait l'existence.

Sacro-sainte loi de l'omerta qui empoisonne depuis des lustres le petit monde politique français.

6

Comment la gauche et la droite libèrent leurs pulsions lucratives

Lors de l'instruction menée à pas de chat, d'autres témoignages plus ciblés sont venus étayer les accusations de financement politique illicite. La présidente RPR de la commission d'appel d'offres, Claude-Annick Tissot, et trois conseillers régionaux écologistes, Jean-Jacques Porchez, Jean-Félix Bernard et Alain Lipietz, déclarent spontanément que François Donzel, élu régional apparenté au groupe des Verts et membre à ce titre de la commission d'appel d'offres, leur avait révélé, fin 1992-début 1993, l'existence d'un « système de financement occulte de l'ensemble des partis politiques représentés au conseil régional ». À l'exception du Front national, tous se gorgeaient d'argent sale : le RPR, l'UDF, le Parti socialiste et son allié communiste. Président du conseil régional, Michel Giraud veillait personnellement à la répartition de ces fonds proportionnellement au poids des partis dans l'assemblée régionale. Chaudement encouragé par Michel Giraud, qui voulait s'en faire des alliés, François Donzel avait proposé aux élus écologistes de les faire bénéficier de cette source de financement dont, jusqu'alors, ils avaient été « exclus ». Honnêtes, scandalisés, Jean-Jacques Porchez, Jean-Félix Bernard et Alain Lipietz avaient refusé tout net. Soit. Mais sans briser la loi du silence, en prévenant les autorités judiciaires.

Conseiller régional RPR de 1992 à 1995, lui-même cité en vedette (américaine) dans on ne sait plus combien de dossiers sulfureux, l'inénarrable donneur de leçons Didier Schuller – mûri dans la délinquance financière comme la mère du vinaigre dans le tonneau – atteste, sans se faire prier, qu'il était de notoriété publique que les marchés des lycées finançaient les principaux partis, sous l'égide de Gilbert Sananès, Christine Lor et Michel Giraud. Pour appuyer ses dires, Schuller avance qu'il avait notamment recueilli les déclarations de Roger Karoutchi, vice-président chargé des affaires scolaires, qui lui aurait soufflé à l'oreille être « sidéré » par le montant considérable des commissions versées, leur existence lui ayant été révélée par l'illustre saint Jean bouche d'or, Jean-Pierre Fourcade. Sacré Schuller... qui omet de préciser qu'en sa qualité de vénérable de la Grande Loge Nationale de France (GLNF), obédience maçonnique de droite, connue des initiés sous le nom de « Loge Bineau », du nom de l'avenue de Neuilly-sur-Seine où se trouve son siège, il était informé par ses frères, membres actifs du réseau, de tout ce qui se passait d'illégal au conseil régional. Ainsi s'était-il entretenu avec le Très Illustre Frère ∴ ∴ ∴ Christian Curtet, dirigeant du Bureau d'études CET Ingénierie, cité dans d'autres opérations du conseil régional et de la Ville de Paris, qui lui ont valu, en 1993, un séjour à l'étage 5 étoiles de la prison de la Santé. Sans de trop graves malheurs par la suite.

Dans les officines qui fleurissaient à l'époque sur le marché de la collecte de fonds par le racket des entreprises, les enquêteurs ont recueilli bien d'autres témoignages précis, graves et (ou) concordants. Directeur commercial de la Société d'Entreprise Municipale qui assurait « le relationnel » entre les entreprises de BTP et le RPR, tant pour les marchés de la Ville de Paris que ceux du conseil régional d'Île-de-France, Jean-Philippe Huchard n'hésite pas à mettre en cause son « ami d'enfance Michel Roussin » : en 1986 ou 1987 (il ne se souvient plus exactement), intervenant en qualité de chef de cabinet du Premier ministre Jacques Chirac, Roussin lui avait demandé de se rapprocher de François Bidet, directeur de cabinet du président Michel Giraud. Suivant un processus bien rodé, le bien nommé Bidet l'avait de suite renvoyé vers l'incontournable tandem Lor-Sananès, passage obligé pour :

- entrer en contact avec les quatre ou cinq groupements d'entreprises présélectionnés ;
- être informé des candidatures retenues, sous réserve d'avoir accepté de verser une contribution aux partis politiques.

À cette occasion, Huchard apprend de « Miss bijoux » qu'« un "*accord financier*" avait été conclu entre le conseil régional et les entreprises », aboutissant « à rétrocéder aux principaux partis représentés au conseil régional une commission de **2** à **3 %** du prix des marchés, et qu'elle était personnellement chargée d'en répartir le bénéfice... en tenant compte, notamment, de la couleur politique du maire de la commune sur laquelle le lycée était implanté ». Au service du géant du BTP Fougerolles, l'intermédiaire lâche que, pour l'informer de la construction de tel ou tel lycée et faciliter les ententes, il lui arrivait de prendre langue avec une collectrice de fonds, ancienne directrice commerciale de la Sages, société de racket du Très Illustre Frangin ∴ ∴ ∴ Michel Reyt, vieux compagnon de route d'éminents socialistes dévoyés.

Rien, dans ce cercle magique où droite et gauche libéraient leurs pulsions lucratives, n'était laissé de côté. Aussi, la très rocardienne racketteuse – qui s'était mise à son compte dans sa propre officine – recoupait auprès de Christine Lor les informations confidentielles que lui susurrait Jean-Philippe Huchard, sachant qu'il était en rapport avec les caciques du RPR depuis 1984 et qu'il rencontrait régulièrement le trésorier adjoint Jacques Durand, également conseiller régional, coresponsable à ce titre de la commission d'appel d'offres.

Saisis au saut du lit par les policiers de la Brigade financière, d'autres protagonistes de la gigantesque magouille ont pris peur et vendu la mèche.

À l'examen du dossier, je ne suis pas surpris de noter la présence du Très Illustre Frère ∴ ∴ ∴ Louis Houdayer, un vieux cheval de retour... de mes anciennes connaissances. Autre fine gâchette chez les frères racketteurs, Houdayer fut de 1983 à 1990 délégué régional du bureau d'études Urba-Technic, la désormais légendaire structure de corruption longtemps présidée par Gérard Monate [1], pour le financement frauduleux et exclusif du Parti socialiste. Les 6 et 26 juin 2001, soumis au roulement d'inquiétantes questions, Houdayer comprend que ses vis-à-vis en savent déjà long et que toute résistance pourrait lui en cuire. Ayant prêté serment de dire la vérité, il se met à livrer les secrets de l'organisation pour laquelle il agissait de longue date. Dès lors, l'affaire prend une autre dimension : nous voici enfin au cœur du pacte d'entente et de corruption au sommet d'un État à la main de partis politiques, de tendances opposées, mais faisant secrètement caisse commune dans des opérations de racket d'envergure. Fidèlement retranscrite, l'histoire ici contée par l'orfèvre Louis Houdayer, sur questions insidieuses du juge Riberolles, ne manque pas de harissa :

« À l'époque le PS était attaqué sur les questions de financement et (...) l'on nous avait demandé de connaître le fonctionnement de nos adversaires politiques dans ce domaine. Les renseignements que nous obtenions, nous les transmettions à la direction d'Urba. Concernant

1. Mort le 17 juin 2002.

Jean-Philippe Huchard, il se prévalait d'une amitié d'enfance avec Michel Roussin qui lui aurait valu d'être investi par le RPR pour la négociation avec les entreprises dans le cadre des futurs marchés des lycées de la Région Île-de-France. Les contacts que j'eus avec lui datent de cette mise en place.

– Comment Jean-Philippe Huchard vous a-t-il présenté le système qu'il était chargé de mettre en place ?

– Je ne me souviens plus des détails, mais de façon certaine il s'agissait d'une répartition de commissions entre le RPR, l'UDF, le PS et le PCF. Ainsi, Jean-Philippe Huchard nous a-t-il fait une offre de la part du RPR, même si cela demeurait un peu flou. (...) Sa proposition ne concernait que les METP de la Région Île-de-France. Sa mise en œuvre nécessitait un accord entre la majorité et l'opposition, un accord avec les AMO [*abréviation d'Assistant à maîtrise d'ouvrage : essentiellement Gilbert Sananès*] et entre les entreprises. Je pense que nous sommes alors en 1988 et qu'Urba était encore en capacité de récupérer des fonds. »

En militant dévoué, Houdayer avait fidèlement transmis la proposition au PS « pour qu'il prenne sa part des commissions récoltées » : « J'ai référé de tout cela, dans le détail, à Gérard Monate qui était le seul dirigeant d'Urba et qui, seul, référait de ces questions à la trésorerie du PS. Gérard Monate m'a fait savoir que le système qui nous était proposé avait son agrément. »

Cependant, Urba disparue n'aurait bénéficié d'aucune remise de fonds. À la demande du trésorier du PS Henri Emmanuelli, l'officine cornaquée par Monate était remplacée par l'Association de financement du Parti socialiste (AFPS), confiée au militant salarié Gérard Peybernes, jovial EDLV (« Enfant De La Veuve »), comprenez un Très Illustre Frère ∴ ∴ ∴ (de la GLNF, la Grande Loge Nationale de France). C'est l'AFPS qui avait pris le relais dans la délicate mission de collecteur de dons, étant chargée de les encaisser à sa place.

Lorsque, revenant sur le rôle de Gérard Monate dans ce circuit, le juge Riberolles veut savoir s'il « s'agissait de son agrément propre ou, à travers lui, de celui du Parti socialiste ? », Louis Houdayer est catégorique :

« Je pense, bien sûr, compte tenu de ce qui s'est passé par la suite avec l'AFPS [*maintenant poursuivie, en la seule personne de Peybernes*], qu'il s'agissait de celui du Parti socialiste.

– Gérard Monate, demande le juge, a-t-il fait allusion à un accord qu'il aurait reçu du trésorier ou du premier secrétaire, respectivement Henri Emmanuelli et Pierre Mauroy ?

– Non. Je n'avais d'ailleurs pas besoin qu'il se réfère à ces deux dirigeants pour exécuter ses décisions. »

Durant de longues heures, le vibrionnant racketteur socialiste détaille ses souvenirs que le magistrat dicte à sa greffière :

• L'inauguration des locaux de Jean-Philippe Huchard près de l'Arc de Triomphe, dans le quartier de l'Étoile, en présence de Christine Lor, Gilbert Sananès et de « 150 personnes », essentiellement des cadres du BTP qui lui avait confirmé le lien existant entre l'attribution des marchés et les financements politiques clandestins, « réalité notoire dès 1989 » ;

• Comment le duo Lor-Sananès (« qui lui semblait représenter les politiques ») avait « crédibilisé par leurs explications circonstanciées l'existence du système de financement que lui avait révélé Jean-Philippe Huchard » ;

• Comment, vu du balcon socialiste, le mécanisme des ententes liait les majors du BTP, adjudicataires des marchés bidonnés ;

• Comment les « tontons bétonneurs » s'étaient tous mis d'accord sur la ventilation des sommes qui leur étaient extorquées par l'association RPR, UDF, PS, PCF...

Enfin, lors d'une confrontation, Jean-Philippe Huchard met le feu aux poudres. Ce sosie rajeuni de Michel Galabru dans *Le Gendarme de Saint-Tropez* est, à sa manière timide, selon ses confrères socialistes, un dilettante ès fausses factures, victime de ses manières douces : dans le macrocosme terriblement macho des maniaques du bulldozer, elles ont indisposé. Sur le divan du juge Riberolles, Huchard se sent mal. Pourquoi endosserait-il, tout seul, sans rien dire, ce qu'il a enduré ? Acculé, il transpire, tremble, se met à parler et livre d'utiles compléments d'informations qui, s'ils étaient sérieusement pris en compte, devraient permettre de remonter jusqu'au grand manitou du réseau. En septembre 1989, Christine Lor l'avait remercié de ses services, avec perte et fracas, et remplacé par... le très sulfureux membre du comité central du RPR de 1987 à 1990, Jean-Claude Méry, collecteur de fonds armé d'une batterie de comptes, en France et dans les paradis fiscaux, capables de nettoyer n'importe quel champ de bataille à la vitesse et avec la fulgurance de l'épée d'Achille.

Fébrile, conscient que tout est découvert ou en passe de l'être, Jean-Philippe Huchard craint de terminer derrière les barreaux. Mais comment y échapper ? Après tout, bien qu'aux premières loges au tout début de l'affaire, il est bien placé pour savoir qu'il n'a jamais été qu'une petite main. Alors, pourquoi ne pas s'étendre sur les circonstances qui l'ont conduit à rencontrer l'homme de l'ombre qu'il ne fallait surtout pas voir ? Or, c'est précisément dans le bureau de Christine Lor qu'il avait rencontré Jean-Claude Méry, lorsque celle-ci l'avait convoqué « pour lui notifier son exclusion »... de la bande.

Aveux d'Huchard ou pas, Christine Lor n'en démord pas. Mise en cause, accablée par tous, qualifiée de « pièce maîtresse dans la mise en œuvre de ce financement » frauduleux, elle nie tout en bloc : et d'avoir confié la plus petite mission à Jean-Philippe Huchard ; et de l'avoir « congédié »... pour le remplacer par Jean-Claude Méry ; et d'avoir su le rôle de Méry dans le financement des partis, grâce aux marchés des lycées ; et d'avoir été en rapport avec l'envoyée spéciale de la socialisante Sages de Michel Reyt, ayant, assure-t-elle, « toujours refusé de la rencontrer ».

Mais trop de témoins têtus ont été retrouvés, qui réduisent à néant ses dénégations :

• Mis en examen, comme la plupart de ses confrères, responsables ou cadres supérieurs d'entreprises marron, Philippe Sokolowsky, de la société Baudin-Chateauneuf, indique que Jean-Philippe Huchard lui avait été présenté par la société Sicra (de la galaxie Générale des eaux) comme « l'envoyé de la Région auprès des entreprises, avant d'être évincé par Jean-Claude Méry ».

• En professionnel chevronné du racket socialiste, Louis Houdayer le confirme : pour la mission d'initier le système, le malheureux Jean-Philippe Huchard n'avait pas l'envergure suffisante, se laissant déborder par les entreprises, moyennes ou grandes, « qui ne le prenaient pas au sérieux ».

Dans la maison Chirac, ces défauts-là ne sont pas tolérés. Et les amateurs, priés de retourner à leurs études. D'ailleurs, Louis Houdayer, du bureau d'études d'Urba, se rappelle qu'en 1989 « les entreprises lui avaient indiqué que l'interlocuteur pour les marchés de lycées serait désormais Jean-Claude Méry », son confrère de la maison RPR d'en face. S'ensuit cet échange savoureux avec le juge Riberolles :

« Comment avez-vous vécu la succession de Jean-Philippe Huchard par Jean-Claude Méry sur la question des marchés des lycées ?

– Je ne me souviens plus où et comment j'ai rencontré Jean-Claude Méry à cette époque. (...) Méry me dit qu'il remplace Jean-Philippe Huchard, incapable de rapporter les fonds dont le RPR avait besoin. Il me précise que c'est sur décision de Michel Roussin [*devenu le directeur de cabinet de Jacques Chirac à la mairie de Paris en 1989*] qu'il prend désormais en main les questions de financement en relation avec les marchés des lycées. Méry est un homme nettement plus autoritaire et mieux organisé. Il m'explique que le système est mis en place et que la répartition entre les partis politiques va se faire. Il me demande évidemment comment le PS compte procéder. Je lui réponds à titre conservatoire que cela se passera par Urba, même si à ce moment-là la décision de liquider Urba est programmée. Évidemment, je réfère à Gérard Monate de ce changement d'interlocuteur.

– Avez-vous souvent rencontré Méry ?

– Oui, assez souvent. J'entretenais avec lui des relations assez cordiales malgré son côté mégalomane. Je me souviens d'un séjour à Port-Vendres où il ambitionnait d'aménager le "*Port-Méry*". Il était confronté à un problème de classement de terrain qu'il convoitait et m'a demandé d'intervenir auprès du Premier ministre [*Michel Rocard*] ou du président de la République [*François Mitterrand*] pour que ce classement soit supprimé. Je lui ai expliqué que c'était pure folie de penser que cela pourrait se faire. Ce jour-là, il m'avait amené en hélicoptère visiter un terrain de plusieurs centaines d'hectares qu'il voulait acheter pour en faire une chasse et y recevoir ses amis.

– En quels termes Jean-Claude Méry se référait-il aux dirigeants du RPR ?

– Méry se référait à Roussin, comme celui à qui il rendait des comptes en matière de collecte. Pour le reste, il vouait une admiration sans borne à Jacques Chirac auquel il était très fier d'avoir un accès direct. Il était aussi très fier d'avoir été membre du Comité central du RPR... »

Ces comptes rendus des « collectes » à Michel Roussin pouvaient-ils intervenir sans que le bras droit du maire (par ailleurs président du RPR) ne lui en fasse part, en sachant – forcément ! – que Jean-Claude Méry avait un « **accès direct** » à Chirac ? À cette question capitale, il ne sera pas répondu, car elle ne sera jamais posée !

Le mystère s'épaissit !

D'autant que, selon notre confrère Franz-Olivier Giesbert, directeur de la rédaction de l'hebdomadaire *Le Point*, « un étrange coup de téléphone » fut passé par Dominique de Villepin, « en charge des "*affaires*" à l'Élysée, à Michel Roussin, une quinzaine de jours avant son incarcération » : « Il faut, lui avait dit le futur Premier ministre, que tu voies d'urgence notre ami commun, le tout-petit. Il va t'appeler dans un instant. Il a quelque chose d'important à te dire. »

Et Giesbert d'ajouter : « Michel Roussin comprend tout de suite. Le "*tout-petit*", c'est l'avocat Francis Szpiner qui mène avec Dominique de Villepin la stratégie de l'Élysée concernant les "*affaires*". Rendez-vous est pris avec lui près de la fontaine Saint-Sulpice, comme dans un roman de John Le Carré[1]. »

Et là, comme nous l'avons déjà vu avec Didier Schuller en train de tomber sous les griffes du juge Halphen[2], Me Szpiner se présente en petit télégraphiste de l'Élysée : « Il faut que tu partes tout de suite, dit-il à Michel Roussin. Sinon, tu vas finir en prison. On s'est occupés de tout. Il y a un avion qui part pour Casablanca à 23 h 50. Tu connais des gens au Maroc [*où Roussin est né et a passé sa jeunesse*]. Après, tu te débrouilleras. »

À la différence de Schuller, Roussin réagit en homme d'honneur. Militaire dans l'âme, « il refuse la proposition sans hésiter » : « Il est choqué qu'on la lui fasse, ajoute Giesbert. On ne lui enlèvera pas de la tête que l'Élysée a voulu le piéger : sans doute redoutait-on, en

1. Cf. Franz-Olivier Giesbert, *La Tragédie du président (Scènes de la vie politique)*, Flammarion, 2006, pp. 262 et 263.

2. Cf. *supra*, p. 71.

haut lieu, qu'il ne supporte pas la prison et finisse par parler. C'est mal le connaître. Mais Chirac et Villepin ne connaissent pas les leurs dès lors qu'ils sont dans la tourmente. »

Peu après Giesbert, Michel Roussin confirme l'épisode. Dans un livre de souvenirs, il exhale, mezzo voce, l'amertume de l'officier supérieur lâchement abandonné au combat par son général en chef. L'histoire est vraie et peu glorieuse : se faisant le messager du président Chirac – « Premier magistrat de France », s'il vous plaît ! – Villepin lui conseilla de capituler en rase campagne, en prenant ses jambes à son cou et la poudre d'escampette. Ce qui, soit dit en passant, aurait eu pour effet d'arranger tout le monde... en enfonçant davantage Roussin.

« Un soir de novembre [*1998*] où je dîne chez moi avec des amis italiens, écrit-il, je reçois un appel téléphonique de Dominique de Villepin, alors secrétaire général de l'Élysée. Il est préoccupé et me conseille de rencontrer Me Francis Szpiner qui détient des informations. Sur-le-champ, compte tenu du ton [*sic*] de cet entretien, je rejoins la place Saint-Sulpice par un froid de canard et y retrouve à 21 heures l'avocat, lui aussi gelé. Il me précise que la police devant incessamment m'interpeller, il conviendrait que je parte au Maroc où j'ai beaucoup d'amis pour éviter une nouvelle épreuve. Je rejoins paisiblement mes amis italiens. L'esquive n'est pas un trait de mon caractère, je me garde de disparaître[1]. »

Et voilà que, désespérant son ancien boss, Roussin enfourche la monture de Don Quichotte, répétant tel le brave chevalier errant de Cervantès : « Mourir en combattant sied mieux au soldat qu'être libre dans la fuite. »

Bientôt poursuivi, moulu mais jamais abattu, incarcéré

1. Cf. Michel Roussin, *Le Gendarme de Chirac*, Albin Michel, 2006, p. 214.

quelques jours (du 1er au 5 décembre 2000) à la prison de la Santé (occasion unique de s'en refaire une toute neuve !), Roussin apprendra, à ses dépens, que si dans nos maisons ordinaires la corde du pendu porte bonheur, en chiraquie elle vous met la scoumoune et vous ruine de réputation. Pour le plaisir du Prince !

Quoi qu'il en soit, attendons la suite : nous y verrons moins noir.

Du témoignage d'Houdayer, une certitude demeure : il était convenu au départ, entre les huiles du réseau, que les sommes devant revenir au Parti socialiste seraient collectées par Urba, alors même que ce bureau d'études marron était déjà au centre d'un abominable scandale touchant la personne même du président Mitterrand. Et que, de surcroît, il était en voie de dissolution. Au nom du Parti socialiste, le P-DG d'Urba Gérard Monate avait accepté le gentil cadeau. Sans toutefois se prévaloir – dans ce monde-là, cela ne se fait jamais – de l'accord du trésorier, Henri Emmanuelli, ou du premier secrétaire d'alors, l'ancien Premier ministre Pierre Mauroy.

Pour Monate, que le juge Riberolles s'en est allé réinterroger chez lui, à Cunac dans le Tarn, le 3 juillet 2001 au matin, « les marchés de construction ou de rénovation des lycées d'Île-de-France constituaient une source probable et importante de financement à venir » et il atteste que « les élus socialistes au conseil régional voulaient leur part ». Mais pas question d'obtenir de ce militant formé à la dure école de la garde à vue qu'il en dise davantage. Déjà condamné, Monate n'a jamais parlé. Retiré des voitures, malade, ce n'est pas maintenant qu'il est au vert en beau pays toulousain qu'il se hasarderait à mettre le feu à la maison du parti qu'il a si longtemps servi dans une stricte obéissance.

Militant-voleur, oui ! Incendiaire, non !

Aussi Gérard Monate conteste-t-il formellement le

reste du témoignage de son ancien et fidèle racketteur qui, au travers d'Urba, implique les dirigeants nationaux du PS, destinataires dans un premier temps des fonds raflés, çà et là, en Île-de-France. Quand le juge Riberolles lui demande, d'entrée de jeu : « Confirmez-vous que Louis Houdayer vous a tenu informé de ses contacts avec Jean-Philippe Huchard concernant les marchés des lycées d'Île-de-France et le projet de répartition des commissions entre les grands partis politiques ? », le vétéran de ces années de maraude répond, la main sur le cœur :

« J'affirme que Louis Houdayer ne m'a jamais parlé de Jean-Philippe Huchard, dont j'ignorais l'existence jusqu'à ce que les policiers m'en parlent. »

Ne lâchant pas sa prise, le juge Riberolles contourne habilement l'obstacle et revient à la charge :

« Houdayer vous informait-il des éléments qu'il pouvait recueillir quant au financement du RPR ?

– J'ai, admet Monate, toujours dit à mes gars et pas seulement à Louis Houdayer de recueillir un maximum d'informations sur le terrain concernant le financement du RPR et des autres partis.

– Pourquoi, insiste aussitôt le juge, Louis Houdayer avec lequel vous ne semblez pas être en mauvais termes indique-t-il qu'il vous informait de ses contacts avec Jean-Philippe Huchard sur les marchés des lycées d'Île-de-France ?

– Je ne sais pas ; toujours est-il que je ne me souviens pas du nom de Huchard. En revanche, nous entendions effectivement parler des futurs marchés de construction et de rénovation des lycées de la Région Île-de-France, comme d'une importante source probable de financement à venir. Je peux dire que les élus socialistes au conseil régional voulaient leur part. Je demeurais cependant plutôt extérieur à tout cela car mes ennuis judiciaires avaient déjà commencé. »

Malin, Gérard Monate se cantonne dans d'inoffensives

demi-vérités. Avouer des rumeurs ou projets ne peut rien lui coûter. Ni davantage impliquer les éléphants socialistes dont il était l'employé. D'ailleurs, lorsque le magistrat instructeur lui demande : « Avez-vous évoqué avec la trésorerie du PS les perspectives de financement en rapport avec les marchés de la Région Île-de-France ? », Gérard Monate lui oppose sa logique à relais : « Ne s'agissant que d'une perspective, je n'en ai parlé à personne de la trésorerie. »

Et voilà pourquoi ma sœur n'est plus malade.

En bon camarade, le pape des racketteurs socialistes botte toujours en touche, non sans – pour se sortir d'affaire et finir de remplir sa mission de militant racketteur – confier au magistrat un secret... en or massif. D'ordinaire avare de confidences, le champion olympique de la collecte d'argent sale ne manifeste aucun trouble à l'écoute de la question : « Étiez-vous informé par Louis Houdayer de ses contacts avec Jean-Claude Méry ? » Monate a mûri sa réponse : « Je dois indiquer que les collecteurs de tous les partis se connaissaient et se rencontraient occasionnellement. Ainsi, je voyais moi-même, de temps en temps, Jean-Claude Méry. Je confirme qu'en 1988 ou 1989 Méry m'a indiqué qu'il allait avoir un "***pactole***" en relation, je crois, avec les marchés de chauffage des lycées qui avaient été attribués à l'entreprise Montenay [*sous-filiale de la Générale des eaux*]. Il m'a dit qu'il avait reçu une instruction politique de faire une répartition entre toutes les composantes du conseil régional. Cette conversation a eu lieu (...) dans les bureaux de Jean-Claude Méry, à moins que ce ne soit dans mes bureaux d'Urba. Il est possible que Louis Houdayer y ait assisté. »

Question subséquente du juge :

« Jean-Claude Méry a-t-il précisé de qui il tenait cette instruction ?

– Franchement, je ne m'en souviens pas. Avec le recul, on pourrait penser que cela venait du président du conseil régional, mais je n'en suis pas certain. En tout état de cause, Jean-Claude Méry se référait en général à la mairie de Paris. (...) On lui disait que tel marché allait être passé, qu'il fallait qu'il aille voir l'entreprise pressentie pour savoir si elle était prête à verser une commission en cas d'attribution du marché. Il recevait alors la commission en espèces. Jean-Claude Méry se confiait facilement sur ce sujet. Il se vantait aussi de ses nombreux contacts avec les responsables politiques. »

Lisant ce procès-verbal d'audition, il me revient qu'en 1988 le conseil régional présidé par Michel Giraud avait privatisé les chaufferies de quelque 415 lycées, confiant la présélection au T ∴ Ill ∴ F ∴ (Très Illustre Frère) Christian Curtet. Marché juteux, qui consistait, après un appel d'offres de pure forme remplacé par une « procédure négociée », à « contracter sur dix ans avec neuf entreprises ». En réalité, les ténors du système, la Générale des eaux et la Lyonnaise des eaux, récupéraient l'essentiel des 114,5 millions de francs, montant global annuel des marchés de chauffage. Quand en 1989, après quelques aménagements de façade, le nouveau président du conseil régional, Pierre-Charles Krieg, avait finalisé l'opération, la Lyonnaise des eaux avait obtenu la part du lion. Dès lors, la Lyonnaise des eaux, au travers d'une de ses sous-filiales (la Sonatherm), spécialisée dans le chauffage, avait fait fonctionner à plein régime les chaudières des lycées. Cinq ans après, le 8 décembre 1994, l'hebdomadaire *L'Express* faisait état de graves irrégularités lors de la passation de ce marché. En outre, dans les Yvelines, le proviseur d'un lycée confirmait que Patrimoine Ingénierie (entrée dans l'opération) et la Lyonnaise des eaux facturaient des dépenses de chauffe 60 % plus élevées que le coût estimé par les experts d'EDF.

Le juge Armand Riberolles n'en fait pas mystère :

« Ces faits [*les marchés de chauffage*] n'ont pas fait l'objet de poursuites dans le cadre du présent dossier. »

Amen ! Et l'affaire sera enterrée, alors même que la chambre régionale des comptes avait relevé des « dérives [*qui*] apparaissaient constitutives [*c'est le juge Riberolles qui souligne*] de lourdes défaillances de la Région dans l'exercice de son contrôle sur ses partenaires extérieurs (...) » et des « irrégularités manifestes dans les procédures de dévolution de ces marchés ». Ainsi, comme à l'accoutumée dans nos palais dits de justice – et comme pour éviter un déballage trop dévastateur ? –, le dossier d'instruction a été soigneusement saucissonné, de telle sorte que cette histoire de « chauffage » ne puisse se rapporter qu'à des faits étrangers à la saisine du juge d'instruction. Et tombe donc hors du champ de compétence du tribunal correctionnel, quand l'affaire lui sera soumise pour jugement.

Il n'empêche, l'information sibylline de Monate mérite un arrêt sur image. Car si l'on avait pris soin de pousser plus avant les recherches, l'autopsie judiciaire des cadavres cachés dans les placards de Méry et de ses compagnons de business aurait permis de remonter aux origines du mal. À la même époque – nous sommes en 1992 –, l'Office public d'aménagement et de construction (Opac), chargé des HLM de Paris, avait permis à Jean-Claude Méry – omniprésent dans leurs juteux marchés – de toucher en Suisse (dans une banque de Genève et sur le compte d'une société écran panaméenne, Farco Enterprise), **6,5** millions de francs versés par... la vénérable Lyonnaise des eaux de Jérôme Monod, attributaire (avec son inévitable consœur, la Générale des eaux) du marché de rénovation et d'entretien des ascenseurs, pour un montant de **1,5** milliard de francs sur quinze ans.

Marchés de l'Opac ici, marchés des lycées là : à force de s'additionner dans le capharnaüm des cabinets d'instruction, les pièces à conviction finissent par se confondre et deviennent inopérantes.

Or, vérification faite par mes soins, Jean-Claude Méry avait bel et bien informé Monate « qu'il avait reçu des instructions pour répartir ces fonds [*précédemment pompés grâce aux marchés de chauffage*] entre les différentes formations politiques du conseil régional d'Île-de-France ».

Mais sur « instructions » de qui ?

À qui pourrait-on faire croire que dans un appareil politique aussi puissant que le RPR d'alors, des initiatives de ce type aient pu être prises sans que ses hautes instances en soient averties, et sans leur aval ?

Et qui pourrait avaler que les présidents des grands groupes mêlés à ces fraudes auraient tout ignoré de ce qui se passait ?

Écrivant ces lignes, il me revient que le 10 juin 2002, le commandant de police Bruno Guillon avait interrogé « en urgence » Robert Bourachot, un ingénieur des Travaux publics, longtemps dirigeant de filiales de la Générale des eaux puis de la Lyonnaise des eaux.

Ce jour-là, dans sa déposition, cet exécuteur zélé des missions les plus inavouables avait dénoncé sans ambages le grand patron de la Lyonnaise, Jérôme Monod, de même que son bras droit, Guy de Panafieu. Dûment enregistré sur procès-verbal, ce témoignage avait été immédiatement transmis au juge Armand Riberolles. Mais il sera mis aux oubliettes. Ni Monod ni Panafieu ne seront réellement mis sur le gril.

Reproduite ici, telle quelle, la déposition de Bourachot nous en dit long sur une corruption institutionnalisée au sommet de l'État, avec le concours dénoncé – mais, à ce jour, non prouvé en justice – des plus grands patrons de France et de Navarre : « Entre 1987 et le 14 juillet 1993, j'ai travaillé chez Dumez [*principale filiale BTP de la Lyonnaise*] en qualité de directeur régional [*pour la zone*] Rhônes-Alpes-Auvergne-Bourgogne. J'avais régulièrement des réunions de direction (...). À ces réunions assistaient de temps en temps M. Jérôme Monod, ainsi que M. Guy de Panafieu. Ils ont bien sûr parlé des marchés METP de l'Île-de-France et du fait que tous ces marchés étaient arrangés avec des commissions destinées aux partis politiques, RPR et PS essentiellement. Ce que j'entends par "*arrangé*" est une entente entre les grands groupes du BTP pour l'obtention des marchés. L'intérêt de cette entente étant l'obtention d'une marge plus importante pour l'entreprise [*Lyonnaise des eaux et ses filiales*], car les autres entreprises effectuaient des offres de couverture. M. Monod dont la partie béton n'était pas la tasse de thé ne nous en parlait [*preuve qu'il savait tout !*] que parce que d'autres secteurs étaient concernés par des activités récurrentes (Cofreth devenu Elyo, pour la partie chauffage ou ascenseurs). (...) Pour l'obtention de ces fonds "*en espèces*", je sais que Dumez passait par l'intermédiaire de sociétés appartenant au groupe, dont l'activité était l'exportation, pour obtenir des espèces [*comprenez : des structures offshore*], cela étant compensé par la suite par des factures internes... »

Lâché par ses mandants, Robert Bourachot nourrit une vive amertume. En décembre 1994, interrogé dans l'émission *Envoyé Spécial* de France 2, à propos d'un autre dossier de corruption (Maillard et Duclos), il se présente à l'écran comme le dindon de la farce : « S'il fallait conclure aujourd'hui, je crois que je suis vraiment le pauvre mec, issu de l'école spéciale des Travaux publics, que les énarques et les polytechniciens ont voulu faire morfler. Il est clair que je n'appartiens pas à la caste de ces gens-là. Il est clair que j'ai effectué des basses œuvres, pour le compte de ces gens, sans absolument aucune reconnaissance. Mais, ma foi, je pense que ce doit être une leçon. Elle doit être profitable à tous les ingénieurs qui ne sortent pas de ces deux catégories d'école. »

Autrement dit, ce sont toujours les petits qui trinquent. Jamais les monseigneurs sortis de l'ENA ou de Polytechnique.

Tout comme le grand Monod, sorti indemne des multiples procédures judiciaires où ont été cités son groupe ou ses filiales, Guy de Panafieu – l'autre dirigeant de la Lyonnaise montré du doigt par Bourachot – n'est pas le dernier venu dans la galaxie RPR. Énarque et inspecteur des Finances sentencieux, cet ancien conseiller technique de Valéry Giscard d'Estaing à l'Élysée fut, de 1983 à 1997, l'un des plus proches collaborateurs de Jérôme Monod à la Lyonnaise des eaux, détenteur avec lui de tous les secrets de cette maison tenue d'une main de fer. En 1997, il est parachuté à la tête de Bull, l'ancien fleuron de l'informatique française, dont il achèvera la mise en bière. Son départ sera salué en Bourse par une flambée du titre Bull. Ce technocrate amidonné est aussi le mari de Françoise de Panafieu, une des pièces maîtresses de l'échiquier chiraquien à Paris : fidèle du président (jusqu'à sa récente conversion au « sarkozisme »), cette députée RPR et maire du 17e arrondissement de Paris est la fille courtisée de l'ancien ministre gaulliste François Missoffe, descendante (par sa mère Hélène de Mitry et sa grand-mère Marguerite de Wendel) de la dynastie des magnats français de l'acier, la puissante famille Wendel omniprésente dans les forges depuis un quart de millénaire. Sous les couleurs de Françoise, et face au socialiste Bertrand Delanoë, le couple Panafieu convoite désormais la mairie de la Ville Lumière, où l'ami Chirac a longtemps fait bombance.

Enfin, dois-je aussi souligner que Jérôme Monod, ex-patron de la Lyonnaise des eaux-Dumez, héritier d'une prestigieuse lignée de banquiers genevois, « magistrat honoraire de la Cour des comptes [!] », commandeur de la Légion d'honneur par décret du président Chirac en 1998, fut directeur de cabinet à Matignon (en 1975-1976) du Premier ministre Chirac, puis (de 1976 à 1978) secrétaire général du RPR... présidé par le même Chirac ?

En 2004, sa dernière trouvaille est la création d'une fumeuse Fondation pour l'innovation politique (Fondapol), se présentant comme un « laboratoire d'idées » pour... « combler le vide de la pensée politique en France ». Vaste programme, nécessitant des moyens non moins considérables ! Immédiatement reconnu d'utilité publique (au *Journal officiel*, n° 89 du 15 avril 2004, page 6942, texte n° 2), ce nouveau cénacle en forme de moulin à vent s'est luxueusement installé au 53 quai d'Orsay, l'une des adresses les plus chères de Paris, et fonctionne avec « un budget de 2 millions d'euros, auquel est adjointe une subvention publique ». Ce coûteux jouet pour cerveaux en bois fait aussi appel à la générosité de particuliers et d'« entreprises privées »... toujours là pour cracher au bassinet.

Mais, soyons juste : devenu le 1er juillet 2000 l'éminence grise et le premier conseiller du président de la République, Jérôme Monod est aussi un manager efficace qui a su faire de la Lyonnaise des eaux-Dumez l'un des premiers groupes mondiaux dans ses secteurs d'activité, présent sur tous les continents. Aujourd'hui, continuant à cumuler, malgré ses fonctions élyséennes, un nombre impressionnant de postes prestigieux et de jetons de présence dans le monde des affaires – en France, au Canada, aux États-Unis, en Chine, en Espagne, en Allemagne, en Grande-Bretagne et j'en passe –, ce fidèle parmi les fidèles a l'insigne honneur de figurer dans le « Trombinoscope » comme une personnalité... au-dessus de tout soupçon : « Jérôme Monod appartient sur le plan religieux à la planète protestante. La rigueur, l'exigence morale lui sont donc familières. C'est lui qui imposera à l'ensemble du personnel de la Lyonnaise des eaux un code éthique aussi exigeant qu'opportun. »

En Île-de-France, les contribuables en ont fait l'expérience... avec, à la clé, une ardoise salée. Et un procès correctionnel à réveiller de Gaulle.

7

“C’est uniquement aux ordres de M. Chirac que nous travaillions”

Belphégor de la bande, rongé par le remords, l'isolement carcéral et le lâchage de ses pairs, mort d'un cancer (comme plusieurs autres, avant et après lui)... au champ d'honneur de la corruption, en juin 1999, Jean-Claude Méry et son fantôme hantent le dossier des marchés des établissements scolaires, savamment truqués dans toute l'Île-de-France. Je remarque que dans son ordonnance de renvoi, rassemblant les pièces du puzzle de cette ténébreuse affaire, le juge Riberolles fait – pour mémoire – une courte référence au héros de la désormais célèbre « confession posthume » qu'il avait enregistrée sur cassette vidéo, le 15 mai 1995, quatre ans avant son départ pour l'au-delà. Document explosif, réalisé par le grand reporter et producteur de télévision, Arnaud Hamelin. Tout y est raconté. Ce faisant, le premier juge d'instruction près le tribunal de grande instance et la cour d'appel de Paris a la délicatesse de ne pas mentionner que Jean-Claude Méry y citait nommément et tout crûment le président de la République en fonction : « C'est uniquement aux ordres de M. Chirac que nous travaillions, et tout était généralement reversé à Mme Casetta pour le RPR [*alias « la Cassette », l'ancienne secrétaire devenue au RPR trésorière déléguée*]. »

Mis en examen, jamais jugé, mais ayant déjà fait six

mois de détention préventive, l'aigrefin se disait trahi, abandonné par son commanditaire au pouvoir. Lors de son arrestation à l'été 1994, la mairie de Paris avait fait savoir que Méry « n'a jamais été un proche de Jacques Chirac », et mieux encore, qu'« il ne connaît pas Jean-Claude Méry ». À une journaliste de France 2, le porte-parole de Chirac, Bernard Niquet, avait même affirmé : « Ni la mairie de Paris ni l'Office d'HLM n'ont travaillé, n'ont eu de relations avec Jean-Claude Méry. »

Ah bon !?

Dans ses éditions des 22 et 23 septembre 2000, *Le Monde* publiait les fortes déclarations du promoteur et homme d'affaires Jean-Claude Méry, tirées des deux cassettes vidéo Fuji Betacam conservées par Arnaud Hamelin. Leurs copies étaient saisies, le jour de la parution du *Monde*, au siège de sa société Sunset Presse, à Boulogne-Billancourt.

Les propos de Jean-Claude Méry ne se rapportaient pas seulement aux pratiques illicites de financement politique mises en œuvre par l'Opac de la Ville de Paris. Ce pour quoi il avait été incarcéré le 29 septembre 1994 par le juge de Créteil Éric Halphen. Méry y affirmait, également, que Michel Giraud, président du conseil régional d'Île-de-France, l'avait sollicité pour « réfléchir à l'extension du système mis en place pour la dévolution des marchés publics de l'Opac (initiés par la Ville de Paris) aux marchés des lycées d'Île-de-France ». Pour ces derniers, Méry indiquait être parvenu à une répartition des marchés de chauffage des lycées, entre la Lyonnaise des eaux, la Générale des eaux et leurs filiales respectives. Grâce, notamment, à la désignation du bureau d'études CET Ingénierie de Christian Curtet, un homologue de Sananès, membre, comme Méry, de la Grande Loge Nationale de France. Cet autre racket avait permis de collecter, auprès de ces deux grands groupes, **10** millions de francs, dont **5** avaient été attribués au RPR, **3,5** au PS (remis en espèces à Gérard Monate) et **1** au PCF. Le reliquat avait été employé au paiement de commissions diverses.

Jean-Claude Méry et Christian Curtet sont dans l'œil du cyclone judiciaire qui s'abat sur les partis politiques. Tous deux sont liés par d'inséparables intérêts, découverts en 1993 lors d'un contrôle fiscal de CET Ingénierie. Pour justifier aux enquêteurs de la Direction générale des Impôts les commissions astronomiques qu'il versait à Méry, Curtet leur avait écrit : « Il est aisé de constater le lien de cause à effet entre les interventions de M. Méry, permettant à la société CET Ingénierie d'obtenir des rendez-vous avec le directeur de l'Office [*d'HLM de la Ville de Paris, le Corrézien Georges Pérol*] pour présenter un produit et obtenir des marchés, et le développement de notre chiffre d'affaires. »

En réalité, selon les journalistes du *Canard* qui s'appuyaient sur le témoignage d'un collaborateur de Pérol, c'était même pire que ça : « Curtet n'avait nullement besoin de Méry pour rencontrer Pérol : il le connaissait déjà depuis longtemps[1]. »

Ainsi, les entreprises avaient « répercuté sur les factures de l'Opac l'argent qu'elles [*avaient*] dû verser à Méry et au RPR ».

J'entends déjà les cris d'orfraie du syndicat des corrompus : « Affaire ancienne et sans preuve, sans rapport avec celle des lycées ! »

Argument rituel d'un microcosme vautré dans le confort de son aveuglement. Trop de documents sont là, sous mes yeux, portant l'estampille d'organismes officiels, qui attestent une volonté chevillée au corps d'un pouvoir politique qui ne tient jamais aucun compte des remontrances émises par différentes instances de contrôle. En 1997, le commissaire du gouvernement près la chambre régionale des comptes d'Île-de-France (sous-département de la Cour des comptes) « déplorait les conditions dans lesquelles la Région a, dès 1989, confié à des sociétés privées, qualifiées d'Assistants à maîtrise d'ouvrage (AMO), le soin de

1. Cf. leur livre *La Razzia*, *op. cit.*, pp. 135-137.

contrôler les 17 sociétés d'exploitation de chauffage, titulaires de 250 marchés (...) représentant une dépense d'environ 25 millions de francs annuels ». Magistrat à la Cour des comptes, ancien directeur financier du conseil régional, Didier Selles a fustigé en vain « l'irrégularité de ces marchés ». De ses observations, on a fait des cocottes en papier. De même que des analyses identiques du consultant Bernard Genest, ancien adjoint du directeur financier, et du chef du service juridique et des marchés, Gisèle Avoie. Tous ont craché dans l'eau pour faire des ronds.

Alors, comment admettre que, dans la si grave affaire des marchés des lycées de la région parisienne, visant la fine fleur de la haute délinquance politique et des affaires, le rôle de Jean-Claude Méry soit maintenant simplement évoqué, comme pour mémoire ? Si l'homme et son ultime démarche ne nous plaisent pas, tant elles confinaient au chantage, il reste ce qui nous importe le plus : disait-il ou non la vérité ?

Qui croire ? Le Méry qui, de 1994 à sa mort en 1999, s'était employé à couvrir ses commanditaires ? Ou le Méry défunt, dont le cadavre se réveille pour faire couler le sang au bal des vampires, sous les lambris dorés de la République ?

Malaise des juges... qui n'ont pas su (ou pas voulu ?) percer ses secrets. Sans se douter qu'avant de se retirer pour « l'éternel Orient » et rejoindre le « Grand Architecte de l'univers », le grand maître de la fausse facture avait déjà tourné son regard vers le ciel... pour composer, à leur intention, les versets sataniques du Frère trahi, interprété par le mort qui chante.

Un mois après leur première publication dans les colonnes du *Monde*, le juge Riberolles en appelle à Renée Méry, sa femme. Nous sommes le 20 octobre 2000. Long interrogatoire, pour tenter de comprendre le mystère de l'enregistrement conçu comme une bombe à retardement : « Je n'ai connu l'existence d'une cassette réalisée par mon mari que sur son lit de mort. (...) La veille de son décès, il m'a précisé que cette cassette était en possession de Me Belot, que je connaissais pour être l'avocat chargé de nos problèmes fiscaux. Mon mari est décédé le 9 juin 1999. Ce n'est qu'en septembre ou octobre 1999 que j'ai pris rendez-vous avec Me Belot, à qui j'ai demandé ce qu'il en était de cette cassette. Il ne m'a donné aucune précision sur sa nature, ni sur son contenu, mais seulement qu'elle était inexploitable et qu'il l'avait détruite le jour du décès de mon mari. Je ne connaissais pas l'existence de la confession (...). Je connaissais uniquement l'existence de la cassette. (...) Mon mari ne m'a donné aucune instruction sur la conduite à tenir (...). »

En réalité, ami de l'ancien ministre socialiste de l'Économie et des Finances, Dominique Strauss-Kahn (mis en examen pour « faux et usage de faux » en décembre 1999 dans l'affaire de la MNEF[1]), Belot,

1. MNEF : Mutuelle nationale des étudiants de France. Dominique Strauss-Kahn était accusé par les juges Armand Riberolles et Françoise Néher d'avoir reçu, en 1997, en qualité d'avocat, 600 000 francs d'honoraires, pour de modestes rapports antidatés et créés après coup. Contraint le 2 novembre 1999 de donner sa démission du gouvernement de Lionel Jospin (son ami et témoin de mariage), Strauss-Kahn sera de nouveau mis en examen dans le cadre de l'affaire Elf pour « complicité par instruction donnée et recel d'abus de biens sociaux », sa secrétaire, Évelyne Duval, ayant reçu une rémunération fictive, en 1993, d'une filiale suisse de cette compagnie pétrolière (aujourd'hui Total-Fina) alors nationalisée. En octobre 2001, une fois redevenu député PS du Val-d'Oise, Dominique Strauss-Kahn a bénéficié d'un non-lieu à la demande du parquet de Paris, sa collaboratrice demeurant seule poursuivie, pour avoir omis de déclarer ses revenus occultes à l'administration fiscale. Et le 7 novembre 2001, Strauss-Kahn sera également blanchi dans le premier dossier de la MNEF. Indulgence judiciaire que le journaliste Jacques Amalric du quotidien *Libération* ne s'est pas privé de fustiger, le 15 novembre suivant, sous le titre : « Dominique Strauss-Kahn, *Libération* et la justice » et le surtitre : « Ce n'est pas parce que l'ancien ministre a été relaxé que les faits relatés par notre enquête sont faux. » Et Amalric d'ajouter : « Sans contester les conclusions de la justice, nous persistons à penser que Dominique Strauss-Kahn s'est laissé aller, dans son comportement, à un mélange des genres extrêmement regrettable pour l'ancien ministre de l'Industrie et du Commerce extérieur puis des Finances qu'il fut. »

ancien collaborateur de Strauss-Kahn au temps où celui-ci était avocat, lui avait remis l'original de l'amère confession de Méry. Scandale ! Car Strauss-Kahn s'était bien gardé d'en faire état officiellement, bien qu'opposant déclaré de Chirac. Mais, avocat du couturier Karl Lagerfeld, il avait négocié avec succès, pour le compte de celui-ci, un énorme allégement fiscal (**160** millions de francs !) consenti par la Direction générale des Impôts (et donc le ministre du Budget). Brillante victoire, affirmera-t-il en faisant rire tout le monde et jusqu'aux concierges de l'Assemblée nationale, sans rapport – comme de bien entendu – avec la détention inexploitée de la cassette Méry, accablant document visant Jacques Chirac et les plus hautes autorités de l'État, toutes tendances confondues. Sur cet aspect peu glorieux, nous éviterons de nous arrêter.

Soupçonné par les juges de « soustraction de preuves » et accessoirement de « corruption », Dominique Strauss-Kahn jurera, avec sang-froid, ne pas avoir visionné le fameux enregistrement et l'avoir finalement perdu. Comment dans ces conditions pouvait-on lui reprocher d'avoir, pour gagner la cause de Lagerfeld, utilisé le testament Méry comme monnaie d'échange, et d'avoir dissimulé à la justice son contenu qu'il ne connaissait pas ? Par voie de conséquence, seul son ami Belot sera poursuivi en correctionnelle... la classe politique étant une nouvelle fois suspectée d'arrangements scabreux et multiformes, au bénéfice de tous, à l'exception de ceux en charge d'établir la vérité.

Sur procès-verbal, n° 292/2000, la veuve Méry ne peut dire que ce qu'elle sait. Commentant une « Lettre ouverte » manuscrite de son mari, en date du 7 novembre 1995, retrouvée par les enquêteurs dans le coffre de Me Belot, elle déclare : « S'agissant du premier paragraphe (...), la mention "*on a fait à ma femme, puis à moi-même, de nombreuses promesses contre mon silence et mon maintien en détention*", je suis en mesure de vous apporter des précisions. Lors de la détention de mon mari, je rencontrais de temps en temps Me Sarda[1], le défenseur de mon mari. Le "*on*" correspond à cette personne. Lorsque je me rendais au bureau de Me Sarda (...), il m'expliquait que s'il continuait à se taire, on l'aiderait. (...) Le dernier paragraphe démontre que mon mari avait l'intention de se battre jusqu'au bout. Visiblement, il se sentait menacé... »

Gênante Renée Méry qui, le 13 mars 2002, raconte encore au juge Riberolles comment elle fit la connaissance de Didier Schuller, pour ne plus revoir par la suite ce triste personnage. Échange éclairant :

« Il faut que vous compreniez que cette affaire a brisé ma vie. L'année 1994 représente le début de ce drame. Je m'en souviens tout à fait bien. Concernant la personne de M. Schuller, c'est l'affaire Schuller/Maréchal et les péripéties qui ont suivi qui font que j'ai cette personne en mémoire.

– Quand précisément et dans quelles circonstances avez-vous rencontré M. Schuller en 1994 à Port-Grimaud ?

– C'était dans le courant de l'été (...), quelque temps avant l'incarcération de mon mari. Je me souviens que ce dernier avait demandé à ma belle-sœur, (...) qui était propriétaire d'une maison voisine, de lui prêter son anneau d'amarrage [*de bateau*] pour qu'il puisse recevoir certains amis. Ses amis sont arrivés. Il y avait plusieurs personnes. Il y avait aussi M. Schuller et son épouse. Ce jour-là, ma belle-sœur recevait M. et Mme Cahen [*avocat de Francis Poullain, le tout premier mis en examen dans l'affaire des HLM de la Ville de Paris instruite par le juge Éric Halphen*]. Je précise que Mme Cahen était une amie d'enfance de ma belle-sœur. Je me souviens que mon

1. Grand avocat décédé, également le conseil de Jacques Chirac, le mieux averti des dossiers sensibles de la mairie de Paris.

mari et M. Schuller ont été parler avec Me Cahen, tandis que les femmes se sont assises sur le quai.

– De quoi votre mari, Me Cahen et Didier Schuller se sont-ils entretenus ?

– Je ne le sais pas avec précision. Ce dont je me souviens, c'est que ce qui les préoccupait à ce moment-là était l'incarcération de M. Poullain dans le cadre de l'enquête du juge Halphen. Ce dont je suis certaine, c'est que M. Schuller n'est venu à Port-Grimaud que pour avoir cette discussion avec mon mari et Me Cahen.

– Dans quel lieu la discussion entre Jean-Claude Méry, Didier Schuller et Me Cahen a-t-elle eu lieu ?

– Cette discussion, j'en suis certaine, a eu lieu dans la maison de ma belle-sœur, dans le petit salon au bord du quai.

– Êtes-vous certaine que cette discussion a bien réuni ces trois personnes ?

– Oui, j'en suis certaine.

– Pour quelles raisons y avait-il de l'inquiétude à propos de l'incarcération de M. Poullain ?

– Je savais que c'était l'incarcération de M. Poullain qui les inquiétait. Je n'en savais pas plus. Ce n'est qu'au mois de septembre, lors de l'incarcération de mon mari, que j'ai appris que tout cela s'inscrivait dans du financement politique.

– Saviez-vous que Me Cahen était l'avocat de M. Poullain ?

– Non, je ne le savais pas. Mon mari me laissait dans l'ignorance totale de ses affaires. »

Méry, Schuller, Poullain : avec d'autres, tous liés par les liens de la fraternité ∴ ∴ ∴, dans une chaîne corruptrice infernale, ce brelan d'as a fait merveille dans des maquillages en béton.

Ancien gardien de la paix qui surveillait la sortie des écoles à l'aube des années 1970, Francis Poullain est dans le petit monde des falsificateurs émérites un étalon de concours. Il prit son envol en devenant militant actif et gros bras de l'UDR, l'ancêtre du RPR. Alain Guédé et Hervé Liffran du *Canard enchaîné* ont, les premiers, beaucoup enquêté sur ce gaulliste de gauche qui menait grand train. C'est en 1973 qu'il s'était jeté dans le grand bain des affaires, après une brève tentative de recyclage comme représentant de commerce, racontent-ils : « Il crée alors sa propre société de peinture en bâtiment, la SAR. Et, avant même d'avoir eu à faire ses preuves, il dame d'entrée de jeu le pion aux "*majors*" du bâtiment et des travaux publics en cueillant le marché de peinture du Centre Pompidou. Ainsi, un manager de génie sommeillait sous le képi de l'agent de la circulation[1]. »

Tout va y passer : Ville et HLM de Paris, grands travaux... où le champion de la *combinazione* se joue des appels d'offres comme l'ours des saumons qui remontent le cours de l'eau. Avec quelques frères socialistes et le concours de Jean-Claude Méry, Poullain a fini par devenir le Napoléon des « tontons bétonneurs ». Ainsi, bien qu'initialement réservés aux obligés du PS, les marchés de la Très Grande Bibliothèque voulue par François Mitterrand lui sont servis sur un plateau d'argent. Avec Méry, il a fait main basse sur ceux de l'office d'HLM de la capitale et des Hauts-de-Seine où sévit le conseiller général RPR Didier Schuller.

Quand le juge Halphen lui met la main au collet, Poullain est un homme riche, à la tête d'une des premières entreprises de France. Jacques et Bernadette Chirac sont ses amis. Et l'ancien champion olympique du 110 mètres haies, Guy Drut, ex-adjoint au sport à la mairie de Paris ayant sous sa coupe « des dizaines de stades et des centaines de gymnases qui nécessitaient entretien ou nouvelles constructions », un associé de la SAR. Poullain lui a gentiment offert un bon paquet d'actions de sa société, avec à la clé de confortables dividendes. Désormais, Guy Drut

1. *La Razzia*, *op. cit.*, chapitre 3, p. 43.

peut se flatter de devoir acquitter chaque année l'ISF, l'impôt sur la fortune. Nous attendrons sa comparution comme « prévenu » (pour « corruption passive ») au procès des marchés truqués de l'Île-de-France pour en connaître le montant, de même que les raisons ayant motivé la générosité de Francis Poullain à son égard. Impudent député-maire RPR Guy Drut, que le président Chirac habillera de lin blanc, après sa condamnation le 26 octobre 2005, en l'honorant, le 25 mai 2006 – sous les huées de la foule, à commencer par les sénateurs et députés UMP –, d'une grâce présidentielle sur mesure. D'où la colère et la sévère remontrance de Nicolas Sarkozy, ministre d'État, ministre de l'Intérieur, numéro deux du gouvernement Villepin et président de l'UMP, en guerre ouverte avec Chirac : « Je considère qu'il faut mettre un terme au pouvoir d'amnistie et de grâce du président de la République (...). Au regard de la morale républicaine, elle est choquante si l'on veut bien se rappeler que les citoyens sont égaux en droits et en devoirs. L'amnistie récente d'un grand champion fait du tort à la République car elle accrédite l'idée de privilèges réservés aux seules élites[1]. »

Ineffable Guy Drut, dont je garde dans mes carnets ce qu'il déclarait le 24 octobre 1998 au *Figaro Magazine* : « Je suis entré en franc-maçonnerie après ma médaille [*d'or olympique*]. J'avais mal vécu ma baisse de notoriété. Les qualités de discrétion et de patience des francs-maçons m'ont aidé à retrouver mon équilibre. Aujourd'hui, je ne pratique quasiment plus. Mais je reste franc-maçon, par esprit de reconnaissance et de fidélité. »

Discrétion, patience, reconnaissance, fidélité : toutes les qualités requises pour entretenir sa notoriété... en faisant fortune dans l'exercice d'une athlétique corruption.

Pas plus que Guy Drut, Jean-Claude Méry n'avait rien à refuser à son Frère Francis Poullain, expédié à la prison

1. Cf. Nicolas Sarkozy, *Témoignages*, XO Éditions, 2006.

de la Santé le 4 août 1994, peu après son mariage, le 25 juin, au Pré-Catelan, très chic établissement du Bois de Boulogne, à Paris. Fête mémorable, en présence du gotha de la politique mêlé à celui des affaires véreuses. Tout le monde était là : la femme du maire, Bernadette Chirac, l'ancien ministre RPR et député Robert Pandraud, fidèle de Jacques Chirac, de même que le vice-président du conseil régional et président du conseil général du Val-d'Oise, Jean-Philippe Lachenaud, dont nous connaissons maintenant les mérites.

Le 29 septembre 1994, Méry doit à son tour s'expliquer devant le juge Halphen. Peu avant, Poullain a recouvré la liberté, après quarante et un jours de cachot. Malgré l'interdiction qui lui est faite de communiquer avec Méry, l'ancien flic enrichi sous les grues ne s'est pas privé de rencontrer discrètement, dans un restaurant de la rue de Puteaux, ses complices, Frères de la Grande Loge de France. Il leur fallait se concerter, accorder d'urgence leurs violons. D'où, ce 29 septembre, la déclaration de Jean-Claude Méry, lors de sa première comparution devant le juge Halphen qui vient de le mettre en examen pour « fausse facturation et complicité d'abus de biens sociaux » : « J'accepte d'être interrogé. J'affirme que les factures que j'ai adressées aux sociétés du groupe Poullain ne sont pas des fausses factures (...). En 1987 ou 1988, Francis Poullain, qui n'avait encore jamais obtenu de marché avec les HLM de Paris, comme d'ailleurs les HLM du 92 [*le département des Hauts-de-Seine, où Schuller faisait ses chocolats*] (...), est venu me trouver. Auparavant, je l'avais déjà rencontré à quelques reprises dans des cocktails ou des réunions philosophiques [*maçonniques*], mais sans que des liens étroits soient tissés entre nous. Il est donc venu me trouver (...), en me disant qu'il avait entendu dire qu'en passant par moi, on avait beaucoup plus de chance d'obtenir les marchés avec les HLM de Paris. Je lui ai répondu que je pouvais l'aider à présenter mieux ses dossiers pour être retenu, mais que ce n'était pas parce qu'il passait par moi qu'il avait la certitude d'être retenu. (...) J'ai donné à M. Poullain des conseils purement verbaux. J'affirme par ailleurs que tout l'argent que j'ai reçu [*de lui*] a été utilisé exclusivement par moi-même et qu'il n'a été reversé à quiconque. »

Rien de plus. Mis immédiatement sous mandat de dépôt et en détention provisoire, Jean-Claude Méry s'enferme dans le silence : « Je n'ai rien à dire, je suis effondré », dit-il au juge avant qu'on lui passe les menottes.

Dans les semaines qui suivent, le magistrat continuera de se heurter à un mur. C'est tout juste si Méry consent à s'expliquer sur le numéro d'immatriculation 16 GGB 75 de sa Renault 25 :

« Vous me dites que ce numéro est protégé. Je ne me souviens pas exactement de la façon dont j'ai réussi à l'obtenir. C'est peut-être par l'intermédiaire du RPR ou par un quelconque cabinet ministériel. (...) J'avais demandé ce numéro pour faire bien, pour mon plaisir personnel. »

En résumé, le message est clair :

« Corrompu ?

– Non !

– Parvenu ?

– Certes, monsieur le juge, mais ce n'est pas un délit. »

Sur ses relations avec les politiques, sur les annotations codées et chiffrées de ses agendas, il n'a rien à dire. Dans un bric-à-brac verbal destiné à lui faire gagner du temps, pendant qu'à l'extérieur des amis haut placés sont censés s'affairer pour le sortir de ce guêpier, l'homme tient bon : « Je ne sais pas du tout à quoi correspond cette mention... ; j'ai toujours eu en permanence 100 000 francs en espèces dans mon coffre... ; je ne sais pas d'où ils venaient... ; je ne m'en souviens pas... ; cette somme provenait de différentes transactions faites sur des tableaux ou sur des fusils... ; j'ai accumulé au fil des années des espèces que je laissais dans mon coffre... ; au moment d'acheter des bons [*anonymes du Trésor*] j'ai pris 1,5 million dans le coffre... ; je ne peux pas vous dire exactement d'où venait ce million et demi... ; à plusieurs reprises mes parents m'ont fait des cadeaux en espèces... ; je ne sais plus d'où venait cet argent... ; il était resté des années à dormir dans un coffre au lieu d'être placé, parce que je préférais en avoir une meilleure disponibilité... ; je n'ai jamais donné d'argent à Michel Roussin et il ne m'en a jamais donné... ; j'ai connu Michel Giraud il y a une quinzaine d'années... ; je ne lui ai jamais remis d'argent... ; je ne sais absolument rien... ; j'ai connu Jean-Paul Huchon [*successeur socialiste de Michel Giraud à la tête du conseil régional d'Île-de-France*] quand il était directeur du cabinet du Premier ministre Michel Rocard. En 1990 ou 1991, je me suis rendu à la mairie de Conflans-Sainte-Honorine pour présenter mes vœux [*au maire, PS*] Michel Rocard ... ; je connais beaucoup de gens à Suresnes, car le maire [*RPR*] est Christian Dupuy, une relation philosophique... ; quant à M. Houdayer [*l'homme d'Urba*], je ne sais pas du tout qui ça peut être... »

Un mois après, le 24 novembre 1994, la prolongation de sa détention n'a pas délié la langue du rebelle. Extrait de sa cellule, il n'a toujours rien à dire au juge, sauf à crier son indignation : « Je tiens juste à dire que tout l'argent correspondant à ces [*fausses*] factures a été encaissé par moi-même, et que je n'ai jamais reversé à quiconque d'argent en relation avec ces factures. Je n'ai pas reçu d'autres espèces et n'en ai pas reversé. (...) Pour le reste, je suis fatigué et je ne désire plus rien vous dire aujourd'hui. Je ne répondrai pas à vos questions. »

Bref, le financier occulte de Jacques Chirac remplit courageusement son contrat : motus et bouche cousue. Pour se tirer d'affaire, il lui faut respecter la loi de l'omerta, subir le silence du cloître : la prison de la Santé.

Insupportable hypocrisie judiciaire. Car en ce même mois de novembre 1994, les policiers de la Brigade financière ont enfin réussi à mettre la main sur la mallette en croco de Jean-Claude Méry et des « monceaux de documents, des centaines de photos représentant Méry avec toutes ses relations ». Au responsable de l'entreprise Access, gérante d'un entrepôt de la porte d'Aubervilliers où le faux facturier loue un box bien gardé (à côté de celui du comédien Jean Yanne), les envoyés du juge Halphen lâchent sans se gêner : « Nous sommes venus pour cet attaché-case. Il aurait servi à transporter des espèces. Nous saisissons la mallette. Détruisez tout ce qui reste. » Raconté par Alain Guédé et Hervé Liffran dans leur livre *La Razzia* (page 81), le reste ne manque pas de poivre : « Deux jours plus tard, un journaliste du *Canard* se présente à son tour chez Access pour vérifier si le juge a bien utilisé le renseignement de *Sherwood* [*l'informateur masqué du* Canard]. L'employé décrit dans le détail la visite de la police. "*Et les documents, vous les avez effectivement détruits ?*" interroge le journaliste. "*On les a jetés ce matin dans la benne.*" » Et les deux journalistes d'ajouter : « Nous apprendrons plus tard que, la veille de son incarcération, Méry avait ordonné à ses employés de détruire ces documents. Ceux-ci avaient négligé de le faire, pensant que le juge ne découvrirait jamais cette planque. » Cependant, la cache ayant été retrouvée, comment des policiers agissant sur délégation du pouvoir judiciaire ont-ils pu ordonner le pilonnage de documents qui, sans aucun doute possible, auraient permis de remonter jusqu'aux parrains politiques des réseaux ?

Une fois de plus, dès qu'on approche de trop près des commanditaires du système, les archives de la corruption disparaissent.

Quoi qu'il en soit, nul n'ignore que, par la suite, si l'autorité judiciaire en avait eu la volonté et le courage, les déclarations post mortem de Jean-Claude Méry ajoutées aux précédentes, de son vivant, auraient formé un tout cohérent, fondant une demande d'investigations complémentaires, en vue de découvertes plus complètes, plus éclairantes.

Francis Poullain n'avait-il pas déclaré au *Canard enchaîné*, quelques jours avant l'incarcération de son complice Méry : « À travers moi, c'est Chirac qui est visé. On ne tient pas de comptabilité des sommes versées aux partis politiques. Vous en parler, ce serait mettre la tête sur le billot » ?

Malheureusement, à l'époque, dans sa grande mansuétude, le parquet ne verra rien, dans les documents saisis et les diverses déclarations des auteurs de ce vaste racket, ni d'ailleurs dans le testament retrouvé de Méry, qui puisse justifier une extension des poursuites.

Voilà comment, en refusant que soit ajouté aux éléments épars de l'instruction le contenu (facilement vérifiable) de ce document capital – portant la signature de l'homme qui, au temps de sa gloire, était affublé, dans les cénacles de la fausse facture, du transparent sobriquet « Méry-de-Paris » –, la justice s'est évitée de se retrouver aux prises avec le chef de l'État, président du Conseil supérieur de la magistrature et, à ce titre, premier magistrat de France... depuis son intronisation, le 17 mai 1995, alors que ses gens continuaient de se distinguer, en Île-de-France, dans des vols effrénés dont il connaissait l'ampleur et dont il était, à tout le moins, le parrain des parrains[1].

1. J'utilise le mot « parrain », suivant l'ensemble de ses acceptions, à charge pour le lecteur d'y faire son choix. « Parrain, nom masculin. Du latin *patrinus*, de *pater* "père". 1/ Celui qui tient (ou a tenu) un enfant sur les fonts du baptême : "Elle s'était obstinée à avoir les Charles pour parrain et marraine" (Zola). Appellatif : "Merci, parrain !" Par analogie : celui qui préside au lancement d'un navire, au baptême d'une cloche ; celui qui donne un nom à une personne, à une chose, à un ouvrage. 2/ Celui qui présente quelqu'un dans un cercle, un club, pour l'y faire inscrire. 3/ Chef d'un important groupe illégal. » Cf. *Le Petit Robert*, dictionnaire de la langue française.

En souvenir amusé des députés gaullistes qui, le 27 mai 1974, avaient accueilli aux cris de « Al Capone ! Forban ! » son ralliement au candidat du centre, Valéry Giscard d'Estaing, contre l'ex-Premier ministre du président Georges Pompidou et ancien compagnon du général de Gaulle, Jacques Chaban-Delmas ? Giscard, qu'il poignardera avec le même sang-froid en 1981, en faisant élire François Mitterrand ?

8

In memoriam Chantal Pacary...
et les mallettes du faux facturier

À la recherche de la vérité, du mal qui a frappé la chiraquie – je dis la chiraquie comme d'autres la mitterrandie et, pour tout dire, la France –, rien ne peut être compris si l'on ne remonte aux origines. Tout appartient à une longue chaîne. Tout se tient. En définitive, les dossiers ici explorés démontrent que le Chirac d'aujourd'hui n'est que l'otage de ce qu'il fut tout au long de son ascension, et jusqu'après son élection à la présidence de la République : le gardien de ses propres turpitudes, toujours commises le plus souvent par délégation. Destin funeste du vieux lion solitaire qui, désespérément, tente d'échapper à la meute des juges qui l'encerclent dans une charge inexorable.

De la même manière et jusqu'à la fin, régnant sur un théâtre d'ombres maléfiques, François Mitterrand – dont Chirac n'est plus que la triste copie – s'était employé, avant et tout au long de ses quatorze années de pouvoir, à faire perdurer le système hautement pervers... qui lui avait permis de le conquérir et de s'y maintenir.

Malédiction d'un mensonge permanent !

Que valent dans ces conditions les protestations d'honnêteté d'un président de la République faisant mine de ne rien avoir su de ce qui se passait autour de lui, par l'utilisation constante de ses différents titres : maire de

Paris ; député ; Premier ministre ; président du RPR, puis président de la République ?

Truquer les marchés est une chose. Les payer toujours plus cher, sur fonds publics, et toucher ensuite des commissions frauduleuses, en est une autre. Souvent, on m'interroge : « Mais comment font tant de gens, parfois si haut placés, pour blanchir autant de paquets de millions, puis se les redistribuer sans que l'on y voie goutte ? »

Pour répondre à cette interrogation, voici le récit terrifiant d'une des grandes affaires de fausses factures politique des années 1990, miraculeusement passée aux oubliettes en raison de la disparition prématurée de ses deux principaux protagonistes. C'est l'affaire Pacary, du nom de Michel et Chantal Pacary qui tenaient un « groupe » d'officines de financements frauduleux, utilisé tantôt par la droite, tantôt par la gauche.

Ce dossier, je le conserve dans mes archives depuis la fin des années 1990, quand il me fut confié par Chantal Pacary elle-même, peu avant sa mort, le 2 mars 1999. Cette petite blonde, d'aspect plutôt effacé, fut un des acteurs clés d'un nombre incalculable de détournements commis avec le concours de sommités de droite et de gauche. Dossier éclairant !

Non, l'affaire des marchés truqués pour la réhabilitation et la construction des **471** lycées de la Région Île-de-France n'est pas un cas isolé. Plutôt l'apothéose d'un feu d'artifice... en l'honneur de Satan et de ses 666 diablotins.

Mise en examen le 20 octobre 1994 par le juge Édith Boizette du pôle financier du tribunal de Paris, incarcérée une première fois, pendant six mois, à la maison d'arrêt des femmes de Fleury-Mérogis, puis de nouveau par deux fois, Chantal Pacary – atteinte d'un cancer incurable – avait, comme Jean-Claude Méry, pris la précaution de raconter avant de mourir l'histoire de sa longue participation au réseau mafieux de son mari, Michel Pacary, un autre Illustre Frère ∴ ∴ ∴ et croupier marron des casinos RPR, PS, UDF et PCF.

Grâce à sa confession, nous voici plongés dans la vie quotidienne de l'élite des faux facturiers, l'organisation de leurs protections et de leurs réseaux, le fonctionnement d'une usine à corrompre et de ses sous-traitants : « Pendant plus de vingt ans, j'ai exercé un curieux métier. Jusqu'en octobre 1994, j'étais une sorte de banquière, spécialisée dans l'obtention de prêts aux collectivités locales. Une activité sérieuse que j'aimais et à laquelle j'ai consacré ma vie. Rhoddlams, ma société, était une belle façade. Propre. Honorable. Discrète. Grâce à ses lignes de crédit, des élus pouvaient construire des écoles, des cantines, des maisons de retraite, des ronds-points [*d'où le gang du même nom*], des crèches pour les petits, des gymnases. Avec mon mari, nous étions invités à de belles cérémonies d'inauguration. Mais Pacary avait d'autres raisons que les miennes d'assister à ces fêtes. Pendant tout ce temps, à mes côtés, mon mari a exercé un métier que je peux difficilement définir. En effet, il n'existe pas. »

Rhoddlams, Chantal Pacary l'avait créée en 1977, comme spécialiste du courtage bancaire. En réalité, cette société spécialisée dans le financement des villes et des collectivités locales permettait au couple de prélever d'importantes commissions sur le montant des sommes prêtées ici et là, puis de les partager avec élus et intermédiaires, spécialistes du « blanchiment ». Pourquoi Rhoddlams ? « Il me fallait un nom un peu compliqué, parce qu'on le retient mieux. Il fallait aussi qu'il fasse chic, quelque chose d'anglais, qui sentait l'étranger, dans la perspective de l'Europe. À l'époque, je fumais des Rothman's rouges. Rhoddlams est venu comme ça. Pacary trouvait que c'était une bonne idée. » Comme enseigne d'une officine utilisée pour faire partir l'argent en fumée, c'était en effet bien trouvé.

Flanqué de sa femme qu'il tyrannise, cet ancien coiffeur est d'abord chez Rhoddlams un simple agent commercial, chargé des relations publiques et des contacts avec les clients. Pour se faire la main, l'escroc, qui cache bien son jeu, a commencé dans la vente de lithographies. Puis est venu le temps de passer à la vitesse supérieure, de faire fortune en devenant l'un des hommes à tout faire de la fine fleur du monde politique et des affaires. Devenu le mari de Chantal – qu'il a connue dans un restaurant des Champs-Élysées –, ensemble ils se servent de Rhoddlams pour, tout à la fois, remplir leur caisse et celles des élus faisant appel à leur savoir-faire. Avec eux, Michel Pacary sait se montrer discret pour gagner la confiance de leurs réseaux.

Au temps de sa splendeur, Michel Pacary s'est même offert une demi-page de publicité dans l'édition 1991 du *Trombinoscope du Parlement et du Gouvernement*, l'annuaire, illustré de 5 000 photos, des « trombines » de nos ministres, élus et journalistes. Page 139/A, sous l'intitulé « Rhoddlams, une expérience de plus de dix ans au service exclusif des collectivités locales ; des partenaires financiers et industriels de tout premier plan », Pacary y trône fièrement. L'encart de pub annonce la palette des prestations de son officine de fausses factures : « Financements : des solutions adaptées aux problèmes spécifiques de chaque collectivité [*on ne saurait mieux dire*] ; Gestion des SEM [*sociétés d'économie mixte*] : gestion administrative, aménagements de centres urbains, création de ZAC [*zones d'aménagement concerté*] ; Informatique : audit, choix des systèmes, relations avec les fournisseurs. »

Ben voyons !

En regard, page 138/A, une page de publicité de Baudin-Chateauneuf, l'un des meilleurs clients de Pacary et des autres collecteurs de fonds occultes, omniprésent dans les dossiers judiciaires de l'ère Mitterrand-Chirac. Dans *Le Trombinoscope*, l'affiche de cette entreprise spécialisée dans les complexes sportifs (piscines, patinoires, tennis, stades...) se flatte d'être « le spécialiste du temps libre ». Il est vrai que la confection des fausses factures évite d'avoir à vous plaindre des 35 heures de travail hebdomadaire.

« Au fil des années, raconte Chantal, je suis devenue experte en règlements administratifs et en techniques bancaires. Michel, pendant ce temps, devenait spécialiste des circuits de financement occultes. Deux activités bien compartimentées. J'étais chargée du travail officiel, lui des aspects disons officieux. Grâce à Pacary, des élus sont devenus riches sans effort. Il est devenu expert en valises Cartier bourrées d'argent noir, en ouverture de comptes en Suisse, en voyages dans les paradis fiscaux encore plus discrets, en déjeuners d'affaires pendant lesquels une enveloppe kraft brune passe de main en main. Pacary se chargeait des fonds secrets des politiques. Au passage, j'ai gagné beaucoup d'argent. Pacary énormément, comme le démontre la procédure judiciaire, qui à mon avis d'ailleurs ne révèle qu'une partie seulement de toutes ses lucratives activités. Il a acheté un château sur la Loire, des appartements aux Canaries, des sculptures de César, des pierres précieuses, des fleuves entiers de diamants, une série de voitures de luxe et même un Picasso. Et puis tout a basculé. »

Le 16 septembre 1996, Chantal Pacary avait fourni au juge Édith Boizette bien plus d'informations, notamment sur « les valises Cartier fermées avec un code » que son mari emplissait d'espèces et qui ne le quittaient jamais, même à la plage. Distingué et discret comme un marlou napolitain, il les reliait à ses poignets, par des chaînettes en or cadenassées. Nul n'aurait pu les dérober sans devoir lui trancher les mains. Un monsieur, ce Pacary ! Façon Louis de Funès dans *La Folie des grandeurs*.

Dans son récit, Chantal Pacary narre comment un premier juge d'instruction avait débarqué chez eux, comme un chien dans un jeu de quilles : « Puis, ce fut un autre. Puis un autre. Puis un autre. J'ai été mise en examen et j'ai fait une première fois six mois de détention à Fleury-Mérogis [*jusqu'au 20 avril 1995*], dans le sinistre quartier des femmes de la plus grande prison européenne... On m'a libérée à minuit. Je me suis retrouvée sur l'immense parking en béton de la prison, éclairé par les miradors. Personne pour venir me chercher... »

Pacary, lui, n'était plus en France. Il était en cavale. Parti avec l'argent, les meubles, les tableaux qu'il achetait à la pelle, les petites cuillères, les documents du bureau. Depuis le mois de janvier 1995, le juge Boizette avait délivré contre lui un mandat d'arrêt international. Les policiers l'arrêteront finalement, au Luxembourg, le 21 février suivant. Et il restera à la prison de Fresnes, puis à la Santé, jusqu'au 7 mai 1996. Silencieux au début, il finira par parler. « Enfin..., dit Chantal, ce qu'il a bien voulu raconter. »

Car il en savait, le bougre !

« Quand je suis sortie, ajoute-t-elle, je n'avais même pas une brosse à dents. Et en 1995, pendant quelques semaines, je suis retournée en détention à deux reprises, pour non-paiement de la caution exigée par le juge... Manifestement, Michel avait conservé certains de ses amis, peut-être à cause d'une rumeur le disant en possession de cassettes vidéo compromettantes. »

Rumeur ?

Pour donner du crédit à cette rumeur menaçante, Pacary avait envoyé une lettre au magistrat instructeur[1] :

1. Je reproduis ici, fidèlement, avec ses fautes d'orthographe et sa syntaxe de bazar, le courrier du faux facturier.

Pacary Michel
854 977 Y1/492[1]
Allée des THUYAS
FRESNES

Lundi 15 janvier 1996
à **Madame le juge Boizette**
Palais de justice
Paris

Madame le juge Boizette,

(...) Comme mes idées politiques sont à droite, le RPR ma demandé de sponsoriser les elus de droite pour leurs campagnes politiques, sentant une certaine retissance de ma part il ont exercès des pressions que j'ai du accepter et avec les années ceci était devenu chose courante.

En outre pendant le gouvernement de gauche pour planifier un controle fiscal je devais egalement travailler avec les mairies de gauche.

Par le fait du hasard j'ai rencontré l'Homme d'affaire Monsieur Laskier[2] qui pouvait resoudre les problemes et qui arrangeait tout le monde politiques.

Il est evidant que les dossiers de prets passent en conseil municipal et ensuite sont approuvés par la Prefecture.

Il est evidant que sur le plan moral je n'ai rien à me reprocher car pendant presque 15 mois de mon côte et 9 mois pour mon epouse, par mon silence, j'ai soustrè certains hommes politiques qui m'ont laissé tomber de la justice. (...)

Veuillez agréer Madame la juge Boizette mes hommages les plus respectueux.

Michel Pacary

Les « hommages » auraient été mieux reçus si le détenu – en ces temps d'isolement carcéral – avait pris la peine d'écrire sa lettre à la bibliothèque de la prison, avec l'aide du dictionnaire. Mais, des formes, Pacary ne se soucie guère. Pour lui, seul compte l'effet produit par son courrier, sachant qu'une fois acté dans la procédure, il sera forcément porté – c'est la règle – à la connaissance

1. Numéro d'écrou du détenu Michel Pacary.
2. Édouard Laskier : troisième acteur clé du dossier Pacary, toujours en fuite et jamais jugé. Un spécialiste du blanchiment d'argent sale. Cf. *infra*, pp. 176 à 178.

du procureur de la République placé sous les ordres du ministre de la Justice. Lequel informe le Premier ministre qui, à son tour, rend compte de l'essentiel au président de la République. Cependant, cette lettre au juge Boizette n'a pas eu de suite et n'a rien arrangé à sa situation. D'où la nécessité de passer à la vitesse supérieure.

Vérifiant les dires de Chantal, j'ai fini par retrouver une lettre de son mari, écrite dans sa cellule de la prison de Fresnes, le 4 mars 1996, et destinée à son ami et correspondant, l'avocat Pierre Pasquini[1].

Courrier reçu par son destinataire, alors ministre RPR des Anciens Combattants dans le gouvernement d'Alain Juppé. Un petit bijou. Comment résister au plaisir de reproduire ici – tel quel ! – ce message exemplaire envoyé à un ministre en exercice : le lecteur admirera encore une fois l'orthographe massacrée et le charabia d'un voyou... qui se permet tout, qui ne recule devant rien. Au point de demander à un membre du gouvernement – de surcroît dans une lettre expédiée par l'administration pénitentiaire, à l'adresse d'un ministre ! – de faire passer le message à qui de droit.

Ce document, le voici. Au lecteur, je précise que c'est moi qui signale **en gras** le passage où Michel Pacary agite la menace de rendre publics les enregistrements de ses

---

1. Pierre Pasquini : avocat au barreau de Nice, ancien adjoint au maire de Nice (de 1947 à 1965) ; député des Alpes-Maritimes (de 1958 à 1967), puis de la Corse (1978 à 1981) où il était également maire de l'Île-Rousse ; ancien premier vice-président de l'Assemblée nationale, mort en février 2006, à l'âge de 85 ans. Ce « gaulliste historique », ancien des Forces françaises libres, fut ministre des Anciens Combattants et Victimes de guerre dans les gouvernements d'Alain Juppé, de 1995 à 1997. Puis cité par les journalistes Jacques Follorou et Vincent Nouzille, auteurs de l'excellent livre *Les Parrains corses* (Fayard, 2004), comme lié au gang de « La Brise de mer », du nom d'un bar du vieux port de Bastia, tenu par Antoine Castelli, un petit caïd local.

remises de pots-de-vin en espèces, de même que ses divers conciliabules avec élus corrompus, trésoriers de partis politiques, hauts fonctionnaires et entrepreneurs :

Pacary Michel
854 977 Y1/492
Allée des THUYAS
FRESNES

Lundi 4 mars 1996
à **Monsieur PASQUINI**
Ministre des Anciens combattants

Cher Ami

Je vous écrit cette lettre, car après mon entretien avec mon avocat Maître Colin, je m'appercois encore que Madame le juge Boizette retarde l'instruction du dossier consernant le financement des Partis Politiques et je vous écrit dans un etat de grande deprime.

En effet cette derniere cherche n'importe quels pretextes pour me garder en detention. « Rejet du Parquet N° P933306905/0 Cabinet N° 23/94 du 23 février 1996 ». Dont cette derniere à blessé ma susceptibilité dans sa conclusion qui affirme que l'on ne peut me faire aucunement confiance malgré mes pretendus aveux.

Plusieurs de mes lettres qui doivent être jointes au dossier et qui etaient adressées à Madame le juge Boizette sur son incapacité à mener cette enquette qui après un an de silence total de ma part et malgré plusieurs lettres de S.O.S. aux Politiques en places au gouvernement et sur mes aveux avait toutes facilitee à mener à bien son enquette

Vous comprendrez fort bien que je ne peu accepter d'une simple juge d'instruction de passer pour un menteur et je me pose la question si je dois lui fournir les cassettes vidéo enregistrées dans mes Bureaux. « Que dois-je faire ? »

En esperant que vous comprendrez mon etat de deprime totale.

Veuillez agréer cher ami mes salutations les plus distinguées. Amitiées

Michel Pacary

Traduction : « Si on ne fait rien pour moi, je parlerai, je dirai tout, je mettrai tout le monde dans le bain ! Et vous finirez tous noyés. » Finalement, le maître chanteur fait en quelque sorte et à sa manière – mais, lui, de son vivant – ce que Jean-Claude Méry avait programmé de faire post mortem, dans la cassette vidéo enregistrée par le journaliste Arnaud Hamelin. Sous la plume d'un faux facturier de base, les mots sont choisis : « Que dois-je faire ? » : me mettre à table ou attendre de vos éminences qu'elles veuillent bien me sortir des griffes d'Édith Boizette ?

C'est par l'entremise de Pasquini que Michel Pacary avait acheté, en espèces, nombre des tableaux de maîtres entreposés dans son château, près de Tours. Demeure princière, acquise et rénovée, comme tout le reste, avec l'argent de la corruption et du trafic d'influence. Un noble métier qu'il exerçait avec et pour le compte de personnalités gaullistes, mais aussi socialistes. À preuve son échange avec le juge Édith Boizette, le 13 novembre 1995, en présence de ses avocats. Après avoir déclaré qu'il rencontrait Jacques Durand « toujours dans les locaux du RPR, 123 rue de Lille », Pacary précise que ce « trésorier adjoint sous les ordres de [*l'ancien ministre*] Robert Galley recevait directement les entreprises du BTP ». C'est dans le bureau de Durand que « se négociaient les appels d'offres et les remises de commission ». De mieux en mieux ! Trafic d'influence caractérisé !

Et ensuite ? Pacary l'avoue au juge : « Toutes les grandes entreprises y passaient. (...) Moi, je lui apportais [*au trésorier du RPR*] l'argent avec une fiche. Pour ce qui me concerne, cela se faisait toujours directement entre lui et moi, toujours dans son bureau rue de Lille. Ma femme fut une fois présente. Mme Casetta était au courant mais n'assistait pas aux remises d'argent, du moins avec moi... »

Derrière les barreaux, Pacary s'impatiente. Mais comme toujours, chez Chirac et dans les maisons voisines, on ne fait rien pour le sauver. Et Pacary mourra en 1999 en emportant ses secrets dans sa tombe. Conservées hors frontières, dans un sous-marin offshore, ses bandes vidéo ne feront jamais surface.

Comme Jean-Claude Méry et d'autres, les Pacary se seont éclipsés de ce bas monde – de mort naturelle –, de telle manière que leur dossier d'instruction pourra finir dans le présidentiel et très original « pschitt » de Jacques Chirac.

À sa sortie d'hôpital, le 1er mars 1997, Chantal Pacary habite dans une petite pension de famille, l'hôtel Manet, près de l'hôpital de La Pitié-Salpêtrière, dans le sud de Paris, à quelques centaines de mètres à vol d'oiseau de leurs anciens bureaux du 70 avenue d'Ivry... et de la Brigade financière, rue du Château-des-Rentiers.

Acculée, elle s'est mise secrètement à coucher sur le papier le récit de ses aventures.

Sur invitation d'un de ses avocats, je l'avais rencontrée à plusieurs reprises, les mois précédant son décès. Nous avions longuement discuté de ses mésaventures. Début 1998, elle m'avait alors remis son projet de mémoires. Pour information et conservation. Ce témoignage accusateur s'appuyait sur les quelque 5 000 pages du dossier judiciaire qui lui avait valu plusieurs mois de prison. Chantal Pacary y confirmait que tout se passait dans le bureau de l'ancien trésorier adjoint du RPR, Jacques Durand, en présence de Louise-Yvonne Casetta. Durand « notait tout sur un gros livre noir ». Elle précisait aussi avoir versé des commissions à la mairie de Blois, à l'ancien député de Guadeloupe condamné pour corruption, Édouard Chammougon, et bien d'autres.

Mais une question m'obsédait : était-ce pour se venger du mari despotique qui l'avait entraînée dans la fange des affaires et qui lui faisait peur que Chantal Pacary lui imputait les pires méfaits ? La réponse se trouve dans le lourd dossier d'instruction. D'innombrables pièces existent, qui confirment ses dires.

Sur le qui-vive, la dame me disait sa vie menacée. Et

elle le proclamait, visant, en tout premier lieu, l'homme qui avait si longtemps partagé sa vie... Traumatisée par les dérapages de son union avec l'ancien garçon coiffeur reconverti dans le perruquage des comptes, et comme pour s'en libérer, Chantal Pacary a choisi de tout me raconter. Épuisée, il lui faut aller à l'essentiel, frapper fort et juste. Bien dans le mille. Chantal Pacary l'avoue : « Du jour au lendemain, alors qu'en sortant de prison [*le 4 septembre 1995*] j'avais d'abord tenté de tout effacer, il a fallu que je comprenne. »

Aussi, voici Chantal transformée en détective de sa propre vie, analysant sur une petite table de sa chambre d'hôtel notes, comptes bancaires, sorties d'argent liquide, bons du Trésor, les dizaines d'auditions de Pacary qui, après son retour de cavale menottes aux poignets, au long de ses dix-huit mois de détention préventive, avait vainement attendu l'ange libérateur. De même, Chantal apprend par cœur les dépositions des élus et des chefs d'entreprise cuisinés par le juge. Sa lecture du dossier l'a désemparée : les dépositions des uns et des autres sont « un immense tissu de mensonges ». Tous se contredisent, reconnaissent à peine certaines évidences, reculent de dix pas, ou avancent en crabe : « Dans le dossier du juge, la vérité s'échappe à chaque page. Chaque ligne n'est que faux-fuyants, dérobades, illusions. Depuis des mois, en cachette, je mène ma contre-enquête. Je colle les morceaux du puzzle. Il s'agit pour moi de mettre bout à bout tous les éléments dont je dispose pour tenter d'obtenir une vision aussi juste que possible du réseau de corruption auquel mon mari m'a fait participer. J'ai décidé d'effectuer ce travail de reconstitution parce que j'ai le sentiment, malgré l'énergie déployée par les enquêteurs, que les juges n'ont aucune chance. Dans l'état actuel de leurs moyens, ils ne peuvent, au mieux, qu'effleurer la surface de l'ombre. Un mécanisme de financement occulte, bien orchestré, reste indétectable. Les quelques élus qui apparaissent dans les dossiers judiciaires n'ont pas eu de chance. Ils cachent une foule d'autres qui ne seront jamais cités, simplement parce qu'ils ont astucieusement perçu leurs pots-de-vin, discrètement, en liquide ou parce qu'ils ont monté un système qui prend en charge leur train de vie... Le dossier du juge Boizette, à chaque page, me démontre une autre chose : même sous serment, on ment souvent. En coulisse, avocats, élus et chefs d'entreprise se concertent, élaborent des scénarios. Certains fabriquent même des pièces. La corruption n'est que la face visible d'un système quasi mafieux. Elle s'accompagne souvent d'autres méfaits : trafics d'armes, importations illégales avec des pays du tiers-monde, notamment avec l'Afrique, manœuvres d'intimidation, chantages. Au-delà de l'argent qu'ils touchent, les élus corrompus se joignent à une chaîne qui les unit à de véritables parrains. Grâce à l'argent noir, les deux mondes se rejoignent. »

Partout, Pacary a sérieusement sévi. Volumineux, son dossier nous l'apprend : avec sa boîte à malice, il a sillonné l'Afrique jusqu'au Congo, y rencontrant chefs d'État et ambassadeurs, escrocs du meilleur calibre, s'en faisant à l'occasion des amis. À Paris, un responsable de la Brigade financière s'est fait pincer et a été révoqué pour lui avoir ouvert, contre faveurs, le dossier de l'enquête.

En écoutant Chantal Pacary, j'apprends maintenant que si le parti de Jacques Chirac lui a « proposé un marché », d'autres n'ont pas pris la peine de discuter. Avec eux, ce fut le bulldozer : « À plusieurs reprises, j'ai été suivie dans la rue, et plusieurs fois agressée. Une semaine après ma sortie de prison, en avril 1995, trois hommes m'ont foncé dessus sur l'avenue d'Ivry, juste en bas de chez moi. Ils m'ont arraché mon sac à main en plein jour. Un quart d'heure plus tard, j'étais encore assise sur un banc, occupée à reprendre mes esprits, quand un gars à moto a lancé mon sac sur le trottoir, juste devant moi. Ils n'avaient rien piqué. »

Intimidation ? Allez savoir ! Toujours est-il que, terrorisée, Chantal s'en est allée prévenir immédiatement la police. Mais en l'absence d'un vol consommé – puisque tout lui avait été restitué –, sa plainte n'a pas été prise en compte. Du coup, le manège a recommencé : « Quelques jours plus tard, cinq types m'attendaient dans le parking de mon immeuble. Ils me guettaient. L'un d'eux m'a plaqué le canon d'un flingue sur la tempe. Leur message était clair. "*Arrête de chercher !*" ; "*Continue de la fermer et tout ira bien !*". Ce même jour, j'avais un mot tapé à la machine dans ma boîte aux lettres. La lettre anonyme me mettait en garde. Il fallait que j'aie peur. Que je me taise. »

Après le conditionnement initial de gros bras qui lui ont aimablement gonflé le visage, après les bergers allemands qui lui ont confirmé le message, après les coups et blessures qui l'ont bleuie, après le doux revolver braqué sur la tête par une bande de tueurs à gages, dont elle a compris illico qu'ils avaient pour contrat de la faire passer *ad patres*, après les lettres anonymes pour bétonner l'ensemble, Chantal Pacary a longtemps fait figure de miraculée... connaissant par cœur la vieille règle du milieu qui l'a vu croître : les bénéfices ça se divise ; la réclusion ça s'additionne ! Pour tout le monde !

Le 18 janvier 1996, Chantal avait déjà commencé à épancher ses malheurs dans *Le Parisien* : elle y déclarait que le RPR « prenait un pourcentage » sur les opérations financières réalisées par les sociétés qu'elle possédait avec son époux. Et elle avait ajouté : « Mon mari se rendait une fois par mois [*rue de Lille, au siège du RPR*], ou tous les deux mois. Il emportait avec lui les comptes précis de toute notre activité et il versait, en liquide, une commission correspondant à un pourcentage. Le RPR prenait un pourcentage sur tout. Y compris sur les affaires que nous faisions avec des villes de gauche. L'enveloppe pouvait aller jusqu'à 300 000 francs. »

Routine.

Les traces des rapports entretenus par Pacary avec les officiels de la République sont attestées par le chauffeur de ses cinq véhicules (trois BMW, une Honda Prélude et une Jeep Cherokee), le 17 octobre 1995, devant le commandant de police Michel Catoire : « Il m'arrivait fréquemment de le conduire à ses rendez-vous, (...) en particulier à l'Assemblée nationale, au ministère de l'Intérieur (...), au ministère de la Culture. Je sais qu'à l'Assemblée nationale, il rencontrait fréquemment M. Pasquini. (...) Je l'emmenais également au ministère de la Francophonie (...). »

Au RPR, la procédure était spéciale. La secrétaire de Pacary établissait une fiche comportant le nom de l'élu dans la combine, de la mairie, le taux de la commission et la somme remise : « Il y avait, précisa Pacary au juge Boizette, une fiche à chaque fois que Durand recevait une commission par moi, au RPR, pour le RPR. Il n'y a plus eu de fiches lorsque les commissions ont été versées directement aux élus. Je veux dire que je ne remettais plus de fiches à Durand, mais j'en gardais une chez moi. (...) Il y a eu comme ça des dizaines d'élus. »

Quelques morceaux choisis du récit de Chantal Pacary nous éclairent sur les mœurs d'un monde impitoyable : « On m'a fait jouer un second rôle dans une superproduction digne d'un scénario d'Hollywood. Sauf que là les mallettes étaient en vrai crocodile et les billets sortaient tout neufs des coffres de la banque. J'étais une petite ouvrière dans une usine à corrompre. Nos bureaux tenaient sur deux niveaux, au pied de la tour Helsinki, dans le 13e arrondissement de Paris. C'est le quartier chinois. Pacary disposait d'un étage pour lui tout seul. Pour y accéder, uniquement par l'ascenseur, il fallait un code et une clé. Il n'a jamais confié le code à personne. Il était seul à parvenir à son étage et personne ne pouvait y mettre un pied en son absence. »

Récit éloquent, écrit longtemps avant que soit connue l'existence de la cassette posthume de Jean-Claude Méry retrouvée par la justice : il nous livre les secrets d'un racketteur prévoyant. Comme son confrère Méry, Michel Pacary se méfiait du personnel politique qu'il éclaboussait d'argent sale : « L'ascenseur donnait directement sur son bureau, une grande pièce de 80 m². Sa table de travail, une immense plaque de verre, avait été taillée sur mesure. Elle était toujours entièrement vide de tout papier ou du moindre dossier. Sur la table, trois objets : une compression de cuillères du sculpteur César, un réveil Cartier et une pépite en or brut de 500 grammes [*que, selon Pacary, des officiels guyanais voulaient initialement offrir à Jacques Chirac*]. »

Sous son plan de travail et de chaque côté, Michel Pacary avait fait intégrer deux écrans de télévision. Assis en face de lui, ses interlocuteurs ne pouvaient deviner que ces écrans étaient reliés à un système interne de caméras cachées, installées dans toutes les autres pièces : l'entrée, le bureau de sa femme, ceux des secrétaires, et même dans le sien. Tout ce qui se passait, tout ce qui se disait était filmé, archivé, comme autant de moyens de chantage. Car, comme Méry, Michel Pacary avait parfaitement conscience des risques qu'il prenait en frayant avec les grands de la politique et des affaires. À sa main droite, au niveau du premier tiroir, un petit pupitre contenait les boutons de commande. Ainsi pouvait-il en permanence, sans bouger de son fauteuil présidentiel, observer ses personnels, écouter toutes les conversations, filmer tous les échanges. À commencer par les remises d'argent. Dans un tiroir, un magnétoscope fonctionnait sur commande. Selon Chantal, il suffisait à Pacary de presser un bouton pour enregistrer son et images de la caméra choisie pour piéger ses visiteurs : députés ; maires de tous bords ; conseillers généraux ; ministres ; militants socialistes ;

chefs d'entreprise ; commerciaux du bâtiment ; chauffeurs ; intermédiaires ; secrétaires généraux de mairie ; syndics ; banquiers ; faux facturiers ; architectes ; petits escrocs ; ambassadeurs ; assureurs ; gardes du corps ; énarques... : « Toute une foule bigarrée de gens a défilé dans nos bureaux, indique-t-elle. Pacary pouvait filmer tout le monde. Il faisait d'ailleurs une grande consommation de cassettes vidéo, qui nous étaient livrées par cartons entiers de la Fnac, les factures en témoignent. Certains se souviennent de ces cassettes. »

À la même époque, au Pérou, le chef des services secrets Vladimir Montesinos – aujourd'hui sous les verrous – procédait pareillement, en filmant systématiquement les hommes politiques, les patrons de télévision et hommes d'affaires quand il leur remettait des montagnes de dollars. C'est le scandale des « Vladivideo » dont la divulgation provoqua la chute du président Alberto Fujimori et la mise au rancart d'une bonne partie des élites péruviennes. Mais en France – heureusement pour nos dirigeants –, des cassettes vidéo de Michel Pacary, nul n'entendra parler. Aux dernières nouvelles, Pacary – qui les avait emportées dans sa cavale – les a laissées quelque part au Luxembourg...

Et voilà que j'apprends que, dans le dos de Michel Pacary, derrière son fauteuil en cuir, le mur était tapissé de glaces : « Ainsi, la caméra qui filmait ses visiteurs par-derrière les avait également de face, dans le reflet des vitres. Ce mur vitré fait sur mesure avait une autre particularité : il dissimulait une porte secrète, invisible à l'œil nu. Pacary l'avait fait aménager dans le plus grand secret. Le bouton d'ouverture de cette porte sans poignée était dissimulé dans le recoin de son meuble de bureau. Sous la pression, un courant électrique actionnait l'ouverture automatique de la porte. Elle donnait sur une petite pièce sombre, sans fenêtre : les archives. La pièce était tapissée d'étagères et un coffre-fort était posé contre le mur du fond. Factures, vraies ou fausses, carnets de rendez-vous, livres de comptes, commandes bidon, études fantômes, relevés bancaires, toute une partie du financement occulte de la République dormait là, au deuxième étage de l'avenue d'Ivry. Des documents que beaucoup, aujourd'hui, aimeraient savoir détruits avec certitude. Les réseaux de l'ombre s'y lisaient à livre ouvert. »

Michel Pacary mourra à son tour, d'un cancer, en 1999, peu après sa femme et juste avant Jean-Claude Méry, en juin. Morts en ligne, tous de cancers sans rémission. Comme dans un film noir... où les cadavres s'alignent à plaisir. Sauf que cette fois, ce ne sont pas des balles qui claquent. Seulement la malédiction du pacte de corruption.

À sa femme, Michel Pacary avait confié le fruit de ses observations d'expert de la corruption publique : « Un Opéra fantôme ? Un ministère des Finances au coût pharaonique ? Un Grand Stade [*de France, à Saint-Denis, construit en vue de la coupe du monde de football de 1998*], dont l'ardoise a augmenté de plus de 20 % en cinq ans ? Des piscines olympiques dans des villes de 10 000 habitants ? Des rocades, des autoroutes, des ponts à l'utilité incertaine ? Presque partout en France, la majorité des opérations, pour autant que je puisse en juger, dissimule l'existence de commissions, d'argent noir, de pactoles à partager entre élus. Ces fonds font vivre tout un réseau complexe de personnages chargés de la basse besogne, du maquillage suivi des transferts des fonds occultes vers des paradis fiscaux, puis de leur retour en France. La plupart d'entre eux savent pertinemment qu'ils blanchissent l'argent sale des élus et de leurs complices. Tous les ans, grâce à ce réseau, 70 milliards de francs environ – soit trois à quatre fois les estimations faites du phénomène jusqu'ici – disparaissent donc silencieusement. »

Pacary avait su s'adapter aux circonstances. Les conséquences de l'intrusion des juges dans les combines du milieu politique l'avaient incité, comme ses confrères faux facturiers, à adopter le système de nouvelles techniques d'habillage. Ce que Chantal Pacary nous avait confirmé, comme tout le reste, lors de nos entretiens : « Plus question, après 1990, de se contenter de simples factures laconiques de "*conseil*" ou d'"*assistance*". Le mot d'ordre est alors de rendre crédible la facturation. Il s'agit maintenant de se livrer à de vrais travaux de camouflage. Qu'on vende du vent, d'accord, mais ça doit ressembler, au moins à première vue, à quelque chose de solide ! Cela a d'abord provoqué la floraison d'études de toutes sortes. Pacary a par exemple vendu une bonne dizaine de fois une même étude sur une technique originale de financement de grands travaux, les METP. Technique astucieuse mais très coûteuse pour les collectivités locales, largement utilisée par le conseil régional RPR d'Île-de-France, notamment pour la construction et la rénovation des lycées. Pour rédiger cette étude, j'avais, sur son ordre, compilé une documentation accessible à tout le monde auprès de SVP. Cela méritait sûrement quelque chose mais certainement pas les 300 à 400 000 francs que Pacary tirait à chaque fois de cette liasse de feuilles. Tous les chefs d'entreprise interrogés depuis par les policiers ont fini par reconnaître que la plupart des études achetées à Pacary ne présentaient aucun intérêt et qu'en tout cas, pour eux, il ne s'agissait que de donner bonne mine à des transactions contestables. »

Comme Louise-Yvonne Casetta, Jean-Claude Méry et les autres, le couple Pacary voyait régulièrement le trésorier adjoint du RPR, Jacques Durand – lui aussi passé l'arme à gauche –, pour d'importantes remises d'enveloppes. Avec lui et même avant lui, Pacary arrosait large. En bon industriel de la fausse facture, « Pacary était un des intermédiaires utilisés par le parti de Chirac pour se constituer un trésor de guerre ». Souvenirs de Chantal : « Il a fallu en financer des campagnes électorales ! En 1981, la première course à la présidentielle du "*Grand*" [*le surnom de Jacques Chirac au RPR*]. Puis les élections locales, municipales, cantonales et enfin les législatives de 1986, qui ont marqué un tournant. C'était les années fric. Le RPR s'est lancé dans la communication politique, façon marque de lessive. Les affiches, les dépliants, les tracts, les permanents, cela finit par coûter une fortune. Ensuite, entre 1986 et 1988, il a fallu alimenter le trésor de guerre pour la présidentielle de 1988. Celle qu'il était sûr de gagner. Contre toute attente, il a encore fallu attendre. Préparer les législatives de 1993, envoyer Balladur à Matignon, l'ami de trente ans, et tranquillement succéder à Mitterrand. La mécanique s'est grippée quand une partie du RPR a choisi de faire campagne pour Balladur. Toutes les "*affaires*" de financements occultes du RPR, y compris l'affaire Pacary, sont nées à cette période. Comme si la guerre des deux camps gaullistes avait alimenté les bureaux des juges. »

Et Chantal Pacary d'expliquer que, dans les années 1980, leur société Rhoddlams avait survécu à trois contrôles : « Le fisc n'avait rien vu et rien transmis au procureur. Il a fallu une lettre anonyme, envoyée en Guadeloupe, pour qu'un magistrat tire un premier fil de la pelote. Il semble bien, avec le recul, que le RPR réglait ses comptes avec certains de ses réseaux. Pacary s'est retrouvé au milieu d'une guerre de clans. Il a mis longtemps avant de reconnaître devant le juge Édith Boizette qu'il travaillait pour la rue de Lille [*le siège du RPR*]. »

En octobre 1995, six mois après l'élection de Chirac à la présidence de la République, le prévenu Pacary consent enfin à parler. Premiers aveux : « Officiellement, je travaillais pour la rue de Lille. M. Durand était responsable des finances du RPR et j'avais affaire à lui. La rue de Lille devait faire rentrer de l'argent pour le RPR (...). Durand rackettait les entreprises. Il avait envoyé un mot à tous les élus pour m'introduire auprès d'eux. Je passais rue de Lille toutes les semaines, et lui reversais une partie de ce qu'il récoltait. »

Plus direct, le faussaire professionnel ajoutait : « Le RPR prenait un impôt révolutionnaire, de 25 %, sur tous nos bénéfices. » Autant d'argent que Pacary devait transformer en liquide, avant de se rendre chez ses commanditaires.

À sa sortie de prison, en septembre 1996, il continuera de détailler ses relations avec la rue de Lille à un journaliste du *Parisien.* En prenant soin de doser ses effets et de ne pas mouiller les socialistes : « Dès 1984, j'ai financé le RPR. Aucun autre parti. Je devais reverser, en liquide, un quart de mes commissions. Moi, je suis gaulliste de conviction. Sur le principe, cela ne me gênait pas. C'est le RPR qui voulait du liquide. Pas de trace. Du coup, cela m'a obligé à mettre la main dans un engrenage. J'allais rue de Lille une ou deux fois par mois. Toujours au quatrième étage, à droite en sortant de l'ascenseur, dans le bureau de Jacques Durand. Je lui remettais l'enveloppe, entre 50 000 et 300 000 francs, et il allait mettre l'argent dans le coffre. »

Fureur de Chantal Pacary qui ne veut épargner personne, pointant du doigt les responsabilités de tous : « Ces aveux font-ils scandale ? Pas du tout. Personne ne réagit. Les médias en parlent une journée et classent l'affaire. Pacary balance-t-il le système ? Pas vraiment. En effet, il affirme qu'il a mis fin à cette organisation en 1989. Cela tombe bien. Les faits antérieurs sont prescrits et le financement des partis bénéficie des lois d'amnistie. En clair, par ces déclarations, devant le juge puis la presse, Pacary asticote le RPR mais ne risque pas de lui causer le moindre pépin judiciaire. Entre 1983 et 1989, à raison d'une fois par mois, Pacary s'est donc rendu 72 fois au moins rue de Lille. D'après mes calculs, il versait entre 7 et 10 millions de francs par an, en liquide, selon les aléas de la conjoncture. Mais en octobre 1995, devant le juge Boizette, brusquement, Pacary est très en verve. Il explique que lorsqu'il se présentait aux élus, ceux-ci savaient que les commissions retournaient en partie au RPR. Certains élus, plus gourmands, ont voulu toucher 50 % du total pour eux sans rien reverser à la rue de Lille. »

Témoignage encore une fois confondant... où l'on voit dans un nombre considérable de villes, petites et grandes, départements métropolitains et d'outre-mer, plusieurs des entreprises citées dans l'affaire des marchés truqués de la Région Île-de-France distribuer les pots-de-vin – encore et toujours ! – comme des dragées de baptême.

Au même titre que Jean-Claude Méry, Michel Pacary et les élus prenaient généralement les avions de Swissair, quand ils se rendaient à Genève. Jamais sur Air France. Témoin de ces vols discrets, Chantal Pacary explique que Swissair – compagnie aérienne aujourd'hui défunte – présentait l'avantage de ne garder aucune trace de l'identité de ses passagers : « Si un juge d'instruction venait à interroger Air France, pour savoir si M. Untel avait été passager du Paris-Genève de tel jour, la compagnie nationale française lui répondait. Chez Swissair, on l'envoyait sur les roses. »

Charge lourde que Chantal assortit tout de même d'un bémol : « Certes, tous les élus du RPR n'aimaient pas autant ces billets si faciles à manipuler. Bien sûr, le RPR compte des élus locaux, des maires, des conseillers généraux ou des députés intègres et incapables de percevoir des fonds, en cachette de leurs concitoyens, ou même d'envisager d'ouvrir un compte en Suisse. Une grande partie des élus qui ont fait travailler Rhoddlams n'ont d'ailleurs pas touché un centime de Pacary. »

À l'en croire, le RPR, lui, avait moins de scrupules et percevait un « impôt » : « Pour ne pas éveiller l'attention du fisc, il fallait transformer des chèques en argent frais. Pour cela, il fallait rémunérer d'autres intermédiaires. On ne trouve pas 300 000 francs en cinq minutes à un guichet de Carte bleue. Et puis, la présence de tout cet argent dans les rouages a suscité des convoitises personnelles chez certains élus. Ni vu ni connu. Pas vu pas pris. Les féodaux ont exigé à leur tour de percevoir une partie de cette manne qui allait au siège de leur parti. Au début, avec bonne conscience, ils se sont dit qu'ils en avaient besoin pour payer leurs campagnes électorales. Mais un élu est toujours en campagne finalement. De fil en aiguille, c'est l'élu tout court que cet argent a fini par financer. Plus de frontières. Plus de limite. L'argent sale a financé ses appartements, toujours plus confortables, ses vacances, toujours plus coûteuses, ses maîtresses, toujours plus jeunes. »

Et voilà comment, à force d'une malhonnêteté qui, au fil des ans, a gagné tous les bancs du Parlement, le coût des marchés publics ne va cesser de grimper, tandis que les centres de congrès, les salles polyvalentes, les piscines et les ronds-points vont se multiplier, jusqu'à obliger communes, départements et régions à s'endetter honteusement. Chantal Pacary explique comment, voulue par les socialistes en 1982, la loi Defferre de décentralisation a changé la donne, faisant la part belle à des voyous de tous poils : « C'était la fin de la tutelle de l'État des préfets. Les conseils généraux et les conseils régionaux ont été pris en main par des élus. Souvent des instituteurs, des anciens fonctionnaires, des petits notables. Ils se sont retrouvés à la tête de magots considérables. La demande est devenue folle. Quasiment partout. Alors que les collectivités locales, dans l'ancien système, étaient endettées à hauteur de 10 ou 11 % de leurs ressources, le seuil a franchi la barre des 20 puis des 30 %. Les élus étaient pris d'une frénésie d'équipements. Il fallait tout construire, tout de suite. Les conseils régionaux avaient en charge les lycées, gérés jusque-là par l'État. Tout était brusquement à refaire ! Les conseils généraux ont récupéré les collèges. Les communes ont eu la charge des écoles. La mégalomanie a souvent pris le pouvoir. Il fallait tout réhabiliter, construire de nouveaux établissements, des rocades, des voies de contournement, des tunnels, des ponts, des gymnases, des terrains de sports, des salles de judo, des terrains de tennis... »

Construire et dépenser, tel est dès lors le mot d'ordre. Anarchique, cette folie architecturale fait le jeu d'aigrefins recrutés à dessein : chez Rhoddlams, les Pacary font leurs comptes. Ils calculent qu'en dix ans l'endettement des collectivités a atteint la cote d'alerte – pour le contribuable qui doit toujours plus payer –, tandis qu'avec leurs commanditaires et divers complices leur fortune atteint les sommets. Les facilités de crédit que leur société apporte aux élus favorisent des projets qui auraient pu attendre. Mais, avides d'argent, beaucoup ont décidé de continuer la fuite en avant : « J'ai en ma possession, m'avait indiqué Chantal Pacary, des tableaux de synthèse rédigés par la police judiciaire. Ils récapitulent tous les prêts que nous avons obtenus pour les collectivités et le montant des commissions [*sous-entendu que nous avons touchées : commissions suivies de rétrocommissions aux élus*]. Entre 1988 et 1994, il y en a des centaines. »

Liste infernale : Grenoble ; Gosier et Matoury, en Guadeloupe ; Nice ; Chateaudun ; Tarbes ; Tours ; Vichy ; Dinard ; Grasse ; Villemomble ; Villepinte ; Franconville ; Mantes ; Sartrouville ; Sainte-Geneviève-des-Bois ; Montgeron ; Neuilly-Plaisance ; Persan ; Rosny-sous-Bois ; Saint-Brice-sous-Forêt ; Le Coudray-Montceaux ; Pontault-Combault ; La Queue-en-Brie ; Saint-Chéron ; Ris-Orangis et même Sermaise, un bled perdu au milieu de l'Essonne. Partout ou presque, les intermédiaires, les faux facturiers en tout genre sont entrés en piste. Aux premières loges, Chantal Pacary a tout vu, tout gardé en mémoire. Et donne le mode d'emploi des intermédiaires, combinards, grâce auxquels tout le monde s'enrichissait : « Leur première mission : faire en sorte que leur "*candidat*" soit certain de faire la meilleure offre. En amont de l'appel d'offres, le boulot consiste donc à faire des allers-retours entre les élus décideurs et l'entreprise qui devait obtenir le marché en échange du pot-de-vin. Avec la complicité de l'élu et ses services, l'intermédiaire obtient les offres des entreprises concurrentes. Les plis qui devaient rester secrets sont ouverts discrètement. Le prix de l'entreprise la moins chère est donné à mon collègue de promotion. Il ne lui reste plus qu'à "*s'aligner*" juste en dessous. Et on est certain que la commission d'appel d'offres va retenir sa candidature. On est certain aussi que le préfet ne trouvera rien à redire. Apparemment, on n'est pas très curieux. D'ailleurs en apparence tout s'est déroulé dans les règles. Ensuite, il suffit d'un habillage administratif classique. L'intermédiaire adresse à l'entreprise retenue une facture correspondant à des prestations imaginaires. La société paye. Normal, elle a obtenu le chantier. Il suffit ensuite à l'intermédiaire de transformer le chèque en argent liquide, d'en garder une partie pour lui et de verser à l'élu, ainsi rémunéré de son "*choix*". Voilà comment fonctionnaient souvent mairies, conseils généraux et la plupart des conseils régionaux. Les principes élémentaires de l'économie de marché n'étaient plus respectés. Au lieu des appels d'offres transparents et concurrentiels, les trucages étaient légion. »

Dans la majorité des cas, les crédits étaient mis en place en toute légalité. Mais dans certains cas, Rhoddlams trichait en aval des commissions d'appel d'offres : « On était souvent parfaitement au courant, bien avant la commission d'appel d'offres, des propositions de nos concurrents. Évidemment, il fallait pour cela la complicité d'un responsable de la collectivité locale. Les services administratifs, sur ordre de l'élu, donnaient à Rhoddlams, en violation des règles, le montant des devis de nos concurrents. Les indications des taux de commissions et les conditions bancaires de chacun arrivaient au bureau. Je devais alors faire une offre "*en dessous*"... »

Le même système qu'en Région Île-de-France. Une fois les opérations terminées, chacun veut son or. C'est le business de Pacary de le ventiler. De la même manière que son collègue Jean-Claude Méry qui, lui, opère dans une autre officine : « Il fallait tout le temps du liquide, continue Chantal. Tout simplement parce que la corruption doit laisser le moins de traces. Le cash n'a pas d'odeur. Les élus les plus gourmands ne voulaient rien d'autre. Pacary avait sur lui en permanence 40 000 francs en devises. Il avait des francs bien sûr, mais aussi des marks et des dollars. À lui tout seul, c'était un distributeur automatique d'argent sale. Il avait son fournisseur, comme un toxicomane a son dealer. Un homme invisible, Édouard Laskier, omniprésent dans nos comptes et que j'ai pourtant très peu vu dans ma vie. De 1989 à 1992, il a sorti en six ans pour mon mari près de 15 millions de francs en liquide. Si on remonte jusqu'en 1984, les sommes blanchies par ce circuit atteignent 40 millions de francs. Un montant énorme. Le système était d'une simplicité étonnante. Laskier nous remettait une facture, correspondant en général à des prestations aussi variées qu'imaginaires. Parfois il n'émettait même aucune facture et il fallait en comptabilité faire comme s'il y en avait une. Pacary lui remettait un chèque du montant correspondant à la facture. Cet énigmatique personnage encaissait ensuite l'argent et remettait la moitié en liquide à Pacary. Un système simple, mais cher, même si Laskier a fini par ne garder que 30 % des fonds. Pour obtenir 50 francs en liquide, il fallait faire un chèque de 100 francs à Laskier, avant qu'il ne baisse ses tarifs et accepte de verser 70 francs en liquide, contre 100 francs en chèque. »

Sur ce mystérieux « blanchisseur » en fuite à l'étranger et jamais retrouvé, Chantal Pacary n'a confié au juge Boizette que de vagues informations.

Un drôle d'oiseau, cet Édouard Laskier. Spécialiste des sociétés écrans, des montages financiers occultes et du blanchiment de fonds frauduleux, on le sait proche des services secrets, surtout du Mossad israélien. En 1973, son nom avait défrayé la chronique une première fois, après qu'il eut été « emprunté » par l'un des meilleurs agents du Mossad, Mike Harari, pour lui servir de couverture lors d'une opération commando à Lillehammer, en Norvège. Il s'agissait de liquider le Palestinien Ali Hassan Salameh, dit le « Prince rouge », très lié à Yasser Arafat, et responsable de l'attentat des jeux Olympiques de Munich contre les athlètes israéliens. Dans la nuit du 21 juillet 1973, le commando dirigé par Harari (portant des papiers au nom d'Édouard Laskier) passe à l'action. Mais il y a méprise. L'homme abattu est un simple serveur marocain, Ahmed Bouchikhi, frère de « Chico », le chanteur du groupe français les « Gipsy King ». Le malheureux n'avait rien à voir ni avec les Palestiniens ni avec l'opération terroriste de Munich. À la suite de cette bévue, six agents israéliens seront arrêtés et condamnés par la Norvège. Grâce à son passeport au patronyme de Laskier, Mike Harari s'échappe in extremis. On le croisera quelques années plus tard, dans la garde rapprochée de « Face d'ananas », le dictateur panaméen Manuel Noriega. Quant au vrai Édouard Laskier, une fois mis en examen et visé par un mandat d'arrêt international dans le dossier Pacary, pour avoir blanchi le produit des fausses factures, touchant au passage des commissions records, nul n'entendra plus jamais parler de lui. Seuls les agents du fisc retrouveront sa trace en Israël... sans pouvoir lui mettre la main dessus. Laskier s'est perdu, depuis, dans les sables du désert.

Michel Pacary l'a bien connu. En octobre 1995, il avait raconté au juge Édith Boizette les circonstances de leurs premières rencontres : « C'est le P-DG de la BHE qui m'a présenté Laskier pour faire ce qu'il faisait ; ceci remonte aux premières factures. Je ne peux vous dire quand exactement, car je ne m'occupais jamais des papiers. Je pense que c'était en 1986. »

Et quand le juge Boizette lui demande de préciser les montants dont il s'agit, Pacary explique qu'il ne gardait pas tout pour lui : « Sur cette somme nous avons récupéré 70 % [*de ce que nous demandions à Laskier de blanchir*]. La répartition était la suivante : je donnais 33 % ou 50 % [*aux hommes politiques*], selon ce qu'on me demandait et le reste était pour nous [*le couple Pacary*]. »

L'ensemble, en espèces ou en bons du Trésor anonymes !

Le schéma de base est conçu pour que tout le monde y trouve son compte : la règle du « 50-50 » est sacro-sainte. Si un élu réclame 100 000 francs de pot-de-vin, Pacary doit en gagner autant. Aussi doit-il obtenir de Laskier 200 000 francs, le blanchisseur touchant de son côté le même montant. Le tout en liquide. Ce qui va sans dire et encore mieux en le disant ! Pacary doit donc verser à Laskier 400 000 francs. Ainsi, pour dégager le pot-de-vin de 100 000 francs voulu par l'élu, Pacary doit obtenir, via un appel d'offres bidonné, une marge à hauteur de ces 400 000. Sur cette somme, payée sur fonds publics (par le contribuable), Laskier est le mieux loti. Gardant pour lui 200 000 francs, l'élu corrompu empoche ses 100 000. Et Pacary le solde. Un fonctionnement en toile d'araignée. D'où le coût croissant de la corruption.

Chez les Pacary – comme chez les Sananès ou chez Jean-Claude Méry –, l'argent coule à flots. Avec 400 clients qu'ils arrosent d'espèces, le couple s'accorde un salaire de monarque (500 000 francs par mois). Bon an mal an, leurs revenus (de 5 à 6 millions) leur permettent d'acquérir un somptueux appartement au 9e étage de l'immeuble Las Americas, au Marazul del Sur, dans l'île de Teneriffe : « Nous étions dans la plus belle résidence de la plus belle île de toutes les Canaries, raconte Chantal. L'immeuble, en marbre rose, à 5 km de la ville, en bord de plage, est équipé de deux piscines et d'un petit port privé, noir de bateaux de plaisance. Trois ans plus tard, nous en avons acheté un second. Le même, au 7e étage. Celui-là est devenu une sorte d'appartement d'amis, que Pacary prêtait régulièrement à ses clients. Des dizaines d'élus, en famille, y ont passé des vacances, tous occupés à la principale activité sur l'île : aller observer les dauphins. En 1988, Pacary est tombé sur le château de Chabrol, vieille bâtisse du début du XIXe entre Tours et Saumur. Construit en forme de U, flanqué de deux tourelles, le bâtiment surplombe la vallée de la Loire. Pacary a tout fait refaire, intérieur et extérieur. Même la très vieille église du parc a eu droit à une toiture neuve. Les 70 hectares ont été réaménagés. La piscine, chauffée et gigantesque, donnait directement sur l'intérieur. Le château a été entièrement meublé de meubles d'époque. Les salles de bains, sur mesure, étaient toutes splendides. Le château était orné d'une demi-douzaine de Mendjiski, de plusieurs dessins de Picasso, de deux sculptures de César, d'une demi-douzaine d'Arman, d'un bronze de Dalí. L'assurance des seuls meubles coûtait quand même 150 000 francs annuels. Un petit palace. Pacary entretenait des relations amicales avec nos meilleurs clients. Les élus défilaient au bureau. »

Et de citer le député-maire de Franconville dans le Val-d'Oise, alors une des étoiles montantes du Parti républicain, le maire RPR de Montgeron, dans l'Essonne, également vice-président du conseil général présidé par Xavier Dugoin (lui, plus tard condamné dans une autre affaire [1]), le maire RPR de Yerres, encore dans l'Essonne, un élu de Limeil-Brévannes dans le Val-de-Marne, ou un émissaire de la mairie de Paris.

---

1. Déchu le 16 janvier 2001, par le Conseil constitutionnel, de son mandat de sénateur RPR, Xavier Dugoin a été condamné à dix-huit mois de prison avec sursis et à la privation du droit d'éligibilité durant deux ans (pour recel et complicité d'abus de biens sociaux, corruption par personne dépositaire de l'autorité publique chargée d'une mission de service public ou investie d'un mandat électif public, et trafic d'influence). Arrêt rendu par la cour d'appel de Paris le 5 novembre 1999. Décision devenue définitive par arrêt de la Cour de cassation du 18 octobre 2000.

Petit à petit, Pacary a développé un autre business qui n'a rien à voir avec l'activité de Rhoddlams. En contrat avec la demi-douzaine d'entreprises du bâtiment dont il est un « apporteur d'affaires » (dont Campenon-Bernard, Via France, Bouygues, GTM, Dumez, Baudin-Chateauneuf), il utilise ses « contacts » avec les élus, habituels bénéficiaires de ses rétrocommissions de fonds, en espèces. Son rôle ? Mettre les élus et les entrepreneurs en relation, créer le contact, entretenir les échanges, et organiser enfin les trucages des marchés publics. Chantal Pacary insiste : « Ces relations angéliques cachaient en réalité un gigantesque réseau de corruption. Ce réseau a toujours fonctionné dans la clandestinité. C'est pourquoi il a survécu, d'après ce que j'en ai vu, aux nombreuses lois visant à "*moraliser*" le financement de la vie publique. Car, en vérité, les mauvaises habitudes chez nous ont la vie dure. »

Dans ses confessions, Chantal se fait caustique : « L'utilité de Pacary tenait à ses relations. Il avait ainsi son banquier, honorable organisme financier installé rue François-Bellot à Genève [*chargé notamment, par Pacary, de l'ouverture d'un compte numéroté au nom de l'ancien maire socialiste de Cayenne*]. (...) Jusque-là, les banquiers suisses ne travaillaient qu'avec des clients aisés, familiers depuis plusieurs générations des circuits internationaux. L'arrivée des élus de banlieue parisienne et de province, souvent d'anciens fonctionnaires, parfois même des énarques, devenus riches en peu de temps, a changé l'ambiance. "*Ils manquent totalement de savoir-vivre*", m'a confié un jour Charles de Bavier, un avocat suisse de renom avec lequel j'ai été un moment en relation... »

Dans les Départements et Territoires d'Outre-Mer (Antilles, Guyane, la Réunion), Michel Pacary est, plus qu'ailleurs, le roi : pour la construction d'un pont, d'un port, d'un théâtre, d'une aérogare, d'une mairie, il sait parfaitement évaluer, en fonction de la personnalité de son interlocuteur, la « dose » de liquide qu'il lui faut mettre dans la seringue. Toujours accrochée à son poignet, sa mallette Cartier est là pour toujours satisfaire les envies pressantes des élus et des fonctionnaires en manque. Les petits cadeaux entretiennent l'amitié.

Un exemple parmi d'autres : en bonne place dans le dossier des lycées de la Région Île-de-France, l'entreprise spécialiste des charpentes métalliques Baudin-Chateauneuf est alors totalement absente dans les marchés des Départements et Territoires d'Outre-Mer. Chantal raconte : « Pacary a invité leur commercial à y faire une virée : Martinique, Guadeloupe, Guyane. Le voyage a duré trois semaines, par tranches de sept jours. Pacary avait emporté sa grande valise Cartier. En Guadeloupe, je conduisais la voiture, une sorte de petite Jeep blanche. » Le commercial venu de Paris s'était mis à l'arrière du véhicule. Tournée des grands ducs qui prend vite, et comme de coutume, des allures orientales. Pacary faisait le guide : « Direction les mairies ! » Pour la distribution de bonbons aphrodisiaques : « Sur le parking, où je gardais la mallette, Pacary ouvrait la "*Cartier*", sortait une enveloppe kraft vierge, et y glissait un stock de billets. Jamais la même quantité. C'est un métier ! Il savait parfaitement évaluer, en fonction de ses interlocuteurs, la "*dose*" adéquate. Bouillet [*le commercial de Baudin-Chateauneuf*] était à bonne école. Le manège durait une demi-heure, pas beaucoup plus. Quand il se rasseyait, Pacary n'avait plus d'enveloppe à la main. (...) »

Tropical, le cirque recommençait dans toutes les villes programmées. Toujours avec le même cérémonial. Pas étonnant si, dans les années qui ont suivi, l'entreprise pilotée par Pacary a obtenu d'importants chantiers : « Le pont Crique-Yiyi en Guyane, le pont Inra en Guadeloupe, le stade Dillon en Martinique, la passerelle Blanchet à Basse-Terre, le port autonome de Guadeloupe, le Théâtre de la Basse-Terre, l'extension de l'aérogare de Cayenne et la construction de la mairie de Baie-Mahault. »

Et ce ne sont là que quelques exemples. À chaque fois,

Michel Pacary sert d'intermédiaire et touche sa commission, dont il reverse une partie à ses contacts locaux.

Interrogé par les policiers, un responsable du département « entreprise générale » au sein de Baudin-Chateauneuf a bien expliqué le partage des tâches : son service s'occupait du montage des dossiers et de la réalisation des chantiers ; mais son travail le plaçait rarement au contact des « clients », notamment les décideurs des collectivités locales. Le contact ? C'était le rôle d'un autre. Aussitôt, les policiers tentent une question vicieuse :

« À votre avis, puisque l'enquête a montré que sur de nombreux marchés M. Pacary a été rémunéré par Baudin-Chateauneuf, doit-on comprendre que le service commercial de Baudin-Chateauneuf trouvait les informations fournies par M. Pacary performantes ?

– Oui, répond l'homme de Baudin-Chateauneuf. Car avec M. Pacary, nous avons étudié un ensemble d'affaires et nous en avons gagné environ 30 % alors qu'habituellement, notre moyenne est de l'ordre de 10 %. »

Belle performance. À rapprocher de ce que nous avons déjà vu en Région Île-de-France. Aussitôt, les enquêteurs se plongent dans les marchés emportés par Baudin. En Martinique, pour l'aéroport du Lamentin, l'opération fut pilotée par la chambre de commerce et d'industrie locale, inscrite sous l'appellation « lot 3 : couverture, étanchéité, bardage ». Baudin la voulait. Sur les 15 entreprises candidates, 9 avaient été retenues et 5 avaient finalement soumissionné. À l'ouverture des plis, en novembre 1992, Baudin-Chateauneuf était arrivé en deuxième position. Pourtant et comme par enchantement, la commission des marchés avait décidé de retenir son offre plutôt que celle d'une rivale « moins disante de 120 000 francs ». Dans le compte rendu de la commission, il était noté simplement, pour justifier son choix : « Baudin-Chateauneuf est une entreprise connue. »

« Connue ? » C'est le moins que l'on puisse dire. Baudin-Chateauneuf est – avec d'autres – omniprésente dans les affaires de corruption instruites çà et là, à commencer par celles des marchés des lycées d'Île-de-France et des HLM de Paris. Pendant de longs mois, tout sera passé au crible. Des mises en examen seront prononcées. Mais jamais la justice ne remontera jusqu'au sommet.

Dans ses Mémoires emportés dans le silence de son tombeau, Chantal répète ce qu'elle m'avait raconté, dont l'essentiel – encore une fois – est corroboré par le dossier de l'instruction : « Pour les avoir vues, je sais que Pacary, prudent, tenait scrupuleusement des fiches des dépenses engagées pour le compte de l'un ou l'autre et il se remboursait jusqu'au dernier centime. En retour, les finances de la ville de Cayenne ont été mises en coupe réglée. Les policiers ont fait les comptes : entre 1986 et 1991, cette seule commune a versé 23 178 950 francs à Pacary. Comment a-t-il pu prendre autant d'argent en si peu de temps et à si peu de frais ? Seule une corruption largement répandue explique le transfert de sommes aussi ahurissantes. Au tournant de 1992, malgré les enquêtes judiciaires, malgré les lois sur le financement de la vie politique, les affaires continuaient donc. Mieux, elles n'avaient jamais si bien marché. En effet, la prudence avait obligé les élus à sophistiquer le système. Les intermédiaires, plus que jamais incontournables, étaient de mieux en mieux rémunérés. En apprenant à monter des réseaux internationaux, Pacary devenait chaque jour plus puissant. Pour certains, il était même devenu dangereux. »

En 1996, les carottes sont cuites. Tout, ou à peu près, est découvert. Alors qu'à l'Élysée, Jacques Chirac répète, le plus sérieusement du monde – car l'homme ne manque pas de coffre –, que la justice ne doit rencontrer aucun obstacle sur sa route, Chantal Pacary est convoquée à une réunion secrète, chez son avocat, à Paris. Aux abois, elle s'y rend en ambulance et sous perfusion. Elle subit alors une sévère chimiothérapie à l'hôpital de Dreux. Mandatée par le RPR et en présence de quelques pontifes de l'appareil gaulliste, on lui fait une offre... à ne pas refuser : « Je devais, racontera-t-elle plus tard, faire passer Pacary pour un cinglé, un mythomane, un fabulateur et un maître chanteur. Il fallait que je répète cela devant le juge Boizette et même éventuellement, je l'ai compris à demi-mots, devant quelques journalistes. Pour me persuader d'accepter leur proposition, les gens du RPR n'y sont pas allés par quatre chemins. Ils étaient parfaitement au courant de ma situation personnelle. Ils savaient que j'étais en train de constituer un dossier d'invalidité, et qu'en sortant de l'hôpital j'allais me retrouver sans logement ni revenus. Ils m'ont proposé le marché suivant : si j'acceptais de suivre leurs directives en essayant de discréditer Pacary, ils s'engageaient à me trouver un logement HLM de la Ville de Paris. Et ce n'est pas tout. Ils m'assuraient aussi un "*bon*" traitement de mon dossier d'invalidité par la commission chargée de mon cas. Enfin, ils me garantissaient une pension mensuelle correcte. En clair, ils assuraient mes arrières en me logeant et en me nourrissant. » Flairant l'embrouille, Chantal Pacary claque la porte.

De son côté, tout comme Didier Schuller puis Michel Roussin (qui, lui, ne s'est pas laissé rouler dans la farine), Michel Pacary a hérité, entre autres éminences, d'un avocat sur mesure, ténor du barreau de Paris : Francis Szpiner. Un brillant petit homme, dont chacun sait alors qu'il est à Chirac ce que Roland Dumas était à Mitterrand, au temps de sa splendeur. Retrouvé au Luxembourg, d'où il a été extradé, Pacary se réfugie devant le juge dans des réponses vagues ou simule l'amnésie. Mal lui en a pris. Voilà des mois qu'il croupit dans une geôle. Dans un courrier qu'il écrit à l'un de ses conseils et qui sera saisi par le juge, le faux facturier, sans jamais se soucier de son français approximatif, se lamente de s'être laissé frire comme un merlan :

> « Je vous écris cette lettre pour vous exprimer mon mécontentement envers [*sic*] votre façon de défendre mes intérêts. En effet, vous m'aviez toujours demandé de garder le silence envers [*resic*] les hommes politiques. Qu'en est-il de leur haute protection ? Cela fait maintenant 14 mois que je garde le silence et mon épouse 9 mois d'incarcération. Avec le recul, mon épouse aurait dû appliquer la même tactique que Madame Casetta : si je vais en garde à vue, tout le monde me suit. Tactique que je vais appliquer prochainement... »

Ainsi va la vie politique française, avec son cortège de vendus, d'intermédiaires fantômes, de porteurs de valises adulés quand tout va bien... qui deviennent des pestiférés à qui l'on conseille de se taire, de disparaître, de s'exiler pour que jamais la justice ne puisse remonter jusqu'aux parrains qui plastronnent, la voix cassée, à l'abri des palais nationaux, distribuant, à tout-va, Légions d'honneur, ordres du Mérite national et grands discours sur la France victime de la fracture sociale.

Ainsi fonctionne alors le système Jacques Chirac, qui dans le secret de son cabinet médite, soir et matin, le message laissé par son prédécesseur et modèle François Mitterrand.

9

Entre la droite et la gauche, un "pacte secret de corruption"

Toute organisation crapuleuse a ses rites. À preuve, l'étude en profondeur du dossier des marchés de la Région Île-de-France, avant et après l'élection de Jacques Chirac à la présidence de la République. Elle fait apparaître un indice saillant : lancée après le vote de lois (en 1988, puis en 1990) leur garantissant – « enfin », nous disaient-ils – « **un financement légal et suffisant** », les grands partis politiques se sont mis d'accord, en catimini, pour délibérément conserver en place leurs commandos d'élite. Mais dans de nouvelles structures, bien plus opaques.

Cynisme absolu ! Forts d'un modus vivendi opérationnel, conclu on ne sait où, les princes de la gouvernance française sont convenus de ne pas modifier d'un iota le tarif de leur corruption. Ainsi, au lieu de modérer leurs appétits – tout du moins pour réduire les risques de se faire prendre –, leurs leaders et argentiers avaient décidé de conserver en l'état leurs anciens barèmes.

Pour les travaux de construction des collectivités locales, régionales et nationales à leurs mains, ce sera l'ancienne taxe de « **2 %** ».

Au nom de la tradition et pour ne surtout pas déranger les habitudes !

En ces temps de purification des circuits financiers

– pour mieux lutter, prétendaient-ils, contre le recyclage et la circulation de l'argent sale –, il serait malaisé, dangereux, de mettre au rancart de vieux dispositifs si bien éprouvés, pour les remplacer au débotté. D'autant que le « cartel » s'est doté de circuits coupe-feu réputés infaillibles. Utilisés avec les succès que l'on sait sous la gérance de François Mitterrand, pourquoi en changer ?

Globalement, en Île-de-France, pour la rénovation ou la construction des lycées et collèges, la règle des **2 %** est donc maintenue. Reste tout de même l'inflation courante des prix... qui doit être prise en compte. On veillera à la mettre en rapport avec le volume des affaires traitées, pour le mirifique montant de **24** milliards de francs. Au final des courses, avec un butin de **560** millions de francs, au lieu des **480** prévus initialement, le cartel RPR-UDF-PS-PCF et ses affidés ont fait monter le pourcentage de leur rançon à **2,33 %**. Et leur recette finale de **80** millions.

Laissant là les bas calculs de ses rentrées mafieuses, voyons maintenant comment notre « cartel » s'y est pris pour, sans coup férir, assurer son coup et... toucher son magot.

En charge du gouvernement de la France dont elles se refilent épisodiquement les rênes, dans une course de relais bien réglée, gauches et droites déclarent à l'unisson appliquer à la lettre les dispositions de la loi garantissant un financement transparent des formations politiques : loi de 1988 du gouvernement Chirac ; loi complémentaire du 15 janvier 1990 du gouvernement Rocard qui... autorise les entreprises à financer tel ou tel parti politique, sous réserve que cette aide (déductible fiscalement) ne soit pas subordonnée à l'obtention d'un quelconque avantage lors, par exemple, de la négociation d'un accord commercial avec une ou plusieurs collectivités à la main de ses élus membres. Règle simple, déjà appliquée ailleurs avec succès, grâce à des dispositifs de contrôle efficaces, mis en place pour dissuader et réprimer sévèrement toute contravention.

En France, la loi Rocard de 1990 offre aux pontifes du « cartel » un sésame idéal. Le racket en bande organisée des marchés des lycées de l'Île-de-France n'avait qu'une seule finalité : alimenter les caisses noires des élus politiques de tous bords. Interrogés tour à tour par les enquêteurs, les responsables (P-DG compromis) des entreprises corruptrices, les trésoriers et les petites mains des principaux partis politiques ont fini par reconnaître leurs méfaits. En se gardant bien, toutefois, d'identifier les vrais parrains de ce racket inexcusable : les chefs des partis (RPR, UDF, PS, PCF). Car comment croire que ce système ait pu perdurer si longtemps sans l'accord des dirigeants des principales formations politiques françaises, cette fois toutes unies autour d'une même cause, le pillage en règle des caisses de la République ?

Méthodique, ce racket de 2 % du coût des lycées de l'Île-de-France empruntait des chemins aussi divers que tortueux pour alimenter leurs caisses noires. Il n'est pour s'en convaincre que de lire les aveux de la brochette d'entrepreneurs pris au collet en raison de leurs arrangements avec les élus nationaux et locaux du RPR, de l'UDF, du PS et du PCF, dans le cadre des marchés cannibalisés d'Île-de-France. Comme l'ont avoué les dirigeants de plusieurs des entreprises de BTP impliquées dans le scandale (Léon Nautin de Nord-France, Martine Mariez de chez Chagnaud), au fil des ans, ce racket était devenu « un secret de polichinelle ». Christine Lor en convient volontiers. De même que Pierre Pommelet, qui cumulait les fonctions de patron administratif du conseil régional et de directeur de cabinet de son président, Michel Giraud. L'une des martingales utilisées consistait à participer officiellement au financement des grands partis politiques, dans le cadre de la nouvelle loi du 15 janvier 1990. Sauf que ces cotisations n'étaient pas librement consenties. Elles étaient, tout au contraire, un point de passage obligatoire pour qui voulait avoir une chance d'obtenir l'un des marchés attribués par la Région Île-de-France. Le même système que je découvrais en vain, dès 1977, dans *Les Finances du PCF*[1], ouvrage largement diffusé, malgré la censure des médias audiovisuels, où le parti de Georges Marchais disposait de solides antennes. En plus de l'indifférence des juges, il m'avait valu les quolibets des leaders communistes, à la tête d'un énorme appareil commercial, monopoliste et financier. Mais aucun procès ! Formidable manière d'encourager l'ensemble de la classe politique à enfourcher le cheval fou de la corruption, jusqu'à ce que plus personne ne puisse plus le maîtriser.

Longtemps après, soudés entre eux comme des pièces d'acier, corrupteurs et corrompus d'Île-de-France étaient convenus de tourner la loi du 15 janvier 1990. Premier objectif : cacher la totale absence de spontanéité des financements sauvages octroyés aux partis politiques. S'étant prêtés à ces marchandages frauduleux, les représentants de cinq autres entreprises expliquent clairement comment tout se passait. Leurs aveux sont, peu ou prou, les mêmes :

• Président-directeur général de la société Chagnaud jusqu'en 1991, Philippe Fleury admet que les entreprises attributaires de marchés publics attribués par le conseil régional devaient s'acquitter, au profit des partis politiques, d'une commission de 2 % : fin 1988 (ou au début de 1989), Christine Lor lui avait clairement expliqué « qu'il y avait en cas d'obtention de quelque chose » un bakchich « à réserver pour les partis, le principe étant d'ajouter 2 % au montant du prix[2] hors taxes des offres ». Il avait donc remis des fonds à la trésorière déléguée du RPR, Louise-Yvonne Casetta, et l'avait tenue informée des dons qu'il pouvait adresser, directement, à

1. *Les Finances du PCF*, Albin Michel, 1977, pp. 139 à 176.
2. Souligné par le juge Armand Riberolles.

des élus locaux afin qu'ils soient bien comptabilisés dans les 2 %. Ainsi s'était-il estimé « en compte avec ce parti », dès lors que sa société avait obtenu des marchés. N'ayant eu de contacts qu'avec le trésorier du RPR, le P-DG assure que l'ensemble des partis politiques était intéressé par les 2 %. Au long de sa présidence, pour les marchés de Rosny-sur-Seine et d'Élancourt, Philippe Fleury avait tenu ses engagements. Il lui en coûte, ainsi qu'à son successeur Jean-Pierre Génin (qui, lui, voulait « éviter de tomber en disgrâce »), de devoir répondre des délits de « trafic d'influence actif et abus de biens sociaux » ;

• Chez Dumez-Île-de-France, le directeur général Bruno Boulay déclare que Gilbert Sananès lui avait demandé de prévoir des « frais de 2 % » pour une contribution politique, en contrepartie de l'attribution de marchés de lycées. L'un de ses collaborateurs lui avait transmis des demandes de financement venant du PS, par l'intermédiaire de son collecteur de fonds Gérard Peybernes. Et en présence d'un tiers, il avait remis un chèque de 500 000 francs au trésorier du Parti républicain Jean-Pierre Thomas. Certes, pour tenter de se sortir d'affaire, il affirme s'être borné à faire des dons aux différents partis quémandeurs, mais dans les limites prévues par la loi. Encore aurait-il fallu que ces dons ne correspondent pas à une rançon payée à des trésoriers nationaux, en échange de marchés publics octroyés par des élus régionaux, en mission de trucage et d'extorsion d'argent par chantage, voire intimidations. En conséquence, Bruno Boulay est renvoyé devant le tribunal correctionnel pour sa « participation personnelle à une entente anticoncurrentielle et corruption active » ;

• Selon François Masse, directeur commercial de Fougerolles, sa société avait légalement financé plusieurs partis et remis quelques chèques à Louise-Yvonne Casetta et à Jean-Pierre Thomas. Mais, à l'en croire, sans que personne n'ait exigé une commission de 2 % contre l'obtention de marchés. Cependant, selon cet expert (méchamment surnommé « À la masse », en raison de son côté déboussolé), ces financements n'étaient pas destinés à s'attirer les bonnes grâces des élus régionaux décideurs : ils contribuaient plutôt à « obtenir au moins leur neutralité » et à ne pas apparaître comme « le canard noir qui refusait tout » ;

• S'exprimant au nom de Sicra, filiale de la Générale des eaux, dont il était le directeur général, Pierre-Michel Chaudru en convient : incarcéré pendant vingt et un jours, en mars 1998, l'homme a craqué. Au juge qui l'a mis en examen pour « abus de confiance, complicité de corruption active et trafic d'influence », il confirme les déclarations de ses collaborateurs et raconte que de manière « pressante et réitérée », Gilbert Sananès lui avait demandé « de se montrer bienveillant à l'égard des sollicitations venant des partis politiques, lors de leurs demandes de financement ou d'insertions publicitaires » dans des publications militantes bidon prévues à cet effet. Habillage classique des faux facturiers et procédé de blanchiment, depuis longtemps en cours au PCF et au PS. Des déclarations du dirigeant de Sicra, aggravées par ses collaborateurs les plus directs, il ressort à l'évidence que la contribution de sa société au financement des partis politiques n'était pas spontanée, tant les conditions dans lesquelles elle avait été sollicitée lui paraissaient déterminer étroitement ses chances d'obtenir des marchés publics par la Région Île-de-France. Par la suite, la Sicra avait été contactée par Jean-Pierre Thomas, le trésorier du Parti républicain, et par Louise-Yvonne Casetta. En outre, parfaitement conscient de prêter main-forte à des actes illégaux, Pierre-Michel Chaudru précise que les conseillers juridiques de son groupe lui avaient dûment recommandé de prendre des précautions pour qu'aucun lien de cause à effet ne puisse être établi entre les versements de sa société aux formations politiques et l'obtention de marchés publics. Aussitôt dit, aussitôt fait : l'homme de la Générale des eaux avait décidé d'utiliser « **un compte unique de passage (n° 912900)** », alimenté par des ponctions sur les comptes des marchés de lycées en construction. Autre dirigeant de Sicra, lui aussi accusé d'« abus de confiance, complicité de corruption active et de trafic d'influence », Jacques Froment se veut plus pédagogue. Ces dons aux partis, sa société en « attendait des contreparties », car ils représentaient « les dîmes que la société était obligée de verser à des officines dans le cadre du racket ». Textuel. Et si d'aventure il avait répondu « non », il se serait trouvé une bonne âme dans « la bande à Sananès » pour le mettre en garde, façon frères Volfoni : « Laisse-nous te dire que tu te prépares des nuits blanches, des migraines, des *nervousses brèkdones,* comme on dit de nos jours » ;

• Chez GTM (Grands Travaux de Marseille), filiale de la Lyonnaise des eaux, Jacques Durand donne une version similaire, mais plus chiffrée. Accusé et emprisonné, en octobre-novembre 1998, pour « entente anticoncurrentielle, recel de favoritisme, trafic d'influence et corruption active », ce directeur commercial explique, sans ambages, que c'était bien le tandem infernal Christine Lor-Gilbert Sananès qui lui avait ordonné, dès 1988, de contribuer au financement des partis politiques à hauteur de 2 % du montant des marchés obtenus. Jusqu'en 1994, il avait alors systématiquement demandé à ses collaborateurs et chefs d'agence de couvrir la dépense par un prélèvement équivalent de 2 % sur le prix de tous les lycées construits. Le paiement de ces sommes était effectué officiellement, sans recours à de la fausse facturation. Toutefois, fausses factures ou pas, « il assimilait cette pratique à du racket », puisque « le paiement de ce tribut était la condition *sine qua non* de l'obtention des marchés ». Chargé de contrôler les financements politiques chez GTM, Jacques Bonnaud en convient : « Le prix des marchés avec le conseil régional d'Île-de-France devait impérativement inclure un surcoût de 2 %... » Et « si la société n'adhérait pas à ce système, elle serait évincée des appels d'offres ». Le P-DG de GTM, Claude Moulliet, est abattu : oui, « il fallait payer au monde politique un pourcentage afin d'être consulté sur les marchés ». C'est pourquoi les sommes versées aux politiques étaient comptabilisées, grâce à de savants jeux d'écritures, sur les postes « royalties » ou « aléas économiques » retrouvés dans les documents saisis. Compte tenu de la difficulté à l'époque pour décrocher des contrats, explique Claude Moulliet, il était hors de question de s'y opposer. À la fin de 1994, l'affaire commençant à faire scandale dans la presse (sans qu'elle se doute de l'étendue des dégâts), le grand patron de GTM, Jérôme Monod, président de la maison mère, la Lyonnaise des eaux, et intime de Jacques Chirac, s'est enfin décidé à interdire à ses filiales de poursuivre ces financements occultes. Preuve, soit dit en passant, qu'à cette époque il en avait connaissance. Claude Moulliet s'est bien entendu rangé à cette directive. Mais, conclut-il en résumé, « dès lors, notre société n'a plus obtenu aucun marché du conseil régional présidé par Michel Giraud ».

Dans ce concert mafieux, la collusion entre les instances du conseil régional et les entreprises va forcément de pair avec une entente, en amont, entre les décideurs du conseil régional, à tous les niveaux, et les dirigeants nationaux des partis politiques. Une découverte de taille l'établit sans conteste : avant toute notification officielle de la décision d'attribution du marché (ou peu avant), les entreprises lauréates en sont informées, par l'intermédiaire des trésoriers des partis, soucieux d'encaisser immédiatement leurs sous. Et lorsque les incitations du conseil régional, suivies des sollicitations des trésoriers des partis, ne sont pas entendues par l'entreprise attributaire d'un marché, de « **sévères rappels à l'ordre, accompagnés de <u>menaces</u> non voilées** », sont adressés à leurs responsables pour les mettre face à leurs « **obligations** ».

Soumis à l'implacable loi d'un gang loti sous les ors du pouvoir, les entrepreneurs mêlés à ces tours de passe-passe se présentent comme de simples gogos. Que n'ont-ils porté plainte avant l'ouverture de la chasse judiciaire ? Alors, circonstances atténuantes ? Sélective, forcée de se rabattre sur ces proies faciles, la justice ne l'entend pas ainsi. Et pour cause : en matière de corruption, la faute des corrupteurs (en l'espèce, les chefs d'entreprise) est plus punissable que celle des corrompus (les hommes politiques). D'autant que la plupart de ces grands noms du BTP ont déjà été pris en flagrant délit de braconnage dans une infinité d'affaires, telle Urba. Ce sont donc d'indécrottables récidivistes qui, à ce titre, méritent d'être châtiés... sans pitié ;

• Pierre-Michel Chaudru, de Sicra, explique au juge d'instruction que les trésoriers de tous les partis institutionnels le contactaient, avant même la notification du marché. Ils tentaient d'obtenir le plus d'argent possible, « sans faire référence à un pourcentage quelconque ». Son entreprise était le plus souvent informée de l'attribution du marché par un appel téléphonique du mandataire du parti politique : Louise-Yvonne Casetta pour le RPR ; Jean-Pierre Thomas pour l'UDF ; Gérard Peybernes pour le PS. De 1993 à 1994, des chèques avaient été remis au PS, à Louise-Yvonne Casetta (qui les considérait « comme un dû »), à l'UDF et Jean-Pierre Thomas qui relançait les dirigeants de Sicra en déclarant : « Vous êtes en déficit par rapport aux cotisations que vous me devez. » D'ailleurs, pour Pierre-Michel Chaudru, l'exclusion de sa société de la dernière vague résulte de « l'insuffisance de sa contribution au financement politique » ;

• La version de Jean-Pierre Génin, patron de la société Chagnaud, durcit le dossier. Comme son prédécesseur Philippe Fleury, Génin avait été sollicité et par Louise-Yvonne Casetta, et par Jean-Pierre Thomas, et par Gérard Peybernes. Plus grave encore : lorsqu'une entreprise attributaire d'un marché n'était pas assez réceptive aux incitations du conseil régional ou aux sollicitations des directions des partis, on ne manquait pas de le lui faire savoir. Choisi pour le marché du lycée de Limours, Jean-Pierre Génin avait fait les frais de ces pratiques mafieuses. Au juge Armand Riberolles, il raconte par le menu un épisode particulièrement édifiant. Bien avant la notification officielle du résultat de l'appel d'offres et en contravention avec la loi, le dirigeant de Chagnaud avait été officieusement informé être le mieux placé à l'ouverture des plis. Quelques jours plus tard, c'est Louise-Yvonne Casetta en personne, la trésorière officieuse du RPR, qui lui annoncera la bonne nouvelle, alors qu'en principe elle n'avait aucune raison de se mêler des marchés de la Région Île-de-France. Par téléphone, elle avait demandé à Jean-Pierre Génin de passer la voir à son bureau de la rue de Lille, au siège du RPR. Lors de cet entretien confidentiel, elle s'était empressée de lui confirmer que sa société avait obtenu le marché de Limours, lui réclamant, illico, de payer 500 000 francs en espèces, faute de quoi « il y aurait des suites ». Un peu interloqué, Jean-Pierre Génin avait refusé de s'acquitter de la somme, rappelant à « la Cassette » que le marché ne lui était toujours pas officiellement attribué. Dès lors, les choses s'étaient mises à traîner, obligeant l'entrepreneur à menacer la Région de recours en justice. Bien des mois plus tard, alors que la notification du marché parvenait enfin à sa société, Jean-Pierre Génin était convoqué par Michel Roussin, le chef de cabinet de Jacques Chirac à la mairie de Paris. Au cours du rendez-vous dans son bureau de l'Hôtel de Ville, en présence de Louise-Yvonne Casetta, Michel Roussin lui avait à nouveau, affirme-t-il, enjoint de verser 500 000 francs, précisant qu'une partie de cette somme pouvait être réglée en espèces : « Vous avez eu le lycée de Limours, donc vous devez 500 000 », se serait-il exclamé, réduisant finalement les prétentions du RPR à 300 000, puis

200 000 francs. Quelques semaines après, Jean-Pierre Thomas, le trésorier du PR, l'avait contacté à son tour pour lui réclamer lui aussi 500 000 francs, en espèces. Nouveau refus du P-DG. Jean-Pierre Génin s'était alors vu proposer l'achat d'encarts publicitaires pour un même montant, dans des revues politiques bidon. Offre qu'il avait également déclinée. Le poids des mots, le choc des fausses factures ! De la même aimable manière, pour le marché du lycée de Rosny, « Louise-Yvonne Casetta était parfaitement informée, et de l'attribution du marché à la société Chagnaud, et du montant de la somme due au titre des 2 % ». Enfin, la directrice commerciale de Chagnaud affirme « avoir été contactée, par le Parti socialiste, et par Jean-Pierre Thomas, trésorier du PR, postérieurement à l'attribution du marché du lycée d'Élancourt ».

Il n'est qu'à écouter Henri Becq, président-directeur général de la société CBC (Campenon Bernard Constructions, autre filiale de la Générale des eaux), pour prendre la mesure du fléau. Homme-orchestre du BTP et des affaires, centralisateur chez CBC des demandes de dons émanant des décideurs politiques, Becq m'avait assuré en 1993-1994, avant la publication de deux de mes livres, *Lettre ouverte d'un "chien" à François Mitterrand au nom de la liberté d'aboyer*, puis *Mitterrand et les 40 voleurs...*, ne plus accepter de sollicitations malhonnêtes. Tromperie sur toute la ligne. Nous nous étions rencontrés à propos des énormes affaires Urba et de Roger-Patrice Pelat, l'ami le plus intime de François Mitterrand, dont il me savait informé. Aux prises avec le juge Thierry Jean-Pierre du Mans – qui nourrissait l'envie de réussir en France une « opération mains propres » à l'italienne –, Becq m'avait habilement approché pour libérer sa conscience et me demander conseil, sachant que j'avais beaucoup aidé ce magistrat en qualité de témoin. Incrédule, je l'avais écouté, beaucoup interrogé... pour finalement comprendre qu'avec son président et associé, Gilbert Simonet, ils s'étaient laissés prendre dans un jeu de pouvoir et d'argent où un Goliath, repu de grains avariés, n'aurait nulle chance de survie face à un David armé d'une probité d'acier. Franc du collier, je le lui avais dit tout nettement, ce qui l'avait quelque peu troublé.

Ayant entendu Becq, j'avais vu Simonet, lors de déjeuners que je lui offrais. Plutôt sympathique bien qu'effacé, ce capitaine d'industrie, dont on me vantait les qualités de tireur dans les meilleures chasses aux gros gibiers, faisait peine à voir. Froid, prudent à l'excès, mais quelque part attendrissant, tant son désarroi me semblait grand, Gilbert Simonet m'observait les yeux écarquillés. De nos rencontres, il avait retenu l'idée d'aller, la corde au cou, se confesser dans le cabinet du juge Jean-Pierre. Compatissant, le croyant repenti, je l'avais imploré de ne surtout pas tarder : « Sinon il vous en coûtera cher ! avais-je insisté. Vous risquez votre honneur et votre liberté. Vous avez payé des hommes de pouvoir, vous avez corrompu Pelat, à sa demande, sachant qu'il appartient au premier cercle du chef de l'État, François Mitterrand. Alors, je vous le dis les yeux dans les yeux : cessez de vous cacher derrière votre petit doigt ; avec des moyens d'investigation autrement plus efficaces que les miens, le juge Jean-Pierre doit tout savoir ; prenez les devants, n'attendez pas qu'il vous envoie les gendarmes ; allez spontanément lui confier, même sur procès-verbal, ce qui s'est réellement passé ; vous avez été racketté, comme des centaines, des milliers d'autres gogos ; il faut vous libérer de ce passé ; votre témoignage peut permettre d'identifier les vrais responsables de ce climat délétère ; même s'il vous faut prononcer le nom de François Mitterrand ; dès lors, la justice vous laissera en paix ; elle comprendra que, comme bien d'autres, vous n'avez jamais été que la victime d'un système mis en place au sommet de l'État, dans un but unique : l'enrichissement facile et illicite de ceux qui nous gouvernent. »

Anxieux, Simonet avait finalement acquiescé. Ainsi avait-il échappé, in extremis, aux horreurs du dépôt et de nos prisons. Mais, ce faisant – ce qu'alors j'ignorais –, son entreprise ne continuait pas moins de répondre favorablement aux pressantes sollicitations d'élus malfaisants. Telle est du moins la triste réalité à laquelle je dois me résigner, onze ans après, lors du procès des marchés truqués en Île-de-France.

Quand il est convoqué par les enquêteurs, sur commission rogatoire du juge d'instruction Armand Riberolles, Henri Becq ne tient plus le même discours qu'en ma présence, longtemps auparavant. Trop d'éléments matériels sont là, jetés sur la table, qui lui interdisent de continuer à finasser. Il lui faut maintenant laisser les mensonges au vestiaire. Déjà ciblé dans d'autres affaires – qui ont valu aux dirigeants de CBC nombre de perquisitions, gardes à vue et poursuites pénales –, Henri Becq sait que sa société est dans l'œil du cyclone. Quasi immédiats, ses aveux tombent, terrifiants, qui mettent maintenant en cause les responsables nationaux des plus grandes formations politiques unis par un pacte secret de corruption. Voici enfin la vérité : « J'ai été informé par les trois trésoriers du RPR, du PR et du PS de l'existence d'un consensus entre ces formations politiques pour réclamer aux entreprises 2 % du montant des marchés qui leur étaient attribués par le conseil régional d'Île-de-France. »

Leurs noms ? Louise-Yvonne Casetta (pour le RPR), Jean-Pierre Thomas (pour le PR) et Gérard Peybernes (pour le PS). Tour à tour, ils l'avaient « contacté en se prévalant de cet accord » et pour lui « demander des dons consécutifs à l'attribution de marchés au profit de CBC ». Et Becq de conclure : « La connivence affichée par les partis pour réclamer ces 2 % était ressentie comme une pression et laissait planer une menace pour la suite de l'activité de la société. En cinq ans, notre société n'aurait pas consacré 20 à 25 millions de francs au financement des partis si ces dons avaient été librement consentis. »

De Paris, nous voici rendus à Palerme, au temps des grands bandits.

Malgré les patientes investigations du juge Riberolles et de son équipe d'enquêteurs, le dossier des marchés truqués de l'Île-de-France est loin d'avoir révélé tous ses mystères. Faute de temps, de moyens, mais aussi, plus prosaïquement, parce que les montages labyrinthiques étaient conçus comme autant de cloisons étanches protégeant les destinataires ultimes des fonds détournés, la justice n'a pu qu'effleurer nombre de circuits utilisés pour blanchir cet argent sale. Lorsqu'il faut régler directement, en espèces ou versements déguisés, élus et fonctionnaires corrompus, certains grands groupes ont recours à des batteries de coquilles vides et sociétés écrans installées partout dans le monde. Le dossier de CBC est à cet égard instructif.

Parmi les pièces sur lesquelles le juge Riberolles a fondé sa conviction, figurent aussi divers documents saisis ou correspondances actées, provenant parfois de dénonciateurs masqués. Effroyable République, qui autorise ses magistrats à asseoir leurs enquêtes sur les dires de corbeaux, pratique constante qui n'est pas sans rappeler les heures sombres de la Collaboration.

Ainsi, une lettre anonyme du 21 novembre 1994 adressée à Éric Halphen, juge d'instruction à Créteil, ainsi qu'une autre du 16 juillet 1996. Elles confirment les mécanismes mis au jour par les enquêteurs de la Brigade de recherche de la délinquance économique (BRDE), impliquant un dénommé « Vergne » (identifié comme un cadre de la société CBC), responsable des transferts financiers vers l'étranger via la société financière hollandaise, CBC Invest.

Le 15 mai 1997, à l'occasion d'une perquisition opérée à La Défense, dans les Hauts-de-Seine, au siège du géant Elf Aquitaine sur lequel elles enquêtent, les juges d'instruction Éva Joly et Laurence Vichnievsky découvrent dans le bureau du responsable de la sécurité du groupe pétrolier un document intitulé « Juge Halphen », daté de novembre 1994. Cette note d'une page indique, en substance, que pour l'attribution des travaux de rénovation de « 550 établissements scolaires », les collectivités locales avaient « exclu la soumission », et que les sociétés Bouygues, Dumez et CGE avaient été intéressées aux travaux. Il y est aussi écrit que « 2 % de commission étaient prévus » et que « Giraud, président du conseil régional, avait donné son accord ». La note donne bien d'autres informations prouvant que tout était verrouillé, pour ramasser le plus d'argent possible. Versée au dossier des marchés de l'Île-de-France, le juge Riberolles, successeur d'Éric Halphen, la résume : « L'intermédiaire de Giraud était Christine Lor, qui veillait à l'attribution des dossiers, préparés par Patrimoine Ingénierie SA, dont le P-DG est Gilbert Sananès, proche de Michel Roussin. Gilbert Sananès percevait 10 % de la commission de 2 % et reversait les sommes à Michel Giraud et Michel Roussin. Le système fonctionnait par l'intermédiaire d'une société sise à l'étranger. Ce processus a cessé en mars 1993 à l'issue d'une concertation qui s'est tenue à la mairie de Paris. Les collecteurs de fonds étaient : Jean-Claude Méry, Paul Violet. »

Ainsi alerté, le magistrat instructeur est tombé sur la mystérieuse filiale néerlandaise CBC Invest BV, créée à Amsterdam en juin 1989, elle-même à la tête d'un maquis de structures offshore impossibles à pénétrer. Cette holding, détentrice d'un compte bancaire au Crédit lyonnais des Pays-Bas, lui-même de sulfureuse réputation (depuis le financement du mafieux italien Giancarlo Parretti, pour le rachat de Pathé Cinéma, puis du géant d'Hollywood MGM), détenait des filiales et sous-filiales installées aux Pays-Bas, en République Tchèque et en Hongrie. De là, étaient initiées toutes sortes d'opérations et de transactions opaques avec des ramifications dans les traditionnels paradis fiscaux pour « blanchisseurs » : Liechtenstein, Suisse, Jersey, Panama, Irlande, Liban, etc. Les enquêteurs ont ainsi recensé 2 millions de francs d'honoraires ici, 2,5 millions ailleurs, 11,5 millions là-bas, etc. IICC, South Bound Investment Limited, Globe Consultant, East West Consult, Africon, Stego Construction and Financing, Seris International Limited, International Promoters and Advisers... Les noms de ces coquilles vides, spécialement créées pour recueillir les fonds dérobés, fleurent bon la contrebande financière et la haute délinquance en col blanc. Dans ce magma informe et sans frontières, la Brigade financière découvre aussi, bénéficiaires d'honoraires bidon, deux Français, Jean-Claude S. et André G., connus des services fiscaux « comme des entreprises faisant de la fausse facturation pouvant être considérées comme des sociétés dites "*taxi*" ».

Chez CBC comme ailleurs, de savants juristes et spécialistes des Meccano financiers sont appointés, à longueur d'années, pour activer et désactiver ces circuits de versements. Ainsi, dans le secret des comptes offshore, l'argent noir des marchés publics peut-il être recyclé à l'abri de la curiosité des juges. Et permettre ensuite à ses bénéficiaires, en cas de coup dur, d'échapper à leurs questions.

Le 14 mars 2006 devant la 11e chambre du tribunal correctionnel de Paris, Me Jean-Alain Michel évoquera sans détour les « absents » du procès de l'Office public HLM de Paris lésé et dont il est l'avocat. « Je pense aussi, ajoutera-t-il, à un parti politique surabondamment mis en cause et extraordinairement préservé. Je pense à un témoignage sollicité et opportunément déclaré inconstitutionnel », forte manière de rappeler l'un des épisodes les plus terribles de l'instruction du juge Éric Halphen qui avait vainement adressé à l'Élysée une convocation, en qualité de témoin, à « Chirac Jacques ».

Lors des audiences précédentes, l'excellent président Leurent aura fort à propos rappelé ces mots du fantôme Jean-Claude Méry, récipiendaire, le plus souvent hors frontières, de 38 millions de francs de commissions occultes : « Je me suis tu, parce qu'on m'avait dit : "*Rendez service à M. Chirac. Son élection* [*à la présidence de la République, en 1995*] *dépend de votre silence*". »

Enfin, le 14 mars 2006, lors de ses réquisitions, le vice-procureur de Paris, Chantal de Leiris, aura le mot de la fin, avouant l'incapacité du parquet à trancher le nœud gordien de l'affaire, après **quatorze** années d'une enquête conclue par le juge Riberolles avec 23 000 feuillets cotés dans 50 tomes : « L'instruction n'a pas trouvé de réponse [*à la question relative au financement politique*] et s'est heurtée au silence et aux flux financiers des sociétés offshore[1]. »

Escamotée du même coup l'ordonnance de renvoi du

1. S'adressant à l'un des 49 prévenus, Georges Pérol, ancien maire de Meymac (1977-1995), village situé dans l'ancienne circonscription électorale de Chirac, en Corrèze, le procureur Chantal de Leiris fustigera « l'influence dévoyée » de cet ex-directeur général de l'Office public HLM de Paris, clé de voûte du vaste système de versements de commissions par les entreprises et du détournement de procédures dans l'attribution de marchés publics. Chantal de Leiris rappellera que plusieurs témoignages ont présenté Pérol comme « un ami de Jacques Chirac ». Puis elle ajoutera (avant de requérir contre Pérol « quatre ans d'emprisonnement » et « trois ans d'interdiction des droits civiques et civils ») : « On vous confie un poste stratégique parce que l'attribution des logements, c'est un choix politique. Elle se fait en fonction de certaines idées, et le RPR, qui était à la tête de la mairie de Paris, avait confiance en vous. (...) Vous allez organiser l'Opac [*l'Office d'HLM de Paris*] dans un entresol, une structure cloisonnée, avec un autoritarisme allant jusqu'à la terreur. À l'Opac, Méry était un nom à ne surtout pas prononcer. C'était le domaine réservé de Pérol. »

juge Riberolles, où le nom de Méry est omniprésent, le magistrat instructeur ne manquant pas de souligner un fait ténu : « Un grand nombre de témoignages, corroborés par divers éléments factuels, concourent à établir que Jean-Claude Méry avait reçu mission d'assurer le financement des activités politiques de ce parti [*le RPR*] en collectant des fonds, notamment auprès des entreprises fournisseurs de l'Opac [*l'Office d'HLM de Paris*]. » Mais, confronté aux délicieuses poupées russes de Méry, roi des structures offshore au service de tous et pour la bonne cause, le successeur d'Éric Halphen s'est heurté à un mur : « L'instruction n'est pas parvenue à établir formellement l'implication personnelle de responsables au sein de l'appareil politique du RPR. »

Même scénario dans l'affaire connexe des marchés truqués de la Région Île-de-France, avec, par ordre d'entrée en scène, les mêmes artistes.

Une question m'obsède : comment les femmes et hommes d'argent des partis en sont-ils venus à imaginer la mise en coupe réglée des marchés des lycées de la région parisienne, après et avant de se lancer dans d'autres attaques, telle celle visant l'Office public d'HLM de Paris à la main de réseaux que ce même 14 mars 2006, Stéphane Hardouin, substitut du procureur de la République de Paris, qualifie de « supermarché de la fausse facture » ?

Réponse dans le dossier des lycées... pillés. Devant le juge d'instruction Armand Riberolles, les financiers dans l'ombre du RPR, de l'UDF et du PS (Casetta, Thomas et Peybernes) ont reconnu, penauds (avec plus ou moins de franchise), « avoir été informés du principe selon lequel les entreprises, qui se voyaient attribuer des marchés par le conseil régional d'Île-de-France, étaient redevables d'une contribution financière au profit des partis ». Ils ont admis aussi que « les démarches auprès de ces sociétés [*par l'intermédiaire de leurs racketteurs*] leur étaient facilitées par les informations relatives à la dévolution de ces marchés que leur communiquaient régulièrement Gilbert Sananès, Christine Lor, ou encore Dominique Raimbaut, membre [*socialiste*] de la commission des marchés de la Région ». Venant clore l'instruction, les dépositions de Louise-Yvonne Casetta, Jean-Pierre Thomas et Gérard Peybernes sont confondantes :

• Louise-Yvonne Casetta indique d'emblée aux enquêteurs qu'un pourcentage des marchés devait être rétrocédé aux partis politiques, mais qu'elle n'était pas le trésorier en titre du RPR, dont elle ne recueillait pas les confidences. Son rôle, assure-t-elle, se limitait à relancer les entreprises et à informer le trésorier de l'identité des donateurs pour lui permettre de les remercier : « Après les commissions des marchés, Jacques Durand [*adjoint du trésorier du RPR, aujourd'hui décédé*] sollicitait les entreprises attributaires. J'ai observé ces faits entre 1986 et 1988. J'ai compris à cette époque-là qu'il y avait un lien entre l'attribution d'un marché et la sollicitation de M. Durand. » Lors de son interrogatoire de première comparution devant le juge Riberolles, Louise-Yvonne Casetta confirme ce qu'elle avait dit lors de son audition par la police judiciaire : « Lorsque je travaillais avec Jacques Durand à la fin des années 1980, je me souviens que, lorsqu'il revenait de la commission des marchés du conseil régional dont il était membre, il appelait les entreprises et leur disait en substance : "*Grâce à moi, vous avez eu tel marché, il faut que vous fassiez un don au RPR.* (...)" Je maintiens que c'est vrai que les entreprises nous devaient de l'argent [*sic*], en fonction des engagements qu'elles avaient pris pour obtenir les marchés. Robert Galley, puis Jacques Boyon, puis Jacques Oudin [*les trois trésoriers nationaux successifs du RPR*] étaient parfaitement au courant. » Après le départ de Jacques Durand de ses fonctions au siège du RPR et l'arrivée de son successeur Jacques Rigault, Louise-Yvonne Casetta assure avoir continué d'être informée « dans certains cas », par

Gilbert Sananès, de l'attribution de lycées à certaines entreprises : si celles-ci ne lui répondaient pas, elle les sollicitait par courrier ou par téléphone. Que par la suite, prenant conscience de la portée dévastatrice de ses aveux, « la Cassette », comme on l'appelait rue de Lille, se soit rétractée – les trésoriers du RPR niant, de leur côté, bien entendu, avoir connu la cause des dons – ne change rien à l'énormité de ses déclarations initiales. Sur plusieurs points, elles concordent avec celles d'autres protagonistes (Génin, Huchard, Sananès) qui la mettent formellement en cause et sont en totale concordance avec les déclarations de Jean-Pierre Thomas, ancien trésorier du PR. Selon Sananès, la financière du RPR l'avait sollicité pour obtenir les renseignements lui permettant de démarcher utilement les entreprises. Il reconnaît lui avoir communiqué une liste des marchés, leurs montants et leurs attributaires. En outre, il s'était vu reprocher par Jacques Durand de ne pas donner suite aux sollicitations de sa collaboratrice pour la souscription de publicités de complaisance. Durand l'avait même « menacé de lui nuire », dans les commissions d'appel d'offres où il siégeait. De même, le directeur général de la société Baudin-Chateauneuf, Jean Chartier, avait été sollicité par Louise-Yvonne Casetta. Il l'avait rencontrée rue de Lille en 1992, pour contribuer au financement du RPR par l'achat à des tarifs exorbitants d'encarts publicitaires dans diverses revues municipales de pure propagande. Ne s'étant pas soumis, il avait été relancé à plusieurs reprises par des appels téléphoniques, notamment le 9 novembre 1992. Leur fréquence est attestée par les agendas et répertoires saisis au siège de la société Baudin-Chateauneuf : après avoir relancé Jean Chartier dès le 13 octobre 1992, Louise-Yvonne Casetta avait laissé à son secrétariat, le 19 novembre 1992, un message transparent : « **Sœur Anne qui attend et ne voit rien venir...** » Évoquant ces lointains souvenirs, Jean Chartier a le cœur gros : ayant implanté un établissement de formation professionnelle à Égletons en Corrèze, terre chiraquienne par excellence, il estimait que sa société avait suffisamment contribué, hors du financement légal, à soutenir le RPR et son grand chef. Ce qu'il ne s'était pas privé de rappeler à son interlocutrice, pour la dissuader d'insister.

• Trésorier du Parti républicain, Jean-Pierre Thomas déclare qu'en 1990, sur recommandation de son président, Gérard Longuet – qui nie farouchement avoir été informé du pacte de corruption –, il avait rencontré Michel Roussin, directeur de cabinet de Jacques Chirac, maire de Paris, dans son bureau de l'Hôtel de Ville : « Michel Roussin m'a indiqué que mes interlocuteurs seraient Louise-Yvonne Casetta, Gilbert Sananès et Christine Lor. Je me suis acquitté de cette tâche avec honnêteté et sérieux (...). Tout cela se passait entre 1990 et 1995, alors que la loi autorisait les dons des entreprises aux partis politiques (...). De mémoire, Michel Roussin m'a dit qu'il y avait un accord entre les partis représentés au conseil régional de l'Île-de-France qui permettrait de percevoir des dons des entreprises et était la conséquence directe des énormes marchés de construction de lycées en Île-de-France. » De ces rencontres avec Michel Roussin, Thomas ne fournit pas de preuves tangibles. Mais il s'enfonce littéralement quand il ajoute « qu'il était arrivé à Gilbert Sananès de lui remettre personnellement des chèques d'entreprises » ;

• Toulousain jovial, militant du PS depuis 1974, Gérard Peybernes avait été recruté en mai 1991 par Henri Emmanuelli comme directeur financier salarié de l'Association de financement du Parti socialiste (AFPS), la structure chargée de remplacer l'officine Urba en train d'être liquidée. Ancien directeur des relations extérieures à la société de construction SAE, il avait été choisi en raison de sa bonne connaissance des milieux professionnels du BTP. Pendant quatre ans (jusqu'à sa démission de l'AFPS, le 31 octobre 1994), Peybernes s'était occupé au siège du PS, rue de Solferino, de la collecte des dons auprès des entreprises, dans le cadre de la loi Rocard de 1990. Il reconnaît avoir été informé, en 1992, par le député et premier secrétaire de la fédération socialiste de Paris, Jean-Marie Le Guen, d'un accord entre la direction du conseil régional de l'Île-de-France, les entreprises et les partis politiques. En présence de Laurent Azoulay, directeur administratif délégué à la trésorerie du PS, Le Guen lui avait décrit le système des 2 % ponctionnés sur les marchés des lycées d'Île-de-France, ainsi que la répartition entre les partis des sommes captées. Une part comprise entre 0,5 et 0,8 % devait revenir au Parti socialiste. Le collecteur précise que le niveau d'information de Jean-Marie Le Guen lui était apparu assez bon [1], en dépit de la brièveté de la conversation. Il lui avait dit que le conseil régional décidait à l'avance de l'attribution des marchés à telle entreprise et que les politiques de la Région, y compris ceux du Parti socialiste, votaient pour les entreprises prédésignées. Dirigeant de Proptim, également conseiller régional PS et membre de la commission d'appel d'offres de 1990 à 1992, le bon camarade Dominique Raimbaut l'avait également informé : et des ententes, et du nom des entreprises attributaires de marchés truqués, et du montant des dons prévus. Sans retenue, Gilbert Sananès confirme que Gérard Peybernes l'avait effectivement sollicité afin qu'il lui fournisse les moyens de démarcher les entreprises attributaires de marchés. C'est Sananès ou Christine Lor qui donnaient à Dominique Raimbaut les informations utiles, pour qu'il les transmette au président de l'AFPS. De temps à autre, Gilbert Sananès l'alertait aussi sur le

1. Dans son ordonnance de renvoi devant le tribunal correctionnel, le juge mentionne, en note, qu'« en dépit de la réitération par Gérard Peybernes de ses déclarations en confrontation, Jean-Marie Le Guen a affirmé qu'il ignorait les pratiques en cause au sujet desquelles il ne disposait d'aucune information, et ne s'en était, par conséquent, jamais entretenu avec le directeur financier de l'AFPS ».

bénéficiaire d'un marché. Peybernes allait ensuite « démarcher l'entreprise concernée » et disait au responsable qu'il contactait : « Vous avez eu tel lycée, faites un don au Parti socialiste. » Puis il les contactait et les négociations s'engageaient. Il connaissait rarement le montant des marchés, mais le simple fait de savoir que l'entreprise en avait été attributaire facilitait sa démarche, alors même que les récalcitrantes se faisaient « tirer l'oreille ». Lorsque le plafond légal de dons était atteint, les sociétés mettaient leurs filiales à contribution. Faisant amende honorable, Gérard Peybernes confie au juge se rendre compte « du caractère monstrueux de cette affaire qui révèle un pacte clandestin et frauduleux entre les plus grands partis politiques pour qu'ils se partagent le produit de majorations indues sur les marchés publics ».

Comme d'autres « confrères », Peybernes a été menacé. Par des correspondants anonymes. Il vit désormais dans la peur de la justice, mais aussi d'un invisible « comité de vigilance ». Le faux facturier RPR (en réalité multicartes), Michel Pacary, fut lui aussi – comme sa femme – « passé à tabac » et « gardera pendant quelques semaines le visage déformé par les coups[1] ». De même, à la veillée, des racketteurs se racontent l'entartage, façon boucher maltais, du « Frère la papouille » Jacky Chaisaz, impliqué (avec ses copains de loge Jean-Claude Méry et Francis Poullain) dans l'affaire des HLM de Paris instruite par le juge Halphen : Chaisaz eut un jour le plaisir de trouver, bien en évidence dans sa Ferrari, une tête de mouton décapitée. Un coup à vous filer une courante coloniale.

Traité de « balance » après sa mise en examen, Peybernes n'est plus qu'un homme « amer et blessé »... en raison des déclarations des dirigeants du Parti socialiste qui l'ont lâché en rase campagne, sans jamais admettre leurs

---

1. Laurent Valdiguié, *Notre honorable président*, Albin Michel, 2002.

propres responsabilités. Également entendus, Pierre Moscovici et Alain Claeys, tour à tour trésoriers du Parti socialiste, contestent – comme Jean-Marie Le Guen – avoir su que les dons collectés étaient la conséquence de l'attribution des marchés de lycées d'Île-de-France. Au PS comme ailleurs, l'argent venait du ciel, généreusement jeté par l'archange Gabriel.

Deux poids et deux mesures : étrangement, les mêmes dénégations de Michel Roussin, ancien bras droit de Jacques Chirac à la mairie de Paris, n'ont pas empêché le magistrat instructeur de le mettre en examen.

Au même titre que le PS, le Parti communiste, inventeur du système – qui touchait sa part du butin des lycées de l'Île-de-France, souvent implantés dans des villes à sa main –, est curieusement absent de cette galerie de portraits. Par on ne sait quel miracle judiciaire, une fois encore le PC de Robert Hue échappe in extremis aux foudres de la justice. Aucun de ses membres n'a même été appelé comme témoin.

Quoi qu'il en soit, le juge Armand Riberolles a l'intime conviction d'avoir débusqué un gang puissant, ramifié jusque dans les plus hautes sphères du pouvoir politique, tant à l'échelon local qu'au niveau national : « Il est avéré, écrit-il, que les entrepreneurs qui ont été la cible des sollicitations des partis – après avoir été incités à contribuer à leur financement par des agents du conseil régional – ne pouvaient s'y soustraire sans avoir l'impression de s'exposer au risque, réel ou supposé, de se faire exclure de l'accès à la commande publique. Ce sentiment de vulnérabilité des entrepreneurs était encore accru chaque fois que le mandataire du parti politique annonçait lui-même à l'entreprise qu'elle avait obtenu le marché qu'elle convoitait, comme si elle lui en était redevable. Il apparaît que Christine Lor, Gilbert Sananès et les représentants des associations de financement des partis ont su habilement exploiter l'état de dépendance économique relative dans lequel se trouvaient ces entreprises par rapport au conseil régional en entretenant, insidieusement, cette menace d'exclusion du marché pour favoriser la collecte des dons. En outre, les entreprises ayant obtenu du conseil régional, par l'entremise de Patrimoine Ingénierie et de Gilbert Sananès, la garantie du respect de leurs ententes, pouvaient s'estimer redevables, à ce titre, des contributions financières qui leur étaient réclamées. »

Qui dit vrai ? Qui ment ?

Docile, la justice se garde d'user de tous ses pouvoirs pour contraindre les locataires de nos palais nationaux à venir s'expliquer devant elle, autrement qu'en lui jetant en pâture leur valetaille à galons d'or.

Voilà comment, dans une France qui se présente au monde comme un paradis démocratique, mais où les voies de ses seigneurs demeurent impénétrables, le président de la République et les chefs des grandes familles politiques échappent, encore une fois, à la justice des hommes. Tous ont le bonheur de ne pas se retrouver personnellement visés dans les terribles conclusions du juge d'instruction.

Ne nous y trompons pas, les pactes de corruption découverts en Île-de-France ne sont pas des cas isolés. D'autres ententes mafieuses, plus inquiétantes encore, quadrillent depuis des lustres le territoire français. Et y demeurent actives autant qu'impunies. Tout récemment, plusieurs d'entre elles viennent encore d'être mises au jour... dans l'indifférence la plus totale ! Pourtant l'affaire est gigantesque... avec des ramifications dans la France entière. Les plus grands chantiers sont concernés et les sommes en jeu se chiffrent en milliards d'euros. Le mérite de cette découverte revient au Conseil de la concurrence, l'organisme d'État chargé de faire respecter les règles d'une saine compétition entre les entreprises.

Le 21 mars 2006, dans un rapport au vitriol de plus de 300 pages, les incorruptibles de la concurrence et de la répression des fraudes révèlent une « entente générale » entre les plus grands groupes du BTP. Pas moins de douze catégories de marchés publics sont dans le collimateur : travaux routiers ; terrassements généraux ; travaux souterrains ; travaux de pose de canalisations à grande distance et de réseaux de canalisations industrielles ; travaux de la filière eau ; travaux électriques ; fondations spéciales ; travaux en site maritime ; voies ferrées ; ouvrages d'art et d'équipement industriel en construction métallique ; travaux de génie agricole enfin.

Les noms les plus prestigieux du BTP français sont mis en cause : Bouygues, premier groupe européen de travaux publics ; Société générale d'entreprise (SGE), pôle BTP de l'ancienne Générale des eaux (comprenant notamment Campenon-Bernard et Sogea) ; le groupe Lyonnaise des eaux-Dumez-GTM (avec les Chantiers modernes) ; le groupe Eiffage, issu du regroupement de Fougerolles et de la SAE (société Borie et Quillery notamment) ; le groupe Schneider (sociétés Spie Batignolles et Spie Citra).

Là encore, plus de dix ans d'enquêtes ont été dépensés pour mener à bien les investigations. L'affaire démarre en 1994, quand l'épouse d'un ancien ingénieur informatique, licencié par Bouygues, dénonce l'existence d'un logiciel répondant au doux nom de « DRAPO » (Détermination aléatoire du prix de l'offre), spécialement conçu pour pouvoir présenter les appels d'offres bidonnés dans la passation des marchés publics du BTP.

En épluchant quelque 57 de ces marchés, les contrôleurs du Conseil de la concurrence épinglent le comportement frauduleux de 54 entreprises du BTP, pour des jongleries échelonnées de 1990 à 1997.

Les témoignages recueillis sont précis. Ils émanent de plusieurs sources et sont confirmés par de nombreuses preuves écrites. Énumération enivrante... où l'on découvre l'existence de discrets « tours de table », appelés aussi « tables de répartition » ; en d'autres termes des réunions de gangsters (sans couteau ni revolver dans un restaurant du Bois de Boulogne) où les dirigeants d'entreprise, en principe concurrents, se partagent, au gré des intérêts de chacun, les chantiers qu'ils souhaitent. Avec, forcément, le concours – je dirais l'indispensable complicité – des élus et des grands commis de l'État chargé de passer et de contrôler les marchés. Comment expliquer que durant une si longue période et pour autant de marchés publics, il eût pu en être autrement ? À qui ferait-on croire que les tatillonnes commissions d'appels d'offres seraient peuplées de demeurés ?

Les enquêteurs sont tombés sur des pratiques ahurissantes. Par exemple, en se penchant sur le plan du chantier de la ligne du métro Meteor... où les devins des géants du BTP font figurer, avant même l'ouverture des enveloppes de l'appel d'offres, les lots qui leur seront finalement attribués.

Dans ce partage – à grande échelle – du gâteau des travaux majeurs payés sur fonds publics, le dispositif frauduleux touche les constructions les plus monumentales, souvent de prestige. Rien n'est assez beau pour le « cartel » des rois du béton. Rien ne peut les arrêter. Pendant ces sept années, les Pantagruel de la pelleteuse ont croqué, à pleines dents, marchés de la SNCF, de la RATP, de la couverture des autoroutes A1 et A14, au nord et à l'ouest de Paris, chantiers de l'aéroport Roissy-Charles-de-Gaulle, du Grand Stade de France à Saint-Denis, coûteux ouvrage qui accueillit la Coupe du monde de football en 1998. Là où le coup de boule magistral (sans carton rouge) des majors du BTP est rangé au rayon des trophées.

Dans sa décision passée inaperçue (n° 06-D-07 du 21 mars 2006), le Conseil de la concurrence conclut, sèchement : « (...) Les sociétés Bouygues, Vinci et Eiffage se sont entendues pour se répartir les marchés publics de travaux de l'Île-de-France, entre elles ou entre leurs filiales, du 6 décembre 1991 au 13 mars 1997. Cette pratique est prohibée par les dispositions de l'article L. 420-1 du *Code de commerce.* »

Les dommages causés à l'économie du pays sont considérables : « Pendant une période de six années, les appels d'offres de 41 marchés n'ont pas fonctionné suivant les règles de la concurrence. » Douce manière de révéler qu'ils ont été faussés, soit par l'existence d'une entente générale, soit par des ententes propres à chaque marché. Avec de désastreuses conséquences pour la collectivité et les contribuables : « L'effet d'entraînement et de généralisation des pratiques anticoncurrentielles s'est révélé particulièrement dommageable... »

Malheureusement, le dossier ne put avoir de suite pénale, en raison de la prescription des infractions commises. Et le Conseil de la concurrence, lui, n'est doté que d'un pouvoir de sanction financière, dérisoire au regard des sommes pompées et des délits commis. Impuissant organisme de l'État, qui n'a pas pour mission de couper l'appétit des géants voraces du BTP.

Malgré les avalanches de scandales, le ratissage, scientifiquement organisé, des marchés de l'État et des collectivités locales va donc continuer de plus belle. Sans que quiconque – ni les élus, ni les P-DG du secteur, ni les magistrats – puisse mettre un terme définitif à ces pratiques de vauriens.

Écrivant ces lignes à l'heure de boucler mon enquête, une nouvelle affaire gigogne pointe à l'horizon. Le piratage vise maintenant le lucratif marché des « panneaux de signalisation routière ». En France, il s'en commande pour **1,5** milliard d'euros chaque année, payés par les villes, les collectivités locales ou divers services de l'État. Un gibier de choix... à ne pas manquer. Et que dans la jungle des affaires, sur fonds publics, les patrons voyous se partagent à la veillée... pour ne pas rater leurs tirs ciblés.

Du côté de Nantes, en Loire-Atlantique, un juge d'instruction, plus éveillé que d'autres, vient d'ouvrir une enquête sur les six plus grandes entreprises françaises du secteur. Elles sont soupçonnées de vendre leurs panneaux à des prix artificiellement gonflés de **30** à **50 %**. Aux frais des contribuables... cela va sans dire.

Pendant que dans les palais de justice de France, les tribunaux persistent à sanctionner les coupables avec des peines fourrées au chocolat, les « majors » du réseau mafieux des panneaux routiers sont accusés de s'être associés dans un « pacte de corruption »... en bonne et due forme. En témoigne un document écrit de belle encre et saisi le 14 mars 2006.

Insatiable, invincible pieuvre de la corruption... qui dévore tout sur son passage ! Et qui, de surcroît, distribuant les pots-de-vin comme des bonbons, n'a rien à craindre d'un dispositif de lois inadapté pour flécher le céphalopode, l'empêcher de continuer d'attaquer et de tout sucer, au clair de lune... du côté du Bois de Boulogne.

10

Au secours des soldats...
Jacques Chirac et Roland Dumas

Depuis le milieu des années 1990 et son accession à la magistrature suprême, Jacques Chirac se sait la cible de plusieurs juges d'instruction, pour une kyrielle d'infractions en relation avec ses anciennes fonctions de président du RPR et maire de Paris. Notre grand homme fait assaut d'invention. Alarmants, les rapports qui lui parviennent indiquent que les clignotants sont au rouge. Dans un premier dossier – les HLM de Paris –, comme plus tard dans celui des lycées de l'Île-de-France, plusieurs magistrats manifestent l'intention, jusque-là inconnue dans l'Hexagone, de rendre une justice enfin impartiale, jusqu'à devoir poursuivre le premier des Français.

Aussi souhaitent-ils entendre l'acteur clé : l'ancien maire Jacques Chirac, maintenant président de la République. Requête sacrilège ! Aux États-Unis (auxquels Chirac ne cesse de faire la leçon), le président peut, tout à la fois, être destitué de ses fonctions pour « trahison, corruption ou autres crimes et délits » – les poursuites étant décidées par la Chambre des représentants et exercées devant le Sénat –, et, par une décision de la Cour suprême, être jugé par les juridictions civiles ordinaires, **même pendant son mandat**, pour **des faits survenus avant sa prise de fonctions**. Démocratie exemplaire, qui a compris le danger d'accorder au chef de l'État le statut d'un monarque absolu et de droit divin. Mais en France, même si la Justice se proclame indépendante, par tradition on y est convenu de ne jamais toucher au président de la République.

Alors, comment faire ? D'une cogitation au sommet naît une idée géniale : dans un jeu bien réglé, ce sera au Conseil constitutionnel, organe suprême de la République composé de sages savants, au-dessus de tout soupçon, qu'échoira le sale boulot : sauver le soldat Chirac.

Les hasards de l'actualité sont à cet égard d'un grand secours.

En 1999, au moment où le volcan de toutes les affaires à hauts risques entre en éruption, le Conseil constitutionnel[1] est présidé par une personnalité d'une grande intégrité morale, le socialiste Roland Dumas, ancien ministre des Affaires étrangères. Cet intime de François Mitterrand est sérieusement empêtré dans les méandres de la ténébreuse affaire Elf Aquitaine, dont il est la superstar,

1. Cinquième personnage de l'État sur le plan protocolaire, le président de la juridiction suprême de la République est désigné par le président de la République parmi ses membres. Roland Dumas le fut par François Mitterrand. Le Conseil constitutionnel est composé de neuf membres nommés pour neuf ans (non renouvelables) et de membres de droit (les anciens présidents de la République). Le président de la République en nomme trois. Les présidents du Sénat et de l'Assemblée nationale, trois chacun. Ses décisions sont sans appel. Ses pouvoirs sont importants : il désigne le rapporteur de chaque affaire, dirige les débats en séance, a une voix prépondérante en cas de partage égal des voix, a autorité sur tous les services de l'institution qu'il représente à l'extérieur. Avant de prendre leurs fonctions, les conseillers prêtent serment devant le président de la République. Ils jurent de « bien et fidèlement remplir leurs fonctions, les exercer en toute impartialité dans le respect de la Constitution, garder le secret des délibérations et des votes, et ne prendre aucune position publique... ».

avec ses chaussures Berluti à 15 000 francs la paire et les statuettes grecques de sa maîtresse Christine Deviers-Joncour, qui se présente fièrement dans toutes les gazettes comme « *la putain de la République* ». Ce qui, dans les chancelleries, fait un tantinet désordre. À Londres et Washington, on se gausse des *French ouistitis*. Car depuis le 29 avril 1998, Roland Dumas cumule la casquette de président du grand Conseil des sages, avec celle, infamante, de mis en examen dans l'affaire Elf. Mais, à la différence de beaucoup, Dumas a le cuir épais. Comme Chirac. À entendre ce qui se dit ou se murmure, à lire ce qui s'écrit – à commencer par *Le Canard enchaîné*, dont il fut le brillant avocat, avant d'être appelé au gouvernement par Mitterrand –, ce plaideur hors pair sait ce qu'il risque.

Le 10 décembre 1998, Dumas commence par faire savoir à ses collègues du Conseil constitutionnel qu'« ayant la conscience en paix », il est hors de question qu'il démissionne. Mais, c'est vrai, le président de la République peut l'y contraindre. Ce que, bien sûr, Chirac se garde de faire. Les jours passent. Peu après, le 24 décembre, jour de réveillon, Jacques Chirac soi-même et son Premier ministre socialiste Lionel Jospin lui adressent une lettre officielle. Lettre au père Noël de la République... dont Roland Dumas est censé revêtir la robe. Courrier sans rapport apparent avec les affaires judiciaires qui empoisonnent l'atmosphère du Conseil des ministres, tant il est vrai que le président n'est pas le seul à y être et cité et mêlé.

Par gros temps, oubliant leurs différends d'ordre politique, les deux tenants du pouvoir exécutif ont choisi de se mettre sous le même parapluie. D'où cette missive, signée conjointement par le président et le chef du gouvernement, ainsi libellée... à l'adresse de « Monsieur Roland Dumas, président du Conseil constitutionnel, 2 rue de Montpensier, 75001 PARIS » :

Paris, le 24 décembre 1998
Le président de la République
Le Premier Ministre
Monsieur le président,

Le Traité portant statut de la Cour Pénale Internationale a été signé à Rome le 18 juillet 1998. Conformément à l'article 54 de la Constitution, nous avons l'honneur de demander au Conseil constitutionnel si, compte tenu des engagements souscrits par la France, l'autorisation de ratifier ce traité doit être précédée d'une révision de la Constitution.

Veuillez agréer, Monsieur le président, l'assurance de notre considération.

Lionel JOSPIN Jacques CHIRAC

En quoi cette histoire de Cour pénale internationale pourrait-elle se rapporter aux ennuis nationaux du président de la République, premier magistrat de France ?

Doté d'une acuité auditive et sensorielle rare, frappé de plein fouet par le scandale Elf, Roland Dumas est un expert qui n'a besoin ni de missi dominici ni de décodeur pour lire les messages qui tombent à pic. Et y répondre comme il se doit. Poliment et avec réflexion.

Les fêtes de fin d'année passées, au Palais de Justice de Paris sa situation s'aggrave. Au début de 1999, une consigne circule, dit-on : il faudrait « sauver le soldat Dumas ». À l'Élysée et au Palais-Royal (où siège la juridiction suprême de la République), on ne bouge pas. Tout se vit en silence, comme si on avait décidé de jouer la montre. Enfin, le 22 janvier, la haute juridiction se réveille... pour un extraordinaire délibéré. Y participent huit sages chenus :

- Roland Dumas, président (PS),
- Simone Veil (UDF et ancienne présidente du même Conseil),
- Noëlle Lenoir (apparentée PS, nommée en 1992 par

le président socialiste de l'Assemblée nationale, Henri Emmanuelli, femme d'un ancien collaborateur de Mitterrand à l'Élysée, bientôt récupérée – ou plutôt remerciée – par Chirac, en 2002, avec le poste de ministre délégué aux Affaires européennes),

• Georges Abadie (PS, ex-trésorier de la Fondation France Libertés de Danielle Mitterrand),

• Michel Ameller (de bonne réputation, pied-noir de vieille souche, nommé en 1995 par le président RPR de l'Assemblée nationale, Philippe Séguin),

• Jean-Claude Colliard (PS, ancien directeur de cabinet de Mitterrand à l'Élysée),

• Pierre Mazeaud (RPR, fidèle atypique de Chirac et futur président du Conseil constitutionnel... qui, avant de gravir les sommets de l'Himalaya et de se convertir au gaullisme, s'était fait les dents chez les anticléricaux du journal *La Calotte* et à la Fédération anarchiste, sous le pseudonyme transparent de « Pierre Hem », comme « M », la première lettre de son nom[1]),

• Yves Guéna (RPR, qui succédera en l'an 2000 à Roland Dumas à la tête du Conseil constitutionnel, après sa démission pour cause de mise en examen dans la sordide affaire Elf Aquitaine. Guéna qui sera honoré (récompensé ?), en 2004, à 82 ans ! par la présidence de l'Institut du monde arabe... qu'il ne parle pas).

Relative au « Traité portant statut de la Cour Pénale Internationale signé à Rome le 18 juillet 1998 », la très ficelle décision prise par la petite assemblée, ce 22 janvier 1999, répond au courrier qui lui a été envoyé par Jospin et Chirac le 24 décembre, avant d'aller fêter Noël en famille. Sous la houlette de Roland Dumas, cette Cour suprême à la française rend un arrêt (n° 98-408 DC) providentiel. Par respect pour l'institution, j'évite d'écrire

1. Une histoire qui me fut contée au collège Sainte-Barbe de Paris où je fus élève en 1960 et lui-même pion, quelques années avant.

« grand-guignolesque ». Pour que nul ne puisse douter du côté surréaliste de ce document signé par les plus fins juristes de l'État, pour surtout ne pas risquer d'être taxé de malveillance stupide par les pointilleux agrégés de nos facultés de droit, je m'oblige à publier *in extenso* les intitulés de ce texte rare. À charge pour le lecteur de trouver le plus petit rapport qui pourrait exister entre le sujet soumis à la froide sagacité de nos éminents sages et les affaires d'arnaques et de pots-de-vin instruites, çà et là, dans divers palais de justice, où le nom de Jacques Chirac apparaît en clair, obligeant nécessairement les magistrats enquêteurs à l'entendre, à tout le moins comme témoin –, au même titre que les autres personnes citées. Mais voilà, pour asseoir leur décision, les singuliers magiciens de notre Conseil constitutionnel ont trouvé une astuce en forme de marchepied. Sans la moindre gêne, ils associent ces infractions pénales présumées, toutes commises sur le territoire national, aux différentes infractions régissant (je cite en me grattant la tête) :

- « les lois et coutumes de la guerre sur terre »,
- « la prohibition d'emploi à la guerre des gaz asphyxiants, toxiques ou similaires et de moyens bactériologiques »,
- « la poursuite et le châtiment des grands criminels de guerre »,
- « la prévention et la répression du crime de génocide »,
- « le traitement des prisonniers de guerre »,
- « la protection des personnes civiles en temps de guerre »,
- « l'amélioration du sort des blessés, des malades et des naufragés des forces armées sur mer »,
- « l'amélioration du sort des blessés et des malades dans les forces armées en campagne »,
- « l'imprescriptibilité des crimes contre l'humanité »,

• « la protection des victimes des conflits armés non internationaux »,

• « l'interdiction ou la limitation de l'emploi de certaines armes classiques qui peuvent être considérées comme produisant des effets traumatiques excessifs ou comme frappant sans discrimination »,

• « les droits de l'enfant »,

• « les personnes présumées responsables de violations graves du droit international humanitaire commises sur le territoire de l'ex-Yougoslavie »,

• « les personnes présumées responsables d'actes de génocide ou d'autres violations graves du droit international humanitaire commis en 1994 sur le territoire du Rwanda ».

Excepté Dieu le Père – auquel rien n'échappe – et le lecteur doué d'une intelligence surnaturelle, comprenne qui pourra... à la lecture du texte de référence qui suit, grâce auquel le président de la République va se voir reconnaître le bénéfice d'une parfaite immunité durant son mandat :

« Le Conseil constitutionnel a été saisi, le 24 décembre 1998, par le président de la République et le Premier ministre, conformément à l'article 54 de la Constitution, de la question de savoir si, compte tenu des engagements souscrits par la France, l'autorisation de ratifier le traité portant statut de la Cour pénale internationale signé à Rome le 18 juillet 1998 doit être précédée d'une révision de la Constitution.

Vu la Constitution du 4 octobre 1958 ;

• Vu le préambule de la Constitution du 27 octobre 1946 ;

• Vu l'ordonnance N° 58-1067 du 7 novembre 1958 modifiée portant loi organique sur le Conseil constitutionnel, notamment ses articles 18, alinéa 2, 19 et 20 ;

• Vu le décret du 2 décembre 1910 [*sur*]... la Convention concernant **les lois et coutumes de la guerre sur terre**, signée à La Haye le 18 octobre 1907 (...) ;

• Vu le décret du 22 août 1928 [*sur*]... la prohibition d'emploi à la guerre des gaz asphyxiants, toxiques ou similaires et de moyens bactériologiques, signé à Genève le 17 juin 1925 ;

• Vu le décret (...) du 6 octobre 1945 [*sur*]... l'accord entre le Gouvernement provisoire de la République française et les Gouvernements des États-Unis d'Amérique, du Royaume-Uni de Grande-Bretagne et de l'Irlande du Nord, et de l'Union des Républiques socialistes soviétiques, concernant **la poursuite et le châtiment des grands criminels de guerre** des puissances européennes de l'axe, signé à Londres le 8 août 1945 (...) ;

• Vu le décret (...) du 4 janvier 1946 portant promulgation de la Charte des Nations Unies contenant le statut de la Cour internationale de justice, signée à San Francisco, le 26 juin 1945 ;

• Vu le décret (...) du 24 novembre 1950 [*sur*]... **la prévention et la répression du crime de génocide** approuvée par l'Assemblée générale des Nations Unies, le 9 décembre 1948 ;

• Vu le décret (...) du 28 février 1952 [*sur le*]... traitement des prisonniers de guerre, la Convention relative à la protection des personnes civiles en temps de guerre, [*celle*] pour l'amélioration du sort des blessés, des malades et des naufragés des forces armées sur mer, [*celle aussi*] pour l'amélioration du sort des blessés et des malades dans les forces armées en campagne, signées à Genève le 12 août 1949 ;

• Vu la loi (...) du 26 décembre 1964 tendant à constater **l'imprescriptibilité des crimes contre l'humanité** ;

• Vu la loi (...) du 23 décembre 1983 autorisant l'adhésion de la République française au protocole additionnel aux conventions de Genève du 12 août 1949 relatif à **la protection des victimes des conflits armés non internationaux** (protocole II), adopté à Genève le 8 juin 1977 (...) ;

• Vu la loi (...) du 31 décembre 1987 autorisant la ratification d'une convention sur l'interdiction ou la limitation de l'emploi de certaines armes classiques qui peuvent être considérées comme produisant des effets traumatiques excessifs ou comme frappant sans discrimination (...), conclue à Genève... ;

• Vu la loi (...) du 2 juillet 1990 autorisant la ratification de la convention relative aux **droits de l'enfant**, signée à New York le 26 janvier 1990... ;

• Vu la loi (...) du 2 janvier 1995 portant adaptation de la législation française aux dispositions de la résolution 827 du Conseil de sécurité des Nations Unies instituant un Tribunal international en vue de juger **les personnes présumées responsables de violations graves du droit international humanitaire commises sur le territoire de l'ex-Yougoslavie** depuis 1991 ;

• Vu la loi (...) du 22 mai 1996 portant adaptation de la législation française aux dispositions de la résolution 955 du Conseil de sécurité des Nations Unies instituant un Tribunal international en vue de juger **les personnes présumées responsables d'actes de génocide ou d'autres violations graves du droit international humanitaire commis en 1994 sur le territoire du Rwanda** et, s'agissant de citoyens rwandais, sur le territoire d'États voisins...

Et c'est là que soucieux, semble-t-il, de préserver la souveraineté de la France, redoutant peut-être qu'avec ses arquebusiers, le président de la République ait pu commettre des folies sur des terres lointaines, où on ne badine pas avec la loi, les fines épées du Conseil constitutionnel vont maintenant dégainer et trancher dans le vif, quitte à se voir reprocher de vouloir à tout prix protéger Damoclès du glaive de justice suspendu au-dessus de sa tête par un crin de cheval. En parfait langage juridique, au milieu de la copie des huit délibérants, trois paragraphes traitent du « Respect des dispositions de la Constitution [*française*] relatives à la responsabilité pénale des titulaires [*suivez mon regard !*] de certaines qualités officielles ».

Et comme la Vierge devant Bernadette Soubirous, apparaît le texte sacré :

« Il résulte de l'article 68 de la Constitution que le président de la République [*française*], pour les actes accomplis dans l'exercice de ses fonctions et hors le cas de haute trahison, bénéficie d'une immunité ; qu'au surplus [*ouvrons bien nos yeux, car c'est dans ce "**surplus**" que se cache la clé du paradis offerte en sourdine à Chirac !*], pendant la durée de ses fonctions, sa responsabilité pénale ne peut être mise en cause que devant la Haute Cour de justice, selon les modalités fixées par le même article (...). »

Or, que dit l'article 68 de la Constitution ?

Tout simplement ceci : « Le président de la République n'est responsable des actes accomplis dans l'exercice de ses fonctions qu'en cas de haute trahison. Il ne peut être mis en accusation [*dans cette seule éventualité*] que par les deux Assemblées statuant par un vote identique au scrutin public et à la majorité absolue des membres les composant ; il est jugé par la Haute Cour de justice. »

Interprétant à sa guise cet article 68, adopté par référendum par tous les Français, le Conseil constitutionnel fait à Jacques Chirac le cadeau d'un « **surplus** »... en or massif. Bientôt, il sera dit et écrit par le procureur général de la République (« aux ordres du garde des Sceaux »), puis dans tous dossiers d'instruction, que « **l'immunité** » correctionnelle du premier des Français s'étend aux actes antérieurs à son élection. En conséquence, Jacques Chirac président échappe à la justice ordinaire, selon une formule entérinée par la Cour de cassation le 10 octobre 2001 qui deviendra rituelle : « Le président de la République ne peut, pendant la durée de son mandat, être entendu comme témoin assisté [*ce que justement désirent les juges d'instruction au charbon*], ni être mis en examen, cité ou renvoyé pour une infraction quelconque devant une juridiction pénale de droit commun. »

Autrement dit, aussi longtemps qu'il sera assis sur le trône présidentiel, Jacques Chirac sera sauvé des foudres de la loi. Aucun juge ne pourra le convoquer, ni comme

« témoin assisté[1] », ni comme simple témoin, ni pour quoi que ce soit.

Un homme de l'art, le doyen Georges Vedel, ancien rédacteur de la Constitution de la Ve République et ex-membre du Conseil constitutionnel, est loin d'être convaincu par cette interprétation du texte fondateur de la République. Pour lui, « la solution du Conseil est exacte sur le fond ». Mais « elle n'a pas autorité absolue de chose jugée et ne s'impose donc pas au juge pénal ».

De nombreux esprits chagrins ont poussé la polémique jusqu'à supposer une collusion, voire un « troc », entre Roland Dumas, mis en cause dans l'affaire Elf, et Jacques Chirac au centre de plusieurs autres. Aussi, pour calmer ces ardeurs combatives, le 10 octobre 2000, bien après la démission de Dumas, les membres du Conseil constitutionnel, d'ordinaire moins sourcilleux, croient devoir, par voie de « communiqué », sortir exceptionnellement de leur réserve pour donner une « interprétation » adoucissante de leur texte. À vrai dire, un simple commentaire, sans valeur juridique. Insistant sur le caractère collégial et impartial de ses délibérations, l'instance suprême déclare : « Conforme au texte de l'article 68 de la Constitution, la décision [*du Conseil constitutionnel*] du 22 janvier 1999 précise que le statut pénal du président de la République, **s'agissant d'actes antérieurs à ses fonctions** ou détachables de celles-ci, réserve, **pendant la durée de son mandat**, la possibilité de poursuites **devant la seule Haute Cour de justice**. Le statut pénal

1. Le statut de témoin assisté précède la mise en examen. Il signifie que le justiciable concerné est suspecté d'avoir commis les délits ou crimes pour lesquels il est entendu, mais sans pouvoir être mis en détention et sous contrôle judiciaire. En plus de la présomption d'innocence, il offre au justiciable susceptible d'être mis en examen : tous les droits en défense des mis en examen (autrefois appelés inculpés) ; l'accès au dossier d'instruction ; le non-respect du secret de l'instruction (contrairement aux avocats, juges, policiers et auxiliaires de justice qui, eux, sont censés y être strictement tenus).

du président de la République ne confère donc pas une "*immunité pénale*", mais **un privilège de juridiction** pendant la durée du mandat. »

Ainsi, tant qu'il est président en exercice, Chirac ne peut être entendu et éventuellement jugé que par la Haute Cour de justice. Encore faudrait-il que celle-ci puisse être constituée et qu'il soit dans ses compétences de se pencher sur des méfaits antérieurs à son élection à la magistrature suprême. Casse-tête chinois ! Lorsque, au final, la Cour de cassation aura à trancher le nœud gordien, les plus grands juristes de France s'affronteront dans des exposés lumineux... débouchant tous sur l'avenue royale tracée par le Conseil constitutionnel, avenue débouchant elle-même sur une impasse.

Bien emballé, le papier du Conseil constitutionnel est immédiatement envoyé à l'Élysée... par motard.

Sauvé par le gong à la Saint-Vincent, patron des vignerons, des vinaigriers et des viticulteurs, le président Chirac peut se réjouir du dicton du jour : « Si à la Saint-Vincent, le soleil luit comme un chapeau, on aura du vin [*j'ajouterais même du pot-de-vin !*] plein le tonneau. »

Heureux présage !

S'imposant aux pouvoirs publics et à toutes ses autorités administratives et juridictionnelles, cette décision du Conseil constitutionnel va entraîner, *de facto*, l'arrêt de toutes les enquêtes visant la personne de Jacques Chirac, même celles se rapportant à des actes antérieurs à son élection à la présidence de la République. Liste fournie et chapelet long à démêler :

• En parallèle de l'affaire des marchés des lycées de la Région Île-de-France, pour laquelle le président de la République ne peut plus désormais être inquiété, les juges Armand Riberolles, Marc Brisset-Foucault et Renaud Van Ruymbeke devront, le 17 juillet 2001, se déclarer incompétents pour interroger leur illustre client et interrompre leur enquête sur les voyages du clan

Chirac, payés en espèces. Malgré de multiples indices, ils ne pourront jamais vérifier si le cash ayant servi à régler les escapades aériennes des Chirac avait pour origine les caisses noires et les commissions en liquide amassées grâce aux marchés truqués.

• Infortunés juges Riberolles et Brisset-Foucault saisis, à Paris, depuis le 30 octobre 1999 d'une information ouverte, contre personne non dénommée, du chef de « favoritisme dans les marchés publics », saisine étendue (par réquisitoire supplétif du 24 septembre 1999) à des « détournements des fonds publics, abus de biens sociaux, prise ou conservation illégale d'intérêt, recel et complicité ». À quoi bon, puisque par la grâce du Conseil constitutionnel, la montagne accouchera encore d'une souris ? Il s'agit cette fois, et pour changer les plaisirs du Prince, de l'affaire de la Société d'économie mixte parisienne de prestations (SEMPAP), chargée des travaux d'imprimerie de l'Hôtel de Ville entre 1986 et 1996. Riche SEMPAP dissoute le 22 juillet 1996, dont les actionnaires étaient la Ville de Paris, le département et d'autres sociétés d'économie mixte. Le 29 septembre 1997, un an après son opportune disparition, la chambre régionale des comptes d'Île-de-France avait transmis au procureur de la République de Paris un rapport révélant de flagrantes « irrégularités » : la mairie de Paris avait conclu avec la SEMPAP « six conventions de mandat lui confiant le soin d'étudier, proposer, réaliser, livrer ou diffuser des travaux d'impression ». Pour ce faire, ses responsables avaient passé des commandes à 9 sociétés commerciales (privées s'entend !) ayant avec la SEMPAP des dirigeants communs. Pourquoi se gêner quand on peut si bien se servir ? Le tout était assorti, notamment, de coquets règlements au profit de deux entités commerciales dans lesquelles le directeur général de la SEMPAP avait des intérêts, soit personnellement, soit par l'intermédiaire de sa femme. Mieux encore : plusieurs rapports de l'Inspection générale de la Ville de Paris avaient alerté

Chirac, qui les avait laissés lettres mortes[1]. Sur ces gentils divertissements, la justice sera priée de détourner son regard.

• De même, à Créteil, dans le Val-de-Marne, Éric Halphen se verra obligé de ronger son frein ou plus exactement de ravaler ses prétentions dans le traitement du dossier (ouvert en février 1994) devenu celui de l'Office public d'aménagement et de construction (Opac) de Paris, organisme responsable des HLM. Après la publication dans le journal *Le Monde* du témoignage posthume de feu Jean-Claude Méry (dont nous reparlerons), l'affaire prendra mauvaise tournure. Dans l'après-midi du mardi 3 avril 2001 (veille de la date théorique de l'audition de Jacques Chirac qu'il avait – crime de lèse-majesté ! – convoqué comme témoin), le juge Halphen reçoit la déposition accusatoire de François Ciolina. À mettre aux oubliettes, dès lors que cet ancien directeur général adjoint de l'Opac désigne nommément le chef de l'État comme l'inspirateur et le bénéficiaire principal d'un « système » de fraude sur les marchés publics, destiné, affirme-t-il, à « financer le RPR ». « Globalement, déclare Ciolina, l'Opac distribuait 1 milliard de francs par an » aux entreprises attributaires de ses marchés. Et il confirme l'essentiel des révélations fracassantes contenues dans le testament de Méry relatif au fonctionnement frauduleux du financement du RPR. En attestant que celui-ci en était l'un des maîtres d'œuvre, étant « le porte-serviettes entre le cabinet du maire de Paris et le RPR » : « Méry me l'a dit personnellement, il m'a dit clairement qu'il amenait de l'argent au cabinet du maire et au RPR. Il m'a dit qu'il "*nourrissait tous ces braves gens*". Il s'en vantait. » Lui-même mis en examen depuis 1995 pour « trafic d'influence », Ciolina va bien plus loin : il mentionne les noms de responsables de la Lyonnaise des eaux de Jérôme Monod et de l'ex-

1. Révélations du *Canard enchaîné*, le 26 juillet 2000.

Compagnie générale des eaux (rebaptisée Vivendi) pour avoir pris une part active dans l'organisation des infractions commises à l'Opac, et c'est en vain qu'il ajoute : « Il est indéniable que certaines entreprises ont bénéficié de marchés de façon privilégiée et qu'il y avait donc un favoritisme organisé. Qui dit favoritisme dit contreparties financières. Certains entrepreneurs m'ont dit ouvertement que, pour obtenir des marchés, il fallait déposer des espèces au cabinet du maire de Paris. » Pas au RPR proprement dit, soit dit en passant ! Alors, enrichissement personnel de Jacques Chirac ? À défaut d'enquête sur sa personne, nul ne le saura jamais ! Insistant sur le rôle de son supérieur direct, Georges Pérol, directeur général de l'Opac (en relations directes, très anciennes, avec le futur président de la République, et spécialement nommé par lui « pour mettre en place un système »), Ciolina insiste : c'est Pérol qui supervisait le choix des entreprises et il en « rendait compte ». À la question du juge : « Vous pensez donc qu'on lui avait demandé d'avaliser les choix faits par M. Méry ? », le numéro deux des HLM de Paris répond « Oui ». « Qui ? » demande Halphen. Réplique cinglante de Ciolina : « Michel Roussin ou Jacques Chirac lui-même. » Ce qui manifestement, dans l'esprit du bras droit de Pérol, revient au même. Car dans des affaires de cette importance, étalées de surcroît sur plusieurs années, Roussin ne pouvait rien faire sans l'aval exprès du maire de Paris dont il était le directeur de cabinet.

Quoi qu'il en soit, le Conseil constitutionnel a tranché. Chirac ne pourra ni être entendu ni jugé... avec et en même temps que ses présumés complices. Le 25 avril 2001, le juge Halphen devra à son tour se déclarer « incompétent ». Puis, par arrêt du 4 septembre suivant, la chambre de l'instruction de Paris annulera partiellement sa procédure, en raison notamment de sa vaine tentative de faire comparaître devant lui Jacques Chirac en qualité de témoin. Et cette fois – en raison de son insupportable voisinage avec le principal suspect ? –, Roussin s'en tire sans trop de mal... avec un « non-lieu » transparent.

• La magie des sages du Palais-Royal aura encore raison du juge Patrick Desmure, à Nanterre, dans les Hauts-de-Seine, en charge du dossier des « **emplois fictifs du RPR** » financés par la mairie de Paris ou ses fournisseurs. Affaire pour laquelle, avec les anciens trésoriers du RPR, l'ex-Premier ministre Alain Juppé et adjoint de Chirac (quand il était maire de la capitale) a été mis en examen le 21 août 1998 et sera sévèrement condamné, tandis que Michel Roussin écopera encore une fois d'un non-lieu. Certes, comme tous ses homologues, le juge Desmure a fait de la résistance. Le 11 mars 1999, moins de deux mois après la décision humanitaire du Conseil constitutionnel, il aura dûment signifié par ordonnance, au procureur de la République Yves Bot, que des délits pénaux sont « susceptibles d'être imputés à M. Chirac à titre personnel ». Détail affriolant : durant les mandats municipaux de Jacques Chirac, de 1977 à 1995, et pour les seuls emplois fictifs identifiés du RPR mis à la charge de l'Hôtel de Ville, le montant estimé des détournements de fonds publics est évalué à **4,6 millions d'euros** (30 millions de francs). Transmis au procureur Bot, un document probant vient fâcheusement compléter plusieurs « indices graves et concordants » : une lettre saisie, du 16 décembre 1993, signée « Jacques Chirac », dans laquelle le maire de Paris sollicite la promotion d'une secrétaire de la Ville en récompense de services rendus au **RPR**. Pour le juge Desmure, cette nouvelle pièce pourrait motiver l'engagement de poursuites pénales contre le président de la République, pour « prise illégale d'intérêts » et « recel d'abus de biens sociaux ». Las, le 15 avril 1999, la messe étant dite, le juge Desmure devra, comme les autres magistrats, se déclarer « incompétent » pour instruire, « s'agissant du chef de l'État ». Non sans mentionner les charges relevées à son endroit : « Il semble résulter des éléments recueillis au cours de la présente information, que plusieurs dizaines de personnes ayant travaillé pour le Rassemblement pour la République (RPR) étaient rémunérées en fait par des entreprises privées ou par la Ville de Paris alors que M. Chirac était maire de cette ville et président du RPR. (...) Le nombre des personnes concernées au regard de l'effectif déclaré des salariés du RPR, les fonctions que certaines d'entre elles exerçaient dans l'entourage immédiat du secrétaire général ou du président de ce parti, ainsi que les documents saisis, dont certains semblent être signés ou annotés de la main de M. Chirac, font peser à l'encontre de ce dernier en l'état du dossier les indices d'avoir participé aux faits de prise illégale d'intérêts et de recel d'abus de biens sociaux dont nous sommes saisis. (...) Aux termes de l'article 62 de la Constitution, les décisions du Conseil constitutionnel s'imposent aux pouvoirs publics et à toutes ses autorités administratives et juridictionnelles. (...) En conséquence, et en considération des fonctions de président de la République actuellement exercées par M. Jacques Chirac, il convient de nous déclarer **incompétents** pour instruire sur les faits le concernant. »

Mais, comme pour qu'il soit dit que la France n'est pas une République aveugle, l'ordonnance de Patrick Desmure sera infirmée, pour partie, par un arrêt du 11 janvier 2000 de la chambre d'accusation de Versailles, ses juges estimant que si le président de la République bénéficie, pendant la durée de son mandat, d'un privilège de juridiction applicable aux faits commis en dehors de l'exercice de ses fonctions ou avant son élection, il n'en résulte « aucune incompétence du juge d'instruction pour instruire sur de tels faits, une mise en examen demeurant éventuellement possible après l'exercice de ce mandat ». Interprétation des textes que la Cour de cassation ne manquera pas de jeter au panier, en validant définitivement, dans son arrêt historique du 10 octobre 2001, la décision du Conseil constitutionnel de doter le chef de l'État au long de son mandat d'un parapluie judiciaire blindé.

• Même déconvenue pour la juge Colette Bismuth-Sauron dont les investigations ont débouché sur des millions d'euros évaporés, de 1983 à 1995, dans une seconde affaire d'employés fictifs de la mairie de Paris : chargés de mission ou vacataires de la fédération RPR de Corrèze ; militants de partis ou de clubs amis de Jacques Chirac ; notables battus et pensionnés jusqu'à ce qu'ils aient retrouvé un mandat électif. Dans les dossiers saisis par les policiers, le juge a découvert plusieurs lettres d'embauche signées ou annotées par Chirac.

De son côté, en triste forme, Roland Dumas, qu'aucune immunité miracle ne protège, doit, deux mois après, jeter l'éponge. Le 23 mars 1999, il démissionne, après des découvertes fracassantes. Mais il n'aura pas à se repentir de l'inventive décision prise collégialement le 22 janvier. Malgré les lourdes charges pesant contre lui dans le dossier Elf Aquitaine et les millions de francs, déposés en espèces et de provenance inconnue, retrouvés sur son compte dans une petite agence du Crédit lyonnais, il arrivera encore à sauver sa peau. Alléluia ! Au final des courses, il n'aura eu d'autres soucis judiciaires que de subir les longues années d'une stressante procédure. Dans le premier volet du scandale Elf – le seul où il est poursuivi et où on lui impute un rôle scabreux dans les bras de sa maîtresse Christine Deviers-Joncour accusée d'avoir touché 60 millions de francs frauduleusement détournés des caisses d'Elf –, il peut se réjouir d'une relaxe en cour d'appel. Un coup d'ardoise magique qui arrive à point et efface une condamnation à six mois de prison ferme, en première instance. Notons que les magistrats de cette même cour d'appel ne font pas preuve de la même clémence pour le P-DG d'Elf, Loïk Le Floch-Prigent... arrêté à la barre. Lui écope de trente mois de prison ferme et est expédié illico à la maison d'arrêt de Fresnes. Pourtant, s'il reconnaît volontiers sa responsabilité dans le second volet du dossier Elf, jugé quelques mois plus tard, il n'apparaît qu'en filigrane dans cette première procédure... sur fond de pompes à fric et mille gâteries conçues par son bras droit Alfred Sirven, grand corrupteur devant l'Éternel et pourvoyeur aux hommes politiques de tous bords de centaines de millions de fonds publics détournés.

Passé cet épisode judiciaire où l'inoxydable Dumas sauve miraculeusement sa tête, de l'argent liquide versé par paquets sur son compte il ne sera plus question.

Pendant ces années de cohabitation Jospin-Chirac, tout se passe comme si, des deux côtés de l'échiquier, chacun se croit assuré d'une totale impunité. Homme politique sage et d'expérience, mon père me l'avait appris : le pouvoir partagé rend fou.

Dans l'hôtel particulier du conseil régional de l'Île-de-France, rue Barbet-de-Jouy, l'une des plus recherchées de Paris, haut lieu de partage pour frères ennemis réconciliés autour d'un tas d'or mal acquis, ni les nombreuses instances officielles chargées de contrôler la régularité des marchés publics, ni les grandes entreprises du BTP, parties prenantes du système, n'ont bougé le petit doigt. Les chiffres donnent le vertige. En francs de l'époque et pour la seule période de 1990 à 1995, le RPR aura ponctionné, dans les caisses des contribuables franciliens, 53 millions de francs (quelque 8,1 millions d'euros), le PS 46,7 millions (soit 7,1 millions d'euros), le PR 32,6 millions (4,97 millions d'euros) et le PCF 21 millions (3,2 millions d'euros). Total : 153 millions de francs qui passent à 300 millions (environ 50 millions d'euros) pour les dix années de ce racket institutionnalisé. Auxquels s'ajoutent plus 160 millions de francs... passés à l'as, sous des formes diverses : espèces, paradis fiscaux, emplois fictifs, avantages en nature, et j'en passe. Malgré des années de recherches, les juges avouent eux-mêmes n'avoir pu quantifier avec précision les montants évaporés lors de ces folles agapes, prudemment évaluées à un total de 560 millions de francs (76 millions d'euros !).

Au fur et à mesure de mes recherches, je serai consterné d'additionner d'identiques pratiques dans plusieurs régions de France, où la corruption de nos élites a continué de frapper comme le marteau-pilon d'une grande forge... sous le regard éteint d'une justice condamnée à ne plus la rendre.

11

Quand le président de la République fait condamner son “majordome”... à sa place !

Pendant les longs mois du procès des marchés truqués d'Île-de-France, lors de chaque audience, le même manège recommence. Traversant la salle des pas perdus du Palais de Justice de Paris sous les projecteurs des équipes de télévision, les prévenus entrent un à un, pour comparaître devant la 11e chambre du tribunal correctionnel. On les sent comme soulagés de pouvoir en finir au plus vite avec la justice. Du moins pour cette affaire dont l'instruction a singulièrement traîné en longueur.

D'entrée de jeu, tout s'annonce pour le mieux. D'allure bonhomme, le président du tribunal, Jean-Louis Kantor, est un comique qui s'ignore. Le 11 mars 2005, avant de déclarer les débats ouverts, il lui faut s'assurer de la présence des témoins cités, avant de les prier de se retirer. Il proclame : « Madame l'huissier, appelez les témoins. »

L'huissier se lève, renfrogné. Je le connais. D'ordinaire affable, il fait la grimace. Assis à ma gauche, Stéphane Durand-Souffland, excellent chroniqueur du *Figaro*, note sur son carnet : « 1,75 mètre au bas mot, épaules carrées, cheveux ras, regard martial, pas de doute c'est un garçon. » Devant moi, Renaud Lecadre de *Libération* tressaute de rire, tandis que Pascale Robert-Diard du *Monde* observe la scène, comme nous tous, ne voulant rien perdre de ce grand moment vaudevillesque. La suite sera du même ordre : un président absent... qui ignore, au fil des audiences, le principe sacro-saint du débat contradictoire. Jamais de confrontation. Une connaissance imprécise ou approximative du dossier.

Quand, par exemple, la « Madame Propre » du RPR vient répéter à la barre les misères qui lui furent faites, détailler ses précédentes déclarations aux juges d'instruction, Michel Giraud n'est pas même prié de descendre de son banc pour donner sa version des faits. Présent, comme Michel Roussin, à toutes les audiences, Giraud ne bronche pas. Pourtant, les charges de Claude-Annick Tissot sont lourdes : « J'ai pointé différentes formes d'irrégularités. J'étais très contente d'accéder à une fonction exécutive. Je n'avais donc aucune raison d'en vouloir au président du conseil régional, qui avait facilité mon élection. Le premier dysfonctionnement ? Ce fut ce que j'ai appelé la "*super-salade*" : je travaillais sur des rapports ; j'ai observé que le groupement d'entreprises agréées pour passer les offres était modifié, en cours de route ; celles qui déposaient les offres n'étaient pas celles qui sortaient des enveloppes. J'ai refusé. »

Puis viennent les charges contre Gilbert Sananès et ses « pouvoirs exorbitants » : « Je ne pouvais rien vérifier. J'ai fait un barrage total à ses dossiers d'AMO [*Assistance à la maîtrise d'ouvrage*] et j'ai demandé x fois, par écrit, que l'on revoie le cahier des charges du bénéficiaire de ces marchés. »

Comme Giraud, l'ex-dirigeant de Patrimoine Ingénierie ne bronche pas. Ce n'est pas l'heure de remuer le couteau dans la plaie. Mieux vaut se faire petit, ne pas déranger la sieste d'un président endormi les yeux ouverts. Quand vient la description de ce que Claude-Annick Tissot appelle le système de « l'entonnoir », Giraud montre quelques signes de fébrilité. Sananès, lui, semble plutôt amusé. « Pour bien l'expliquer, il faut faire de la technique, dit-elle. Pour chaque marché de rénovation de lycée, le directeur des affaires scolaires me remettait, dans une enveloppe cachetée, une évaluation prévisionnelle des prix. Elle était toujours très basse. Je demandais sans cesse comment elle était calculée, mais sans jamais obtenir de réponse détaillée. En dix-huit mois de présidence, je n'ai jamais pu avoir le détail d'un seul de ces calculs, ou au moins une fourchette de prix. La seule chose que je pouvais constater, c'était que, dans 90 % des cas, peut-être plus, les offres présentées par les entreprises étaient supérieures à l'évaluation. Il n'y avait donc qu'une seule solution : déclarer le marché infructueux, ce qui ouvrait la voie au marché négocié, à une autre procédure de négociation... qui se faisait je ne sais où et je ne sais trop comment, là encore hors du contrôle de la commission que je présidais, pas en séance. C'est ce qu'on appelle le système de "*l'entonnoir*". D'où ma démission et ma rupture avec le président de l'institution. C'est ce que j'ai voulu casser, en prenant des mesures de précaution, comme le foliotage des offres afin d'en maîtriser la traçabilité, jusqu'alors parfaitement opaque, et l'enregistrement sur bande magnétique de l'ensemble des débats de la commission. »

Doit venir alors le moment attendu, le point fort du procès : la confrontation de Claude-Annick Tissot avec Michel Giraud. Mais nul n'en veut : ni le président, ni le procureur, ni les avocats de la défense, ni personne. Finalement, elle n'aura pas lieu. Le président demande tout de même au témoin Tissot si elle confirme ses déclarations antérieures, relatives à son rude conflit avec le président Giraud et son état-major. Et là, surprise : le discours baisse d'un ton. C'est vrai, le ministre des Finances de l'époque, Alain Madelin, fut le seul à lui avoir donné raison. Pour le reste, Claude-Annick Tissot a maintenant des souvenirs moins douloureux sur Michel Giraud, qui la qualifiait d'« agitée », multipliant les « procédures exotiques, superflues » : « Voilà le différend fondamental, technique, seulement technique, qui m'a amenée à cette rupture avec le président de l'institution, insiste-t-elle. Je confirme que mes méthodes étaient brutales. Le tirage au sort que j'ai décidé a créé un contexte tendu. J'ai déclenché des réactions épidermiques. »

Sur les bancs de la presse, les mots sont scrupuleusement notés. Ceux qui n'ont pas eu le temps de bien les saisir se penchent sur la copie du voisin. « Différend technique » ? Oui, c'est bien ce que le témoin a dit. Et d'ailleurs Claude-Annick Tissot – qui a juré de dire « la vérité, toute la vérité, rien que la vérité » – le redit, atténuant ainsi l'effet de ses découvertes, qui avaient pour toile de fond l'argent de la corruption. Et qu'elle avait subodoré. Autour de moi, les meilleurs connaisseurs du dossier remarquent l'évolution du témoignage. Celle qui eut le mérite de résister et de tout faire exploser ne tient manifestement plus le même discours. Dans *Le Monde*, Pascale Robert-Diard traduit excellemment le sentiment de tous : « [*Claude-Annick Tissot*] a dit "*technique*", et elle va répéter ce mot cinq, dix fois peut-être. Trop souvent, en tout cas, pour ne pas en devenir suspecte. Car il est une porte que Mme Tissot semble ne pas vouloir ouvrir. Derrière celle-ci se tient justement tout l'enjeu politique de ce procès [1]. »

Et pas question de compter sur le tribunal pour l'aider à recouvrer la mémoire, à dire la vérité toute crue. En cette enceinte singulière, ces choses-là ne se font pas. Devant nous, Claude-Annick Tissot semble recroquevillée sous le poids d'une affaire qui la dépasse. Reprise en main ? Pressions ? Lassitude ? Allez savoir...

Courtois, jamais pressé, toujours embrouillé, et pour tout dire dilettante, le président Jean-Louis Kantor n'est manifestement pas là pour provoquer les fantômes. Avec l'air de celui qui se réveille sous le doux effet d'une pastille Valda, ses questions au témoin sont chargées d'excuses :

« Je ne veux pas parler de choses trop désagréables.

---

1. Voir *Le Monde*, 30 mars 2005.

Mais M. Giraud vous a appelée ? Il vous a dit : "*On te dira qui tu devras retenir et ce que tu devras faire*"...

– Je n'ai pas un caractère à obtempérer. Je me suis dit ce jour-là : "*Ils ont le syndrome du* Titanic." On me parlait du naufrage du BTP en Région Île-de-France. Les irrégularités étaient graves. Je n'ai pas voulu jouer à la petite rapporteuse. Pendant dix-huit mois, je n'ai jamais rien dit. Concernant les irrégularités en interne, je n'ai rien dit, mais j'ai vu des choses horribles. Je n'ai pas cherché à nuire au président Giraud. J'étais devenue adjoint au maire de Paris. Je n'ai pas parlé, je n'ai pas été me plaindre, ni raconter quoi que ce soit. »

Il y eut, c'est vrai, « une réunion dans le bureau de Michel Giraud en présence de Jean-Pierre Fourcade » : « Les pressions étaient manifestes, pour trois procédures de rénovation. C'était une réunion très dure. On me reprochait de les faire tarder. J'étais suppléante de Camille Cabana [*feu l'ancien ministre du gouvernement Chirac (de 1986 à 1988), conseiller du 12e arrondissement, maire adjoint à l'urbanisme de Chirac*]. Il y eut une réunion chez Jacques Chirac, avec Michel Roussin, Cabana et Michel Giraud. Au départ, Chirac m'avait demandé que tout soit impeccable. J'ai informé Roussin, qui m'a dit de conseiller à Michel Giraud de prendre un avocat pénaliste. »

Suivent l'histoire du rapport Rouanet[1], les manigances pour la déstabiliser, lui imputer « un comportement d'agitée » ; le témoin acquiesce : « Cela revenait à me discréditer. Or, ce sont des magistrats et des hauts fonctionnaires de la République qui me désavouaient et qui me punissaient, en me coupant de l'administration. J'ai dit à un collaborateur de Michel Giraud : "*Si tu ne rentres pas tes chiens à la niche, ça va exploser.*" »

Enfin, quand vient la question sous-jacente du financement politique occulte qui, selon l'accusation, était la contrepartie des « ententes » dans la passation des marchés

1. Cf. *supra*, p. 78.

publics, la réponse de Claude-Annick Tissot détone quelque peu, par rapport à ses anciens écrits. Aurait-elle pitié de ces hommes assis à sa droite comme des voleurs de poules ? Question du président :

« Aviez-vous entendu parler de versements d'argent, de 2 % du montant des marchés reversés aux partis ?

– J'avais surtout entendu dire que le financement des partis par les entreprises était révolu. Je n'étais qu'une élue de base et je n'étais pas spécialement intéressée au financement des partis : je ne me suis jamais penchée sur ces questions. »

Comme nous tous, Stéphane Durand-Souffland s'amuse de ces duels à fleuret moucheté : « Il était tout à l'heure question de “*salade*”, nous en sommes maintenant aux douceurs, à la plus grande satisfaction de la défense des anciens responsables politiques qui, à l'évidence, s'attendaient à une joute plus féroce. »

« Avez-vous toujours un mandat politique aujourd'hui ? demande pour finir le président Kantor.

– Oui, je suis conseiller de Paris, dans le 11e arrondissement.

– À quel parti appartenez-vous ?

– À l'UMP. »

Satisfait (ou « rassuré ? », interroge le chroniqueur du *Figaro*), le président cède la parole aux avocats et aux deux magistrats du ministère public. Aucun ne tente de titiller l'élue qui eut tant à souffrir d'avoir réussi à « casser » la pompe à fric du gang. Seul Me Lef Forster, avocat d'un prévenu chef d'entreprise, pose la question qui fâche, la seule qui fasse vraiment mal dans ce type d'affaire... où jamais l'argent dérobé n'est rendu :

« Vous nous avez dit que vous n'aviez pas de pensée malsaine. Soit ! Mais, à un moment ou à un autre, avez-vous demandé au parti auquel vous apparteniez de rembourser les sommes indûment perçues ?

– Non, je n'ai pas fait cette démarche. »

Tel sera jusqu'à son terme le train-train lamentable du procès de la plus grande affaire de corruption mise au jour depuis la naissance de notre République. Ne voulant rien rater des grands et petits moments de cette comédie judiciaire, j'y vérifierai qu'il n'y a pas de lois en France pour confondre et punir les princes coupables.

Dans *Le Monde*, Pascale Robert-Diard traduit, la première, un sentiment général : « Après six jours d'audience, les interrogations se multiplient quant à la conduite des débats. Les chefs d'entreprise sont rarement placés face aux déclarations accusatrices formulées au cours de l'instruction. Les responsables politiques ne sont pas confrontés à ceux qui les mettent en cause[1]. »

Michel Giraud – qui avait pourtant annoncé, dès l'ouverture du procès, qu'il serait « présent, quoi qu'il [*lui*] en coûte, à toutes les séances », parce qu'il avait « besoin de s'exprimer de bout en bout » –, n'a, à aucun moment, été invité à prendre la parole. La journaliste du *Monde* conclut cet enterrement de première classe, aux frais de la République compatissante : « Les seuls gagnants à l'enlisement de ces débats ne sont sans doute pas à chercher parmi les prévenus, mais parmi les responsables politiques pour lesquels cette affaire – l'une des plus graves de corruption jamais jugée – est potentiellement une véritable bombe à retardement. (...) Le constat vaut tout particulièrement pour l'ex-président du RPR et actuel président de la République, Jacques Chirac, dont le nom est souvent cité au fil de l'ordonnance de renvoi. Et s'il est une seule perdante, elle est à trouver du côté de la justice qui, pour l'heure, ne paraît pas se montrer à la hauteur de l'enjeu. »

En quelques lignes, tout est dit ! À son constat, j'ajouterai que le grand perdant dans ce procès biaisé sera, encore une fois, le peuple de France... méprisé par des juges en quête de carrière plus que de vérités. Aucun n'a

1. Le 2 avril 2005.

vraiment conscience de l'impérieuse nécessité de punir la corruption, mal absolu qui fait la force des dictatures, et ruine les démocraties.

Du côté de la trentaine des chefs d'entreprise poursuivis, le refrain est bien appris. À peu près tous déclarent avoir eu à souffrir des méthodes employées par les juges pour les faire avouer. À la barre, leurs déclarations convergent : à Paris, la PJ et la magistrature abriteraient, en leur sein, de dangereux gestapistes. Accusations qui, à force de revenir, finissent par lasser. Ambiance malsaine : il ne vient jamais à l'idée du tribunal (le président, ses deux assesseurs) et des deux représentants du ministère public de reprendre les milliers de pages du dossier où se trouvent relatées les circonstances qui ont conduit les enquêteurs à interroger les prévenus, à tour de rôle, à enregistrer leurs aveux concordants, dans des conditions et des termes qui ne peuvent faire douter de leur véracité : sans possibilité de communiquer les uns avec les autres, sans être passés par une chambre de torture, tous sont assistés des meilleurs avocats de France, dont les honoraires ne coûtent pas le prix d'une baguette de pain. En outre, ces pontes et sous-pontes des BTP ont déjà connu les affres du soupçon et de l'interrogatoire, dans des affaires ressemblant comme des sœurs jumelles au dossier des marchés truqués d'Île-de-France. Une seule différence, cette fois : le nombre colossal de trucages !

Quand vient le tour de Guy Drut de s'expliquer pour la première fois devant le tribunal – l'éminent sportif n'ayant pas daigné s'y montrer le premier jour du procès, lors de l'appel des prévenus –, le spectacle tourne carrément à la mascarade.

Nous sommes le lundi 9 mai 2005 dans la salle des pas perdus du Palais de Justice. Devant les équipes des chaînes de télévision, Guy Drut défile, comme au stade. Les circonstances qui le forcent à se présenter devant le tribunal correctionnel ne l'intimident guère. Ancien ministre et député UMP (qui, à l'Assemblée nationale, insupporte nombre de membres de son groupe, furieux de se voir associer à des mœurs qu'ils réprouvent), l'ex-champion olympique 1976 à Montréal du 110 mètres haies est « prévenu libre », poursuivi pour « avoir sciemment recelé des fonds qu'il savait provenir d'un délit d'abus de confiance », sous forme d'un « emploi fictif », de juin 1990 à février 1993. Il est accusé d'avoir perçu à ce titre 774 047 francs (environ 119 000 euros), soit 20 000 francs par mois assortis au final d'une prime de licenciement de 50 000 francs. Avantages qui lui furent octroyés par Sicra, la sulfureuse filiale de la Générale des eaux.

Chiraquien pur sucre, ancien ministre de la Jeunesse et des Sports dans le gouvernement Juppé (de 1995 à 1997), maire de Coulommiers à l'époque des faits, Guy Drut n'est guère impressionné par la foule agglutinée autour du tribunal. Appelé à la barre, il affiche une tranquille décontraction. Tout au long de cet après-midi en forme de récréation judiciaire, le médaillé d'or de la basse délinquance présumée en écharpe tricolore ne se départira pas d'une franche indifférence à l'égard des faits qui ont motivé sa mise en examen. Certes moins lourds de menaces que les infractions reprochées aux autres prévenus.

Pour ce qui le concerne, les faits sont là, avoués, qui ne peuvent être sérieusement contestés : directeur général de Sicra, Pierre-Michel Chaudru n'avait pas nié, lors de l'instruction, qu'« à la demande de la mairie de Paris », il avait embauché Guy Drut pour ses relations. Et admis devant le juge que son image de marque avait été « cher payée ». Par la suite, c'est par crainte de « l'effet de nuisance » d'une rupture de contrat qu'il avait persisté à le payer pour un travail inexistant : « Guy Drut passait dans les locaux de la société deux ou trois fois seulement par an, et n'avait apporté aucune affaire. Aussi avais-je finalement décidé de mettre fin à son contrat. »

Devant le tribunal, l'athlète débite ses justifications à la manière d'un bouliste des calanques de Marseille. Moins l'accent. Monsieur fait mine de s'imposer comme un parlementaire qui ne blague pas avec les choses sérieuses : « J'exerçais chez Sicra un travail de relations publiques qui se traduisait par des déjeuners, des cocktails et des mises en relation. Cette affaire n'a rien à voir avec les marchés publics et les accusations de financement politique illégal. J'étais une clé pour ouvrir les portes vers des décideurs. Mon boulot, c'était pas de faire des comptes rendus de séance. C'était un peu du télétravail. (...) Ce genre d'activité est régulièrement celui des sportifs à la retraite. Le conseil d'un champion olympique peut aider à vendre des choses. (...). Je pouvais améliorer mon ordinaire et celui de ma famille (...). Je n'avais aucune raison de me priver d'un autre emploi. J'étais trop jeune parlementaire pour avoir de vraies responsabilités [*sic*], j'avais du temps libre [*resic*]. Toute peine mérite salaire : c'est pas de Gaulle qui a dit ça, mais Marx [*reresic*]. »

Textuel. Avec la bénédiction du Général et la morale de Marx. Culot olympique ! Guy Drut explique, sans se démonter, qu'il était en quelque sorte, même si son contrat chez Sicra ne le prévoyait pas, pour le « développement d'une activité sportive », non pour mettre sa notoriété au service de l'entreprise. Seule sa belle « image » devait profiter à Sicra. Gymnases et piscines, au bénéfice des... « jeunes défavorisés ».

Ben voyons !

Peu auparavant, la voix doucereuse, Pierre-Michel Chaudru est revenu sur ses aveux, niant mordicus toute intervention du cabinet du maire de Paris pour lui imposer la rémunération sans cause du copain de Chirac : « Guy, alors simple député, m'a demandé si je n'avais pas un travail pour lui. J'ai cru qu'il plaisantait. C'était très valorisant de l'avoir comme commercial amont. J'étais très flatté. La présence d'un champion olympique peut aider à vendre des choses. Il avait un tonus commercial et il nous a signalé deux ou trois affaires. »

Or, les enquêteurs ne les ont pas trouvées. De plus, par malchance pour Chaudru qui eut la mauvaise idée de « jeter tous ses agendas » à la poubelle, impossible de retrouver la trace des « multiples rendez-vous » où il prétend s'être rendu en compagnie de son médaillé d'or.

Lors de l'instruction, le secrétaire général de la Sicra, Jacques Froment, n'y était pas allé par quatre chemins : Guy Drut bénéficiait d'un « emploi clairement fictif ». « Embauche demandée par la mairie de Paris », précisait-il. Aujourd'hui, Froment change de braquet : « Guy Drut avait un statut particulier. »

C'est le moins que l'on puisse en dire ! Le héros des stades fait montre d'un sang-froid à toute épreuve. Il avait vu en Pierre-Michel Chaudru – qu'il assure avoir rencontré dans un « cocktail » – un patron idéal :

« J'ai bien senti qu'il avait envie de discuter avec le champion olympique que j'étais, que je suis toujours. Il m'avait l'air sympathique. Il paraît que je fais impression. La stature, le regard : le sportif de haut niveau, c'est vrai, peut être capricieux.

– Vous perceviez votre indemnité parlementaire. Pourquoi vouliez-vous plus ?

– L'ascenseur social, ça existe.

– Vous avez déclaré, au titre de l'ISF, 13 millions de francs en 1994.

– Que voulez-vous, j'ai épousé une femme adorable, mais qui avait un certain patrimoine... »

Ah ! les femmes... que ne ferait-on pas pour leurs beaux yeux ?

Après la condescendance, voici le parlementaire qui ne peut supporter le soupçon, voici le sauteur de haies qui ne parvient pas à franchir l'obstacle quand il lui faut justifier une seconde rémunération fictive. Alors qu'il était député RPR, il émargeait comme actionnaire de la SAR, propriété du Frère ∴ ∴ ∴ Francis Poullain (partenaire de Jean-Claude Méry dans les montages frauduleux du RPR), et avait touché, entre 1990 et 1994, 2,5 millions de francs de dividendes. « J'avais le droit et le temps de le faire (...). Je pouvais. » Timide intervention du président du tribunal : « Il y a un léger décalage entre l'image du champion olympique qui court pratiquement pieds nus dans ses chaussures, le contrat Sicra, et les dividendes SAR, qui montrent un aspect sur lequel on a des interrogations. »

Seulement des interrogations ? Manifestement, la Valda a des effets soporifiques.

Lorsque le procès prend sa vitesse de croisière, les bancs de la presse se vident. Seule l'AFP et l'agence Reuters demeurent fidèles au poste, sentinelles jamais endormies. À quoi bon se déplacer... pour entendre les mêmes sornettes, des dénégations qui ne tiennent pas la route ? Et la comédie judiciaire continue. Malgré les articles saignants de Pascale Robert-Diard (*Le Monde*), Renaud Lecadre (*Libération*), Stéphane Durand-Souffland (*Le Figaro*), le président Kantor demeure égal à lui-même. À la barre, rares sont ceux – par agacement, indignation sincère ou colère ? – qui osent dire tout haut ce qui transparaît à la lecture du dossier.

• Voici Robert Galley, l'ancien trésorier du RPR qui, en 2001, lors de l'instruction, avait chargé Michel Roussin... pour ne pas mettre en cause Jacques Chirac ? Aujourd'hui âgé, Robert Galley se morfond d'avoir laissé entendre au juge Armand Riberolles que Roussin avait monté des opérations de financement à l'insu de Chirac : « Quand on est devant le juge d'instruction, on se sent menacé, on dit n'importe quoi. J'ai tremblé. Je regrette très profondément de m'être laissé aller à cette insinuation. Ce n'était que la manière de dire que Jacques Chirac n'avait rien à voir dans cette affaire. Jamais M. Roussin ne s'est mêlé en quoi que ce soit du financement du RPR. »

Attrayant Galley... qui tremble devant un juge, lui qui

s'était illustré dans de rudes combats contre les nazis, et qui maintenant, au soir de son existence, fait des ricochets en récitant son évangile : « Jacques Chirac me disait : "*Robert, fais attention ! Jamais un centime ne doit venir de l'étranger*" [*sic*]. En 1951 [*sic*], j'ai fait sortir quelqu'un de ma voiture qui me proposait un pot-de-vin [*ah ! comme les temps ont changé !*] » ;

• Voici « la Cassette » qui a perdu ses picaillons. Avec la voix d'un Lucien Jeunesse ressuscité, le président Kantor lui demande : « Madame Casetta, si vous voulez bien approcher. » Ambiance salon de thé. Sanglots dans la voix, désespérée, l'ex-trésorière adjointe du RPR s'avance, raconte sa vie d'idole du parti où elle fut longtemps vénérée... comme le veau d'or : « J'avais un rôle d'exécutante, il y avait des hommes politiques au-dessus de moi, qui ne sont pas là et qui ont eu la lâcheté de me laisser seule ici. Ils ne me connaissent plus, ne me regardent plus. J'ai même été interdite de séjour à une soirée électorale rue de Lille [*siège du RPR*]. J'ai été cassée. Ce sont les trésoriers [*Robert Galley, Jacques Boyon et Jacques Oudin, entendus mais non poursuivis*], les secrétaires nationaux et généraux [*Jacques Toubon, puis Alain Juppé, eux aussi écartés des poursuites*] qui donnaient les ordres. Je voudrais que l'on reconnaisse que j'étais une simple exécutante. Il y avait des hommes politiques au-dessus de moi. Malheureusement, ils ne sont pas là. »

Le président baisse la tête, et les deux procureurs s'observent dans le vernis de leurs chaussures ;

• Voici Christine Lor, victime – comme tous les autres prévenus – de la cruauté du terrible juge Riberolles, Saint-Just des temps modernes. Pitoyable version d'une actrice qui se rétracte, comme pour obéir à une consigne venue d'on ne sait où. Christine Lor, plus noire que noir, furieuse d'avoir été abandonnée par ses chefs... et de devoir se produire sur cette scène judiciaire dérisoire. Pauvre « Madame Mado », que Michel Giraud n'ose plus regarder ;

• Voici Michel Elbel, l'élu centriste, président de la commission d'appel d'offres du conseil régional qui, entre 1989 et 1991, reçut de la conseillère pour les affaires scolaires Christine Lor des « enveloppes » qu'elle lui remettait « à l'intérieur d'un dossier », avec les compliments du président Pierre-Charles Krieg. Dialogue surréaliste entre le tribunal et le prévenu :

« Et donc, on vous apporte un dossier, vous l'ouvrez, et hop ! une enveloppe ? interroge le substitut Philippe Combettes.

– Oui, j'avais beaucoup de dossiers à l'époque, rétorque Elbel.

– Et Mme Lor vous dit quoi ?

– Vous savez, on ne se parle pas beaucoup dans ce genre de moments.

– Mais le fait d'apprendre que le président de région dispose, comme cela, de beaucoup d'argent en espèces, ça ne vous a pas surpris ? s'inquiète le président Kantor.

– Ce n'était pas le seul à l'époque, murmure Michel Elbel. Pour moi, cet argent, ce n'était plus de l'argent des entreprises, c'était de l'argent politique.

– L'argent politique, c'est quoi, pour vous ? demande le procureur Henri Génin.

– C'est l'argent qui circulait dans les milieux politiques et qui avait des origines diverses : les fonds spéciaux, les entreprises ou encore d'autres origines tout à fait condamnables.

– Et à quel moment devient-il politique ?

– À partir du moment où un premier politique l'a reçu. Je conçois que cette définition ne soit pas dans le code », conclut l'élu UDF qui avait oublié de reverser les fonds reçus à la trésorerie de son parti.

Un million de francs... finalement restitués à qui de droit, sans que les dirigeants du CDS, destinataires finaux et receleurs de cet argent bien enveloppé, soient poursuivis ;

• Voici Jean-Philippe Huchard, l'histrion qui croyait

jouer dans la cour des grands, maintenant rabaissé au rôle du cancre de la fausse facture, avec en plus un bonnet d'âne. Difficile à vivre au tribunal, et encore plus quand ce brevet d'inaptitude vous est délivré publiquement, le lendemain de l'audience, dans toutes les gazettes ;

• Voici le racketteur du PS, Louis Houdayer, sérieux comme un pape lorsqu'il lance, sûr de son effet (en oubliant qu'il s'exprime dans une chambre de justice) : « Sans les ententes, les dons auraient été du racket » ;

• Voici Michel Giraud qui s'obstine dans une défense sans queue ni tête, sûr de ne pas s'être écarté du droit chemin et qui proclame son innocence ;

• Voici le conseiller régional écologiste François Donzel et ses comptes suisses, le grand Frère ∴ ∴ ∴ de la bande, héros pathétique du volet le plus sombre de l'affaire... à qui Giraud avait remis une enveloppe de 2 millions de francs, en espèces, « preuve tangible, dira le procureur lors de son réquisitoire, du rôle de Michel Giraud dans la répartition du produit de la corruption de la collectivité régionale », après que l'ancien Premier ministre Edouard Balladur et ses anciens collaborateurs à Matignon eurent démenti que cet argent provenait des fonds secrets. Ce que Donzel et Giraud avaient assuré lors de l'enquête ;

• Voici Michel Roussin, leurre commode dont tout le monde s'est servi, mais qui, lui, ne s'humilie pas dans un exposé alambiqué. Rien ne lui fut épargné. Et il s'en est déjà expliqué : à l'automne 2004, lors du procès en appel de l'affaire des emplois fictifs du RPR, il fut gravement mis en cause par Alain Juppé. Furibard, il était sorti pour la première fois de sa réserve, faisant porter une lettre saignante au président de la cour : « Je constate que la nouveauté de son système de défense [*celui de Juppé*] consiste en réalité à se défausser sur des tiers, qui ne sont plus présents pour lui répondre contradictoirement. »

La même année, nommé sans en être avisé par le président de la République « en service extraordinaire » au

Conseil d'État, l'ancien numéro deux des services secrets français avait refusé ce cadeau empoisonné et avait immédiatement démissionné. À l'émissaire Jérôme Monod, courageusement envoyé par Jacques Chirac pour tenter de le calmer, Roussin avait répondu, glacial : « Je n'ai pas besoin d'être protégé. »

Au tribunal, Michel Roussin ne se fait pas d'illusion. Son bureau, au 17e étage du siège du groupe Bolloré, à Puteaux, sur les quais de Seine, vient d'être mystérieusement cambriolé, dans la nuit du 11 au 12 avril 2005, par un commando de monte-en-l'air de haut vol, partis avec son ordinateur portable. Des professionnels... en mission. Sous pression, Roussin sait que son sort est scellé. Quoi qu'il fasse, quoi qu'il dise, la justice ne peut revenir en arrière : « Depuis onze ans, je suis poursuivi à chaque fois, parce que j'ai été directeur de cabinet du maire de Paris et à ce seul titre. C'est tout. On dit qu'il faut sauver le soldat Roussin, mais cela fait onze ans qu'on essaie de le tuer. Et il tient encore, le soldat Roussin ! Je n'ai jamais eu de relations d'amitié avec Jean-Claude Méry qui continuait à solliciter les entreprises en permanence. C'est moi qui l'ai écarté. Il essayait sans cesse de se placer. La nouvelle loi sur le financement des partis signait la fin de ces intermédiaires, qui continuaient pourtant de glisser un pied dans la porte, parce que c'est leur raison d'être. J'avais alors le devoir d'être attentif à ce qui se passe autour du mouvement, d'informer le maire qui en était aussi le président, pour le libérer et le laisser se consacrer à l'essentiel. Sans cela, mon rôle aurait été vidé de sa substance. J'étais une sorte de chef de la gare de triage. Je regrette que cet homme ruiné, malade, manipulé, ait commis cette cassette conservée pendant deux ans par un candidat à la mairie de Paris [*l'ancien ministre socialiste Dominique Strauss-Kahn*] qui [*dit-il*] ne l'a jamais regardée. Une fois informé des agissements de M. Méry, j'en ai avisé les instances du RPR en disant qu'il fallait mettre à l'écart cet intermédiaire qui faisait sa tambouille en se prévalant de tel ou tel. Je n'ai jamais été son officier traitant. » Tout est dans le sous-entendu.

Michel Roussin était-il informé de l'existence des « 2 % » ? « J'étais au courant de ce genre de pratiques, c'était une rumeur qui circulait et à l'époque on devait vraisemblablement procéder de cette façon. Mais je n'ai jamais eu à en vérifier la réalité. Je ne suis pas l'inventeur d'un système quelconque. »

Et l'ancien bras droit de Jacques Chirac d'expliquer que, ne sachant plus à quel guichet politique s'adresser, les entreprises en avaient conclu qu'il était celui qui pouvait le leur désigner. D'où sa réputation de « grand ordonnateur ». Mais, martèle-t-il, « le RPR avait des dirigeants responsables ». Comprenez : Jacques Chirac et Alain Juppé.

« Le financement des partis est du ressort de ceux qui ont fonction d'autorité, notamment le secrétaire général », ajoute-t-il en regardant les procureurs.

Et pan sur la tête des éminences omniprésentes dans le dossier, mais écartées des poursuites. Si planification il y eut, en vue du partage occulte du gâteau concocté avec les sucres sortis des marchés truqués de la Région Île-de-France, ce n'est pas à son niveau – puisque Michel Roussin n'était pas membre de la direction du parti présidé par Chirac – que les choses se passaient. Alors pourquoi aucun des dirigeants du RPR n'est-il poursuivi ? Et quid de Roussin ? Jouant les naïfs – faisant mine d'ignorer la décision miraculeuse du Conseil constitutionnel (le 22 janvier 1999) de conférer au chef de l'État le statut d'un intouchable –, le procureur se lève... comme pour amuser la galerie :

« Avez-vous une explication ?

– Aucune ! »

La messe est dite. Sans que Roussin ait été invité à décoder ses messages. Sans qu'il soit confronté à ceux qu'il servait... avec le zèle d'un militaire qui aujourd'hui se tait. Silence des armées... ;

• Voici l'ancien ministre et sénateur Gérard Longuet, poursuivi en qualité d'ancien président du PR, le Parti républicain d'alors, fondé par le président Valéry Giscard d'Estaing. Le seul que le tribunal absoudra. Quelle est donc cette justice qui lui impute, noir sur blanc, dans l'acte de renvoi devant le tribunal correctionnel, d'avoir passé avec les chefs des autres grands partis (le RPR, l'UDF, le PS et le PC) un « pacte de corruption », de l'avoir mis avec eux en application, d'avoir participé à l'organisation du système, et, avec eux, d'en avoir tiré profit ? Longuet fait l'historique du financement occulte : « La gauche avait son système de bureaux d'études. La droite au pouvoir, confortablement installée sur les fonds secrets, pouvait, en plus, compter sur la solidarité des industriels. Il y avait un grand constructeur aéronautique [*suivez mon regard*] : plus il était âgé, plus il aimait les jeunes talents, qui repartaient toujours avec une valise. » Et il y avait les « Frères quêteurs prétendant vendre des indulgences ». Lorsque le président du tribunal en vient à un rendez-vous de Jean-Pierre Thomas (le trésorier du PR) avec Michel Roussin, auquel Longuet n'avait pas assisté mais qu'il avait arrangé, une première question le laisse de marbre. À question précise, réponse précise du sénateur : « Il fallait que Jean-Pierre noue des relations au RPR. Il avait un gabarit de secrétaire d'État au Budget. Je l'ai aidé à rencontrer Michel Roussin pour élargir son portefeuille de relations. »

Sur interrogation du président : « Pourquoi M. Thomas vous met-il en cause ? », Michel Roussin intervient : « Il est assez facile de me citer, de charger la barque, en raison de ma proximité avec le maire et président du RPR. »

Nouvelle question du président Jean-Louis Kantor à Gérard Longuet : « Ce rendez-vous avec Michel Roussin, que vous avez favorisé, a-t-il eu pour objet de faire connaître à Jean-Pierre Thomas les modalités d'application d'un accord entre les partis ? »

Pour Longuet, c'en est trop. D'ordinaire maître de ses nerfs et affable, il surprend ses deux brillants avocats (Maurice Lantourne et le bâtonnier Farthouat) dans une explosion qui fait trembler les vitres du tribunal. Le sénateur tape du poing sur le pupitre disposé devant lui : « Invraisemblable ! Impossible ! On n'imagine pas Jacques Chirac, le premier secrétaire du PS, Gérard Longuet et, pourquoi pas, Valéry Giscard d'Estaing, buvant une bière et se partageant la distribution d'alcool au nord de la 42e Rue ! C'est une construction de journaliste ! »

La voix est forte, terrible. Quitte à indisposer le tribunal, qu'il vient subitement de réveiller, Longuet jette enfin le pavé dans la mare. Le président Kantor pâlit et les deux procureurs courbent l'échine : « Pour sceller un accord, il faut être plusieurs. S'il y avait un accord, pourquoi suis-je le seul responsable politique à cette barre ? Où est le président du PS [*Lionel Jospin*] ? Où est le président du RPR [*Jacques Chirac*] ? Excusez-moi, je m'énerve. »

Enfin dit ! Avec, pour clore le bec d'un appareil judiciaire docile, incapable de rendre la justice autrement qu'avec des lunettes déformantes, une délicieuse « olive malgache », comme je les aime : la petite « zeitoune [1] ».

Avant que tout finisse en eau de boudin, nous aurons droit au beau discours d'un procureur de la République fulminant contre des « hommes qui ont agi en commun » en vue d'un « partage » : « Nous entrons dans un système pyramidal parfaitement structuré. On a dit qu'il manque des acteurs. Et c'est vrai qu'il est ici des

1. « Zeitoune » : olive miracle, conçue par les colons pour protéger leurs récoltes des voleurs. Sortie d'un de mes rêves, « la petite "zeitoune" toute belle, à petits poils effilés, qui, quand on vous la met, vous reste dedans, sans que vous puissiez vous en défaire ». Se dit, phonétiquement, en langue arabe classique du Sud algérien où je suis né : « *Al Zétouna Sam-Ha, Bé Souf-Ha Tarine, Taroutaha Fil Djahab Ouha Mich Tarouhoudje !* » À n'utiliser qu'en comité restreint.

chaises vides. Mais cela s'explique d'abord par la nécessité de preuves [*sic*] (...). Il s'agit d'une affaire de financements illicites des partis politiques qui se nouent par la corruption dans la première collectivité d'Europe. Vous ne vous laisserez pas démâter, car il s'agit d'entrer au cœur d'un système de corruption institutionnelle. Parmi les 47 prévenus, vous avez quatre anciens ministres de la République. »

Réquisitoire détaillé, qui met « en cause les grandes formations politiques, celles qui font vivre la démocratie, tels le RPR – devenu l'UMP – ou le PS », mais qui, demandant que soient « sanctionnés les manquements les plus graves au devoir de probité de ceux qui portent l'intérêt général », ne vise ni les commanditaires du casse ni ceux qui en ont réellement profité. Le bon peuple doit être rassuré : la peine la plus lourde doit frapper le « majordome de l'Hôtel de Ville », Michel Roussin. Paroles du procureur Génin... qui ne peut accepter la soumission des gens de maison. Car – c'est certain ! – « la loyauté et la fidélité dues à son patron ont conduit en partie M. Roussin à se taire ».

Michel Roussin, coupable, en somme, d'avoir gardé le silence, mais non d'être l'auteur (concepteur) du plus grand hold-up du XXe siècle. Lors de sa plaidoirie, l'avocat de Michel Giraud, Me Hervé Temime, avait donné des noms. À l'instar de Gérard Longuet, il s'était retourné vers les chaises vides, mettant les magistrats dans leurs petits souliers : « Ce n'est pas seulement un président de la République dont on n'ose pas dire le nom, c'est une faille énorme dans l'accusation. »

Le mercredi 26 octobre 2005 vient l'heure du verdict. Dans l'un des plus graves dossiers de corruption de l'histoire de France, où les sommes détournées atteignent la démesure, le déroulement de l'audience nous a parfois fait rire et souvent désespérés. « La montagne a accouché d'une souris », note à juste titre le journaliste du *Figaro*

Éric Decouty dans son commentaire du lendemain. Souris judiciaire, en effet, dévoreuse de papiers... qui a grignoté des pans entiers du dossier, faisant disparaître, à coups de dents magiques, les noms et les agissements des parrains du système. Et de cette tempête judiciaire, nous ne pourrons garder que l'image de l'écume des vagues.

Sur les 47 prévenus, tous s'en tirent à bon compte et se voient infliger – si j'ose dire – des peines de prison avec sursis, à l'exception de l'écologiste François Donzel – l'écureuil malchanceux qui avait engrangé ses noisettes en Suisse –, condamné, lui, à un an de prison ferme :

- En tête d'affiche, le président du conseil régional Michel Giraud – qui avait tout supervisé – échappe à l'année d'incarcération réclamée par le parquet. Il écope de quatre ans de prison avec sursis et 80 000 euros d'amende ;
- Michel Roussin, le « chambellan à la bouche cousue de fil blanc », selon les termes du procureur Génin, est désigné dans le jugement comme « coauteur de la corruption organisée ». Il sera puni de la même peine, assortie d'une amende de 50 000 euros. Lui seul, valeureux soldat, fera appel... malgré la volonté de l'Élysée de voir le dossier définitivement refermé avant la fin du second mandat de Jacques Chirac ;
- L'ancien ministre Guy Drut écope de quinze mois de prison avec sursis. Unique gracié, par le fait du Prince, son copain Jacques Chirac... qui a le pouvoir (régalien), en qualité de président de la République, de nettoyer n'importe quel casier judiciaire quand il le veut : ce qui enrage le président de l'UMP Nicolas Sarkozy qui veut mettre un terme à ces vilaines manières ;
- Les deux maîtres d'œuvre du trucage des marchés publics en Région Île-de-France – Gilbert Sananès et Christine Lor – sont condamnés, respectivement, à trois et deux ans de prison avec sursis ;
- Les « petits soldats » des partis politiques s'en tirent avec des peines symboliques : vingt mois de prison avec

sursis pour Louise-Yvonne Casetta ; quinze mois avec sursis pour Jean-Pierre Thomas, l'ex-trésorier du Parti républicain ; idem pour Gérard Peybernes, l'ancien directeur de l'Association de financement du Parti socialiste ;

• Pour la ribambelle des bétonneurs, patrons du BTP, bénéficiaires des marchés truqués, c'est une promenade de santé : le tribunal les condamne, pour la plupart, à des peines de principe, entre trois et douze mois de prison avec sursis. À ce tarif-là, ces entrepreneurs, dont plusieurs récidivistes de la corruption en bande organisée et de l'abus de bien social, auraient eu tort de lésiner sur l'enveloppe. Pourquoi se priver de s'illustrer dans les fraudes massives, les fausses factures et le trucage des marchés publics, quand on ne risque pratiquement rien... à la sortie du théâtre judiciaire ?

En l'absence, dans le box des accusés, de Jacques Chirac et de Lionel Jospin, président du RPR et premier secrétaire du PS à l'époque des faits délictueux poursuivis, comment pourrait-on condamner leurs présumés complices, dans un jugement qui aura atteint, là, les plus hauts sommets du ridicule ?

Dans les attendus de son jugement, le président Jean-Louis Kantor se distingue, une dernière fois... avec une très diplomatique présentation des responsabilités, du haut en bas de l'échelle. Pas une seule fois le nom de Jacques Chirac n'y est cité.

Bravo l'artiste !

Contraste saisissant avec le dossier d'instruction et l'acte de renvoi en correctionnelle du juge Armand Riberolles. Sous la plume du président Kantor et de ses assesseurs, nous lisons que Michel Roussin est condamné pour « complicité de corruption », car il commit des faits qui « présentent un caractère de gravité incontestable, en ce sens que les comportements qu'ils induisent à ce niveau portent atteinte aux valeurs et aux structures fondamentales de la démocratie ».

Ah ! que ces choses sont bien dites. Surtout quand on ajoute immédiatement, sans donner de nom et sans plus de précision : « Michel Roussin n'a pu agir d'initiative, mais il a assumé son rôle sans état d'âme. »

Sans état d'âme ? Comme le tribunal qui, à l'instar du soldat Roussin, fait silence sur l'essentiel. Mais qui, à la différence de l'ancien numéro deux de Jacques Chirac, ne parle du président de la République qu'en torturant ses phrases pour ne pas avoir à le montrer du doigt.

Neuf mois plus tard, le mercredi 5 juillet 2006, les juges de la 11e chambre du tribunal correctionnel de Paris, présidé par Olivier Leurent, rendaient un jugement du même tonneau, léger comme un duvet de poussin : peines symboliques – on pourrait dire fictives –, encore une fois, pour les 47 prévenus impliqués dans le trucage des marchés de l'Office public des HLM de la Ville de Paris, où s'étaient illustrés Jean-Claude Méry et la garde rapprochée de Jacques Chirac.

Certes, à l'issue d'une interminable procédure de douze années, les magistrats dénoncent la gravité d'un « système de fraudes de grande envergure, parfaitement organisé », destiné à « constituer des caisses noires ». Mais en l'absence des commanditaires politiques du système, au premier rang desquels Jacques Chirac, maire de Paris à l'époque des faits, le tribunal ne prononce que des peines indolores : de deux mois à deux ans de prison avec sursis, avec des amendes de 3 000 à 60 000 euros.

Nouvelle pantalonnade judiciaire !

Ancien directeur de l'Office HLM et proche de Chirac, le Corrézien Gilbert Pérol, 80 ans, écope de la plus lourde peine : deux ans de prison avec sursis et 20 000 euros d'amende. Dans les attendus du jugement, le tribunal n'y va pourtant pas de main morte : Pérol a « faussé le jeu de la concurrence, discréditant l'impartialité du service public et nuisant, par là même, à l'indispensable confiance que les citoyens doivent avoir dans leurs institutions ».

Vedette emblématique des réseaux de financement du RPR en Île-de-France, l'ancien policier et T.·. ILL.·. F.·. (Très Illustre Frère) Francis Poullain, recyclé dans le BTP avec son entreprise la SAR (dont le Frère .·. .·. .·. Guy Drut était l'actionnaire dormant), se voit infliger dix-huit mois de prison avec sursis et 40 000 euros d'amende. Observation du tribunal : Francis Poullain a « personnellement participé à un vaste trafic d'influence, reposant sur des filières de fausses factures, ayant pour objet de dégager des sommes considérables, sous forme d'espèces ou de virements à l'étranger au profit des sociétés offshore, assurant ainsi une parfaite opacité à la destination des fonds ».

Enfin, dans la galerie des faux facturiers et des barons du BTP épinglés – qui s'en tirent à bon compte et dont onze sont purement et simplement relaxés –, je dois citer deux autres Frères la chatouille .·. .·. .·. : l'ineffable « consultant » Jacky Chaisaz (quinze mois de prison avec sursis et 60 000 euros d'amende) ; et surtout Henri Montaldo... qui, de longue date, se joue de notre homonymie. Au point que lors de sa mise en examen – l'ostrogoth n'était alors connu de personne, sauf des voyous avec lesquels il frayait –, des titres de presse annonçaient, comme s'il s'agissait de moi : « Montaldo recherché ! » ; « Montaldo arrêté ! » ; puis « Montaldo incarcéré ! ».

Dans ma famille et à l'église, les manchettes faisaient mauvais effet. Chez mon éditeur et sur mon e-mail, les messages inquiets se bousculaient. Dur à avaler... pour celui qui consacre tout son temps – et pas seulement ses soirées libres – à courir après les chenapans.

À l'AFP, à *France Soir* et à d'autres organes qui jouaient à se faire les véhicules du canular, j'écrivais – sans bien sûr parvenir à me faire entendre – que je ne pouvais être confondu avec cet Henri Montaldo, délinquant notoire, bien connu des services de police, déjà condamné comme faux facturier et fraudeur fiscal inventif... au service de toutes les causes. N'empêche, leur poisson d'avril ayant mordu à l'hameçon, mes bons amis continueront leur farce, me confondant à plaisir avec l'aigrefin qui, lui, n'avait pas manqué de se faire passer pour mon « cousin germain », alors que nous ne sommes ni parents ni alliés.

Chez les Montaldo, comme chez les Chirac et les Mitterrand, on trouve de tout : des bons, des brutes et des truands !

12

Des voyages et des circuits d'argent sale… blanchis au kérosène

Un dossier, celui des billets d'avion payés en espèces par la famille Chirac, aurait pu, à lui seul, mettre le feu au château. In extremis, ce paquet de bonbons au gaz moutarde a été renvoyé dans les poubelles de l'histoire et de la justice française, sous l'heureux prétexte que le président de la République ne peut être ni entendu ni poursuivi au cours de son mandat.

À défaut d'instruction, cette affaire en son temps a rapidement alimenté la chronique. C'est elle qui fut à l'origine des questions posées par Patrick Poivre d'Arvor à Chirac le 14 juillet 2001. La grande presse en avait alors dévoilé les lignes principales. Mais le dossier est loin d'avoir révélé tous ses mystères. L'ayant retrouvé, j'observe qu'il contient des éléments précis et irréfutables qui, si la justice avait pu fonctionner normalement, auraient obligé Jacques Chirac et plusieurs membres de sa famille et de ses proches à devoir rendre des comptes.

À l'automne 1997, au moment où démarre l'enquête sur les marchés d'Île-de-France, c'est une plainte déposée par un avocat intrépide, Me Jean-Paul Baduel, qui va permettre – bien plus tard – d'attirer l'attention des juges de Paris sur les singulières et importantes dépenses en liquide de Jacques Chirac, de sa femme, de sa fille et de leurs amis. Le visage encadré par de larges rouflaquettes rousses, qui lui donnent l'allure d'un Astérix en colère, Me Baduel n'est pas sectaire. Qu'il se soit agi des élus de la gauche ou de ceux de la droite, Baduel ne ménage jamais personne pour défendre ses clients quand ils sont « victimes de gangsters ».

Ainsi, depuis le début des années 1990, il défend sans désemparer les pilotes et les salariés de l'ancienne compagnie aérienne UTA, dont les intérêts avaient été foulés aux pieds quand Air France s'était emparé à la hussarde de l'entreprise. À l'époque, c'est la gauche (sous le gouvernement de Michel Rocard) qui était aux manettes. Et les personnels d'UTA avaient été sacrifiés sur l'autel du socialisme à la française qui ne dédaigne pas, quand c'est dans l'intérêt des copains, de recourir aux méthodes du capitalisme le plus sauvage.

Le 24 novembre 2000, informé des recherches entreprises par ses collègues du pôle financier de Paris, le juge Jean-Pierre Zanotto leur écrit : « Dans le cadre d'une information judiciaire ouverte [*à mon*] cabinet sur plainte avec constitution de partie civile du Collectif UTA et du Syndicat national des pilotes de ligne d'Air France, il est apparu que M. Jacques Chirac, alors maire de Paris, avait, en juillet 1993, fait régler en espèces une facture de 119 339 francs correspondant à un voyage de trois jours à New York pour trois personnes. Ces faits, qui nbn'ont occasionné aucun préjudice à la compagnie Air France, ne peuvent constituer les délits d'abus de biens sociaux et de recel d'abus de biens sociaux dénoncés par les parties civiles. Ils peuvent, cependant, être utiles à l'information que vous conduisez sur les marchés publics de la Région Île-de-France. »

À son courrier, le magistrat joint divers documents, dont deux factures, et les procès-verbaux d'audition des dirigeants de l'agence de voyages Gondard, où a été acheté un billet d'avion réglé en liquide par Jacques Chirac (voir Annexe 2, pp. 447 à 453). L'affaire est lancée.

Le 8 janvier 2001, sur papier à en-tête de son cabinet, Me Baduel s'adresse au juge Armand Riberolles du pôle financier du tribunal de Paris : « En ma qualité de conseil de l'association Collectif UTA régie par la loi de 1901, j'ai été informé que vous avez été saisi d'une instruction concernant les marchés d'Île-de-France... »

L'avocat est précis : « Dans le cadre d'une plainte déposée par le Collectif UTA (...), il est apparu aux yeux de mes clients que diverses malversations semblent avoir été commises dans le cadre de la gestion de la billetterie Air France. À cette fin, différents salariés et anciens salariés de la compagnie Air France ont été entendus sur commission rogatoire par M. le juge Zanotto sur les indications communiquées par les parties civiles. Il est apparu ainsi que deux sources de billets ont été identifiées, à l'agence de la compagnie Air France, sise rue Vernet, et à l'agence de voyages Gondard à Neuilly. Le 24 décembre 1999, le Collectif UTA a sollicité de M. le juge Zanotto que soient vérifiées les conditions d'émission du billet 20573503948256 5. Il s'est avéré que ce billet était celui de M. Jacques Chirac (...). Je vous prie de trouver ci-joint la photocopie de ce titre de transport aérien dont le Collectif UTA fait toutes réserves sur l'application tarifaire. »

L'affaire se pimente. Pour la première fois, le nom de Jacques Chirac est cité comme bénéficiaire direct dans des circuits d'argent sale blanchi au kérosène. Me Baduel et son « Collectif » entendent que toute la lumière soit faite. Ils ajoutent : « Ce billet ainsi que celui de Mlle Claude Chirac et de M. Morin (...) ont été réglés en espèces au moyen de fonds de l'ordre de 120 000 francs. À cet égard, diverses demandes d'actes ont été adressées au président de la 3e chambre d'accusation de Paris le 11 décembre 2000. Il a été porté à la connaissance du Collectif UTA que la délivrance de ces billets de transport aérien réglés en espèces au profit de M. Jacques Chirac, de divers membres de sa famille ou de ses amis, n'était pas un acte isolé mais qu'il s'est produit à de nombreuses reprises auprès de l'agence Gondard. Il est donc possible que ces billets aient été réglés au moyen de sommes d'origine douteuse. Dans ces conditions, il convient de déterminer s'il n'y a pas eu de responsabilité pénale contre l'émetteur du titre de transport, l'agence délivrant les titres et les bénéficiaires de ces titres. C'est la raison pour laquelle le Collectif UTA vous prie de trouver à toutes fins utiles la copie du billet visé [*voir son fac-similé, en Annexe 2, p. 451*] dans la procédure introduite par le Collectif UTA et différents salariés de la compagnie Air France, notamment plusieurs commandants de bord, et présentement instruite par Mme Vaubaillon. »

Avec ces éléments nouveaux en main, Riberolles se met en chasse. Le 14 juin 2001, une perquisition est rondement menée à Saint-Ouen, dans la banlieue nord de Paris, où sont entreposées les archives de l'agence de voyages Gondard, émettrice des billets d'avion suspects.

Expédition fructueuse. Tout y est... ou presque. Onze classeurs contiennent les factures et les comptes clients pour les années 1993 à 1995. Ils sont mis sous scellés et emportés. Les documents qui y sont conservés corroborent les indications du juge Zanotto et de Me Baduel. Aussi les magistrats instructeurs réclament-ils au chef de la BRDE, la Brigade de recherche de la délinquance économique, de « procéder à toutes investigations relatives à la circulation d'importantes sommes en espèces à la mairie de Paris ». Et ils ajoutent : « Vous voudrez bien vérifier si les sommes en espèces que vous avez relevées peuvent avoir transité par M. Michel Roussin ou son entourage et avoir un lien avec les marchés des lycées de la Région Île-de-France [*et*] les dirigeants de l'entreprise Chagnaud, Jean-Claude Méry dans ses "*confessions*" ayant indiqué que des contreparties en espèces avaient été sollicitées. »

Il faut dire qu'associés dans cette traque au gros gibier,

les juges Armand Riberolles, Marc Brisset-Foucault et Renaud Van Ruymbeke ne partent pas sur cette nouvelle piste sans munitions. Ils ont en leur possession les procès-verbaux des auditions – ordonnées un an auparavant par le juge Zanotto – des deux voyagistes utilisés par Jacques Chirac et sa cour pour l'organisation de leurs coûteuses escapades, aux frais d'insaisissables fantômes.

À la demande du juge Zanotto, le patron de l'agence Gondard fut le premier, le 28 mars 2000, à être interrogé par la Brigade financière, rue du Château-des-Rentiers. Instructive déposition où chaque détail compte : « Je me nomme Gondard Michel, je suis né le 8 janvier 1937 à Dreux (28), de nationalité française. Je suis domicilié à Paris 16e. Je suis consultant pour le groupe American Express Havas Voyages. Jusqu'à la fin novembre 1999, j'ai été P-DG de la SA Gondard Voyages, sise à Neuilly-sur-Seine. À cette date, la société a été rachetée par Havas Voyages American Express. Pour ce qui est du billet qui vous intéresse, ce n'est pas moi qui ai traité cette affaire, mais un collaborateur consultant de Gondard Voyages. Il s'agit de M. Maurice Foulatière. Je précise que ce consultant était propriétaire de ses clients. Le billet n° 0573503948256 a été délivré le 12 juillet 1993 pour un voyage effectué le 15 juillet 1993, avec un retour New York-Paris le 18 juillet 1993. Le voyageur est M. Jacques Chirac. Il s'agit de l'actuel président de la République. Ce billet a été vendu avec deux autres billets, sur les mêmes vols, aux mêmes dates (aller-retour Paris-New York-Paris). Les autres voyageurs étaient Mme Habert [*Claude Chirac, femme du regretté journaliste et politologue Philippe Habert, mari décédé*], et M. Morin [*le garde du corps de Jacques Chirac*]. Une facture globale a été émise par les Voyages Gondard, le 27 juillet 1993. Les prestations facturées sont les trois billets d'avion, trois chambres d'hôtel pendant trois nuits, et un véhicule pour effectuer les transferts. Des prestations complémentaires ont été également facturées en raison des consommations servies pendant les séjours dans l'hôtel. Notre facture s'élève à 119 339 francs – ce montant nous a été réglé en espèces, j'ignore qui a réglé cette facture. M. Foulatière qui a le contact avec ces clients pourra certainement vous l'indiquer. La facture a été mise au nom de M. Bernolin, 6 rue de la Huchette à Paris. J'ignore qui est cette personne et pourquoi c'est elle qui a été facturée. J'indique que le vol aller-retour en question s'est effectué en Concorde. La facture émise par nous ne mentionne pas l'identité réelle des voyageurs et ce, pour des raisons de confidentialité. Les noms de MM. Bernolin et deux fois Pierac ont été portés [*sur la facture*]. Je vous remets copie de la facture en question, ainsi qu'un document interne intitulé "*Sortie d'affaire*" mentionnant le nom des trois passagers. »

Quel est donc ce généreux Bernolin qui règle rubis sur l'ongle et en cash les voyages de luxe des Chirac aux États-Unis ? La question n'étant pas posée, il me faudra fouiner pour dénicher un certain Pierre Bernemolin – un citoyen belge originaire de Liège, franc-maçon et consul honoraire du Sénégal dans son pays –, un proche de Jacques Chirac dont le nom a inspiré, sans qu'il le sache, les patronymes fictifs utilisés pour l'établissement des fausses factures payées en espèces, par Chirac et son état-major, à l'agence Gondard.

Entendu quelques jours plus tard, le 12 avril 2000, Maurice Foulatière, l'agent de voyage qui s'était occupé personnellement du dossier, s'est montré un tantinet plus bavard. Là encore, une déposition forte, révélatrice des pratiques pschittesques et abracadabrantesques du futur président de la République : « Je me nomme Foulatière Maurice, je suis né le 27 mai 1921 à Célon (36), de nationalité française. Je suis domicilié à Clamart (92). Je suis agent de voyage retraité depuis 1986. Depuis, je poursuis une activité professionnelle d'agent de voyage en intervenant de façon indépendante. En 1993, je me trouvais forfaitiste à l'agence Gondard. J'organisais des voyages pour différents clients attitrés de la société. Concernant les billets qui vous intéressent, j'ai souvenir qu'en juillet 1993, le secrétariat de M. Chirac, alors maire de Paris, a contacté l'agence pour demander l'organisation d'un voyage à New York pour M. Chirac, sa fille et son garde du corps. J'ignore qui, au secrétariat de M. Chirac, a fait cette demande. J'ai alors procédé à l'organisation du voyage demandé en faisant les réservations nécessaires, à savoir : billets d'avion, séjour hôtelier, ainsi que voiture et chauffeur. Il avait été indiqué par le secrétariat de M. Chirac d'émettre la facture après le voyage et ce, pour tenir compte d'éventuels suppléments [*liqueurs, champagnes et chocolats*...]. Une facture a été émise le 27 juillet 1993 pour un montant de 119 339 francs. Les noms de MM. Bernolin et Pierac ont été portés sur la facture pour des raisons de confidentialité [*sic*] compte tenu de la qualité des passagers. C'est moi qui ai dû donner ces noms, au hasard [*resic*]. Pour ce qui est du nom de la personne facturée, M. Bernolin, 6, rue de la Huchette à Paris, il s'agit d'un nom imaginé comme je vous l'ai dit et d'une adresse inexistante et ce toujours pour des raisons de confidentialité [*reresic*]. Pour ce qui est du règlement de la facture : le secrétariat de M. Chirac m'a téléphoné (j'ignore qui précisément). Il m'a été demandé le montant du voyage dû par M. Chirac. J'ai indiqué le montant de 119 339 francs. La somme m'a été apportée à l'agence à Neuilly, en espèces, par un des chauffeurs de M. Chirac [*ben voyons !*]. Ce montant a été intégralement enregistré dans la caisse des Voyages Gondard. Le voyage de M. Chirac s'est effectué en Concorde aller et retour ; j'ignore le motif de ce voyage. Les billets ont été émis à plein tarif, aucune réduction n'a été consentie ni par Gondard ni par Air France. Je vous indique que c'est la seule fois où M. Chirac nous a réglé un voyage de la sorte en espèces. »

De qui se moque-t-on ? Devant le capitaine de police François Quint, Maurice Foulatière, le zélé voyagiste de

Jacques Chirac, invoque la notion de « confidentialité », inconnue du *Code pénal*, pour justifier les fausses factures confectionnées par son agence. Ainsi le nom de Bernolin aurait été inventé de toutes pièces afin de protéger l'anonymat de Jacques Chirac durant son voyage à New York ? Version absurde. Un peu plus tard, le 14 juillet 2001, en réponse aux questions insistantes de Patrick Poivre d'Arvor, Chirac lui-même va répéter cette fable aux Français. Avec aplomb, le président déclare : « Non, il n'y avait pas de menaces particulières. Mais il y a une précaution nécessaire qui implique une certaine sécurité, une certaine discrétion. »

Le journaliste vedette de TF1 relance :

« C'est pourquoi il y a de faux noms ?

– Exactement, répond Chirac. C'est ce qui explique que mon agence de voyages ait souvent mis des noms qui n'étaient pas le mien. Les vrais noms étaient donnés à la compagnie aérienne, en particulier, à la dernière minute, au moment où j'allais monter. »

Réponse digne d'un petit casseur de banlieue. Comment un homme de ce rang qui, visiblement, a soigneusement préparé son texte, peut-il fournir une version des faits qui ne résiste pas trente secondes à l'analyse ?

J'ai sous les yeux les factures émises par l'agence Gondard, assorties du fac-similé du billet d'avion présenté par Chirac soi-même au guichet des VIP d'Air France, à l'aéroport Roissy-Charles-de-Gaulle. J'observe d'abord que l'argument des factures établies à des noms bidon pour des raisons de sécurité ne tient pas. Dans le cas du voyage à New York du 15 juillet 1993, les deux documents émis par l'agence Gondard – un avis interne de « sortie d'affaires » daté du 16 juillet et la facture finale en date du 27 juillet que le lecteur trouvera en Annexe 2, pp. 452 et 453 – ont été établis *après* le voyage. Il n'y avait donc plus aucun risque de troubler l'anonymat des voyageurs. En outre, sur le premier document, imputé au client fantôme Bernolin, les noms de M. Chirac, de sa fille (sous son nom de mariage de Mme Habert) et du garde du corps Morin figurent noir sur blanc, avec le numéro de leurs billets d'avion respectifs, sans aucun souci de « confidentialité ».

Le président Chirac nous explique, par ailleurs, que les vrais noms étaient donnés à Air France « à la dernière minute », au moment où il allait « monter dans l'avion ». Encore une fois, devant des millions de téléspectateurs, le chef de l'État prend ses interlocuteurs pour des imbéciles et ment comme un arracheur de dents. Dûment annoté par l'hôtesse d'accueil du Concorde qui lui a attribué, lors du retour, le siège **4A**, le billet au nom de « Chirac/J » a été émis trois jours avant le départ, le 12 juillet 1993, ainsi qu'en fait foi, en haut à droite, le cachet de l'agence « Gondard Voyages, 41 rue Ybry, Neuilly » (voir Annexe 2, p. 451).

Enfin, je note au passage – pour la fantaisie – que les menus frais de Jacques et de sa fille lors de leur brève escapade à New York ont été facturés 29 472 francs au généreux « compagnon-feu follet », l'insaisissable Bernolin. Soit près de 10 000 francs par jour ! Une paille ! Bien entendu, si cette facture maquillée comme la Castafiore d'Hergé fut établie sous un nom d'emprunt, ce n'est nullement pour des raisons de sécurité, encore moins de confidentialité. Le motif est plus prosaïque. On voulait simplement – c'est évident ! – camoufler l'origine des 119 339 francs, en billets de banque bien craquants, remis avant le départ chez Gondard par le propre chauffeur de Jacques Chirac.

En France, nul n'est censé ignorer la loi. Énarque et ancien Premier ministre, le futur président de la République sait mieux que quiconque que notre législation interdit à un particulier tout paiement en espèces dans de telles proportions.

Les juges d'instruction n'ont pas été dupes. Le 21 juin 2001, dix jours après la saisie des comptes de l'agence Gondard, ils ont fait réaliser par la Brigade financière deux imposants tableaux récapitulatifs. Le premier recense tous les paiements (chèques, virements, versements en espèces) trouvés chez le voyagiste, et en relation avec des personnes liées à la mairie de Paris, au RPR ou à leurs organisations satellites, telle l'AIMF, l'Association internationale des maires francophones. Le second est un état des règlements encaissés en espèces, c'est-à-dire en bonnes coupures toutes fraîches, par l'agence de voyages Gondard, au profit des mêmes personnes.

Édifiante analyse. À en juger par la teneur de ses comptes, l'obscure boutique Gondard Voyages de Neuilly-sur-Seine pouvait s'enorgueillir d'une clientèle dorée sur tranche. Les tableaux récapitulatifs dressés par la Brigade financière rassemblent le gratin de la mairie de Paris, du RPR et des proches de Jacques Chirac. Ils sont le *Who's Who* des gaullistes tendance « paréo, plage et coquillages ».

Apparaissent encore des noms – « Fujisawa » et « Odajiri » – qui évoquent le Japon, pays si cher au cœur de Jacques Chirac où les services secrets français (la DGSE) auraient trouvé un compte à son nom doté d'une somme délirante : 250 millions de dollars. Sans que personne, jusqu'à présent, ait été en mesure de prouver cette gravissime accusation. Étant entendu qu'un rapport, fût-il de la DGSE, n'a pas valeur de preuve matérielle. Le listing mentionne enfin des messieurs « Ali Sadiq », « Ali Ahmed Alaradi » et « Hafsi » dont on ne sait même pas s'ils existent réellement.

Ce même 21 juin 2001, Maurice Foulatière, le voyagiste attitré de Chirac et de sa bande de joyeux vacanciers, est à nouveau convoqué par la Brigade de répression de la délinquance économique. Mis en garde à vue, il lui faut détailler, nom par nom, à quoi correspondent les billets émis par son agence. Saisis dans ses archives, les documents sont extraits des scellés et Maurice Foulatière est instamment prié de dire ce qu'il sait des bénéficiaires de tous ces voyages qui lui furent payés en espèces, sous Chirac maire de Paris et président du RPR, et même sous Chirac président de la République. Parfois mal orthographiés (ce que je corrige ici entre crochets), les noms tombent en rafales et les réponses spontanées du voyagiste sont couchées sur procès-verbal :

« Que signifie la mention "Chirac Auron" ?

– Il doit s'agir d'un séjour aux sports d'hiver dans la station d'Auron. Je crois me souvenir qu'il s'agissait de Mlle Chirac Claude.

– "Chirac France" ?

– Je ne me rappelle plus de la destination concernant la famille Chirac.

– "Sthal [*Stahl*] Spain avril 1993" ?

– Il s'agit d'un séjour en Espagne de Mme Stahl et probablement d'autres personnes. Mme Stahl est dans l'environnement de M. Chirac.

– "Pompichac USA" ?

– Il s'agit du voyage de Mmes Pompidou et Chirac aux États-Unis.

– "Lhéritier France 16 avril 1994" ?

– Il s'agit d'un voyage de Mme Lhéritier et de son fils. Mme Lhéritier était la secrétaire de M. Chirac à la mairie de Paris.

– "Chodron Japon 19 juillet 1994" ?

– Il s'agit de voyages au Japon de Mme Chirac, Chodron étant le nom de jeune fille de Mme Chirac.

– "De Courcel Maurice 10 août 1994" ?

– Il s'agit encore du nom de jeune fille de Mme Chirac et la prestation était le séjour au Royal Palm de l'île Maurice des époux Chirac.

– "Pompidou Salzbourg 26 août 1994" ?

– Il s'agit du voyage de Mme Pompidou et un enfant en Autriche. Mme Pompidou m'avait été recommandée par la famille Chirac.

– "Courcel USA 3 novembre 1994" ?

– De mémoire, il s'agit d'un voyage de Mme Chirac à New York. Je ne me souviens plus des autres passagers.

– "Chirac France 5 février 1995" ?

– Je ne me souviens plus de la prestation.

– "Pompidou Salzbourg 24 août 1995" ?

– Il s'agit d'un voyage de Mme Pompidou.

– "De Courcelles [*de Courcel*] France 20 février 1996" ?

– De mémoire, je pense qu'il s'agit d'une prestation vers Quiberon.

– "Pompidou Syrie 6 mai 1996" ?

– Il s'agit d'un voyage en Syrie de Mme Pompidou, probablement avec ses enfants [?].

– "Friederische [*Friederich*]" et "Rey" ?

– Mme Friederische m'a été présentée par la famille Chirac. Quant au nom de Rey, je pense qu'il s'agit du gendre de M. Chirac.

– "Facture 6335 du 26 août 1994" avec l'intitulé "M. Fujisawa-Hakone Machi-Hakone" ?

– Cette prestation a bénéficié à une personne qui accompagnait Mme Chirac à titre privé au Japon en tant que guide interprète. Il s'agit de Mme Fujisawa et vous constatez le nom de M. et Mme Chodron correspondant à M. et Mme Chirac. J'ai mis le nom Chodron pour des raisons de confidentialité vis-à-vis du personnel de la société Gondard. C'est dans la même optique que j'ai également utilisé celui de M. Bernemolin et de Courcelle [*de Courcel*]. S'agissant de cette facture, elle concerne la période du 19 juillet 1994 au 11 août 1994 et se déroule à Hakone.

– "Facture 6536 du 26 août 1994" au nom de "M. et Mme Odajiri" ?

– Elle concerne, quant à elle, la période du 11 au 16 août 1994 avec les époux Chodron qui sont en fait M. et Mme Chirac. J'ignore qui étaient M. et Mme Odajiri. Cette dernière période concerne un séjour à Tokyo.

– "Facture 6503 (Fujisawa-Chodron) et Facture 6504 (Odajiri-Chodron de juillet-août 1994)" ?

– Il s'agit probablement de deux factures définitives (...). Cependant, je constate avec vous, sur le tableau représentant le décompte du voyage, un séjour à Kyoto qui ne paraît pas facturé.

– "Facture 6501 du 28 juillet 1994 [*en réalité envoyée plus tard*]" (scellé n° 1538) libellée au nom de M. Dumonclin, 18 rue du Mont-Blanc à Genève, pour un séjour à l'île Maurice du 10 au 25 août 1994" ?

– Il s'agit probablement du voyage de la mère de Mme Chirac, de Mme de Courcelle [*de Courcel*] et de son petit-fils de Montclin [*de Monclin*], neveu de Mme Chirac.

– "Facture 6285 adressée le 28 février 1994 au RPR, rue de Lille à Paris" : pour un montant total du voyage de 305 618 francs. Pourquoi le devis de voyage agrafé à la facture est-il intitulé "Mairie de Paris" ? Pourquoi, s'agissant du client RPR qui n'a en principe pas de rapport avec la mairie de Paris ?

– Je pense que l'initiateur de ce voyage était M. Quentin, ayant la fonction de directeur des relations internationales à la mairie de Paris. J'ai pensé au départ qu'il s'agissait d'une affaire de la mairie de Paris. J'ai dû apprendre par la suite que le bénéficiaire de cette prestation était le RPR, raison de la facture. Au départ, je ne savais pas si ce voyage serait payé par la mairie de Paris.

– "Facture 5822 du 19 mars 1993" concernant la famille Ulrich pour un séjour à l'île Maurice fin 1992 à l'hôtel Royal Palm pour un montant de 339 548 francs (7 personnes) ?

– Maurice Ulrich était un collaborateur proche de Jacques Chirac, maire de Paris. Il a voyagé avec son épouse et sa fille. Mme Desouches est le nom d'épouse de la fille Ulrich.

– Pourquoi cette facture a-t-elle été libellée Hittier ?

– Par pure confidentialité en raison de la personnalité

de M. Ulrich et de la fonction qu'il occupait à la mairie de Paris. Ce nom a probablement été mis par la comptabilité générale. »

Désormais renseignés sur l'identité des clients mystérieux de l'agent de voyage Foulatière, les policiers sont intrigués par les multiples règlements en liquide. Ils veulent savoir pourquoi nombre de ces factures, en particulier toutes celles affectées du libellé « personnel », ont été payées en espèces.

Quel est donc ce voyage à New York, en Concorde, de Jacques Chirac et de sa fille Claude, le 15 juillet 1993 ? À Maurice Foulatière, la question est posée par un commandant de police intraitable :

« Cette facture d'un montant de 119 339 francs a été réglée en espèces, comme vous l'avez déclaré précédemment. Aviez-vous conscience que toute prestation supérieure à 50 000 [*sic*] francs payés en espèces pouvait avoir un caractère anormal, suspect, voire pénal, pouvant engager votre responsabilité sur ce dernier plan ?

– Je n'ai jamais eu conscience du caractère illégal de ce type de paiement. A posteriori, j'ai quand même conscience que ces personnes auraient dû payer soit par carte bancaire, soit par chèque, ce qui constitue effectivement la normalité des paiements dans notre secteur. J'ai constaté qu'un certain nombre de mes clients réglaient leurs prestations en espèces, souvent pour des montants importants – 150 000 francs en moyenne –, suivant le nombre de participants. »

Puis le commandant de la « financière » hausse le ton. Il fait le rapprochement entre ces voyages et les traces de versements en liquide trouvées dans le dossier des marchés truqués de l'Île-de-France. Y a-t-il un lien entre tous ces mouvements d'espèces ? La police relance Maurice Foulatière, de plus en plus fébrile : « L'enquête et l'examen détaillés du compte caisse de l'agence Gondard attestent que la quasi-totalité de ces prestations a été réglée en espèces, à l'instar du paiement de la prestation de juillet 1993 pour New York. L'enquête que nous avons menée dans le cadre de l'attribution des marchés de lycées en Île-de-France conduit à penser que d'importantes circulations d'espèces ont eu lieu à la mairie de Paris, notamment entre 1990 et 1995, faits corroborés par les déclarations posthumes de Jean-Claude Méry dans sa cassette. Le mode de règlement en espèces des différentes prestations que nous venons de détailler n'a pu vous échapper. Avez-vous conscience de l'anormalité de la situation, étant entendu que ce type de paiement dans le domaine des agences de voyages est loin d'être la règle ? »

L'agent de voyage essaie de répondre du mieux qu'il peut. Il tente de limiter la casse : « A posteriori, je ne peux que constater avec vous l'anormalité de cette situation. Sur le moment, je dois dire que je ne me suis pas interrogé spécialement sur l'origine de ces espèces. Cependant, je voudrais vous dire que je n'ai jamais eu d'observations et de sanctions, ni de la part de Michel Gondard, ni de sa comptabilité, ni de son cabinet comptable. Je pense que mon chiffre d'affaires a beaucoup intéressé Michel Gondard. »

Curieuse manière de se justifier, s'agissant de clients de cette importance. Les policiers enregistrent et s'entêtent. Foulatière comprend qu'en le mettant sur le gril, le commandant de police a pour mission de remonter jusqu'au sommet de la pyramide. Suit un échange des plus instructifs. Tout est détaillé, rien n'est laissé de côté. Les noms, les dates, les faits sont alignés et le témoin Foulatière prié une nouvelle fois de dire « la vérité » conformément au serment qu'il vient de prêter :

« S'agissant des différentes prestations énumérées plus haut, quels étaient vos donneurs d'ordre notamment en ce qui concerne les voyages à titre privé ?

– Ces bénéficiaires de voyages me contactaient pour avoir mon appréciation, pour les assister dans l'organisation de leur voyage. Ce fut le cas pour Mme Pompidou,

Mme Sthal [*Stahl*], M. et Mme Chirac, leur fille Claude, M. Ulrich, Mme Friederisch [*Friederich*], Mme de Courcelle [*de Courcel*] mère. Tous les contacts ont eu lieu téléphoniquement.

– Comment se passaient les règlements en espèces ?

– À la fin du voyage, nous faisions parvenir au client la facture définitive. Cette facture était envoyée tardivement, du fait de services complémentaires qui pouvaient être donnés et qui n'avaient pas été prévus. La facture étant parvenue au destinataire, ce dernier m'informait du règlement et, peu de temps après, une des secrétaires m'appelait pour m'informer de l'envoi du règlement par porteur. À réception, je rappelais l'intéressé ou la secrétaire pour l'informer que le pli était bien arrivé.

– Vous souvenez-vous des secrétaires qui ont été amenées à vous avertir du départ d'un pli et de quel service elles étaient ?

– J'ai souvenir de plusieurs appels de Mlle Annie Lhéritier et Mlle Marianne Hibon, toutes deux secrétaires particulières de M. Chirac, maire de Paris. J'avais également des appels de la secrétaire de M. Ulrich, à savoir Mme Monerat. En règle générale et pour les prestations payées en espèces – que nous avons détaillées plus haut –, ce sont ces trois secrétaires qui m'appelaient.

– Quel était votre contact particulier à la mairie de Paris en ce qui concerne l'organisation de ces prestations ou, plus précisément, s'il survenait un problème particulier ?

– J'avais très facilement accès à M. Chirac, par un numéro qui figure sur mon répertoire que vous avez saisi au bureau. Il est arrivé plusieurs fois que Jacques Chirac m'appelle pour des informations sur des voyages, en règle générale pour tous les voyages auxquels lui-même participait. Parfois, il m'appelait pour des voyages concernant son épouse. Mme Chirac m'a appelé plusieurs fois. Il est arrivé à M. Chirac de m'appeler pour savoir si tout s'était bien passé au niveau du règlement et il me disait notamment : "*Je n'aime pas devoir de l'argent.*" Je me souviens qu'il m'avait notamment appelé pour le voyage du RPR en Extrême-Orient auquel il participait. Il m'avait dit alors : "*Mme Casetta vous appellera pour le règlement*", ce qu'elle a fait quelque temps plus tard. Cet appel de M. Chirac sur ce voyage du RPR s'ajoutait aux démarches de M. Quentin et c'est pourquoi l'intitulé du voyage se nommait Mairie de Paris, parce que, dans les faits, M. Chirac avait participé à son élaboration et au contrôle de son paiement. Il m'avait ainsi félicité de la manière dont le voyage avait été programmé et exécuté. Lorsque j'étais absent et que M. Chirac m'appelait, c'est ma secrétaire Mme Isabelle Leseurre qui prenait le message. Je rappelais personnellement M. Chirac.

– Aviez-vous une commission en espèces sur ces voyages, donnée par le bénéficiaire ?

– Je n'ai jamais bénéficié de commissions personnelles sur tous ces voyages.

– Après l'appel des différentes secrétaires vous annonçant l'envoi des espèces, comment étaient réceptionnés ces fonds ?

– Les porteurs de la mairie s'adressaient à moi lorsqu'ils arrivaient à l'agence. Ces fonds étaient à l'intérieur d'une enveloppe kraft qui ne portait aucune mention particulière, à l'exception de mon nom figurant assez souvent. J'envoyais les porteurs vers le comptable qui s'occupait de la caisse ou, parfois, j'acheminais moi-même cette enveloppe à la comptabilité. À ce moment-là, le comptable comptait les fonds devant moi. Il s'agissait essentiellement de billets de 500 francs. Le comptable ressortait la facture et enregistrait le règlement. Il ne délivrait pas de reçu puisque la facture avait déjà été remise. Je n'ai jamais eu de souci particulier sur un litige quelconque concernant les montants.

– Dans le scellé provisoire "MF3" (renuméroté 1541) apparaît, en mention manuscrite, dans le premier document adressé à notre collègue de la Brigade financière, le nom d'Antonetti[1] (06 07 23 XX/XX). Qui est cette personne et pour quelle raison est-elle mentionnée sur ce document ?

– M. Chirac m'a appelé quelques jours après mon audition au sein de la Brigade financière et m'a questionné sur la manière dont cela s'était passé. Je l'ai informé que j'avais adressé à M. Quint [*le capitaine de police qui avait interrogé Maurice Foulatière*] un fax donnant toute information pour ce voyage, y compris les modes de paiement. C'est peut-être à cette occasion-là que le nom de M. Antonetti a été évoqué et noté sur ce document. Il m'a demandé de m'adresser à cette personne si une information complémentaire était demandée par la police ou la justice. (...) »

À la suite de Maurice Foulatière, les VIP de la mairie de Paris épinglés dans les registres de l'agence Gondard vont défiler les uns après les autres dans les locaux de la Brigade financière. À chacun, il leur est demandé de s'expliquer sur les voyages, souvent réglés en liquide, dont ils ont été les bénéficiaires.

Retraité du Conseil d'État et sénateur de Paris, Maurice Ulrich est le représentant personnel du président de la République pour la francophonie. Il a payé 339 000 francs en liquide, en décembre 1992, un voyage de 10 jours à l'île Maurice, en compagnie de sa famille et d'amis. D'où pouvait bien provenir une somme de cette importance ? Sans sourciller, l'éminence grise de Jacques Chirac sert au juge Riberolles, le 10 juillet 2001, l'explication (maintes fois utilisée dans les « affaires ») des « primes de cabinet », autrement dit les fonds secrets de l'Hôtel Matignon. À l'en croire, les liasses remises à Gondard fin 1992 avaient pour origine les fameuses « primes

1. Jean-Claude Antonetti, magistrat, à l'époque conseiller à la présidence de la République pour les questions judiciaires. Souvent présenté comme l'un des membres du « cabinet noir » de l'Élysée.

de cabinet » qu'il avait reçues de Matignon, quatre ans auparavant, entre mars 1986 et mai 1988, lorsqu'il dirigeait le cabinet de Jacques Chirac.

Sur le total de ces fonds dits secrets, Maurice Ulrich reste d'une prudence de Sioux : « Je ne souhaite pas en préciser le montant, répond-il. En effet, jusqu'à aujourd'hui, il est de tradition que ces fonds ne fassent pas l'objet d'explicitations ou de précisions. »

Tiens donc ! C'est par « tradition » que les fonds secrets sont empochés, pour l'enrichissement de ces dames et messieurs, auxquels il ne viendrait pas à l'idée de payer leurs déplacements privés avec leurs propres économies. Même mutisme sur le montant des espèces qu'il avait conservées à titre personnel : « Ces primes de cabinet, je ne les avais pas dépensées en totalité. La part que j'avais conservée, je l'avais déposée dans le coffre de mon bureau à la mairie de Paris. J'ai puisé dans ces espèces pour payer mon voyage à l'île Maurice. Je n'ai pas à répondre à la question sur le montant des espèces que j'ai conservées. »

Comme si les fonds secrets avaient été créés pour payer les escapades estivales des princes de la République ? À supposer qu'en quatre ans Maurice Ulrich se soit offert, comme tout un chacun, d'autres vacances avec cet argent dormant, à supposer aussi – si l'on prend son histoire de fonds secrets au sérieux – qu'il n'ait pas été le seul collaborateur du Premier ministre Jacques Chirac à s'en délecter, la logique est là, qui m'assaille : c'est donc que dans l'équipe de Matignon des chanceux auraient été autorisés à se servir, par paquets de millions, dans la caisse alimentée par l'argent des contribuables.

On connaît la rengaine : chaque fois qu'un scandale éclabousse un homme public, contraint de justifier les liquidités trouvées en sa possession, les fonds secrets ont bon dos. On nous les ressert à satiété. À croire qu'ils n'existent que pour servir d'alibi à ceux qui se servent du pouvoir comme d'un casino dont ils ont truqué les tables pour toujours y gagner.

Le 14 juillet 2001, lors de ses explications télévisées en forme de diversion, Jacques Chirac donne à Patrick Poivre d'Arvor une version conforme à celle de son conseiller, Maurice Ulrich. Le voici, à l'Élysée, devant les caméras de télévision, défendant avec le toupet qui ne le quitte jamais l'indéfendable fable récitée peu auparavant, le 10 juillet, par Maurice Ulrich chez le juge d'instruction : « Ces fonds secrets (...) ont toujours existé. Et une partie, une petite partie, une toute petite partie de leur usage consiste à donner aux membres du gouvernement, à leurs collaborateurs, en contrepartie d'un travail naturellement très supérieur à la moyenne, des indemnités. »

Extravagant président de la République qui, pour sauver la face – mais non sa tête, que plus un juge ne peut se payer –, se prévaut maintenant de ses propres détournements de fonds publics pour expliquer ses dépenses personnelles, ses séjours de vacances en grand équipage et des frivolités sans rapport avec son ancienne fonction de maire de Paris. Dans une entreprise privée, ces pratiques ont un nom : « Abus de bien social aggravé ».

Pour le président Chirac, cette consommation effrénée relève de la tradition. Usage sauvage, inconnu dans les autres démocraties. En France, chacun, lorsqu'il est au gouvernement, est libre d'aller se servir en produits frais, comme au supermarché, là où, à Matignon, dorment les fonds secrets. Sans avoir à rendre de comptes à quiconque. Ni à déclarer aux impôts des revenus occultes provenant – je pèse mes mots – d'un détournement de fonds publics.

Quand Patrick Poivre d'Arvor lui demande s'il « n'y a pas un double délit, qui est à la fois un délit moral et fiscal, et donc à terme un enrichissement personnel », le président de la République répond, benoîtement : « C'était une tolérance. (...) Cela faisait partie d'un statut. Bon, on peut le contester aujourd'hui. Je ne dis pas le contraire, je vais même y revenir parce que j'ai des propositions. Mais enfin, c'était ainsi. Et, par conséquent, ce secret sur ces indemnités, ce n'est pas à moi de le lever. Ce que je peux vous dire, en tous les cas pour ce qui me concerne, c'est que je me suis inscrit très exactement dans la tradition antérieure. »

« Secret », « secret », « secret » !

Ah ! la belle excuse que voilà !

Le lecteur trouvera en Annexe 1 (pp. 429 à 445) de cet ouvrage la totalité des explications alambiquées données par le chef de l'État, le 14 juillet 2001. Ayant présenté ici les vraies pièces de ce dossier caché, je l'invite, par comparaison, à tirer lui-même les conclusions qui s'imposent.

Maurice Ulrich – que ses amis du RPR surnomment « le Sphinx » – n'est pas capable, non plus, d'expliciter pourquoi, payée en billets neufs, la facture de son voyage à l'île Maurice porte dans la comptabilité de l'agence Gondard le nom d'un certain « M. Hittier, 86 rue de Grenelle à Paris », inconnu au bataillon. Mandatée par le juge d'instruction, la Brigade financière n'a pas retrouvé sa trace. Habile, Ulrich comprend le danger. Pour s'en sortir, mieux vaut botter en touche : « Je n'en sais absolument rien. Je n'ai jamais habité rue de Grenelle et je ne connais pas M. Hittier. Concernant la facture que j'ai reçue, je n'ai pas regardé son libellé. J'ai en effet peu [*sic*] douté qu'elle me concernait. »

Melting-pot indigne : Ulrich ne sait pas ; donc, on ne peut rien lui reprocher ; mais alors, s'il n'a pas lu la facture qu'il reconnaît avoir reçue, comment peut-il se faire qu'il ait « peu douté » – merveilleux choix des mots – qu'elle avait été établie à son nom ? À moins que nous ne parlions pas la même langue, j'indique que « douter » signifie : « être dans l'incertitude de la réalité d'un fait »... précis. La question ne lui étant pas posée, le sénateur n'aura pas à y répondre.

Ulrich – l'un des hommes les plus influents de l'entourage de Jacques Chirac – reste tout aussi muet quand le magistrat instructeur lui demande pourquoi les 350 000 francs en espèces remis le 22 décembre 1992 à l'agence Gondard ont servi à régler, outre les 339 548 francs de son propre séjour à l'île Maurice, les 56 744 francs correspondant à l'escapade à Tozeur (dans le Sud tunisien) de la journaliste du *Figaro* Françoise Varenne, accréditée à la mairie de Paris, et de sa collègue de l'AFP Élisabeth Friederich, proche amie du président Chirac. Amie de longue date même, comme on dit dans les oasis...

Haut fonctionnaire expérimenté, diplômé de droit et d'économie politique, conseiller élyséen écouté, ancien P-DG d'Antenne 2 et ex-directeur général de la Ville de Paris, Maurice Ulrich semble pourtant tomber des nues quand le juge Armand Riberolles lui demande : « Ignoriez-vous, lorsque vous avez réglé la facture de 339 548 francs, que la réglementation fiscale en vigueur interdisait le paiement en espèces de factures supérieures à 150 000 francs ? »

En guise de réponse, l'éminence bafouille : « Je n'avais pas une claire conscience de cela. »

Tout au plus, l'homme de l'ombre consent-il à mettre dans le bain son patron Jacques Chirac quand le juge Riberolles commence à douter de ses fameuses explications. « Mes explications ne me semblent pas nourrir quelque doute que ce soit. Je maintiens que je ne désire pas donner davantage de précisions, par respect de la tradition, sur le montant des primes perçues par l'ensemble des membres du cabinet de M. Chirac, Premier ministre, ni évidemment sur le montant des primes dont a, à cette époque, bénéficié M. Chirac et qu'il m'avait demandé de conserver pour son compte après que nous avions quitté Matignon. »

Selon l'homme de confiance du président, ces espèces, remises à titre de dépôt par Jacques Chirac, étaient conservées dans le coffre-fort de son bureau : « Les sommes étaient rangées séparément. Je ne tenais pas de comptabilité. M. Chirac, soit personnellement, soit par sa secrétaire, Mlle Hibon, me faisait savoir qu'il avait besoin de telle ou telle somme que je prélevais alors dans son coffre. (...) Lorsque M. Chirac me demandait de prélever telle ou telle somme, il ne me précisait par leur emploi. Je souligne que lorsqu'il m'avait confié ces fonds à son départ de Matignon, il m'avait indiqué qu'il comptait les utiliser à voyager pour des motifs politiques ou privés. »

Bref, l'argent des voyages ne viendrait pas des fraudes sur les marchés publics mais plus bêtement de fonds publics... utilisés pour financer la vie privée de Maurice Ulrich et de Jacques Chirac. Intrigué – à moins qu'il ne s'en amuse –, le juge relance le conseiller présidentiel : « Compte tenu de l'importance de cette question, ne conviendrait-il pas que vous dérogiez à la tradition en indiquant clairement le montant total des sommes que vous auriez conservées dans votre coffre ? »

Même réponse laconique : « Je ne souhaite pas déroger à la tradition. »

Ouf ! L'honneur est sauf ! Toujours la tradition chez les hauts dirigeants de l'État : elle a bon dos quand il s'agit de justifier l'inacceptable.

Ultime question du juge Riberolles : « Comment expliquez-vous l'existence d'un décalage de plusieurs années [*1986-1988 à fin 1992*] entre l'encaissement de ces espèces et leurs dépenses [*pour le voyage à l'île Maurice*] ? »

Maurice Ulrich ne se démonte pas. Malin comme un camion de singes, l'homme a une cuirasse d'acier : « S'agissant de mon cas particulier, je souhaitais faire ce voyage familial le plus tôt possible. Diverses raisons m'en ont empêché jusqu'en 1992. Quant au maire, je n'ai pas de réponse à cette question sauf que les années passent plus vite qu'on ne le croit. »

Comique réplique d'un acteur pour film de série B.

Dès après Ulrich, le lendemain, le 11 juillet 2001, c'est au tour de Claude Chirac de se présenter au palais de justice sur convocation des juges Renaud Van Ruymbeke et Marc Brisset-Foucault, associés au juge Riberolles dans la gestion de cette enquête sensible. La machine judiciaire tourne à plein régime. Pour le temps qu'il lui reste. Et pour dépenser en pure perte des dizaines d'heures de travail. Galants, les deux magistrats n'ont pas voulu laisser aux policiers le soin d'interroger la propre fille du président de la République.

Après avoir décliné sa profession : « conseiller communication à la présidence de la République », Claude Chirac prête serment de dire « toute la vérité ». Un grand moment de jazz... band.

Première question des juges. Ils vont droit au but : « L'information fait apparaître que les marchés des lycées d'Île-de-France ont fait l'objet, entre 1986 et 1995, d'ententes et de versements de commissions de l'ordre de 2 % du montant de ces marchés destinées à financer la vie politique. Plusieurs auditions mettent directement en cause l'influence de la "*mairie de Paris*" dans les choix du conseil régional d'Île-de-France et le rôle de Michel Roussin dans la collecte des fonds. En étiez-vous informée ? »

Claude Chirac élude : « Non, je n'en ai eu connaissance que par la presse postérieurement. »

Nouvelle question :

« Avez-vous occupé des fonctions au sein du cabinet du maire de Paris ?

– Jamais. Je n'ai jamais travaillé à la mairie de Paris, simplement j'y habitais jusqu'en 1991, 1992. J'avais un bureau qui est resté à ma disposition jusqu'en 1995 où je traitais du courrier. »

Première contradiction. Pieuse interprétation des faits. Claude Chirac oublie de dire que, depuis 1989, son père l'avait embauchée à sa permanence politique, une petite structure présentée comme « autonome du RPR et de la mairie de Paris ». Elle omet aussi de préciser qu'outre un bureau, elle disposait d'une secrétaire à temps plein, à l'Hôtel de Ville, et que, durant la campagne de l'élection présidentielle de 1995, elle joua un rôle décisif dans la victoire de son père. Mais passons... Et venons-en au vrai sujet de l'interrogatoire. Comme son père, Claude Chirac encaisse sans broncher d'un cil :

« Avez-vous participé à un voyage à New York du 15 juillet au 18 juillet 1993 en compagnie de votre père et d'un officier de sécurité, voyage organisé par l'agence Gondard en la personne de M. Foulatière, facturé 119 339 francs et réglé en deux versements d'espèces de 100 000 francs le 12 juillet 1993, et 19 339 francs le 27 septembre 1993 ?

– Oui. J'ai effectivement effectué ce voyage avec mon père et un officier de sécurité. C'était un voyage politique, donc professionnel. Il y a eu toute une série de rendez-vous avec des responsables politiques, économiques et des "*communicants*". Je n'ai pas assisté à tous les rendez-vous et je ne me souviens pas du nom des personnes rencontrées.

– Parmi les interlocuteurs de votre père, y a-t-il eu des personnalités de premier plan, tels par exemple le président des États-Unis ou le maire de New York ?

– Non, pour le président des États-Unis, je m'en serais souvenue ; pour le maire de New York, je suis incapable de vous le dire.

– Étiez-vous informée du fait que ce voyage a été payé en espèces ?

– Non. Je ne suis pas capable de vous dire quelles étaient les modalités d'organisation de ce voyage.

– Qui a organisé ce voyage ?

– Je ne suis pas capable de vous le dire. Ce voyage

s'inscrivait dans le cadre de la préparation de la future campagne électorale. Il requérait une certaine confidentialité. »

Facile à dire. Surtout quand Claude Chirac se garde de justifier cette « confidentialité ».

« Campagne électorale », « communicants », « confidentialité » ? La fille du président tente-t-elle de dissimuler un secret bien gardé ? À New York, je n'ai trouvé aucune trace d'activités politiques du maire de Paris Jacques Chirac, que ce soit auprès de la communauté française aux États-Unis ou des autorités américaines. En revanche, depuis le début des années 1990, Jacques et Claude Chirac s'étaient rendus plusieurs fois par an outre-Atlantique, dans la plus grande « confidentialité », le plus souvent en Concorde, flanqués d'un accompagnateur musclé.

Mystérieux voyages pour aller consulter, sans tambour ni trompette, le grand « gourou » américain de la communication politique, Roger Ailes, aujourd'hui patron de la chaîne de télévision Fox News, fervent soutien de George W. Bush, violemment antifrançaise lors de l'intervention américaine en Irak.

Légende de la presse dans son pays, auteur, avec son collègue Jon Kraushar, du livre *You are the message* [*Vous êtes le message*] [1], Roger Ailes est aussi le communicant de l'ombre qui permit à Richard Nixon, Ronald Reagan puis George Bush père d'accéder à la présidence des États-Unis. Claude Chirac avait fait sa connaissance en 1984, lors de la convention d'investiture du candidat Reagan. En 1988, peu après la défaite de son père face à François Mitterrand, Claude eut l'idée de génie d'aller quémander (au prix fort) les conseils (suivis à la lettre) du tandem Ailes-Kraushar.

La silhouette du candidat Chirac sera alors rajeunie, pour un patient travail sur le terrain et ses rencontres

1. Doubleday, 1989.

avec les représentants de la France profonde, à l'écoute du pays, faisant silence radio quand ça va mal, puis se lançant dans une guerre éclair quand l'heure sera venue de passer à l'offensive... C'est grâce aux concepts et aux cours particuliers de ses deux « communicants » américains que Jacques Chirac bâtira ainsi ses campagnes présidentielles victorieuses de 1995 puis de 2002.

Jusqu'ici, le secret de ces cours du soir new-yorkais a été bien gardé. Est-ce la raison pour laquelle Claude Chirac se garde de dévoiler aux juges les raisons exactes de cette excursion (à 123 000 francs pour trois jours !) dans la grande ville américaine. Si les juges avaient pu faire leur travail jusqu'au bout, peut-être auraient-ils découvert le nombre de voyages de Jacques Chirac et sa fille aux États-Unis pour « la préparation de la future campagne électorale ». Et qui réglait ces coûteuses équipées.

Peut-être auraient-ils pu aussi percer le secret des déplacements à New York de l'International Food Foundation qui avait beaucoup intéressé les enquêteurs. Cet énigmatique organisme a réglé chez le voyagiste Gondard – pour on ne sait qui – les 136 725 francs d'un voyage le 30 mars 1995 (en pleine campagne présidentielle), puis payé de nouveau 167 220 francs pour celui du 16 novembre suivant. Et je ne prends pas ici, dans ce décompte, les frais annexes.

Comme pour Ulrich, son statut de conseiller du président sert de bouclier à Claude Chirac. Devant répondre à d'autres questions plus délicates, « Madame fille » fait montre d'un royal sang-froid :

« Il a été relevé dans la comptabilité de l'agence Gondard un safari au Kenya qui s'est déroulé du 20 décembre 1993 au 2 janvier 1994 auquel aurait participé M. Rey. Ce voyage a été réglé par un versement en espèces de 123 750 francs le 14 décembre 1993. Avez-vous participé à ce voyage ?

– Non, je n'ai jamais été au Kenya. À l'époque je ne connaissais pas personnellement M. Rey.

– Vous êtes-vous adressée à M. Foulatière pour les voyages ?

– Oui, pour des voyages me concernant, il m'est arrivé de m'adresser à M. Foulatière. Par exemple, je suis allée à Quiberon en juillet 1995. Je l'ai payé en espèces. M. Foulatière m'avait expliqué que pour des raisons de confidentialité et de discrétion, le paiement en espèces était préférable [*et surtout plus commode*].

– Avez-vous retiré l'argent d'un compte en banque ?

– Non. J'avais des économies personnelles qui provenaient essentiellement de cadeaux d'amis lors de mon mariage [*le 20 mars 1992, trois ans auparavant !*]. Mon mari [*Philippe Habert, décédé le 5 avril 1993*] avait aussi des économies personnelles. Tout cela représentait environ 100 000 francs que nous gardions dans un coffre à la maison [*comme papa, surnommé à la mairie "Fichet-Bauche"*].

– Pourquoi ne pas avoir déposé cet argent à la banque ?

– Nous pensions le dépenser l'été suivant notre mariage. Par ailleurs, je me suis adressée une autre fois à M. Foulatière. En décembre 1993, j'ai souhaité offrir à ma belle-mère, Mme Habert, quelques jours à Rome, j'ai fait appel à M. Foulatière et j'ai réglé ce voyage par chèque.

– Vous êtes-vous rendue à l'île Maurice ?

– Oui, en 1997. »

À réception de cette réponse laconique, le juge dicte à la greffière : « Mentionnons que nous donnons lecture au témoin de la liste des voyages réglés en espèces pour un montant total de 2 329 144 francs qui figure pages 8 à 12 du rapport d'expertise du 10 juillet 2001 sous la rubrique "*total semblant concerner M. Chirac et ses proches*". »

« Avez-vous participé à ces voyages ? demande le magistrat.

– Non, sauf celui de New York que j'ai déjà mentionné.

– Étiez-vous informée du fait que M. Ulrich, comme celui-ci l'a indiqué, conservait des espèces pour le compte de votre père dans un coffre à la mairie de Paris et en avez-vous, directement ou indirectement, bénéficié ?

– Non, à aucun moment. »

Nouvelle interruption du juge qui donne lecture à Claude Chirac des « mentions figurant au tableau coté D 5541/1 à D 5541/5 qui constitue une copie du document découvert chez M. Foulatière par la police judiciaire et où apparaissent les patronymes suivant : Chirac, Courcelles [*de Courcel*], Chaudron [*Chodron*], Pompichac, Stahl ».

« Avez-vous participé à ces voyages ?

– Non, en tout cas je n'en ai pas le souvenir. Le nom de Stahl pourrait correspondre à Christiane Stahl, que j'ai rencontrée parce qu'elle travaillait à la mairie où elle était notamment en charge du dossier de l'America's Cup et qui est devenue une amie. À ma connaissance elle ne connaissait pas M. Foulatière. »

Parole d'évangile. En fait, Christiane Stahl travaille alors pour la mairie de Paris, avant d'être embauchée par la Fondation du Premier ministre libanais Rafic Hariri (un ami de la famille Chirac) et de rejoindre le prince Albert de Monaco, dont elle dirige aujourd'hui la communication. Elle est l'une des meilleures amies de Claude Chirac et figure bien, pour 64 540 francs (le 17 mai 1993), dans les voyages réglés en espèces à l'agence Gondard. Somme englobée par la justice dans les plus de 2,3 millions de francs payés en cash par le président qui fait « pschitt ».

Contrairement à sa fille Claude, Bernadette Chirac n'a pas eu à faire le déplacement au pôle financier du tribunal de grande instance de Paris. Bien que son nom de jeune fille (Chodron de Courcel) – diversement orthographié par l'Académie Gondard – apparaisse à sept reprises dans les listings saisis par la police chez le voyagiste chéri du président, bien que, à l'inverse de son mari, elle ne soit protégée par aucune immunité, la première dame de France n'a jamais reçu de convocation des trois juges chargés de l'instruction.

Simple souci diplomatique, pour ne pas froisser l'épouse du chef de l'État ? Ou volonté de ne pas s'attarder sur les à-côtés, pas toujours très catholiques, des vacances de la famille Chirac ?

Parce qu'elle l'a décidé, sans que nul ne puisse l'y contraindre, la justice ne saura jamais pourquoi le nom de Mme Chirac figurait sur les factures de voyage réglées en espèces (pour des sommes non négligeables) à l'agence Gondard. Aussi, à l'inverse de tous les autres témoins cités dans le dossier, madame ne connaîtra pas le désagrément de devoir s'expliquer sur les raisons des versements en espèces, encore moins sur leur provenance.

En octobre 2001, au moment où les policiers de la Brigade financière bouclent leurs interrogatoires dans l'affaire des billets d'avion, Bernadette Chirac sort de son silence. Dans *Conversation*[1], son livre d'entretiens avec le journaliste Patrick de Carolis, actuel patron de France Télévisions, la question lui est posée, directement : « Cet été, une nouvelle affaire a éclaté à propos des voyages privés du président et de son entourage payés en argent liquide. Quelle est votre réaction à ce sujet ? Puisque c'est sans doute la première fois, dans ces affaires, que votre nom apparaît. »

Réponse elliptique de madame :

« Mon mari a dit, le 14 juillet, ce qu'il fallait en dire [*le fameux pschitt !*]. Si vous me demandez si cela m'a tou-

1. Plon, 2001.

chée, je vous répondrai : j'ai été profondément meurtrie et très blessée pour ma fille [*pas pour son mari ?*].

– Si un des juges qui s'intéressent à ces voyages privés vous convoquait, que feriez-vous ?

– J'irais.

– Que diriez-vous à ce juge s'il demandait à vous entendre ?

– La vérité. Qui a été bien malmenée dans cette affaire. »

Ainsi se font les instructions : dans les livres ! Que manifestement les magistrats ne doivent pas lire. Car les trois juges chargés du dossier n'ont pas saisi la perche tendue par Bernadette Chirac et ne l'ont pas convoquée illico. Comme n'importe quel quidam.

Pourtant, s'ils avaient consulté avec attention son livre *Conversation* avec Patrick de Carolis, les juges y auraient découvert un indice susceptible de les faire avancer à grands pas. Car au centre de l'ouvrage, parmi les photos de famille, figurent deux clichés d'une escapade estivale des époux Chirac au Japon. L'un est légendé... de la main même de madame : « Nous avons passé tout le mois d'août 1994 au Japon. Nous avions fait, entre autres, l'ascension du Mont Fuji. » Or, dans les registres de l'agence Gondard – que j'examine à la loupe – figurent, entre les 18 juillet et 26 août 1994, plusieurs factures ésotériques, toutes payées en liquide, pour quelque **600 000** francs. D'évidence, ce total correspond au voyage au pays du Soleil Levant. Datées du même jour (le 18 juillet 1994) et réglées en espèces, il est d'abord quatre premières factures :

- Chodron, pour **65 090** francs ;
- Demontclin [*le nom du neveu de Bernadette Chirac*], pour **135 400** francs ;
- Fusijawa [*un prétendu traducteur japonais*], pour **195 400** francs ;
- Odajiri [*un Japonais inconnu au bataillon*], pour **54 110** francs ;

• Puis, le 31 juillet 1994, un « acompte » au nom de Chodron est encaissé, toujours en liquide, pour **18 780** francs ;

• Le 26 août 1994, le dénommé Fusijawa réapparaît pour **188 760** francs et le mystérieux Odajiri pour **117 166** francs.

Enfin, sur un autre document – qui semble avoir été négligé par les enquêteurs –, voici la « Liste des affaires » de l'agence Gondard, à la date du 19 juillet 1994 : y figure « l'affaire n° 94073059 », pour « deux » voyageurs (pas un de plus !), portant le nom approprié « Chodron Japon »... pour un montant final de « **639 306** francs » (contre 548 250 prévus initialement). Le tout est assorti d'une mention manuscrite plus parlante que la boule de cristal : « **Personnel** ».

Cela, nous l'avions compris !

Coquet budget pour un voyage de méditation. En vue de préparer le discours programme du candidat Chirac sur « la fracture sociale » ?

Par charité chrétienne, j'arrêterai là l'inventaire et l'analyse technique des envolées dispendieuses des Chirac au Pays des merveilles. En altitude de croisière, leurs majestés sont juchées sur le tapis volant des Mille et Une Nuits... parties pour des voyages pleins d'épices, loin des désagréments du monde d'en bas !

Le 6 septembre 2001, Jean-Pierre Germade, le comptable de l'agence Gondard, livre aux policiers les secrets des méthodes de traitement comptable des paiements cash reçus par Maurice Foulatière en provenance des sommités de la mairie de Paris : « J'ai effectivement assuré la partie comptable de ces versements en espèces. Maurice Foulatière venait me voir avec l'enveloppe. Il me communiquait le total pour vérification des fonds reçus. Je ne me souviens pas l'avoir vu avec un porteur. Ces espèces se trouvaient toujours dans des enveloppes kraft. Il s'agissait toujours de coupures de 500 francs enliassées avec une bande plastique, ces coupures apparaissant souvent neuves ou récentes [*ce qui dément formellement les dépositions des uns et des autres, selon lesquels cet argent provenait d'anciens fonds secrets, d'économies personnelles, de cadeaux, etc.*]. Je vérifiais les espèces. De façon générale, j'avais l'information de l'imputation quelques jours après, ce qui me permettait d'imputer les règlements sur un numéro ou un compte. »

L'honorable comptable était-il au courant de l'identité des prestigieux clients de son agence ? Lui au moins n'a jamais été dupe : le prétexte de la « confidentialité » pour justifier l'émission des fausses factures à des noms bidon ne tient pas la route. Et il ne s'était pas privé de s'en ouvrir auprès de ses patrons : « M. Foulatière était très secret et il était difficile de connaître l'identité et parfois la nature des prestations. Lorsque j'ai été au départ confronté à ces dépôts d'espèces, j'ai demandé ouvertement à l'intéressé une explication de tels volumes en espèces. Maurice Foulatière m'a alors précisé qu'il s'agissait de prestations en relation avec M. Chirac. Il m'a déclaré qu'il mettait un "*prête-nom*" sur nos documents internes pour des raisons de confidentialité, ce que je trouvais totalement inopérant à l'intérieur de l'agence, car par la suite les billets étaient forcément au nom du ou des passagers. »

Chez Gondard, comme partout ailleurs dans les affaires Chirac, les archives disparaissent comme par enchantement quand l'odeur des poulets monte de la cage d'escalier. Quelques mois avant la visite de la Brigade financière, l'expert-comptable Alain Gaudu – dont l'agent de voyage Gondard était le client depuis 1976 – avait assisté à la kärchérisation des documents comptables de l'agence. Un travail exécuté sous haute pression ! Aux policiers, Gaudu livre de cruels souvenirs : « Au moment de la libération des locaux de Neuilly-sur-Seine, le 9 février 2001, à la demande de M. Gondard, je suis venu un samedi et j'ai indiqué à ce dernier qu'il fallait conserver la comptabilité à partir de l'exercice 1991, donc qu'il pouvait détruire les exercices 1990 et antérieurs. J'ai pu constater physiquement la présence de pièces antérieures à 1990. Nous avons procédé de la manière suivante : à l'aide de deux feutres de couleurs rouge et verte, nous avons marqué avec un feutre les pièces à conserver et, avec l'autre, celles à détruire. Cette opération s'est effectuée (...) le vendredi 9 février 2001. J'ai effectué ce tri uniquement en présence de M. Gondard. Par la suite, nous avons donné nos explications à deux personnes pour effectuer le transport. (...) Les enlèvements ont été faits les 17 et 18 février 2001. (...) Ce qui était conservé devait aller à Saint-Ouen. (...) Je ne m'explique pas le fait que les comptabilités antérieures à 1993 – c'est-à-dire 1991 et 1992 – ne soient pas à Saint-Ouen... »

Envolé, pesé, ce n'était que du papier... perdu à tout jamais. Car dans ce beau monde on ne conserve que les liasses de billets. Qui, elles, ne laissent pas de traces. Sauf quand, comme Jacques Chirac, on commet l'erreur de les faire entrer en comptabilité... sous de faux libellés.

Homme orchestre des voyages de la nomenklatura chiraquienne sous les tropiques, Pierre Figeac est entendu par la police judiciaire le 11 septembre 2001.

Mauvais présage.

Je connais Figeac de longue date. Depuis le début des années 1970, homme de l'ombre, Figeac est à Chirac ce que les coquelicots sont au printemps provençal. Une belle fleur sauvage, qui sort de terre spontanément, tout en couleur, et qui jamais ne vous déçoit, semant ses nouvelles graines pour toujours revenir abondante.

Fidèle en amitié, Figeac est un vieux jeune homme... qui sait vivre. À table, malgré ses pesants silences, son aspect pierre tombale et son allure passe-muraille, l'homme est sympathique. On le dit séducteur, coureur de jupons. Ça rassure. Depuis l'heureuse époque de

Georges Pompidou, seuls ceux dont c'est le métier de savoir ce que tout le monde ignore connaissent ses aptitudes d'organisateur et de financier secrets de l'état-major gaulliste. Un virtuose, comme il se doit, qui ne fait pas étalage de son savoir-faire. Figeac est un discret... jamais distrait. Son nom n'est que rarement prononcé. Dans les cercles restreints, très fermés, des financiers secrets des appareils politiques français, il est un fantôme respecté, omniprésent là où l'argent jaillit comme le pétrole dans les déserts d'Arabie et de Libye. Un personnage unique, ce cher Figeac. L'un des seuls, dans ma carrière d'arracheur de dents, que je ne pus jamais soulager de ses maux. Et pourtant, ce n'est pas faute d'avoir essayé.

Après que Chirac eut évincé, en 1974, ceux qui menaçaient ses ambitions et lui faisaient de l'ombre, Figeac prit du galon. Dans le premier cercle du président de la République, il sera l'homme qui compte. Et Dieu sait s'il en a, du doigté, ce chef d'orchestre hors pair qui, malgré ses talents de visionnaire, n'a pas envisagé qu'en ce triste 11 septembre 2001, il serait convoqué au poulailler pour, au nom de Chirac, y chanter « le crépuscule des dieux ».

Ténor sans voix, Figeac sort ce jour-là de l'épreuve sous les applaudissements de ses amis de l'Élysée, le seul public qui, pour lui, ait jamais compté. Ancien commissaire général des Floralies – un travail d'esthète pour cet amateur des boutons d'or et d'oseille –, Figeac est officiellement le secrétaire général permanent de l'AIMF, association qu'il anime depuis sa création par Chirac, le 1er mai 1979. Son job, explique-t-il d'entrée aux policiers, est d'organiser, chaque année, un colloque et une assemblée générale, précédés d'une réunion du bureau de l'association. De joyeuses agapes dans les nombreuses villes membres de l'AIMF : Beyrouth, Paris, Brazzaville, Québec ou Port-Louis à l'île Maurice... pour ne citer que les plus récents pince-fesses.

Au commandant de police qui le presse de questions,

Pierre Figeac affirme connaître Maurice Foulatière depuis 1986 ou 1987, date de ses premières offres de services : « À ce moment-là, il [*Foulatière*] n'a pas fait état de relations commerciales privilégiées avec Jacques Chirac. Il m'a simplement laissé entendre qu'il connaissait le maire de Paris. » Une version des faits qui, toutefois, ne concorde pas vraiment avec celle de Foulatière pour qui « c'est Pierre Figeac qui lui avait présenté Jacques Chirac ».

D'où provenait l'argent liquide avec lequel il avait réglé tous ces voyages ? Devant les policiers, le hiérarque du président se lance dans une explication alambiquée. Avec lui, pas de fonds secrets ou de primes de cabinet pour justifier la détention d'argent noir. Car Figeac n'a jamais eu de fonction officielle à Matignon ou à l'Élysée. Les billets flambant neufs provenaient de sa banque ou bien des économies de sa famille : « Je vais vous expliquer, annonce-t-il, comment j'ai pu financer ces prestations en espèces. Tout d'abord, j'effectue régulièrement d'importants prélèvements en espèces sur mon compte bancaire. Jusqu'à une époque récente où j'ai modernisé ma manière de faire, je prélevais plus de 20 000 francs par mois en espèces. Je n'étais pas coutumier de la carte bancaire ou du chèque. D'autre part, depuis 1990, je recevais régulièrement des sommes en espèces de la part de mes beaux-parents et de ma mère. (...) J'évalue entre 50 000 et 100 000 francs par an les sommes que j'ai reçues en espèces de ma famille de 1990 à 1999... »

Question embarrassante des enquêteurs : « Sur le listing découvert chez M. Foulatière figure sur le feuillet folioté 1 une prestation libellée Figeac, Maurice 30 juillet 1972, pour un montant de 430 230 francs. Sur ce libellé n'apparaît pas le sigle AIMF. On peut remarquer également un voyage de l'AIMF à l'île Maurice pour 21 personnes en mai 1992, ainsi qu'un déplacement de cette association au Canada en date du 14 juillet 1992. Pouvez-vous nous éclairer sur toutes ces prestations et notamment celle libellée "*Figeac/Maurice*" ? »

Cette fois, prudence. Le terrain est ultra-glissant : quelques semaines auparavant, le 5 juillet 2001, *Libération* a publié une photo prise en mai 1992 au Royal Palm de l'île Maurice où l'on voyait Jacques Chirac jouer les vacanciers en maillot de bain, en compagnie de ses deux chères amies journalistes, Élisabeth Friederich et Françoise Varenne. Le 11 juillet, *Le Canard enchaîné* affirmait que les frais de cette équipée avaient été réglés par l'AIMF, sous couvert d'une réunion du bureau de l'association. Le commandant de police et ses adjoints ont comme un soupçon : la facture « Figeac/Maurice » du 30 juillet 1992, pour la bagatelle de 430 230 francs – en espèces, s'il vous plaît –, ne correspondrait-elle pas à cette romantique escapade sur les plages mirifiques de l'île Maurice ?

Vieil apparatchik de la chiraquie, Figeac est un professionnel qui se ferait pendre plutôt que de lâcher le plus petit secret. Ce qu'on dit, ce qu'on pense de lui relève forcément de la légende. Toutes ces histoires de baignade le dépassent et ce n'est pas lui qui a réglé en cash. À vous messieurs de prouver le contraire et à bon entendeur salut : « En ce qui concerne, répond-il, la prestation de mai 1992 à l'île Maurice, il s'agit d'une réunion du bureau de l'AIMF. Celle du Canada au mois de juillet 1992 correspond à l'assemblée générale de l'AIMF dans ce pays. Elles ont été réglées par chèque de l'AIMF. S'agissant de la prestation libellée "*Figeac/Maurice*" dont vous me dites qu'elle aurait pu être réglée en espèces, je n'ai jamais effectué un tel règlement ni un tel voyage. Je ne suis pas concerné par cette prestation. »

Exit donc Pierre Figeac... qui s'en retourne vivre en paix dans l'ermitage de sa lointaine planète.

Chef de cabinet de Jacques Chirac à l'Élysée, la fidèle Annie Lhéritier doit, elle encore, subir le feu roulant des questions de la Brigade financière. On sait que de 1988 à 1995 elle occupait un poste sensible : conseiller technique pour les « affaires réservées » du maire de Paris. À ce titre, Annie Lhéritier rencontrait régulièrement Jacques Chirac. Au moins tous les deux soirs. Pour la séance de signature des courriers.

Petit problème : son nom figure en bonne place sur plusieurs factures réglées en espèces à l'agence Gondard. Il y a d'abord un séjour à l'hôtel Miramar de Biarritz, en avril 1994, pour 25 092 francs. Commentaire de la conseillère élyséenne : « Cette facture concerne bien le séjour que j'ai effectué avec mon fils pendant les vacances de Pâques de 1994. Cependant je ne comprends pas pourquoi je suis "*domiciliée*" au niveau [*sic*] de la facture rue Popincourt. Je ne me suis jamais fait domicilier à cette adresse, je constate avec vous que cette adresse ne correspond pas à la mienne. Je n'ai aucun souvenir d'avoir reçu une facture de ce type, qui n'a pu m'être remise qu'à la mairie de Paris avec le carnet de voyage. À part cette facture, je pense avoir toujours réglé par carte bancaire. »

Les policiers ne peuvent rester sur leur faim. Ils en veulent davantage dans leur assiette. Aussi présentent-ils à Annie Lhéritier « la facture n° D 92 12 2640 en date du 19 mars 1993 au nom de M. Rodrigues domicilié rue des Sablons, à Paris 16e, pour les prestations suivantes : séjour de Mlle Lhéritier et enfant, Madère, 27 décembre au 3 janvier, avion, hôtel, excursion pour un montant de 28 760 francs ».

Question : « Comment se fait-il que cette prestation qui vous concerne soit facturée à une adresse et un nom erronés ? » Réponse de la cheftaine de l'Élysée : « Je ne sais pas pourquoi. Le nom de Rodrigues m'est inconnu ainsi qu'une domiciliation rue des Sablons. À cette époque, j'avais un ami qui n'est pas venu avec moi et qui n'a rien à voir avec le nom de Rodrigues. »

Les policiers insistent :

« Comment se fait-il, au vu de l'expertise effectuée, que ce voyage à Madère apparaisse avoir été réglé en espèces auprès de l'agence Gondard ?

– Je ne pensais pas que je l'avais réglé en espèces. En aucun cas il ne peut s'agir d'un cadeau du cabinet du maire. »

Marche arrière donc, et à toute vitesse... sans toutefois heurter le carrosse présidentiel. À la cour, ces choses-là ne se font pas. Malmenée par l'étalage des pièces qui lui sont présentées, Annie Lhéritier tremble sur ses bases. Elle n'a pas envisagé qu'on l'interrogerait un jour, sur commission rogatoire, à propos des faveurs de l'homme qui la fit reine dans sa tour d'ivoire.

Quelle impudence !

« Est-il envisageable que le maire lui-même vous ait offert ce voyage ? lui demande le chef des policiers.

– Je n'exclus pas cette possibilité, il se préoccupait de la santé fragile de mon fils. Je n'exclus pas d'avoir parlé au maire de mon projet de voyage à Madère et que celui-ci ait pris l'initiative d'en régler l'essentiel. De plus, le montant de ce voyage me semble trop élevé par rapport à la gamme de choix habituel. Je sais que j'ai pu garder de l'argent en espèces chez moi, mais pas d'une manière aussi importante. Vous m'indiquez que ce voyage a été payé en deux fois en espèces, il est possible que je n'aie payé que le solde, soit 8 760 francs. »

Un vrai sac de nœuds... qui tourne au pataquès quand les enquêteurs veulent enfin qu'Annie Lhéritier les éclaire sur une facture de 23 768 francs, réglée en espèces et libellée à son nom le 15 décembre 1992 : « Je ne vois pas à quoi peut correspondre cette facturation car je n'ai pas voyagé pendant l'année 1993, à cause de graves problèmes de santé de mon fils hospitalisé. N'ayant jamais organisé de voyage pour quelqu'un d'autre, je ne vois pas pourquoi cette facture est établie à mon nom. Je n'avais aucun contact avec les gens qui s'occupaient des voyages du maire de Paris, ni professionnellement ni à titre privé. »

On n'en saura pas davantage. Et la PJ pourra courir longtemps sur les trottoirs autour du palais présidentiel pour tenter d'identifier le malotru qui s'est permis d'usurper le patronyme d'Annie Lhéritier pour se payer du bon temps... avec les fonds secrets détournés !

Entre maintenant en scène la dame – fort appréciée de tous et par laquelle tout un chacun devait passer pour accéder à Jacques Chirac. À la mairie de Paris, Marianne Hibon travaillait dans un bureau contigu de celui de Chirac. Chef de son secrétariat particulier depuis août 1991, elle a quitté Jacques Chirac bien après son arrivée à l'Élysée. À la Brigade financière, elle se présente comme le « point central » entre toutes ses activités, la personne qui tenait au jour le jour son agenda et faisait les liaisons avec les autres services de la Ville, notamment lors de ses déplacements. Interrogée le 10 juillet 2001, Marianne Hibon a des souvenirs précis, sauf quand il s'agit de gros sous : « M. Chirac organisait lui-même ses vacances. Pour la famille, je pense que c'était probablement lui, également. (...) C'est à ces occasions qu'il me demandait d'appeler l'agence Gondard. Je lui passais alors Foulatière ou la secrétaire. Lorsque Foulatière rappelait – il avait mes coordonnées à l'Hôtel de Ville –, je le mettais en communication avec M. Chirac. Il est également arrivé que je prenne rendez-vous pour M. Foulatière, qui se déplaçait alors à l'Hôtel de Ville. Il était directement reçu par M. Chirac. Je suppose qu'il venait lui remettre les billets [*d'avion*] et réservations. Je n'ai assisté à aucun entretien. En tout état de cause, ceux-ci étaient de courte durée.

– En ce qui concerne les règlements de ces voyages, êtes-vous intervenue d'une façon directe ou indirecte ?

– Non. Je n'ai jamais remis d'enveloppe à M. Foulatière. J'ai simplement passé M. Foulatière au téléphone, j'ai fixé des rendez-vous. Je suis incapable d'en préciser le nombre, la date et la cadence. »

L'affaire est entendue et se corse. C'est donc bien Chirac qui donnait les ordres. Fâcheuse nouvelle ! Qui n'empêche pas les policiers de pousser plus avant l'interrogatoire :

« En ce qui concerne les factures de l'agence Gondard, qui les réceptionnait ?

– Certainement pas moi. Je n'ai jamais vu de factures correspondant aux déplacements privés de M. Chirac. (...) Ce que je puis supposer, c'est que M. Foulatière remettait directement les factures et les billets [*d'avion*] à M. Chirac.

– Avez-vous connaissance de sommes en espèces conservées à la mairie de Paris entre 1989 et 1995 ?

– Les seules espèces dont je puis vous parler concernent une caisse servant à payer un cadeau de mariage, des fleurs, c'est-à-dire des menues dépenses pour le compte de M. Chirac. Cette caisse de l'ordre de 10 à 15 000 francs français était alimentée directement par M. Chirac. J'ignore l'origine des fonds que celui-ci versait dans la caisse. Quand il n'y avait pas d'argent pour régler ces menues dépenses, j'en avisais Monsieur le maire qui donnait lui-même ce dont on avait besoin. La remise n'était pas toujours immédiate. Ce sont les seules espèces dont j'ai pu constater l'existence durant toute ma présence auprès du cabinet de M. Chirac. »

Mme Hibon est bonne fille. Qui ne se souvient pas du coffre-fort et des liasses dont il regorgeait ? Forcément informés, les policiers ne sont pas convaincus par cette version soft de la vie quotidienne du cabinet du maire de Paris :

« Le cabinet du maire disposait-il de coffres ? Personnellement, aviez-vous un coffre ?

– Au secrétariat particulier du maire de Paris, il y avait un coffre encastré dans le mur. C'est là que je rangeais la caisse précitée, ainsi que des dossiers personnels de

M. Chirac. En ce qui concerne le bureau du maire et les bureaux du cabinet, j'ignore s'ils disposaient de coffres. »

Occasion rêvée de prendre la secrétaire particulière à contre-pied. Un policier se saisit de la déclaration de Maurice Ulrich où l'ex-conseiller du maire avait affirmé avoir régulièrement remis des sommes en espèces à Jacques Chirac (reliquat des primes de cabinet de l'Hôtel Matignon et des fonds secrets) par, justement, l'intermédiaire de Marianne Hibon.

Commentaire embarrassé de la secrétaire particulière. À question épineuse, elle se doit de répondre en prenant des gants. Quitte à se contredire :

« C'est exact. À la demande de M. Chirac, j'allais de temps en temps dans le bureau de M. Ulrich pour récupérer des enveloppes. Je savais qu'il s'agissait d'espèces car il est arrivé que M. Chirac m'indique le montant de l'enveloppe. C'était moi à ce moment-là qui me chargeais de demander à M. Ulrich de préparer la somme précise. De mémoire, pour les sommes dont j'ai eu connaissance, les montants étaient compris entre 10 et 80 000 francs français. En ce qui concerne cet argent, je le remettais directement à M. Chirac. Je maintiens que je ne suis jamais intervenue lors des règlements à M. Foulatière pour le compte de M. Chirac ou d'autres. Je n'ai jamais eu un accès direct au coffre de M. Ulrich.

– Avez-vous connaissance de l'origine de ces fonds et de leur montant global ?

– J'ignore totalement l'origine de ces fonds et leur montant...

– Avez-vous connaissance de l'utilisation faite par M. Chirac de ces fonds ?

– Je l'ignore également.

– S'agit-il cette fois des seuls mouvements en espèces dont vous ayez souvenir ?

– Oui. Je suis formelle. »

Ainsi, malgré maints efforts, Marianne Hibon – témoin

clé de ces années maudites – a bien dû se résoudre à admettre qu'au cabinet de son patron, le maire de Paris Jacques Chirac, l'argent noir circulait de l'un à l'autre. Mais sans dire que c'était à grands flots.

Dans les grandes maisons, on n'est jamais aussi bien servi par les petits personnels qu'en les tenant à l'écart des secrets susceptibles d'être répétés. Chez Chirac, la démocratisation désordonnée des rapports sociaux a manifestement fini par engendrer un dangereux mélange des genres. À force de se saouler de liquides, maire et conseillers ont perdu la boule. Le chauffeur aussi savait que les coffres regorgeaient d'argent, étant lui-même utilisé comme transporteur de fonds. Sans gilet pare-balles.

Devant les enquêteurs, Jean-Claude Laumond se fait un plaisir de raconter comment, par son entremise, Jacques Chirac réglait ses voyages par enveloppes, à Maurice Foulatière. Chauffeur de Chirac de 1973 à 1997, Laumond – à la différence de tous les autres – n'a pas la mémoire qui flanche : « À chaque fois, Mlle Hibon me contactait au service auto du bureau du maire et me remettait une enveloppe kraft carbonée fermée de type A4 à déposer immédiatement à M. Foulatière dans son bureau de Neuilly. À chaque fois, il me disait qu'il venait de recevoir un appel de Jacques Chirac pour s'informer de mon arrivée. Bien évidemment je n'ai jamais vu le contenu de ces enveloppes qui n'ont jamais été ouvertes devant moi. Je suis formel, M. Foulatière prenait uniquement l'enveloppe, mais ne m'a jamais remis un pli personnel destiné à Jacques Chirac ou à quelqu'un d'autre d'ailleurs. Je n'ai pas souvenance qu'une autre personne m'ait demandé de porter quoi que ce soit chez M. Foulatière. Je n'avais d'ailleurs pas à dépendre d'une autre personne. Je n'ai pas reçu d'instructions émanant d'une autre personne que M. Chirac ou Mme Hibon.

– Avez-vous compris que les enveloppes destinées à M. Foulatière contenaient des espèces ?

– Maintenant, avec le recul, oui. Cela explique pourquoi M. Foulatière venait à la mairie en métro et pourquoi je le raccompagnais avec sa sacoche à Neuilly ou j'allais lui porter une enveloppe à son bureau...

– Connaissiez-vous Jean-Claude Méry ?

– Je l'ai vu descendre de sa voiture dans la cour de la mairie de Paris puis disparaître dans les couloirs. Je n'ai jamais su exactement où il allait.

– Pouvez-vous dater plus précisément la période pendant laquelle M. Chirac a eu recours à l'agence Gondard ?

– D'une manière certaine, il a fait appel à cette agence après 1988...

– M. Chirac a-t-il utilisé d'autres agences de voyages à votre connaissance ?

– Non, c'est la seule où je suis allé. »

Père de Martin, fils qu'il eut de Claude Chirac, le champion de judo Thierry Rey figure à deux reprises dans les registres des voyages payés en liquide à l'agence Gondard. Le 14 décembre 1993 a été émise une facture au nom d'un dénommé « Rey » pour un safari au Kenya, du 20 décembre 1993 au 2 janvier 1994. Ardoise salée : 123 750 francs. À son sujet, le voyagiste Maurice Foulatière a déclaré aux enquêteurs : « Quant au nom Rey, je pense qu'il s'agit du gendre de M. Chirac. »

Problème : Thierry Rey assure ne connaître Claude Chirac que depuis l'automne 1994. Neuf mois après ce prétendu voyage. Il ajoute : « Je suis certain de cette période. »

Le champion du monde, médaillé olympique en 1979 et 1980, le jure aussi – on peut le croire sur parole : « Je n'ai jamais été au Kenya de ma vie. »

D'ailleurs, son passeport de l'époque ne mentionne aucune virée au beau pays des safaris. En revanche, deux visas de la République populaire de Chine attestent que Thierry Rey était à Pékin, à la date du voyage au Kenya organisé par l'agence Gondard et payé comme tous les autres en liquide. Encore une fois et de toute évidence, le nom de Thierry Rey a été utilisé, sans qu'il le sache, pour camoufler la véritable identité du chasseur de buffle.

En revanche, Thierry Rey ne fait aucune difficulté pour reconnaître le séjour à Quiberon, d'un montant de 35 000 francs, qui lui est offert pour partie par les Chirac à la date du 6 juillet 1995.

« C'était un voyage de quatre jours, précise-t-il. Je me souviens que Claude [*Chirac*] s'est occupée du règlement de la partie voyage par des modalités que j'ignore et que j'ai réglé le reste, les frais de la vie courante, par Carte bleue, comme j'ai l'habitude de faire. Je n'ai fait aucun autre déplacement qu'on puisse qualifier de "*voyage*" avec Claude. »

Forts de ces témoignages, les magistrats instructeurs ne peuvent aller plus loin dans leurs investigations sans interroger celui vers qui convergent tous les soupçons : Jacques Chirac, soi-même. Le 22 juin 2001, Armand Riberolles, Marc Brisset-Foucault et Renaud Van Ruymbeke avisent le procureur de la République de Paris, Jean-Pierre Dintilhac, des résultats de leur enquête. Rien n'est éludé dans sept paragraphes sans complaisance, desquels il ressort que tout se tient, que tout remonte au président. Accablante conclusion :

• « Les marchés de construction et de rénovation des lycées de la Région Île-de-France ont, entre 1989 et 1997, fait l'objet d'une entente anticoncurrentielle et donné lieu au versement de contreparties financières par les entreprises attributaires » ;

• « Michel Roussin, mis en cause par de nombreux intervenants, apparaît comme l'organisateur et le superviseur de ce système qui a profité notamment au Rassemblement pour la République, au Parti républicain et au

Parti socialiste. Il était, à l'époque où les faits ont été initiés, directeur de cabinet du maire de Paris, par ailleurs président du RPR » ;

• « Les fonds de la corruption ont pour partie été versés sous la forme de financements officiels prévus par la loi du 15 janvier 1990, pour partie également en espèces » ;

• « Jean-Claude Méry – dont le rôle est décrit par plusieurs témoins –, dans ses "*confessions*" enregistrées, a indiqué avoir remis à Michel Roussin d'importantes sommes en espèces issues de la corruption dans divers marchés publics » ;

• « Les dirigeants de l'entreprise Chagnaud ont déclaré que Michel Roussin avait, en contrepartie de l'obtention par cette entreprise de marchés de lycées, réclamé le versement de sommes en espèces » ;

• « Par ailleurs, l'agence Gondard a, entre 1992 et 1995, organisé divers voyages et séjours touristiques pour le maire de Paris et son entourage, dont les factures ont été réglées en espèces par les agents de la mairie de Paris » ;

• « L'importance des sommes en cause (2 429 304 francs entre le 22 décembre 1992 et le 13 mars 1995) conduit à s'interroger sur leur origine et sur leur lien avec les faits dont nous sommes saisis. »

Les trois magistrats sont catégoriques : Jacques Chirac est mis en cause à de multiples reprises dans leur dossier. Dans l'affaire des voyages, à titre personnel. Cette fois, sans la couverture facile de Michel Roussin. C'est pourquoi le président doit être entendu. Aussi concluent-ils : « À ce stade de l'information, il apparaît nécessaire à la manifestation de la vérité de recueillir le témoignage de M. Jacques Chirac, maire de Paris à l'époque des faits. »

Cependant, les juges s'interrogent : « M. Jacques Chirac exerce les fonctions de président de la République et la question se pose de savoir si l'article 68 de la Constitution, compte tenu de l'interprétation qui en a été donnée par le Conseil constitutionnel dans sa décision du 22 janvier 1999, autorise qu'il soit procédé par le juge de droit commun à l'audition du président de la République... »

Le chef de l'État peut-il, oui ou non, être interrogé comme témoin par les juges Brisset-Foucault, Riberolles et Van Ruymbeke ? Au sommet de l'institution judiciaire, la question suscite un débat houleux. Conflit de doctrines, escarmouches et imbroglio judiciaire qui fleurent bon les pressions politiques.

Pour le procureur général, Yves Nadal, autorité suprême du Palais de Justice sous les ordres directs du garde des Sceaux, Chirac n'est pas un justiciable comme les autres et il est hors de question de le soumettre, même comme témoin, aux questions des juges. Le 9 juillet 2001, il le fait savoir à son subordonné, le procureur de Paris Jean-Pierre Dintilhac : « Notre analyse juridique quant au principe même de la possibilité pour une juridiction de droit commun de procéder à l'audition du chef de l'État en qualité de témoin assisté me paraît discutable. En effet, cette position juridique me semble, en l'absence de décision de la Cour de cassation, en contradiction avec le statut pénal du président de la République tel qu'explicité par le Conseil constitutionnel dans sa décision du 22 janvier 1999. (...) Dès lors, compte tenu des termes mêmes de l'ordonnance de soit-communiqué[1] transmise par les juges d'instruction et de leur demande tendant expressément à l'audition de M. Chirac en qualité de témoin assisté, il ne me semble pas envisageable que celle-ci puisse intervenir (...) tant en qualité de simple témoin que de témoin assisté. »

Malgré la demande expresse de son autorité hiérarchique, le chef du parquet de Paris, Jean-Pierre Dintilhac,

1. « Ordonnance de soit-communiqué » : termes juridiques, pour désigner la lettre officielle que le juge d'instruction envoie au procureur de la République pour l'informer.

n'est pas sur la même longueur d'onde. Le lendemain, 10 juillet 2001, il écrit aux trois juges. Pour leur donner son feu vert : « Rien, juridiquement, ne s'oppose à l'audition du président de la République en qualité de témoin assisté, dès lors que cette audition est nécessaire à la manifestation de la vérité et qu'elle s'effectue dans les conditions qui respectent la dignité des fonctions du chef de l'État. »

Le procureur de Paris déclare les magistrats « compétents » pour procéder à cette audition. Il leur demande toutefois « d'entendre auparavant les autres personnes concernées et de procéder aux investigations susceptibles de permettre de déterminer l'origine des fonds avec lesquels ont été effectués les paiements en espèces ». Ce qui ne sera pas fait.

Dans les jours qui suivent, la guerre de tranchées continue. De plus belle. Le 14 juillet, lors de sa garden-party de l'Élysée, interrogé par Patrick Poivre d'Arvor, le président explique longuement son refus de se soumettre à la volonté des magistrats pour une affaire qui fait « *pschitt* ». Et tant pis s'il oublie au passage ce qu'il avait déclaré à Poivre d'Arvor, sept mois auparavant, le 14 décembre 2000, au journal télévisé de TF1 : « Il n'y a pas de vide juridique pour le chef de l'État. Si le chef de l'État a fauté, ou s'il faute, il y a une responsabilité. Il est élu par l'ensemble du peuple français – dont il tient sa légitimité –, il répond devant le peuple français, c'est-à-dire devant ses représentants, et c'est la Haute Cour de justice. La Constitution a prévu les choses. Si le chef de l'État a fauté avant, ou fauté pendant ses fonctions, il y a une procédure particulière qui est la Haute Cour de justice, et qui est conforme à l'esprit même des institutions. Le chef de l'État n'est pas un citoyen tout à fait comme les autres, il assure la continuité de l'État, il la garantit. »

Sans complaisance, Patrick Poivre d'Arvor n'avait alors

pas raté l'occasion de demander au président s'il souhaitait s'expliquer devant un juge. Réponse, belle comme l'antique : « Vous touchez là un problème important, car je sais bien qu'une immense majorité des Français – il y a eu des sondages sur ce point – se disent : "*Mais, le président de la République, il est quelqu'un comme tout le monde, et donc si un juge veut l'interroger, il doit pouvoir l'interroger.*" Il faut savoir et comprendre les choses. Mon intérêt et ma pente naturelle seraient d'accepter. Être entendu comme témoin me permettrait de tordre le cou à un certain nombre de rumeurs, d'insinuations que font courir un certain nombre de gens, sachant parfaitement que je ne peux pas me défendre. De la même façon, je pourrais changer la tradition républicaine et décider de porter plainte en diffamation à l'égard d'un certain nombre de choses que j'entends ou que je lis contre moi, dans le cadre de toutes ces manipulations, de toute cette volonté de déstabiliser les hommes politiques et notamment, naturellement, le chef de l'État pour des raisons que je ne tiens pas à développer, et néanmoins je ne le fais pas. Le chef de l'État tient son pouvoir de l'ensemble des Français. Il est le garant de la continuité de l'État. Il ne peut pas être soumis au pouvoir législatif, ni au pouvoir judiciaire, ni d'ailleurs au pouvoir militaire, c'est pour cela notamment qu'il est le chef des armées. Tous ceux qui m'attaquent, sachant très bien que je ne peux pas me défendre, et que je ne peux pas être entendu, que je ne peux pas porter plainte en diffamation, peuvent dire tout ce qu'ils veulent en toute sérénité et sans courir aucun risque. Je suis la victime permanente dans cette affaire. »

L'art en somme de se donner le beau rôle, en habit de premier communiant auréolé de sainteté, en martyr percé de flèches. Et de s'en remettre à la justice divine, à défaut de celle des hommes... dont il aurait tout à craindre si d'aventure il s'avisait de la saisir. Ce que la loi permet.

Préalablement, faisant mine de ne pas savoir qu'ils le visent personnellement, Chirac avait alors rejeté d'une pichenette les insupportables aveux enregistrés par les juges, au long des sept dernières années d'instruction de l'affaire des lycées d'Île-de-France : « Je vais vous dire très franchement une chose : je ne peux pas y croire [*sic*]. Qu'il y ait eu des ententes avec une entreprise par-ci, une entreprise par-là, c'est tout à fait probable. (...) Mais qu'il y ait eu un système où les partis politiques de la majorité et de l'opposition se seraient mis ensemble pour se partager je ne sais quel gâteau, si c'est démontré, je serai le premier à le condamner [*resic*]. Mais, honnêtement, je n'y crois pas beaucoup [*reresic*]. »

Exemplaire manifestation d'une probité jamais prise en défaut. Dont on ne retrouve plus la trace sur le site internet de la présidence de la République, où sont répertoriées et intégralement reproduites les diverses déclarations et interviews de Jacques Chirac depuis sa première élection en 1995. Toutes, sauf cette historique interview accordée à Patrick Poivre d'Arvor le 14 décembre 2000.

Bouillant député socialiste de Saône-et-Loire, Arnaud Montebourg n'a pas tort de dire qu'en se présentant comme dans l'impossibilité de défendre son honneur par la voie des procédures ordinaires, tout en rappelant que « si le chef de l'État a fauté, il y a une procédure particulière qui est la Haute Cour de justice », le président s'est placé ostensiblement, par l'esprit et la lettre de ses propres déclarations, en position de réclamer justice pour son compte devant la juridiction compétente : la Haute Cour. Dès lors, pour combattre le déni de justice que représentait l'interruption des procédures en cours, et combattre le déshonneur que représentait pour lui-même l'impossibilité d'être lavé des soupçons ou de l'accusation d'avoir commis des infractions pénales graves, il ne restait au président de la République qu'une seule voie : la saisine de la commission d'instruction de la Haute Cour de justice. Comme le fit, avant lui, l'ancien Premier ministre Laurent Fabius, impliqué dans l'affaire du sang contaminé.

Montebourg – qui réclame le renvoi du président Chirac devant la commission d'instruction de la Haute Cour de justice – n'a pas tort non plus d'écrire, le 21 mai 2001, en conclusion de sa proposition soumise à la Chambre des députés mais rejetée : « Il n'est plus dans le monde, à ce jour, de chefs d'État qui échapperaient à la loi commune. Un mouvement universel s'est engagé afin de soumettre au respect de la loi ordinaire les chefs d'États démocratiques. Ce mouvement a commencé il y a vingt-six ans, lorsque la Chambre des députés américains vota la mise en accusation du président Richard Nixon. »

Pour Arnaud Montebourg – dont je regrette les outrances théâtrales à l'Assemblée nationale, mais qui parle, ici, en parfait homme de loi –, « ce mouvement de soumission à l'état de droit des chefs d'État s'est ainsi implanté dans de nombreux pays dont la démocratie n'est pas aussi aboutie que la nôtre. Comment pourrait-on expliquer à nos concitoyens que les délits commis par les présidents Joseph Estrada [*des Philippines*], Alberto Fujimori [*du Pérou*], Richard Nixon – ce dernier ayant été pourtant à la tête de la première puissance mondiale – sont justiciables d'une juridiction, mais qu'on ne trouvera, en France, aucun juge pour juger le président Jacques Chirac et les délits graves dont celui-ci est lourdement soupçonné par la justice ? ».

En juillet 2001, les trois juges d'instruction, Armand Riberolles, Marc Brisset-Foucault et Renaud Van Ruymbeke, sont contraints de battre en retraite. Alors que le procureur général, Yves Nadal, a saisi la Cour de cassation – qui ne se prononcera qu'à l'automne –, ils signent ensemble, le 17 juillet, une « ordonnance d'incompétence », en déclarant que si l'audition de Chirac est

« nécessaire à la manifestation de la vérité », elle se heurte à une « impossibilité constitutionnelle ». Exit donc le président de la République, qui sera définitivement mis à l'abri des poursuites, le 10 octobre 2001, par l'arrêt historique de la Cour de cassation évoqué plus avant, copie conforme de ce qu'avait notifié le Conseil constitutionnel présidé par Roland Dumas, le 22 janvier 1999. Ainsi, juges et procureur de Paris sont renvoyés à leurs chères études... au nom du principe inventé par les sages du Conseil constitutionnel voulant que, comme en Inde, le président de la République soit une vache sacrée.

Les années vont passer... jusqu'au procès fleuve des marchés truqués de l'Île-de-France, en 2005. Incluse au départ dans le dossier des lycées, l'enquête sur les billets d'avion payés en espèces n'est pas même évoquée dans l'ordonnance de renvoi devant le tribunal correctionnel, le juge Armand Riberolles l'ayant, semble-t-il, oubliée. Omission qui scelle, de facto, l'extinction des poursuites sur les versements effectués en liquide par Chirac (ou à sa demande) dans la petite agence de voyages de Neuilly, de 1992 à 1995.

Formidable coup d'éponge judiciaire, salué par le journal *Le Monde* : « Plus radical qu'un non-lieu, plus discret qu'une amnistie, moins compromettant qu'un classement sans suite... »

Et sans que cette décision soit matérialisée par un seul acte judiciaire.

Des listings et multiples documents récoltés chez le voyagiste de Chirac, on n'entendra plus jamais parler. Et lors des audiences du procès des marchés de l'Île-de-France, à aucun moment il ne sera fait mention de ces multiples voyages payés avec les caisses noires.

Pourtant, dans la liste fournie des clients de l'agence Gondard, je remarque un nom de première importance, explosif même, qui a échappé à la sagacité des enquêteurs qui ne l'ont jamais relevé dans leur procédure. Je veux parler du patronyme des frères Sananès, acteurs centraux dans le trucage des marchés de l'Île-de-France.

Maurice Foulatière, à qui ne fut pas demandée la plus petite information sur ce nom, avait enregistré dans ses comptes le client « Sananès », le 29 juillet 1994, pour le règlement en espèces d'une facture de 35 440 francs. Dans ce club privé où nul n'entre sans montrer patte blanche, un membre se serait-il permis d'usurper le nom de Sananès ? Ou est-ce Sananès qui a effectué lui-même le voyage payé chez Gondard ?

Quoi qu'il en soit, le lien direct, irréfutable, entre l'argent noir dégagé par wagons grâce aux marchés de l'Île-de-France et les voyages réglés en espèces par Chirac et les siens, est désormais établi. Comment a-t-il pu se faire que les policiers aguerris de la Brigade financière et que les trois juges d'instruction, parmi les meilleurs de France, n'aient ni vu ce nom ni convoqué les Sananès pour les passer à la question ?

Mystère d'un appareil judiciaire atteint de conjonctivite aiguë quand il lui faut braquer son regard sur le premier personnage de l'État.

Que n'aura-t-on pas fait pour sauver le premier magistrat de France, également chef de nos armées, preux général qui abandonne ses hommes sur le champ de bataille où il les a guidés et se met aux abris, en cotte de mailles et casque à pointe, pendant que ses officiers passent sous la mitraille.

13

Dans les caves et secrets du Château-Chirac

À l'époque bénie de la mairie de Paris, la famille Chirac sillonne le monde à l'œil, grâce aux billets d'avions payés avec l'argent des caisses noires. Ils se perdent dans un immense appartement de l'Hôtel de Ville : 1 082 m² – excusez du peu[1] !

À l'Hôtel de Ville, chaque jour que l'année compte, Chirac père, Chirac mère et Chirac fille font bombance, absorbant autant de nourritures et de breuvages que de kérosène. Les meilleures maisons de luxe de la capitale sont mobilisées pour les approvisionnements en tisanes rares, légumes enchanteurs, fruits exotiques, viandes d'exception, poissons d'argent, desserts de choix, fromages fermiers, vins fins et champagnes millésimés, liqueurs et chocolats...

Drelin ! Drelin !

---

1. Outre le logement de fonction à l'Hôtel de Ville de Paris (1 082 m²), outre l'appartement de 135 m² dont il est propriétaire dans le 6e arrondissement de Paris, outre encore le château de Bity (en Corrèze), Jacques Chirac est également, selon *Le Canard enchaîné*, le locataire de 189 m² habitables, au rez-de-chaussée d'un pavillon de la rue du Bac (à Paris 7e), agrémenté d'un jardin privé de 525 m² dont il jouit alors pour la modique somme de 11 000 francs (plus 1 200 francs de charges) par mois, soit 58 francs le mètre carré habitable. Un tarif très social dans un quartier prisé.

Nous voici donc partis à la découverte des fameux « frais de bouche » de Jacques, Bernadette et Claude Chirac. Entre 1987 et 1995, ils totalisent – selon les estimations les plus indulgentes – la somme déjà « abracadabrantesque » de **14,5** millions (plus de 4 400 francs par jour), dont **9,5** millions réglés en espèces, parfois avec du liquide puisé directement dans les caisses de la buvette de l'Hôtel de Ville ! Privilège singulier, revenant à autoriser le maire à s'alimenter aux frais du bistrotier à proximité. Et de faire ensuite la morale aux Français qui s'abandonnent à l'obésité et à la boisson. Chirac président, qui ordonne de lourdes sanctions contre les automobilistes qui appuient sur le champignon, oubliant qu'il se divertissait, en petits comités, lorsqu'il était maire de Paris, dans l'accélération d'absorption de denrées et liquides qu'aucun estomac ne pourrait supporter.

Ces fastes dignes de la cour du Roi-Soleil ne relèvent pas de la rumeur. Et ne sont pas révélés par un « corbeau » en mal de nuisance. Les chiffres sont officiels, frappés du sceau des meilleurs services de l'État, scrupuleusement recensés par l'Inspection générale de la Ville de Paris, dans un rapport (demeuré longtemps confidentiel) sur les coulisses financières de la mairie. Intitulé « Enquête sur le fonctionnement de la questure », il fut commandé, le 4 octobre 2001, sous Bertrand Delanoë, successeur socialiste de Jacques Chirac, et lui fut remis (sans publicité) en juin 2002.

Le service de la questure (finalement supprimé cette même année, après le vote de la loi bien nommée sur la « démocratie de proximité ») est à l'époque de Jacques Chirac un rouage clé de la mairie de Paris. Une « boîte noire » qui lui sert de tirelire, ainsi qu'à ses proches. Dotée d'un budget confortable (porté de **81** millions de francs en 1987 à **122** millions à la fin des années 1990) et d'un effectif d'environ 150 fonctionnaires – dont une bonne centaine de chauffeurs et autant de limousines –, la questure de la mairie de Paris roule sur l'or. C'est elle qui assure l'intendance des 163 conseillers municipaux et surtout du premier magistrat de la ville.

Tout leur est offert : les frais de représentation, de déplacements, de délégation, plus les dépenses de matériel et d'entretien, etc. Ainsi, tous les maires d'arrondissement, maires adjoints, présidents de groupes politiques, des sociétés d'économie mixte ou les élus bien en cour disposent d'une voiture de fonction avec chauffeur, essence gratuite, téléphone portable et autres à-côtés. Variables, selon la personnalité de chacun. En marge de l'enquête officielle, et sans que nul ne puisse contester le résultat de mes investigations, je découvre que monsieur le maire accorde aussi voitures, chauffeurs, cocarde, assurance et carburant à quelques-uns de ses obligés, anciens ministres RPR punis par le suffrage universel et qui ne comptent pas parmi les conseillers de Paris. Cadeau insolent et aspect croquignolesque du dossier garage, sur lequel nous reviendrons après inventaire des cuisines et des caves.

Créée en avril 1939 à l'époque où la Ville de Paris était dirigée par un préfet, supprimée en 1975, puis vite rétablie par Jacques Chirac en décembre 1986, la questure bénéficie du privilège « dérogatoire » d'être gérée « dans des conditions analogues » à ses deux grandes sœurs, les questures de l'Assemblée nationale et du Sénat. Autrement dit, ce jouet du maire décide et contrôle lui-même ses dépenses, s'en faisant juge et partie. Ce qui autorise tous les excès. Un cas d'exception dans l'administration française.

Depuis la loi dite « de rétablissement » voulue par le Premier ministre et maire de Paris (Jacques Chirac soi-même) en 1986, la questure est en principe soumise à la surveillance de la Cour des comptes. Mais en pratique, comme le souligne l'Inspection de la Ville, « la Cour des comptes n'a jamais exercé de contrôle juridictionnel sur les comptes de la questure pendant les années 1987-2000 ».

Quand ils entreprennent de passer au crible les comptes de la questure, en 2001, les limiers de l'Inspection n'ont pas la tâche facile. Là encore – c'est une constante dans les dossiers touchant de trop près la famille Chirac –, toutes les archives « sensibles » ont été opportunément passées à la broyeuse juste avant l'arrivée des contrôleurs. Même scénario que dans les affaires des marchés truqués de la Région Île-de-France, de Jean-Claude Méry et de Pacary. Une manie ! Une détestation irrésistible des vieux papiers. À l'origine, les inspecteurs de la Ville de Paris ont le projet d'effectuer un « contrôle sur pièces » pour trois exercices choisis au hasard, pendant la période 1987-2000. Mais dès le début de leurs recherches, ils sont informés par les responsables du bureau de la comptabilité que tous les justificatifs (bons de commandes, factures, etc.) relatifs aux comptes de la questure antérieurs à 1994 (pendant les années Chirac) ont été détruits.

D'intelligentes machines à broyer les vérités gênantes ont une première fois commencé à tourner à plein régime – après le 27 juin 1996, dans les heures qui ont suivi la perquisition du juge Éric Halphen au domicile privé du nouveau maire Jean Tiberi[1].

1. Devant accompagner le juge chez Tiberi, les policiers de la Brigade financière, sur ordre du directeur de la PJ Olivier Foll, avaient refusé de l'assister et la perquisition ne put avoir lieu en grand équipage, bien que les caméras de télévision aient été convoquées. Détestable starisation d'un magistrat en mal de publicité, et inadmissible indiscipline d'un dirigeant de la police judiciaire qui ne veut se soustraire à ses obligations. En guise de sanction, Olivier Foll sera suspendu pendant six mois de ses fonctions d'officier de police judiciaire. Mais il conservera son poste de directeur de la PJ de Paris ! Mis à l'écart par le gouvernement de Lionel Jospin, en 1997, l'ex-« grand flic » prendra sa retraite en 1998 et fondera, à Neuilly-sur-Seine, l'officine de sécurité et d'intelligence économique O.Foll Consultants, qui se flatte de compter parmi ses premiers et fidèles clients le groupe Suez-Lyonnaise des eaux de l'ami Jérôme Monod, futur premier conseiller de Chirac à l'Élysée.

Cette visite impromptue d'Halphen chez Tiberi déclenche l'alerte rouge. Des photos du juge sont même données aux agents de sécurité en poste aux entrées de la mairie. Ils ont pour consigne de sonner l'alarme, si besoin est. Les chiraquiens sont à l'œuvre : en deux jours, 9 tonnes d'archives – un volume neuf fois supérieur à celui d'un mois habituel – sont détruites. Conseiller écologiste de Paris, feu Alain Riou s'étonne de ces mises au pilon massives. Et constate que des documents sensibles – parmi lesquels des « minutiers » du cabinet du maire et de la questure – ont disparu.

« Nous n'avons éliminé que de vieux journaux ! » répond un adjoint du maire, fidèle de Chirac.

Nouvelle « opération broyeuse » le 27 janvier 1999, quand commence à se profiler la bataille pour les élections municipales de 2001. À droite les couteaux s'affûtent. Il faut débarquer Tiberi... en lui faisant porter le chapeau du système mis en place par Chirac. Coup double ! En se débarrassant de Tiberi – accusé de tous les maux de la terre –, on sauve Chirac. Méthode éprouvée... dont Michel Roussin va faire les frais. Comme Alain Juppé, obligé d'aller s'expliquer devant les juges. Mais encore faut-il que le ménage soit fait. De telle manière que la responsabilité personnelle de Chirac ne puisse être établie. De la belle ouvrage !

Cette fois, c'est le grand nettoyage. L'ensemble des pièces et justificatifs des comptes de la questure concernant la période 1978 à 1986 – soit 22 mètres linéaires de documents – est expédié ad patres. Rebelote, le 26 mai 2000, un an avant l'arrivée de Bertrand Delanoë à la mairie : 25 mètres linéaires de documents sont pilonnés, l'ensemble des pièces comptables concernant les années 1987 à 1993. Avec ce nouveau coup de balai, ce sont la plupart des folies des années Chirac à la mairie de Paris qui sont définitivement atomisées. Parmi lesquelles des liasses de factures adressées à sa femme Bernadette, dont on ne connaîtra jamais le contenu.

Dans leur rapport, les inspecteurs de la Ville de Paris signalent comme il se doit cet empressement à effacer le passé : « On peut s'étonner que le questeur (ou le secrétaire général du conseil de Paris), avant de faire procéder à ces destructions de documents, n'ait pas jugé opportun de demander au parquet général [*du tribunal de Paris*] ou au secrétariat général de la Cour des comptes l'autorisation d'éliminer le stock d'archives dont la questure souhaitait se débarrasser. Cette omission laisse évidemment planer un doute sur les motifs véritables qui sont à l'origine de ces destructions, dont on remarquera au surplus qu'elles sont intervenues dans un laps de temps particulièrement restreint : dix-sept mois seulement séparent les deux opérations. »

Malheureusement pour le président de la République et heureusement pour l'information de ses anciens administrés, le travail a été bâclé. Divers documents ont pu être sauvés du désastre. Les comptes concernant les dépenses de l'appartement des Chirac en 1994 et 1995 sont retrouvés. Allant à la pêche dans les placards de la mairie, les enquêteurs ont aussi mis la main sur des « livres de gestion », où les fonctionnaires municipaux notaient les mouvements d'espèces destinées aux menus frais de la famille Chirac. À cause des destructions d'archives illégales, les découvertes des contrôleurs seront très incomplètes : elles ne représentent qu'une infime partie de l'iceberg. Mais n'en sont pas moins ahurissantes. Pendant les dix-huit années (1977 à 1995) qu'il a passées à la mairie de Paris, Jacques Chirac s'est comporté comme un satrape de l'ancien empire perse, se servant des ressources de la plus belle ville du monde comme de son bien propre.

Les enquêteurs se sont intéressés d'abord à un haut lieu de la mairie : la buvette, installée tout à côté du grand hémicycle du conseil municipal. C'est là que les élus se concertent, se réconcilient autour d'une bonne bouteille, s'enivrent parfois. Un bonheur, la buvette !

Comme à l'Assemblée nationale, comme au Sénat. Les journalistes viennent aussi y récolter échos et rumeurs. À l'époque, comme pour faciliter la fluidité des échanges, la buvette du conseil de Paris débite en grandes quantités boissons alcoolisées et tabac... Sans aucune licence officielle, donc en infraction flagrante avec la loi !

Il n'était pas dans les compétences des enquêteurs de chercher à savoir ce qui se trouvait à la buvette. Financée par la Ville de Paris, elle était, à l'occasion, le point de chute pour d'étranges tractations. Lorsque, le 4 juillet 2001, le premier juge d'instruction Marc Brisset-Foucault l'interroge dans le cadre de l'affaire des lycées de la Région Île-de-France, Georges Quémar, un ancien dirigeant de la Ville de Paris condamné[1], ne se réfugie pas dans le silence. Question du juge :

« À l'époque où vous étiez à la mairie de Paris, avez-vous eu connaissance de circulations d'espèces manipulées par les élus ?

– Je me souviens d'avoir vu assez régulièrement certains adjoints du maire – mais jamais le maire lui-même – (...) sortir des liasses de billets de 500 francs neufs de leur poche de pantalon à la buvette de l'Hôtel de Ville ou au restaurant, au cours de repas auxquels je participais. Les séances du conseil municipal ou des commissions permanentes se terminaient tard la nuit et les adjoints nous invitaient pour des repas où nous étions une dizaine de personnes. À cette occasion, j'ai vu M. Dominati sortir ostensiblement des liasses de billets de 500 francs neufs, et c'est ce détail qui me sidérait. Ils semblaient couramment avoir sur eux des sommes de l'ordre de 10 000 francs. À l'époque, j'étais sous-directeur et mon traitement mensuel était de l'ordre de 12 000 francs nets. J'étais donc assez impressionné et c'était d'ailleurs l'effet que certains de ces élus

1. Georges Quémar fut réabilité en octobre 2000.

recherchaient. Je me souviens aussi qu'ils payaient les taxis avec ces billets tout neufs, car nous sortions après le dernier métro. Je n'ai jamais bénéficié de ce type de générosité, compte tenu de mon rôle hiérarchique et de l'idée que je me faisais de moi-même. »

La franchise du témoin Quémar est de bon augure. Le juge insiste :

« Savez-vous d'où provenaient ces fonds ?

– Il existait à la mairie de Paris ce qu'on appelait les "*fonds de la questure*". Il s'agissait d'un chapitre budgétaire qui était voté globalement. Je me souviens que dans les années 1980, il s'élevait à 20 millions de francs par an. Lorsqu'au cours des réunions de la commission chargée du budget arrivait le moment du vote, les fonctionnaires quittaient la salle et les élus restaient entre eux, y compris les opposants [*de gauche*]. Cela pouvait durer cinq minutes, (...) trois heures, selon les années. (...) Dans la pratique, il s'agissait donc de sommes qui étaient mises à la disposition de la régie des recettes et payées en espèces. Nous ne savions pas à quoi cela pouvait servir. (...) Entre nous, nous appelions cela "*les bonnes œuvres du conseil de Paris*". Il était notoire que cela servait aux élus pour des dépenses personnelles ou des rémunérations occultes, ou encore des compensations pour "*services rendus*". »

Ai-je besoin de préciser que la trace de ces lots de millions envolés ne sera jamais retrouvée ? À la mairie de Paris, on n'eut pas besoin de femmes de ménage pour procéder au grand nettoyage. Tâche impossible : dans les 20 milliards de francs du budget annuel de la Ville, les 20 millions pompés chaque année pour les « bonnes œuvres » se sont volatilisés.

Dans leur rapport, les inspecteurs de la Ville dénoncent une gigantesque pagaille dans la gestion de ce bar pas comme les autres. Ils s'étonnent, d'abord, que ses deux activités (la vente de boissons et le commerce de tabacs) soient assurées de manière « *totalement privée* », bien qu'exercées dans les locaux de la mairie, par des agents « titulaires », payés par la Ville, alors qu'en qualité de fonctionnaires, ils n'ont pas le droit d'exercer une activité commerçante. La liste des « dysfonctionnements » qu'ils relèvent dans l'exploitation de la buvette est interminable :

- absence de régie de dépenses ;
- absence de régie de recettes ;
- absence de justificatifs pour les pourboires versés à chaque livraison aux livreurs ;
- absence de caisse enregistreuse ;
- absence d'affichage de prix ;
- absence de bouchons doseurs, qui empêche de connaître avec précision les quantités vendues ;
- absence de marchés pour les achats ;
- absence de suivi rigoureux des stocks ;
- absence de déclaration d'ouverture de débit de boissons, en contravention avec l'article L41 du code des débits de boissons ;
- vente de boissons alcoolisées, sans obtention préalable d'une licence de 3e ou 4e catégorie ;
- pratique des « gracieux », autrement dit de sorties gratuites de marchandises pour les différents groupes politiques (de droite comme de gauche), le secrétariat particulier et le directeur de cabinet du maire, le questeur et divers autres responsables ou directions. Mieux : les bénéficiaires se voient attribuer un « droit de tirage [*sic*] » de 1 000 francs par mois, sans que cette pratique soit formalisée par un document écrit. D'autres, à l'occasion, profitent d'une égale quasi-gratuité.

Soupçon gravissime : les recettes de la buvette ont longtemps permis de disposer d'« espèces, essentiellement destinées à permettre les achats de nourriture pour les petites réceptions du maire », autrement dit les « frais de bouche » personnels de Jacques Chirac et de sa famille.

Il a fallu attendre l'élection de Jean Tiberi comme remplaçant de Chirac pour qu'en 1999 – après un audit salutaire du magistrat de la Cour des comptes Pierre Grandjeat –, un terme soit mis aux abus qui faisaient le bonheur de tous : au grand désespoir des élus, les ventes d'alcools et tabacs cessent subitement ; des livres de recettes et de dépenses sont ouverts ; une caisse enregistreuse est acquise et les stocks enfin surveillés.

À la lecture du rapport de l'Inspection, on n'est pas surpris d'apprendre qu'au temps de Jacques Chirac, nul ne se souciait de mettre de l'ordre dans les comptes de la mairie. Car avec Bernadette, le maire n'était-il pas le grand bénéficiaire du laxisme financier qui régnait dans sa mairie ?

Décelée par les inspecteurs lors de leur enquête sur la buvette, la circulation d'importantes sommes d'argent « en liquide » les a inquiétés. Tout se passait à la questure. Pour évaluer l'importance du phénomène, ils ont épluché les comptes bancaires du questeur à la Banque de France, la Société générale et aux CCP de La Poste. Comment faire, sinon évaluer le montant des recettes perçues en espèces ? Résultat : les comptes bancaires du questeur dans ces établissements, au titre de la Ville de Paris, enregistrent des entrées et sorties d'espèces significatives de 1987 à 2000. Ainsi, les montants annuels des retraits d'espèces passent de 80 000 francs en 1987 à 1 400 000 francs en 1994, la dernière année de la mandature de Jacques Chirac. De 25 000 à 30 000 francs l'unité jusqu'en 1988, ces retraits varient, entre 1989 et 1992, de 30 à 75 000 francs. Enfin, de 1993 à 1995, les sommes retirées vont, à chaque fois, de 60 000 à 100 000 francs.

En 1994, le total des espèces en circulation à la questure atteint le montant record de 1,8 million de francs.

À l'occasion, ce liquide sert à alimenter les dépenses dites des « salons du premier étage », c'est-à-dire celles de la « maison du maire ». Pour un montant modique : 9,544 millions de francs !

À la rubrique particulière des « dépenses des salons du premier étage », les imputations comptables varient pudiquement sous des appellations diverses :

- « Petites réceptions » ;
- « Appartements du maire » ;
- « Salons du premier » ;
- « Petites réceptions dans les salons du premier étage ».

Autant de postes qui permettent de faire prendre en charge par la Ville de Paris les achats de produits alimentaires, vins, tabacs, et les frais de personnel (maîtres d'hôtel et cuisiniers) du maire de Paris dans ses appartements privés ou salons. Pour ses déjeuners de travail et les repas de sa famille. Comment s'y retrouver ? Passe pour ce qui relève des frais professionnels. Mais pour le reste ? Observation pertinente des enquêteurs : « La distinction entre ce qui relève des dépenses privées des autres dépenses est impossible à établir, soulignent les inspecteurs. Les menus des différentes réceptions données par le maire dans ses appartements ainsi que les listes d'invités n'ayant pas été conservés. »

Ah ! comme il est loin le temps, en 1959 et 1960, où, jeune étudiant, j'habitais dans un petit deux pièces de la rue du Faubourg-Saint-Honoré, en face de l'entrée principale de l'Élysée. Régulièrement, je voyais la femme du président de la République, Yvonne de Gaulle, s'en aller faire son marché chez les commerçants du coin, y ouvrant toujours son porte-monnaie pour payer ses achats de légumes, fruits, viandes et poissons. Honnête femme qui, à la demande de son mari – dont je n'étais pourtant plus un fervent partisan, depuis la débâcle algérienne –, réglait à l'EDF l'électricité consommée pour leur vie privée dans les appartements présidentiels. À cet effet, un compteur spécial y avait été installé.

Avec Chirac, les mœurs ont radicalement évolué. Les compteurs ? Connais pas !

Au-dessus des lois, le maire de Paris ne s'embarrasse pas d'écritures. Les enquêteurs signalent encore que « le bureau de la comptabilité de la questure n'a jamais eu communication de ces listes [*d'invités*], qui n'étaient connues que du chef de cabinet du maire et de sa secrétaire particulière ». Ils pointent du doigt de nombreuses anomalies relatives « aux modalités de paiement, à la nature des achats effectués, aux procédures d'achat, aux contrôles exercés et à la comptabilisation de ces opérations ». Le scandale des « frais de bouche » de Jacques et Bernadette Chirac était en gestation.

Dans un tableau sur les dépenses des « salons du premier étage » et les remboursements en espèces faits au cuisinier, les rapporteurs récapitulent les achats du cuisinier, payés pour partie en espèces et remboursés par la questure sur justificatifs ; le reste étant réglé directement aux fournisseurs sur factures. Et là, nouvelle surprise : près de 58 % des dépenses pour les réceptions sont payées en liquide. Le solde par chèque. Comme par miracle, dès que Jacques Chirac quitte la mairie de Paris pour l'Élysée, les dépenses en espèces déclinent considérablement, après avoir culminé à plus de **1,7** million de francs en 1994, sa dernière année pleine à l'Hôtel de Ville, pour ne plus représenter en 1998 que 6,7 %.

Après recherches approfondies, les enquêteurs ont pu établir que les liasses de billets de banque mis sans vrai contrôle à la disposition de Jacques Chirac ont servi, presque exclusivement, à des achats d'aliments et de tabac. Les dépenses ne relevant pas de cette catégorie furent exceptionnelles. Sur la période 1987-1995, en reconstituant les comptes antérieurs – sans que les pièces comptables, telles les factures, aient pu être consultées pour cause de destruction –, l'inventaire des dépenses en cash des époux Chirac nous convie à une visite enivrante des meilleurs cavistes de la capitale :

• **Caves Saint-Antoine** (3 500 francs d'achats en avril 1994, 4 440 en juin 1994, 2 943 en octobre 1994, 3 663 en décembre 1994, 3 112 en mai 1995, 2 068 en novembre 1995) ;

• **Nicolas** (1 150 francs en avril 1994 pour une seule bouteille !!!) ;

• **Raoul Johnston** (**24** Château-Bel-Air en avril 1995 pour 4 654,34 francs, **12** Château-Ausone 1964 et **24** Château-Ausone 1970 en décembre 1993 pour 33 805,27 francs et **24** bouteilles de Château-Beychevelle 1985 en mars 1994 pour 5 667,30 francs) ;

• **Société Champagne Laurent-Perrier** de novembre 1994 (32 710 francs pour **102** bouteilles de cuvée grand siècle et **102** bouteilles de Brut L.P.) ;

• **L.D.-Vins** (facture du 14 mars 1995 de 16 793,76 francs pour **48** bouteilles de Château-Beychevelle 1985).

Après les vins rares, voici la colonne des caprices. Il ne viendrait pas à l'idée du maire d'ouvrir son portefeuille pour assumer lui-même les menues charges de sa vie familiale. Au passage nous découvrons qu'il arrive aux Chirac de coucher sous la tente et qu'ils font chambre à part, avec pour chacun un abonnement à la chaîne des *Guignols de l'info* :

• Achat et installation d'un téléviseur Sony en janvier 1989 (9 490 francs) ;

• Achats de matériel de camping (sac de voyage, glacière, facture BHV du 9 mars 1995) ;

• Achat d'oreiller : 1 ;

• Paiement de la redevance de télévision (631 francs en 1994) ;

• Abonnement à Canal+ du maire (2 028 francs chaque année), ainsi que de celui de sa femme (pour le même montant) ;

• Quelques autres dépenses dont le caractère personnel ne fait aucun doute : pain complet à 8,10 francs, acheté chaque jour dans une boulangerie du 15e arrondissement, yaourts Bio ou Taillefine ; Danettes au chocolat ; bière Corona [*la préférée du président !*]...

Les rapporteurs n'ont pas oublié de noter que des remboursements ont été effectués par la présidence de la République en contrepartie des dépenses de l'ancien maire de Paris lors de la période où il a continué à occuper son logement de fonction de l'Hôtel de Ville avant de rejoindre définitivement l'Élysée. Ils sont intervenus en deux fois, pour une somme totale de 616 481,60 francs : un premier chèque de 393 270,60 francs, en date du 16 octobre 1995, correspond à la période du 17 mai au 31 août 1995 ; un second de 223 211 francs du 20 décembre 1995 vient en remboursement des dépenses du 1er septembre au 31 octobre 1995.

Fines mouches, les contrôleurs relèvent que le premier remboursement concerne exclusivement des dépenses de « nourriture et de traiteurs ». Et tapent du poing sur la table : « Sauf à supposer que le président de la République ait organisé des repas de travail dans les locaux de l'Hôtel de Ville, il est probable que ces dépenses ont eu un caractère privé. »

Quant au second remboursement, il correspond pour 169 731,80 francs à des dépenses de nourriture et pour 52 747 francs à un dédommagement pour l'occupation de l'appartement du maire. À en juger par l'ardoise qu'il a laissé aux contribuables, le bar et la table ne désemplissaient pas. Commentaire acide... où l'on découvre que, longtemps après son départ pour l'Élysée, le président s'amusait à squatter ses anciens appartements de la mairie de Paris : « On remarque tout d'abord que l'occupation de l'appartement de fonction s'est poursuivie au-delà du 31 octobre 1995 (d'après les indications recueillies, l'appartement n'aurait été libéré qu'au mois de mars 1996 [*soit près d'un an après l'élection de Chirac à la présidence de la République*]). À notre connaissance, cette occupation [*ultérieure*] n'a donné lieu à aucun remboursement. Par ailleurs, les rapporteurs n'ont pas eu connaissance de remboursements concernant les achats postérieurs au 31 octobre 1995 et relatifs aux appartements du maire. Enfin, s'agissant des charges afférentes aux personnels affectés à l'appartement du maire de Paris (cuisiniers, maître d'hôtel, lingère, femme de chambre), leur remboursement à la Ville de Paris aurait été prévu par une convention que ni le bureau de la comptabilité de la questure ni la DRH [*direction des ressources humaines*] n'ont été en mesure de produire aux rapporteurs. »

Sous Chirac, maire en exercice, la maison n'est pas tenue : dans les cuisines et parmi le personnel affecté à sa personne, c'est la bérézina.

Bien que logé dans un quartier, au cœur de Paris, où les marchés foisonnent, les cuistots font leurs courses, pour l'essentiel des fruits et légumes, chez deux lointains fournisseurs, dans les 7e et 20e arrondissements. Entre le début de l'année 1994 et le 7 juillet 1995, le marchand de légumes Brunet a facturé plus de 231 000 francs, réglés en espèces. À l'analyse, les documents qui leur ont été présentés « ont pu faire penser aux rapporteurs que ces factures étaient de complaisance et ne correspondaient pas à des achats réels ». Ce qui avait au moins l'avantage de ne pas avoir à les trafiquer comme ceux des grands marchés publics. Un fournisseur avait facturé plus de 326 000 francs en 1994, sans appel d'offres !

Malgré des effectifs pléthoriques et les chefs triés sur le volet, la famille Chirac a ses traiteurs de luxe : Lenôtre, Dalloyau et Fauchon, qui reçoivent directement les commandes de l'« appartement du maire ». Pour les pourboires aux livreurs – 34 000 francs en 1994 et 1995 ! –, la tribu Chirac n'est pas radine. Pourquoi se gêner quand il s'agit de l'argent des autres ?

Dans les cuisines, comme partout ailleurs, l'argent coule à flots... sans contrôle. Une boîte métallique – « la grenouille » – contient en permanence 25 000 francs de billets bien craquants. Chacun s'y sert à sa guise. Les inspecteurs n'ont jamais vu ça : « La pluralité des intervenants habilités à manier les fonds et à comptabiliser les opérations, conjuguée à l'absence de responsable identifié de la caisse et de procédures de contrôle rigoureuses, a eu pour effet de diluer les responsabilités et d'empêcher de déterminer le ou les responsables des erreurs et indélicatesses qui ont été observées par les rapporteurs. Car de nombreuses irrégularités ont été relevées. »

De tous ordres. Dans les arrière-cuisines du maire de Paris, on vit à l'heure du Chicago des années Capone. Florilège du rapport d'enquête et des malversations identifiées :

• *Des factures sont apparemment falsifiées* : il en est ainsi d'une facture de 15 000 francs en date du 23 février 1995 émanant de la Boucherie Gardil pour du foie gras et des truffes. Ben voyons ! L'examen de cette note manuscrite laisse supposer que le montant initial était de 5 000 francs et que le chiffre « 1 » a été rajouté par la suite ;

• Des doubles paiements ont été constatés : l'épicier de luxe Fauchon était l'un des fournisseurs des « appartements du maire ». Un compte y avait été ouvert par les cuisiniers de la questure. Pour des achats de café, confitures, fruits, assortiments de biscuits et infusions. Montant des achats chez Fauchon du couple Chirac :

141 168 francs en 1994 (386,7 francs par jour) ;
\+ **119 601** francs en 1995 (327,67 francs par jour).

À ce prix-là, les ingestions de tisanes et biscuits relèvent de l'overdose. Curieusement, pour ces deux années, les rapporteurs ont relevé que les mêmes achats ont été payés plusieurs fois. En rapprochant l'ensemble des factures, ils ont pu établir que « certaines dépenses ont fait l'objet de remboursements multiples » et « qu'elles constituent vraisemblablement des faux ».

Incroyable manie de se complaire dans les falsifications comptables pour dissimuler l'inavouable.

Ainsi, écrivent-ils :

« • une facture du 10 mai 1994, d'un montant de 3 739,13 francs, a été remboursée cinq fois : quatre fois en 1994 sur la base de tickets de couleurs différentes et une fois en 1995. La date de la facture ayant permis le remboursement réalisé en 1995 a été surchargée pour modifier l'année, ce qui révèle clairement une intention de fraude ;

• une facture de 3 121,70 francs du 16 novembre 1994 a été remboursée trois fois, dont une fois en 1995 ;

• une facture de 2 822,40 francs du 6 avril 1995 a servi de justificatif à trois remboursements et l'un des tickets a été tronqué pour faire disparaître la date ;

• une facture de 2 812,80 francs du 28 février 1995 a été remboursée trois fois. Les rapporteurs ont pu relever que l'un des tickets avait été découpé pour que la date n'y figure plus ;

• une facture de 2 653,80 francs du 27 février 1995 a été remboursée trois fois et l'un des tickets a été surchargé pour modifier la date ;

• une facture de 1 406,40 francs du 26 décembre 1994 a été remboursée deux fois : en décembre 1994, puis en mars 1995 ;

• une facture de 976,80 francs du 24 mars 1994 a été remboursée deux fois ;

• une facture du 5 mai 1995 de 651,70 francs a fait l'objet d'un double remboursement ;

• une facture de 159 francs du 27 février 1995 a été remboursée trois fois. »

Bref, on ne laissait rien passer. Même les plus petites sommes étaient multipliées... comme les pains. Chez d'autres fournisseurs, le festival continue : « Des factures constituent apparemment des faux : de simples cartes publicitaires au format carte de visite de magasins, auxquelles étaient agrafées des bandes délivrées par de banales calculatrices dotées d'imprimantes, ont été utilisées comme pièces comptables justificatives. »

Dans le cas de Fauchon, qui n'est pour rien dans ces montages frauduleux, ces tickets sont de confection grossière et ne comportent pas le cachet du magasin. Ils portent sur 115 992,37 francs en 1994 et 81 568,10 francs jusqu'au 7 juillet 1995, soit au total plus de 197 000 francs. Interrogés, les responsables de Fauchon ont d'ailleurs affirmé aux rapporteurs que « leurs magasins ne délivraient en aucun cas des justificatifs de cette nature ».

Reste, pour étancher notre soif, l'ultime merveille de la mairie de Paris sous Chirac : la cave. Car en ajoutant les achats gloutons du maire chez Fauchon ou Dalloyau aux dizaines de milliers de bouteilles conservées à bonne température sous ses appartements, nous voilà à cent lieues du programme diététique anti-cancer du grand démagogue.

Quand ils sont tombés sur la cave de l'Hôtel de Ville, les inspecteurs sont restés interloqués. Dans ce Graal, ils ont dénombré pas moins de **22 000** bouteilles. Bigre ! Au nom de la lutte contre l'alcoolémie et pour la mise au point des alcootests, instruments essentiels de son programme présidentiel et prioritaire : la lutte contre l'insécurité routière ?

Cave somptueuse, couverte de graviers blancs et parfaitement aménagée dans trois pièces distinctes : pour les grands crus, une salle tempérée avec hygrométrie contrôlée en permanence ; naturellement fraîches, les deux autres abritent les stocks de vins et champagnes de consommation courante.

Une évaluation du stock de la seule cave de prestige – environ **10 000** bouteilles – a été effectuée par les enquêteurs. Parmi les trésors de l'endroit : trois caisses d'un « assortiment de 6 grands crus » où se côtoient en bonne quantité les plus grands bordeaux : Château-

Lafite-Rothschild 1994 ; Château-Margaux 1994 ; Château-Latour 1994 ; Château-Haut-Brion 1994 ; Château-Mouton-Rothschild 1994 et Château-Cheval-Blanc 1994.

À la mairie de Paris, la cave qu'il a laissée est l'une des plus exceptionnelles de France. En raison de la qualité du personnage, en voici l'inventaire des flacons les plus rares, façon caverne d'Ali Baba :

VINS ROUGES

- **20** Romanée-Conti 1986 ;
- **18** Château-Petrus 1987 ;
- **11** Château-Petrus 1988 ;
- **9** Château-Petrus 1989 ;
- **12** Château -Petrus 1990 ;
- **12** Château-Petrus 1992 ;
- **12** Château-Petrus 1993 ;
- **12** Château-Petrus 1994 ;
- **12** Château-Petrus 1995 ;
- **6** Château-Petrus 1996 ;
- **6** Château-Petrus 1997 ;
- **6** Château-Petrus 1998 ;
- **119** Château-Margaux (millésime 1989), dont...
- **47** de 1988,
- **60** de 1990,
- **60** de 1991,
- **60** de 1992,
- **96** de 1993,
- **120** de 1994,
- **59** de 1995, plus des quantités d'autres Margaux ;
- **300** Pavillon-Rouge de Château-Margaux ;
- **350** Château-Lafite-Rothschild, dont...
- **36** de 1992,
- **72** de 1993,
- **108** de 1994,
- **48** de 1995 ;
- **60** Château-Mouton-Rothschild de 1992, +
- **47** de 1989 et
- **24** de 1986 ;
- **90** Château-Haut-Brion (millésime 1982) +

- **48** de 1988,
- **59** de 1989,
- **72** de 1990,
- **72** de 1991,
- **72** de 1992,
- **72** de 1993,
- **72** de 1994 ;
- **60** Château-Latour de 1992, + :
- **36** de 1993,
- **60** de 1994,
- **43** de 1987,
- **24** de 1989 et... de nombreuses bouteilles de La Mission-Haut-Brion et La Tour-Haut-Brion ;
- **6** Château-Figeac 1981 ;
- **24** Château-Figeac 1986 ;
- **29** Château-Ausone 1992 ;
- **6** Château -Ausone 1993 ;
- **30** Château-Bel-Air 1992 ;
- **7** Cheval-Blanc 1980 ;
- **22** Cheval-Blanc 1986 ;
- **23** Cheval-Blanc 1989 ;
- **60** Cheval-Blanc 1992 ;
- **36** Cheval-Blanc 1993 ;
- **60** Château-La Gaffellière 1990 ;
- **60** Château-Pavie 1988,
- **120** Clos-de-l'Oratoire 1993 ;
- **60** Château-Gloria 1993 ;
- **20** Château-Gruaud-Larose 1992 ;
- **39** Léoville-Poyferré 1983,
- **24** Pichon-Lalande 1986 ;
- **72** Château-Calon-Ségur 1993 ;
- **132** Labégorce-Zédé 1995 ;
- **53** Labégorce-Zédé 1998, et d'autres grands crus ;

VINS BLANCS (« *pour l'essentiel* »)

- **6** Château-Yquem 1985 ;
- **100** et plus Château-Haut-Brion (millésimes 1985, 1988, 1990) ;
- **70** bouteilles environ de Laville-Haut-Brion ;
- Et de nombreux Pavillon-Blanc-Château-Margaux.

CHAMPAGNES (« *Stocks millésimés peu importants, mais certains millésimes relativement anciens sont rarissimes* »)
- **193** bouteilles de Krug 1976 ;
- **320** bouteilles de Dom Ruinart 1988 ;
- **198** Cuvée Grand Siècle Laurent-Perrier ;
- **95** magnums de Perrier-Jouët 1988 ;
- **482** bouteilles de Henri-Mondois 1er cru 1995.

Au total, les inspecteurs de la Ville ont calculé que les 10 000 bouteilles de la cave de prestige de la mairie constituée à l'époque de Jacques Chirac peuvent être prudemment évaluées à plus de 6,5 millions de francs.

Un autre filon permet tous les abus : les rabelaisiennes dépenses de traiteurs. De 1987 à 1995, leur choix s'effectue en toute illégalité. Sans recourir aux procédures de marchés publics et sans mise en concurrence préalable. À titre d'exemple, les rapporteurs ont donné un coup de sonde en vérifiant l'exercice 1994. Cette année-là, le montant total des factures de traiteurs s'est élevé à 10 693 044,81 francs. Cinq principaux fournisseurs se sont partagé le pactole : Potel et Chabot pour 3 264 520 francs (30,5 % du total) ; Lenôtre pour 3 255 585 francs (30,4 %) ; Jet-Chef/Le Thym pour 1 219 357 francs (11,4 %) ; Saint Clair pour 1 202 563 francs (11,2 %) et Raynier/Marchetti pour 1 042 953 francs (9,7 %). Compte tenu de la législation en vigueur, à partir d'un montant total d'opérations de 700 000 francs, la plupart de ces commandes auraient dû être soumises à une procédure d'appel d'offres. Comme d'ordinaire, il n'en a rien été. D'où cette remarque sévère :

« Les dispositions du *Code des marchés publics* ont donc été méconnues pendant des années, exposant dès lors les contrevenants (élus et fonctionnaires) aux sanctions prévues par la loi du 3 janvier 1991 relative à la transparence et à la régularité des marchés (article 432-14 du code pénal) qui dispose : "*Est puni de deux ans d'emprisonnement et de 200 000 francs d'amende le fait, par une personne dépositaire de l'autorité publique ou chargée d'une mission de service public ou investie d'un mandat électif public ou exerçant la fonction de représentant, administrateur ou agent de l'État, des collectivités territoriales... de procurer ou de tenter de procurer à autrui un avantage injustifié par un acte contraire aux dispositions législatives et réglementaires ayant pour objet de garantir la liberté d'accès et l'égalité des candidats dans les marchés publics..."* »

Il faudra attendre 1997 (et l'avènement de Jean Tiberi) pour que la questure de la mairie de Paris se soumette enfin à la législation en vigueur et lance des appels d'offres pour ses marchés.

Décortiqués par les inspecteurs de la Ville de Paris – dans la limite de leurs moyens d'investigation et des archives rescapées de la destruction –, les désormais célèbres « frais de bouche » engloutis par les Chirac entre 1987 et 1995 vont se solder, pour les contribuables, par une ardoise évaluée, au bas mot, à **14** millions de francs (2,13 millions d'euros). Sur ce total, **9,5** millions (un peu moins de 1,5 million d'euros) ont été réglés en espèces, moyen commode de contourner les lois et tenter d'échapper aux contrôles.

Dans n'importe quelle grande démocratie occidentale – je pense aux États-Unis, à l'Allemagne et la Grande-Bretagne, où des ministres ont été chassés du gouvernement pour avoir accepté des cadeaux ou des voyages de quelques milliers d'euros –, ce type d'agissements serait une affaire d'État. Et le bannissement des contrevenants immédiat.

En France, comme toujours dans ce genre de dossiers, la justice choisit de jeter l'éponge.

En novembre 2002, sous la pression des élus verts, très en pointe dans l'affaire des frais de bouche, le nouveau maire de Paris Bertrand Delanoë s'est enfin décidé à déposer plainte contre X avec constitution de partie civile. Un an et demi plus tard, le 15 mars 2004, une ordonnance de non-lieu est rendue par le juge d'instruction Philippe Courroye. Pour ce magistrat (suivi par le parquet de Paris), les faits visés sont prescrits. Pour un volet annexe du dossier – celui des fausses factures émises dans les cuisines de la mairie en 1994 et 1995 –, le magistrat estime que seuls des faux en écriture publique peuvent être poursuivis, en raison de la prescription (de dix ans, propre aux infractions criminelles [1]). Or l'auteur présumé des fausses factures (le cuisinier) n'avait pas la qualité de « dépositaire de l'autorité publique ». Bref, encore une fois super-Chirac s'en sort la tête haute, blanc comme neige. Ce qui se passait à l'office et en cuisine n'est pas son affaire.

Le 22 mars 2004, Bertrand Delanoë a fait appel du non-lieu. Nouveau coup d'épée dans l'eau ! Le 17 novembre, la chambre de l'instruction de la cour d'appel de Paris confirme la décision du juge Courroye. Puis, le 22 septembre 2005, la chambre criminelle de la Cour de cassation, présidée par l'ancien procureur de Paris Bruno Cotte, déclare « irrecevable » le pourvoi de la mairie de Paris. De profundis les truffes, les foies gras, les champagnes, les Mouton-Rothschild, les bières, les matériels de camping, les enveloppes de liquide. L'affaire des frais de bouche de Jacques Chirac est définitivement enterrée...

Grand amateur de nourritures terrestres, d'avions et de palaces, Jacques Chirac est en outre un passionné des belles cylindrées. À la mairie de Paris, il dispose, comme bon lui semble, d'un parc automobile hors du commun, digne de l'ex-empereur de Centrafrique, Jean-Bedel Bokassa. Comme à Versailles, Sa Majesté aime à s'entourer de courtisans. Aux favoris revient l'insigne honneur de

1. Le faux en écriture publique est un crime, jugé en cour d'assises.

pouvoir utiliser, à leur guise, carrosses, personnels et riches moyens matériels du palais.

À l'été 2000, des documents retrouvés à l'Hôtel de Ville me révèlent que, sous Chirac, quelques fidèles se sont vu gratifier de la panoplie complète des parvenus, tout ce qu'il faut pour paraître et être reconnu : limousine à cocarde et chauffeur stylé ; essence et assurance ; maintenance et exonération du règlement des contraventions distribuées, partout dans Paris, aux simples citoyens, par les « pervenches » du préfet de police. Et tant pis si, ce faisant, le chef de bande et ses caïds s'assoient pesamment sur la loi interdisant à toute personne d'utiliser indûment les biens publics. Tel est le cas au long des années qui précèdent l'élection de Jacques Chirac à la présidence de la République. Bien que ne comptant pas parmi les élus, cadres dirigeants ou employés de la Ville de Paris, des sommités du RPR ont le privilège de pouvoir jouir, en permanence, du garage du maire et de sa réserve personnelle : 118 véhicules haut de gamme, climatisés et tout confort. Ce n'est qu'après le départ de Chirac pour l'Élysée que son successeur, Jean Tiberi, arrêtera l'hémorragie, réduisant à 40 le nombre des voitures mises à la disposition du cabinet du maire. Avec interdiction de les octroyer aux personnes étrangères à la mairie.

Son Excellence Jacques Chirac, lui, était moins regardant. Pour les officiers de son état-major (Michèle Alliot-Marie, l'indispensable amnistié Guy Drut, François Baroin et Nicolas Bazire), les prébendes ne sont pas comptées. Le quarteron a droit, sans avoir à sortir de la poche le plus petit écu, aux berlines maison, cochers, foins, luzernes, et aux diligents garçons de l'écurie automobile du maire. Revue de détail :

- De 1989 à 1995, l'actuel ministre de la Défense, Michèle Alliot-Marie, dispose scandaleusement de quatre voitures conduites par Lucien, un sympathique Antillais, salarié de la mairie. Pendant six ans, celle qui deviendra présidente du RPR (après Chirac, puis Alain Juppé) se distingue dans la consommation effrénée de plaques minéralogiques (numéros 573 FHC 75, 907 HJT 75, 193 JVH 75 et 324 HKC 75... pour la Citroën BX). Comment le maire de la première ville de France peut-il concéder de si grandes et coûteuses faveurs à Michèle Alliot-Marie, conseiller municipal de Biarritz et des Pyrénées-Atlantiques, devenue, par la suite, député-maire de Saint-Jean-de-Luz ?

• De novembre 1991 à novembre 1994, François Baroin – sémillant protégé de Chirac, conseiller municipal de Nogent-sur-Seine, journaliste politique à Europe 1 (jusqu'en 1993) – se pâme, lui aussi, dans une voiture (sans chauffeur) : une Peugeot 405, immatriculée 565 KPD 75. Tout comme Alliot-Marie, il n'a pourtant aucun mandat électif, aucune fonction à la mairie de Paris, sauf durant une courte période, avant son élection de député de l'Aube en mars 1993. Ce qui ne l'empêche guère de conserver son char d'assaut léger ;

• De même, Nicolas Bazire, à l'époque chargé de mission chez Thomson, de 1991 à 1993, puis directeur de cabinet du Premier ministre Edouard Balladur, trouve normal de bénéficier d'une Citroën BX (6 chevaux attelés), assortie d'une superbe collection de contraventions... impayées. Plutôt que de se servir du parc automobile de l'Hôtel Matignon – où il développe ses talents –, le bras droit du chef du gouvernement préfère se transporter aux frais des Parisiens... dont il n'est ni l'élu ni l'employé ;

• Titulaire de deux voitures (immatriculées 799 KVL 75 et 202 JVF 75), prélevées en 1994 sur le contingent du cabinet du maire, le champion olympique et futur ministre Guy Drut (ancien professeur particulier de gymnastique de Jacques Chirac, devenu membre du comité central du RPR, puis conseiller régional d'Île-de-France en 1992) est, lui encore, un adepte – plus modeste – de la contravention payée par les contribuables parisiens.

Année 2000 : à la tête du RPR, Michèle Alliot-Marie conduit la charge contre Jean Tiberi, comme pour faire endosser à l'héritier du trône municipal de Jacques Chirac les abus commis à la chaîne par celui qui le fit roi. Ce que je sais des privilèges qu'il accordait à sa garde rapprochée d'alors me commande d'intervenir. Non pour me mêler d'un conflit politique qui m'est étranger, simplement pour mettre les choses au point, interdire à Tartuffe de se servir du glaive de justice. Impossible de le faire dans les colonnes de la presse dite institutionnelle : nul ne veut briser la loi du silence, l'omerta mafieuse.

Je profite d'une interview que je donne à un mensuel pour jeune public et à gros tirage pour vider l'abcès. Sur la chaîne câblée LCI, le commentateur politique Pierre-Luc Séguillon prend l'affaire au sérieux. Quand il m'appelle pour me demander confirmation, je lui donne toute assurance quant à la parfaite authenticité des pièces en ma possession. Le 11 septembre 2000, à 18 h 54, le journaliste reçoit Michèle Alliot-Marie. Le sourire de la Madelon de nos armées se fige quand Séguillon lui lance, tout de go : « J'ai lu que Jean Montaldo dit que vous avez bénéficié de privilèges indus de la part de la mairie de Paris. Et on cite quatre voitures de fonction que vous auriez utilisées. Et on dit : "*Il paraît que Jean Tiberi a diligenté une enquête sur ce sujet.*" Vous avez peur des réactions de Jean Tiberi ? »

Le coup est rude. Michèle Alliot-Marie se crispe dans une réponse embarrassée. La dame ignore qu'un rapport d'enquête, daté de la veille, confirme les faits que j'ai révélés, les aggravant même pour ce qui concerne Guy Drut : « Depuis 1986, répond-elle sans rien démentir, j'avais le parc des voitures de l'Assemblée nationale ou de celles qu'elle affrète pour les députés et qui sont à ma disposition... »

Amusante réplique, voulant dire qu'en plus des véhicules mis en permanence, pendant six ans, à la disposition de la dame de fer du RPR, la Chambre des députés lui aurait fourni les moyens de transport dont elle avait besoin.

Ainsi fonctionnait le système Chirac... candidat permanent à la magistrature suprême, usant et abusant de ses fonctions de maire de Paris pour fidéliser ses obligés, violant l'article du *Code pénal* qui punit de prison quiconque met la main sur un bien public.

Le 2 mai 1995, cinq jours avant son élection à la présidence de la République, le candidat Chirac annonçait, haut et fort, « une diminution très considérable du train de vie de l'État, aussi bien d'ailleurs que celui du président de la République et du gouvernement qui, ajoutait-il, me paraissent tout à fait excessifs, voire insolents, dans un pays qui connaît les difficultés que nous savons[1] ».

Mépris souverain du peuple et des engagements pris solennellement devant lui !

Car dès son accession au pouvoir suprême, renouant avec le train de vie de pacha et les mauvaises habitudes qui furent les siennes durant les dix-huit années passées à la mairie de Paris, Jacques Chirac a, sans tarder, fait exploser les compteurs de l'Élysée.

Dans la loi de finances 1995, le budget de fonctionnement de la présidence avait été initialement voté pour un montant de 19,8 millions de francs (3,52 millions d'euros). Mais, dans les semaines suivant son élection, le nouveau président, jetant aux oubliettes ses belles promesses, s'accorde une rallonge de 20 millions de francs (1,5 million d'euros).

Une broutille ! Un galop d'essai.

Dix ans plus tard, en 2005, les crédits de l'Élysée adoptés par le Parlement s'élèveront à **32,47** millions d'euros.

1. Propos tenus, *in extenso*, le 2 mai 1995.

Un bond de **745 %** depuis l'année de Chirac au sommet de l'État. Pendant la même période, en France, l'inflation cumulée n'a pas dépassé 15 %[1].

Le président de la République dispose aujourd'hui d'un effectif – je devrais dire une armée mexicaine – de 963 agents. Comme il est loin le temps de la IVe République dont le dernier président, René Coty, n'était entouré que de 7 ou 8 collaborateurs. Pourtant volontiers porté sur le décorum, le président Valéry Giscard d'Estaing n'en avait que 548. Et François Mitterrand environ 700. Effectif pléthorique d'un monarque absolu.

De même, en 1977, sous Giscard, la présidence de la République disposait de **35** voitures, **2** motos et **7** vélomoteurs. Depuis, le parc automobile de l'Élysée a presque doublé : on y compte maintenant **61** véhicules et **7** scooters, avec une consommation d'essence et des factures d'assurances en constante augmentation. Bagatelles ! Bel

---

1. Les réformes budgétaires de l'État intervenues sous la présidence de Jacques Chirac ont conduit à faire assumer, par le budget de fonctionnement de l'Élysée, des crédits qui n'étaient auparavant pas de sa compétence. Depuis la décentralisation, le même principe existe pour les collectivités territoriales. L'État leur en a transféré la responsabilité, avec les moyens de l'assumer. Pour l'Élysée et la période Chirac, les chiffres ici indiqués ne tiennent évidemment pas compte des millions d'euros mis (comme expliqué dans ce chapitre) à la charge de plusieurs ministères : Affaires étrangères ; Intérieur ; Défense ; Culture, etc.

Évolution du budget de l'Élysée, sous la Ve République

Années	Présidents	Montants (millions d'euros)
1960	Charles de Gaulle	2,35
1970	Georges Pompidou	2,53
1974	Valéry Giscard d'Estaing	*idem*
1981	François Mitterrand	3,03
1994	François Mitterrand	3,31
1997	Jacques Chirac	7,78
1998	Jacques Chirac	13,73
2001	Jacques Chirac	21,2
2003	Jacques Chirac	30,9
2005	Jacques Chirac	31,9

exemple de rigueur dans l'utilisation des deniers publics et du respect de la parole donnée !

Rien n'est jamais assez beau. En 2004, les prestations pour l'entretien et la restauration des meubles présidentiels, prises sur la cassette du Mobilier national, ont nécessité **4 217** jours de travail, pour une vingtaine de personnes à temps plein ! La même année, 300 000 euros ont été dépensés pour les seuls achats de matières premières nécessaires à la maison Chirac.

Pour leurs déplacements aériens, Chirac et ses ministres ne reculent devant rien et sont aux anges. Quand bon leur semble, leurs altesses en appellent à l'Escadron de transport, d'entraînement et de calibration [*sic*], autrement dit l'Etec. Derrière ce sigle barbare (qui a remplacé le Glam des années mitterrandiennes, devenu trop voyant) se cache une unité composée de **70** officiers et **149** autres militaires (soit **219** personnes), dont les prestations sont payées par le seul ministère de la Défense. Coût global salarial de ces équipages : **9,2** millions d'euros. Chiffre incontestable, puisque fourni par le ministre de la Défense, Michèle Alliot-Marie. Cette année-là, pour assurer les **3 757** heures de vol des autorités gouvernementales de la France (en difficulté), l'Etec disposait de :

- **2** Airbus A 319 (acquis en 2002 pour **130,8** millions d'euros chacun) ;
- **2** Falcon 900, le « top » de la gamme Dassault ;
- **4** Falcon 50.

L'addition des frais de carburant, de maintenance et d'équipages de cette petite flotte d'aéronefs est en phase avec la promesse d'une « présidence modeste » du candidat Chirac. Elle donne un coût horaire d'utilisation de **4 114** à **6 328** euros, selon le coucou utilisé. Avec **1 076** heures de vol (contre **673** en 2003) – soit une augmentation de 60 % ! –, l'escadrille présidentielle de l'Etec aura coûté **5,8** millions d'euros en 2004, auxquels s'ajoute la quote-part des frais fixes de personnel, pour **2,6** millions d'euros. Bilan aérien annuel de la plaisanterie : **8,4** millions d'euros ! À ajouter à tout le reste.

L'extravagance de cette flotte aérienne a une histoire. Tout a commencé le 21 mai 1995 avec l'annonce faite par Chirac, lors de son premier Conseil des ministres, d'une politique mettant l'accent sur la « rigueur, l'efficacité et la simplicité », indispensable pour lutter contre « le chômage et l'exclusion ». Il fallait, ajoutait-il, rétablir « la cohésion et l'unité nationale ». Une façon exemplaire de rompre avec les fastes monarchiques des deux septennats de François Mitterrand. Du même acabit, les formules avaient fusé : « L'exemple doit venir d'en haut » ; « Il faut éliminer les gaspillages » ; se « soumettre à une cure de rigueur ». Les consignes étaient sévères, au point de ressembler à la littérature de la Ligue communiste révolutionnaire : « Les moyens matériels des ministres, du Premier ministre et du président de la République seront limités. » Chirac avait prévenu ses ministres : « Désormais les voitures s'arrêteront aux feux rouges » et chacun devra tenir son rang de « citoyen exemplaire ».

Onze ans après, le bilan de ces belles promesses est à la hauteur de tout le reste : jamais depuis l'avènement de la République, l'Élysée n'aura coûté aussi cher. Un bel exemple : l'annonce de la suppression du Glam n'était qu'une publicité mensongère. À Villacoublay, dans l'heure qui a suivi sa dissolution, l'Etec l'a remplacé... avec encore plus d'avions, toujours plus de personnels et un budget à réveiller le roi des rois.

Ah ! monsieur le président de la République, qu'avez-vous fait de vos promesses, vous qui nous disiez, lorsque nous vous avons élu en 1995 : « L'exemple doit venir d'en haut » ?

Ce tableau édifiant n'est que la partie émergée de l'iceberg ! Par souci de discrétion, d'opacité, pour éviter que les Français ne se scandalisent de ce train de vie insolent, bon nombre des dépenses de l'Élysée ne sont pas réglées directement par le Château. Mais prises en charge par les différents ministères, pour un montant estimé à plus de 50 millions d'euros (contre une trentaine de millions de budget officiel), ces dernières années.

Vie de nabab, de monarque moyen-oriental, servi par un personnel pléthorique là encore mis à sa disposition, à hauteur de **80 %**, par les différents ministères et pour les résultats que l'on sait !

Dans un rapport publié le 21 mars 2006 par l'Assemblée nationale, le député socialiste de l'Aisne René Dosière a entrepris le salutaire labeur de se pencher sur les dépenses de l'Élysée.

Ses conclusions sont accablantes : les crédits officiels votés par la Chambre des députés et le Sénat « ne représentent que **36,9 %** du budget total de l'Élysée ». Les **63,1 %** restants de ses dépenses sont assurés « de façon dispersée » et particulièrement opaque :

- 29 % sont prises en charge par le ministère de la Défense ;
- 13 % par celui des Affaires étrangères,
- 12 % par la Culture,
- 3 % par le ministère de l'Économie et des Finances,
- 2 % par l'Intérieur et la Justice,
- 2 % encore par six autres ministères.

Quels Français, quelles entreprises petites ou grandes pourraient se permettre de faire financer leurs dépenses par d'autres, en leur imposant de payer pour eux le prix de la folie des grandeurs ? Peut-on accepter d'un président qui avait promis la « diminution très considérable » de son train de vie, en même temps que celui de l'État, qu'il existât dans son palais, en plus des dizaines de contractuels embauchés et payés directement, des fonctionnaires continuant d'être rémunérés par leur administration d'origine, tout en percevant des primes élyséennes ?

Pour ne rien oublier de cet insolent tableau, nous devons ajouter, parmi les personnels mis à disposition de l'Élysée : **15** personnes de La Poste, **10** de France Telecom et **33** jardiniers (!) de la Ville de Paris, ces trois institutions étant, elles, remboursées par la présidence de la République.

Total annuel du carême-bamboula de Jacques Chirac à l'Élysée : **84,593** millions d'euros (**555** millions de francs !), chiffre inférieur à la réalité, car ne prenant pas en compte les salaires des fonctionnaires par leurs administrations.

C'est l'honneur de René Dosière de n'avoir rien caché des frasques qu'il a mises au jour ; quitte à froisser certains de ses camarades socialistes, le député épingle aussi bien Jacques Chirac que son prédécesseur François Mitterrand. Il n'élude pas davantage la question taboue des « fonds secrets » et des « financements occultes » qui irriguent, depuis des lustres, sans que personne ne s'en émeuve, le sommet de l'État : « S'agissant de la présidence, on sait aujourd'hui, par de nombreux témoignages, que sans le recours aux fonds secrets et aux financements occultes d'entreprises publiques, l'Élysée de François Mitterrand n'aurait pu fonctionner. Quand on constate la différence d'attitude entre les ministères qui détaillent leur contribution et l'Élysée qui dissimule – par Premier ministre interposé – le contenu de son budget "*officiel*", on se demande ce que cache cette volonté d'opacité. Pourquoi ce budget [*de l'Élysée*] a-t-il été multiplié par six depuis 1995 ? Quels types de financements occultes ce silence recouvre-t-il ? »

Poser la question, c'est déjà y répondre !

Les dépenses de maharadjah du locataire de l'Élysée ne figurent pas dans les documents « budgétaires » de la présidence, contrairement au souhait de transparence exprimé par le législateur en 2001, rendant obligatoire, pour chacun des pouvoirs publics, dont la présidence de la République, la présentation d'un rapport – sous le nom de code « Jaune » – expliquant les crédits demandés, assorti d'une annexe explicative relative à ceux dépensés. Les parlementaires chargés de voter et contrôler les finances de l'État ont bien aujourd'hui, à leur disposition, **6** rapports et **2** annexes sur les budgets 2003 et 2004 de la présidence de la République. Mais la lecture de ces documents réserve une délicieuse surprise. Le budget de l'Élysée y est expédié en **12** lignes, accompagnées d'un commentaire indigent, lilliputien, le même depuis trois ans ! Pas plus de **2** pages.

De la mairie de Paris à l'Élysée, la boucle est bouclée. Toujours les mêmes fastes, les mêmes gabegies. Toujours les mêmes abus. Toujours les mêmes mensonges...

Oubliée, la prouesse du sourcilleux Chirac (dans *Le Figaro* du 4 juillet 1995) d'une « présidence modeste ». « Modeste », selon la définition du *Petit Robert*, dictionnaire de la langue française... dont le président de la République se doit d'être le protecteur, c'est-à-dire une présidence « simple, sans faste, sans éclat » ?

Comme l'écrit fort bien notre ami Denis Jeambar, alors directeur de l'hebdomadaire *L'Express*, dans son décapant *Accusé Chirac levez-vous !*[1] (titre bien choisi pour rappeler à ses devoirs une majesté attachée à son trône comme à un bouclier) : « Dans l'arsenal chiraquien, la bonhomie est le masque de la compromission. Tout est matière à manipulation, les hommes et les biens. L'argent public est devenu l'argent de Chirac. Caisse publique, caisse privée, il ne fait plus la différence après tant d'années à dépenser aux frais de la princesse Marianne. (...) Ces scandales éclairent, par des faits, le parcours chiraquien, chaotique, sans ligne directrice, opportuniste. La vie politique conçue comme une flibuste, fondée sur des épreuves de force, des trahisons, des mensonges, les petits et grands arrangements et la seule intuition. Sans émotion, Jacques Chirac peut être ami, assassin et

1. Éditions du Seuil, 2005.

bourreau. Ses convictions sont en peau de lapin. Son gaullisme est de pacotille. Sa “*non-œuvre*” en est la preuve. »

Éternels discours hallucinogènes, construits pour apaiser les troubles d’un peuple désorienté, à force de tromperies répétées. Pauvres Français moqués, que je redoute de mettre plus en colère.

Mais pourquoi et comment cacher ce que je sais ?

Me taire serait plus grave que de me bâillonner. Trop d’abus sont là, qui m’obligent à aller de l’avant. À ne pas taire, aussi, qu’existent et même fleurissent, en plus des caisses noires hexagonales, celles – indécelables – de puissants réseaux à l’échelle de la planète, qui jamais ne tombent, car abrités dans des paradis fiscaux labyrinthiques. Là où personne – ni juge, ni police, ni douane, ni fisc – ne peut remonter. Là où se font les gros magots, sur fond de haute trahison.

14

À l'hypermarché Montaldo, le chariot de la Brigade financière repart bien garni

18 mai 2006 au matin : je m'en vais prendre mon bain, me débarrasser des impuretés de la vie parisienne. Nu comme un ver et savon à barbe sur le visage, mes ablutions sont soudainement interrompues par plusieurs coups de sonnette. Étrange visite, me dis-je, à l'heure du laitier, qui n'est en effet pas celle du facteur. Aussi, prudence !

« Qui est là ?

– Police judiciaire !

– C'est une blague ? Arrêtez vos conneries !

– Non, police judiciaire, nous venons chez vous sur commission rogatoire. »

Pupille plaquée sur l'œilleton de ma porte d'entrée, je détaille un groupe d'hommes qui n'ont pas l'air de plaisanter : « Nom de Dieu, c'est la garde ! Vite, dépêche-toi, les voilà pour la levée du drapeau. » Malgré mes écritures et des douleurs lombaires consécutives à de trop longues positions assises à ma table de travail, je suis, comme toujours, de fort belle humeur. Très vite, étendard au vent, je me saisis d'un peignoir blanc, sans trop le nouer. J'ai une pensée pour Sacha Guitry qui eut à connaître, en de pénibles circonstances, la violation de son intimité puis, en costume de nuit, l'humiliation des cachots de la République. Fort heureusement, je n'en suis pas là. Mais enfin, d'où me vient cette escouade d'officiers zélés ? J'ouvre : cartes de police, présentation du mandat de perquisition du juge d'instruction Philippe Courroye, de la section financière du tribunal de Paris. Bref, tout le tintouin ! Je compte les messieurs qui entrent en file indienne : « 1, 2, 3, 4, 5, 6 et bientôt 7. »

En ces temps de disette budgétaire, la « maison poulaga » ne donne pas dans la demi-mesure. Comme à EDF où ils sont toujours sept pour planter un poteau. « Service soie-soie », disions-nous à Alger. Détendu, je salue mes « invités ». Ma nature joyeuse en cette fin de printemps les détend quelque peu. Ne vivant pas comme Chirac dans un 1 000 m^2 aux frais de la communauté, mon espace vital est fleuri des papiers et caisses d'archives où dorment les turpitudes de la classe politique. Que ces messieurs en prennent connaissance ne me chaut guère.

Cependant, autour de moi, la section d'assaut s'est déployée. Pas de doute, ces garçons sont des professionnels. Sympathiques au demeurant. Les uns bien habillés, les autres en tenue banalisée. Leur ordinateur est là, assorti d'une imprimante portative. Chacun tient son rôle. L'un a le regard sévère, l'autre la plaisanterie facile. Je connais le truc et le leur fais comprendre. Depuis ma tendre enfance, j'ai toujours aimé les képis, les uniformes et la musique militaire, avec un faible pour celle de la Légion.

Cependant ce déploiement en force n'a rien de théâtral. Unique, à ma connaissance, dans l'histoire des rapports justice-police-presse, cette visite impromptue exige concentration. Me voilà revenu des années en arrière, de l'autre côté de la Méditerranée quand, sous le coup de l'article 16 de la Constitution conférant au chef de l'État les pleins pouvoirs en période insurrectionnelle, les visites policières domiciliaires faisaient partie du train-train quotidien. Mais aujourd'hui, que pourrait justifier que l'on vienne en si grand équipage, dès potron-minet, déranger ma nudité ?

Gêné par la patrouille qui s'affaire autour de moi, je peine à rabattre vers l'intérieur de mon anatomie les bords de ma robe de bain. Invitation m'est gentiment faite d'aller m'habiller. Et de finir de me raser. Je décline l'offre. Vivant à l'espagnole, j'ai plaisir à longtemps flâner, en tenue légère, avant de m'apprêter pour un déjeuner... toujours tardif.

« Messieurs, prenez place. Quel honneur me vaut votre visite ? L'affaire "*Pétrole contre nourriture*" en Irak dont M. Courroye est chargé ?

– C'est cela.

– Mais je n'y suis pas impliqué !

– Certes, mais vous avez donné le 8 mai dernier une interview à Jean-François Jacquier de l'hebdomadaire *Le Point* ?

– Merci, je sais. »

Depuis deux ans, j'enquête sur le programme des Nations unies « Pétrole contre nourriture » (*Oil for food*, en anglais). Scandale mondial ! Car des milliards de dollars y furent détournés, partagés entre les hiérarques du régime de Saddam Hussein et une flopée de commissionnaires occidentaux attirés par l'appât du gain. Si, comme le juge Courroye, je me concentre sur ce dossier, ce n'est pas pour satisfaire une curiosité malsaine. J'y ai retrouvé l'homme dont j'avais dit, dès 1998, qu'il était à Jacques Chirac ce que Roger-Patrice Pelat fut à François Mitterrand : un homme d'argent, une source de scandales. Je veux parler du milliardaire corrézien Patrick Maugein dont j'ai raconté, dans de précédents livres, comment, pour récolter toujours plus d'argent, il utilise sans retenue la fonction présidentielle de Jacques Chirac. Cette fois l'affaire est grave car la violation de l'embargo international sur le pétrole de Saddam Hussein revient à se faire l'instrument d'une trahison. Avec, à la clé, des millions de dollars envolés vers les impénétrables sanctuaires de l'argent sale. Si, de bon matin, le juge Courroye envoie chez moi son escouade de policiers, c'est que nous partageons les mêmes pistes brûlantes. Je le comprends quand l'un des policiers me tend l'article de mes amis du *Point* :

« Nous vous en présentons la copie...

– Et alors ? Répondre aux questions d'un confrère à propos d'un dossier que je connais n'est pas illégal, et ne peut justifier un déplacement judiciaire à mon domicile. »

En France, la liberté de la presse et de l'édition existe. C'est dans ce cadre que j'agis toujours. Me voir traiter comme un vulgaire délinquant m'irrite quelque peu. Mais je ne saurais en faire le grief à des policiers agissant sur délégation du pouvoir judiciaire. En l'espèce le juge Courroye. D'où ma remarque : « Pourquoi ce déplacement ? Pourquoi ne m'avez-vous pas convoqué comme simple témoin dans vos bureaux ou au cabinet du juge, ce que M. Courroye a déjà fait dans une autre affaire sensible ? J'avais alors répondu sans réserve à toutes ses questions et lui avais communiqué tous les documents qu'il souhaitait. La justice sait, de longue date, que je ne lui oppose quasiment jamais le secret professionnel. Sauf pour protéger un informateur qui ne m'en aurait pas libéré, ce qui m'arrive rarement. Je n'ai rien à cacher. Mon seul objectif est de faire éclater la vérité. En outre, dans l'affaire qui vous mène à moi, je n'ai jamais fait mystère de mes découvertes. J'aurais donc préféré une démarche policée, conforme aux bons usages.

– Monsieur Montaldo, vous avez bien déclaré au *Point*, dans l'article que voici, détenir des documents en provenance de Bagdad ?

– Oui. Où est le mal ?

– C'est ce que nous venons chercher. »

Fermes mais courtois, les policiers remplissent leur mission en respectant les règles : présentation de leur commission rogatoire et de l'article du *Point* qu'ils me demandent de relire. Je m'exécute. Sur le document judiciaire qu'ils exhibent, deux mots retiennent mon attention : « Corruption [*d'agent public étranger*] ; trafic d'influence ».

L'article du *Point* ? Au lecteur qui ne l'aurait pas lu ou n'en aurait conservé qu'un vague souvenir, je me dois – pour la clarté de mon exposé, à propos de ce qui va maintenant m'être donné de vivre pendant trois jours en compagnie des envoyés spéciaux du juge Courroye – de le reproduire, ici, in extenso. Sous la plume de Jean-François Jacquier, il est intitulé : « Pétrole contre nourriture : Micmac en Irak », avec pour sous-titre : « Nouvel élément dans le dossier Pétrole contre nourriture. Entendu par la Brigade financière, Loïk Le Floch-Prigent met en cause un proche du président. » *Le Point* y révèle les dernières avancées du juge d'instruction dans la vaste enquête internationale sur le pétrole de Saddam Hussein et ses bénéficiaires : « Alerte rouge à la chancellerie ! En pleine affaire Clearstream, le juge Philippe Courroye a provoqué – bien involontairement – un début de panique au plus haut niveau judiciaire. Chargé de l'instruction sur les fraudes commises dans le cadre du scandale international "*Pétrole contre nourriture*", il s'est penché sur le cas de Tanker Oil and Gas, une des sept sociétés françaises qui avaient l'agrément de l'ONU pour œuvrer en Irak. Tanker Oil and Gas a compté Loïk Le Floch-Prigent parmi ses actionnaires. Entendu comme témoin par les policiers parisiens de la Brigade financière, l'ancien patron d'Elf a lâché une bombe à fragmentation au cours de son interrogatoire. Dans sa déposition sous serment datée du 26 avril 2006 dont *Le Point* a eu connaissance, il affirme n'avoir jamais participé en Irak à des opérations de trading illicites, mais seulement à des explorations liées à la production pétrolière pendant les années 1998-1999. Et d'affirmer en substance que, lors d'un rendez-vous avec Ali Hassan, le patron de la Somo, société pétrolière de l'État irakien, ce dernier lui aurait montré "*une lettre signée du nom de Jacques Chirac, président de la République française, adressée à Saddam Hussein et lui demandant de réserver le meilleur accueil à Patrick Maugein et à ses sociétés*". Corrézien d'origine dont le nom a déjà été cité à propos d'une mine d'or au Pérou dans laquelle l'État français possédait une participation, Patrick Maugein se présente volontiers comme un proche de Chirac. Le journaliste-écrivain Jean Montaldo assure que "*cette lettre attribuée au président Chirac est désormais en possession des services américains*". Jean Montaldo, auteur d'un célèbre *Mitterrand et les 40 voleurs...*, prépare un nouveau livre d'enquête à paraître début septembre. Il déclare au *Point* avoir réuni "*les copies de documents originaux, incontestables, portant signatures et sceaux officiels, retrouvés à Bagdad – en langues anglaise et arabe –, faisant apparaître que Patrick Maugein, ses associés et amis auraient perçu au total une allocation de plus de 50 millions de barils de pétrole. Une autre vingtaine de millions de barils ont transité par une société étrangère en rapport d'affaires avec le frère de Patrick Maugein. À la justice d'établir maintenant la vérité sur ces transactions*". Montaldo s'est procuré en outre les 261 pages d'un manuscrit imprimé mais inédit de Patrick Maugein dans lequel il raconte par le menu ses activités. Un micmac qui suscite l'intérêt de nombreuses polices financières de par le globe. »

Dans mon salon, nous prenons place. Mon sang se glace lorsque j'apprends qu'avant de débarquer dans mon immeuble, les sept policiers se sont rendus chez ma mère, aux aurores. Je leur en fais la remontrance, ne pouvant accepter cette intrusion chez une dame de 85 ans, totalement étrangère à mes activités et qu'il me faut, bien sûr, protéger : « Messieurs, ces choses-là ne se font pas. Pour qui me prenez-vous ? Croyez-vous qu'à mon âge, à 64 ans, je vivrais encore chez ma maman ? En outre, à Paris, au Palais de Justice et dans vos services, tout le monde connaît mon adresse. »

Les choses étant dites de ferme manière, j'en viens à l'essentiel :

« Voici plusieurs années que j'offre à l'autorité judiciaire, qui n'en veut absolument pas, les résultats de mes investigations. Nombre des documents qui sont ici ont été portés par moi ou mes témoins à la connaissance du procureur de la République qui n'en a rien fait. Alors, puisque vous êtes enfin là, chez moi, sachez, messieurs, que vous y êtes les bienvenus. Mes dossiers vous sont ouverts. Je suis en train de finir mon prochain livre où, je vous le confirme, je publierai ce que je sais et peux prouver. Sur Patrick Maugein et les briseurs d'embargo en Irak, j'en connais un rayon.

– Les documents dont vous parlez dans *Le Point* sont ici ?

– Oui, à gauche sur cette table, en face de vous. Vous pouvez les consulter. Attention, il me faut conserver les originaux pour mon livre. Ce sont mes preuves. Vous prendrez les copies que vous voulez. Je les ai reçus d'Irak par une source qui n'est pas américaine. Je mets également à votre disposition l'ensemble des pièces que j'ai réunies depuis 1997 sur Patrick Maugein. Tout est là : ses réseaux, ses activités, ses rapports avec le président de la République Jacques Chirac. C'est bien cela qui vous intéresse ?

– Oui, dans la mesure où ces informations entrent dans notre saisine. »

J'invite les policiers à me suivre. Dans mon bureau, quatre grands tiroirs sont spécifiquement réservés à Maugein. Leur inventaire prendra plusieurs heures. Je suis frappé par le professionnalisme de ces officiers de police, remarquables machines à repérer ce qui manque à leur dossier. Et à poser, fort à propos, les questions adéquates. Complémentaires, ils se répartissent les rôles. Ils ont une parfaite connaissance de l'affaire « Pétrole contre nourriture ». Sur le personnage Maugein, leurs questions sont précises :

« Avez-vous la lettre de Jacques Chirac adressée à Saddam Hussein, lui recommandant Patrick Maugein, dont vous dites, dans *Le Point*, qu'elle est désormais entre les mains des services américains ?

– Non, mais je me suis assuré auprès de mes sources que ce courrier a bien existé. Je suis formel : les services américains le détiennent, l'ayant récupéré après la chute de Bagdad. En outre, il y a plusieurs années, l'ancien président d'Elf Aquitaine, Loïk Le Floch-Prigent, m'avait déjà parlé de cette lettre de Jacques Chirac. C'était lors d'un déjeuner en tête à tête que j'avais sollicité, sachant que l'ancien patron d'Elf connaissait bien Maugein et que, comme lui, il était en affaires avec les Irakiens, avec sa propre société, Tanker Oil. Loïk Le Floch-Prigent m'avait alors tenu à peu près les mêmes propos que ceux publiés dans *Le Point*. Il me disait que le président de la Somo lui avait montré l'original de la lettre de Chirac à Saddam Hussein, lui recommandant Maugein. Il m'avait précisé que je pourrais l'obtenir auprès de Tarek Aziz, en me rendant à Bagdad. Ce que je me suis gardé de faire, pour les raisons que vous devinez. Plus tard, j'avais aussi appris de José Antonio Jimenez, citoyen espagnol, ancien associé et bras droit de Maugein, que celui-ci entretenait des rapports étroits avec le régime de Saddam. Lors de la première guerre du Golfe, Maugein lui avait dit : "*Si les Américains arrivent à Bagdad, on est cuit.*" »

Tout le monde m'écoute, religieusement. Connaissant le contenu de mes caisses par cœur, je propose à mes nouveaux amis de leur en détailler le contenu : « Travail fastidieux », écriront-ils dans leur procès-verbal final. Jusqu'à 15 heures, tout est passé au crible. À l'hypermarché Montaldo, le chariot de la Brigade financière repartira bien garni. Classeur par classeur, feuille par feuille, mes archives sont explorées. Tout ce qui intéresse la procédure du juge Courroye est présenté au commandant de police qui dirige l'opération. Un expert silencieux. Au fur et à mesure du temps qui passe, la pile des documents sélectionnés grandit. Ceux d'Irak sont la priorité des priorités. Il y a de tout dans mes tiroirs, comme au

Bazar de l'Hôtel de Ville. Récolte abondante, variée... avec des fruits de qualité :

• La liste originale sur 19 pages – entièrement en arabe – des 270 sociétés étrangères et briseurs d'embargo – autant dire fauteurs de guerre (dont 12 Français) – auxquels Saddam Hussein (qui savait acheter les consciences) octroyait son pétrole, touchant au passage, pour lui et sa bande, des rétrocommissions... en forme de corruption croisée. Infraction grave aux règles du programme « Pétrole contre nourriture » mis en place par le Conseil de sécurité des Nations unies, de 1996 à 2003, et qui était destiné à subvenir aux besoins alimentaires et sanitaires des malheureuses populations irakiennes et à empêcher Saddam de vendre du pétrole pour financer sa dictature et ses entreprises guerrières. Exhumé des archives de la Somo (State Oil Marketing Organization), la grande compagnie pétrolière de l'État irakien[1], c'est le premier document qui mit le feu aux poudres, quand le quotidien bagdadi *Al-Mada* en révéla l'existence, le 24 janvier 2004, avant de servir de base de travail à l'enquêteur de la CIA Charles Duelfer (pour son rapport publié en octobre 2004), puis aux conclusions de la Commission de l'ONU présidée par Paul Volcker, l'ancien président de la Réserve fédérale américaine, qui sera remarquablement indulgent à l'égard du réseau Maugein ;

• Les statuts d'Ibex, la minuscule société du trader français Jean-Paul Cayre, officiellement domiciliée à Vigny, petit village du Val-d'Oise, à 25 kilomètres au nord-ouest de Paris, mais qui disposait d'un bureau sur les Champs-Élysées, dans les mêmes locaux que la société

---

1. Lors de la chute de Saddam Hussein, en 2003, les bâtiments de la Somo furent les seuls à être protégés par l'armée américaine et à échapper au pillage, car ils contenaient les secrets économiques et financiers du régime déchu, parmi lesquels les archives relatives aux fraudes du programme « Pétrole contre nourriture ».

monégasque Toro Energy (propriété du Portugais Rui de Sousa, avec pour associé Patrick Maugein) ; Jean-Paul Cayre que j'ai retrouvé au cœur des fraudes du pétrole de Saddam Hussein, dans la rocambolesque affaire du pétrolier *Essex*, avec des ramifications jusque dans les paradis fiscaux des Antilles néerlandaises ;

• Datée du 16 janvier 1999, et frappée de l'aigle emblématique de Saddam Hussein, une lettre en arabe du vice-président irakien Taha Yasin Ramadan acceptant l'attribution de 1,8 million de barils de brut irakien à Ibex Energy, la société de Jean-Paul Cayre, ami et partenaire de Patrick Maugein ;

• Datée du 5 février 2002, une note (toujours en arabe, dûment signée et tamponnée) de « l'honorable [*sic*] directeur de l'IIS [*Iraq Intelligence Service*] » intitulée : « Relations France-Irak ». Le responsable des services secrets de Bagdad y donne les grandes lignes des ordres qu'il a reçus, en vue d'une généreuse distribution de pétrole fraudé aux amis du dictateur irakien : « Le Président-Leader Saddam Hussein (puisse Dieu le bénir et le protéger) a ordonné l'augmentation des contrats avec la France et, en réponse à votre note du 20 janvier 2002, (...) voici les recommandations qui ont été décidées : (...) ne pas accorder de privilèges économiques (pétrole et commerce) à ceux qui ne sont pas efficaces ou n'ont pas d'influence. Ces privilèges doivent être donnés aux Français, dans les milieux politiques et économiques qui sont proches des centres de décision politiques. (...) Étudier la possibilité de soutenir un des candidats à l'élection présidentielle française, après qu'il devient clair qui sera le gagnant de cette élection, à travers l'offre de contrats de pétrole, à condition que le gagnant de la droite "*française*" soit favorable aux positions de l'Irak et des Arabes » ;

• Une note en date du 11 mars 2002 du directeur adjoint des opérations des services secrets irakiens, intitulée « Mouvement », avec la mention « Urgent ». Ce document donne « les noms d'individus et hommes d'affaires par lesquels nous serons capables d'approcher le président français Jacques Chirac (candidat à l'élection présidentielle française de 2002) et le président russe Vladimir Poutine ». Au chapitre 1, sous l'intitulé *France*, la note cite, entre autres, le nom de Maugein, accompagné de quelques commentaires bien sentis : « Le Français Patrick Maugein : homme d'affaires et propriétaire d'une compagnie pétrolière [*Soco International, basée à Londres, où son compère Rui de Sousa est directeur*]. Il a des relations directes avec le président Chirac ; auparavant, il a visité le pays [*l'Irak*] plusieurs fois, à l'invitation du bureau de M. Tarek Aziz, dont il est un ami » ;

• Les statuts et les documents de présentation officiels du groupe pétrolier Quantic, société discrète mais très active, installée à la fois à Monaco, à Dbayeh au Liban, aux Bahamas et à Tortola, la capitale des îles Vierges britanniques. Cinq paradis fiscaux, parmi les plus impénétrables. Quantic est dirigée par le milliardaire d'origine libanaise Samy Maroun et par... le Portugais Rui de Sousa, partenaire à la fois – je le rappelle – de Patrick Maugein et de Jean-Paul Cayre (dans Toro Energy, toujours à Monaco). Avec ses compères Maugein et Cayre, Rui de Sousa figure en bonne place dans la liste des allocataires privilégiés du pétrole de Saddam Hussein. Quantic est à la croisée des chemins dans le maquis des sociétés proches de Patrick Maugein et de ses sbires. La « firme » est d'abord l'un des plus éminents actionnaires de Soco International, le groupe pétrolier, coté à la Bourse de Londres, de Patrick Maugein, ami dans l'ombre de Jacques Chirac. En outre, Quantic possède une participation de 10 % dans Mediterranean Oil Supply and Trading Limitada, autre société de la galaxie Maugein-Rui de Sousa. Enfin, la filiale Quantic Oil Limited Bahamas – et en avant la finance offshore ! – est contrôlée à 50 % par la sulfureuse société de trading Trafigura, immatriculée aux Pays-Bas mais basée à

Londres. Au centre des fraudes irakiennes, Trafigura fut montée par des Français, anciens collaborateurs (comme Maugein et Cayre) du grand fraudeur américain Marc Rich, condamné aux États-Unis à 325 ans de prison pour fraudes fiscales (amnistiées, aux derniers jours de son second mandat, par le président Bill Clinton, son obligé). Au même titre que Maugein, Rui de Sousa et Cayre, Trafigura est omniprésente dans le scandale « Pétrole contre nourriture », les noms de Maugein, Rui de Sousa et Cayre lui étant d'ailleurs accolés.

La matinée avance. Je laisse quelques instants les policiers à leurs travaux, le temps d'aller m'apprêter. Puis nous passons à l'exposé de ma longue chasse à la recherche des pilleurs d'or au Pérou et des Ali Baba de Bagdad :

« Dans *Le Point*, vous dites vous être procuré un manuscrit inédit de Maugein ?

– Oui, de 261 pages. Je vous confirme qu'il y raconte par le menu ses activités de briseur d'embargo et de grand spécialiste des structures offshore. Je vous remets les épreuves de ce livre imprimé. Il devait être publié en mars 2002 par les Éditions Ramsay, qui l'avaient enregistré à la Bibliothèque nationale sous le "*N° ISBN 2841145719*". Mais, à la demande de Patrick Maugein, cet ouvrage n'a finalement pas vu le jour, sous sa propre signature, et dans sa version originale que voilà. »

Les policiers s'en emparent. Une splendeur, le livre Maugein, écrit principalement pour me couvrir de boue. Mais là n'est pas le sujet. Je montre plusieurs passages qui sont en parfait rapport avec le dossier du pétrole irakien. Dans son prologue, l'auteur explique sa démarche, plutôt fumeuse, avec allusion à l'affaire Elf Aquitaine et à ses relations avec Chirac : « (...) Certains souhaitaient ainsi que je trouve le moyen de faire des révélations sur l'affaire Elf [*où il fut cité comme intermédiaire entre la compagnie pétrolière et Jacques Chirac, sans que les juges y trouvent motif à enquête*]. Voire sur celle des frégates taïwanaises[1], afin d'éveiller l'attention distraite du lecteur, avant d'en venir aux aventures pittoresques d'un Briviste au Pérou. D'autres voulaient que je consacre d'innombrables pages à cet autre Corrézien, président de la République [*Jacques Chirac*] en exercice : cela aurait sans doute poussé ce livre sur une voie dans laquelle je ne souhaitais pas l'engager. J'ai opté pour une solution simple : j'ai fait à ma guise. Au lecteur de juger de l'intérêt et de la sincérité de l'entreprise. »

Puis vient, pages 30 à 32, au chapitre « Le goy » – subtilité toute corrézienne ! –, l'histoire palpitante des relations de Maugein avec Marc Rich, le colonel Kadhafi en Libye, quelques autres despotes et... les démocrates de Bagdad. Les policiers sont tout émoustillés. Voilà enfin une lecture pour la détente : « (...) Peu de temps après les débuts de ma coopération avec sa société, Marc Rich a dû faire face, aux États-Unis, à un important problème, consécutif à ses achats de pétrole iranien. Si sa société, enregistrée dans le canton de Zoug, était de nationalité suisse, Marc Rich lui-même, domicilié à New York, était américain. Or, en cette période où les ayatollahs séquestraient à Téhéran les diplomates de l'ambassade des États-Unis, le gouvernement américain avait interdit tout achat de pétrole en Iran, qualifiant ces transactions de "*commerce avec l'ennemi*". (...) Marc Rich, vivant à New York et de nationalité américaine, avait enfreint la loi de son pays. Craignant alors pour sa liberté, il a préféré quitter les États-Unis et s'établir en Suisse. (...) J'ai rapidement entrevu la faiblesse de la société Marc Rich. Le pétrole est une matière première provenant,

1. Navires militaires vendus par la France, sous Mitterrand, avec d'énormes commissions destinées – selon le ministre socialiste des Armées – à des reversements en France (...) sous l'autorité du président de la République [*François Mitterrand, jusqu'en 1995*] et, après mars 1993, sous celle du Premier ministre [*Edouard Balladur*]. Autre scandale que le pouvoir politique tente d'étouffer, en opposant à la justice le fameux « Secret défense ».

pour une large part, des pays arabes. Or, surtout à cette époque, nombreux étaient ceux qui pratiquaient un embargo de fait sur les compagnies "*juives*". La notoriété grandissante de Marc Rich avait mis en lumière le fait que sa compagnie était dirigée par d'éminents représentants de la communauté juive de New York. Nous avons vite compris, Marc et moi, qu'il fallait mettre en place des structures séparées, distinctes de la maison mère, si l'on voulait ouvrir les portes arabes qui restaient fermées, en Libye, en Algérie et en Arabie Saoudite, au Koweït, en Irak et en Iran. D'où l'intérêt pour Rich d'avoir un collaborateur indubitablement "*goy*". Je me suis appliqué à devenir, au plus vite, le maître d'œuvre de ces sociétés écrans exemptes, aux yeux des fournisseurs arabes, de toute judaïté suspecte. J'achetais le pétrole, les cargaisons étaient ensuite mises à la disposition de la structure intermédiaire "*non juive*", avant d'être livrées à la société de Marc Rich. J'utilisais le plus souvent les sociétés du groupe Avia, réputées indépendantes. Parmi elles, Euravia, à Zurich, était devenue mon plus sûr canal pour les achats liés au nom de Marc Rich. (...) Je n'ai jamais su dans quelle mesure mes interlocuteurs arabes étaient dupes, mais j'ai toujours pensé que, la forme étant respectée, la réalité leur importait peu. Ainsi, les responsables de la Sonatrach, à Alger, voulaient me faire avouer qu'"*il y avait du Marc Rich là-dessous*" ; ceux de la compagnie libyenne Brega avaient découvert notre montage mais préféraient faire semblant de ne pas savoir. L'essentiel était que je persiste dans mes dénégations et que l'excellence du service soit maintenue. Ma vie de "*goy pétrolier*", trépidante, était passionnante. Les choses ont si bien fonctionné que j'ai pu abandonner à la structure huilée de Marc Rich le soin d'organiser la commercialisation et l'acheminement du pétrole. Je me suis alors consacré au relationnel. »

Une autre pièce fait sursauter ces messieurs de la Brigade financière. Un document a priori anodin : les statuts de la société Jean-Claude Gawsewitch Éditeur, créée le 16 février 2004 à Saint-Germain-des-Prés. Or, Gawsewitch est l'ancien patron des Éditions Ramsay... qui devaient publier le mirifique livre de Patrick Maugein sous le titre *Un Corrézien au Pérou*. Avant que la maison ne fasse faillite et que Gawsewitch ne soit prestement remercié. Mercenaire sans vergogne de l'édition, Gawsewitch est aussi le plumitif – faux-nez grossier – qui, finalement, reprit à son compte le manuscrit de Maugein et le fit éditer, en octobre 2003, sous son propre nom, chez Michel Lafon. Sans même avoir pris la peine d'en modifier tous les titres de chapitres et en reprenant, une à une et mot à mot, les accusations de Maugein à mon endroit. Gawsewitch a cependant aménagé les passages où son commanditaire Maugein raconte par le menu sa vie de bourlingueur chez les dictateurs. Manœuvre préméditée. Il s'agissait de me salir, ainsi que mon avocat et ami, Pascal Dewynter, en me présentant comme un journaliste et écrivain acheté, voire corrompu, « supplétif » de compagnies étrangères. Gonflé à l'hélium, Maugein avait tenté, sans succès, de leur soutirer 25 millions de dollars (au bas mot, contre 200 convoités initialement), en se réclamant du président Chirac dont il se disait, dans des écrits multiples, le « *conseiller* ». La publication de mon livre *Main basse sur l'or de la France* avait déjoué son plan. D'où sa rancœur. La presse (dont *Le Monde* du 4 décembre 2003) ayant largement fait écho à ces attaques, j'ai bien sûr porté plainte en diffamation (non contre *Le Monde*, bien sûr, qui m'avait ouvert ses colonnes). Mis en examen, les deux loustics ne sont toujours pas jugés à l'heure où j'écris ces lignes, Maugein se déclarant « malade ». Mais Me Dewynter, lui, a déjà obtenu la condamnation de Gawsewitch et de son éditeur... qui se sont bien gardés de faire appel.

Tant de prévenance méritait bien une récompense, sonnante et trébuchante. Voilà pourquoi, dans le capital des Éditions Gawsewitch, je retrouve, pour 16 % des parts, la co-vedette du scandale « Pétrole contre nourriture » : l'homme d'affaires Rui de Sousa, bras droit et associé de Maugein. Il y intervient avec – comme de bien entendu – une société écran logée dans un paradis fiscal : Mantegna-Consuldoria E Servicios Limitada, basée à Funchal, dans la petite île de Madère.

Chez Gawsewitch, Maugein est comme chez lui. En novembre 2005, c'est là qu'il avait publié un premier ouvrage, *Ouï-dire sur la mort*, opuscule funèbre et abscons, écrit – il l'avoue lui-même – en ratissant les bases de données de l'Internet. Ce qui lui rapportera, faute de ventes en librairie, un article flagorneur du dernier prix Goncourt, François Weyergans, dans *Le Nouvel Observateur*[1]. Dans le capital de la société de Gawsewitch, le Portugais Rui de Sousa est en bonne compagnie. Il côtoie un autre bienfaiteur du directeur déchu de Ramsay, Marc Tellene, plus connu, dans son immeuble du 16ᵉ arrondissement et à Canal+, sous son nom de scène – qui lui va comme un gant –, « Karl Zéro ». Sa société, Secrète SARL, s'est fendue de 8 % des parts de la maison d'édition[2].

Bien d'autres documents intéressent la Brigade finan-

1. Le 8 décembre 2005.

2. Jean-Claude Gawsewitch a publié, aux mêmes Éditions Michel Lafon, le livre de Fanny, l'une des prostituées de la sordide affaire du tueur Patrice Allègre, qui avait gravement et mensongèrement mis en cause dans l'émission *Le Vrai Journal* de Karl Zéro, sur Canal +, l'ancien député-maire de Toulouse et président du CSA, Dominique Baudis. L'enquête judiciaire montrera que la jeune femme avait reçu, en cadeau, une voiture Volkswagen Sharan d'une valeur de 15 000 euros, payée par une société de Karl Zéro, productrice de l'émission. « Un simple à-valoir, pour un livre que nous devions co-éditer avec Jean-Claude Gawsewitch chez Ramsay », avait alors répliqué Karl Zéro. Ramsay ayant fait faillite, Gawsewitch a finalement publié l'ouvrage de la prostituée Fanny chez Michel Lafon. Comme le manuscrit recyclé de Patrick Maugein. Cette fois en écopant d'une « interdiction de vente ». Et, quelques mois plus tard, Karl Zéro entre au capital de sa nouvelle maison d'édition. Pour un vrai journal ?

cière. Certains sont immédiatement mis sous scellés et emportés. Notamment, la trace d'un lien ancien de Patrick Maugein avec son ami Jean-Paul Cayre dans l'affaire péruvienne qui m'avait fait découvrir les agissements singuliers du sulfureux « conseiller » du président Chirac.

Ou encore une copie couleur du fameux carnet d'Alfred Sirven, rapporté des Philippines, en février 2001, par mon ami François Labrouillère de *Paris Match*. Dans cet historique répertoire Hermès patiné par les ans et les nuits à compter les milliards volés, Patrick Maugein est, de loin, le correspondant le plus précieux du financier occulte et ancien directeur des Affaires générales d'Elf Aquitaine. Une page entière est consacrée à ses différents numéros de téléphones, fixes et portables. À Paris, à Antibes, en Savoie, à Madrid, etc. Dans cette même page, tachée de vin rouge – car Alfred était un bon vivant –, figurent plusieurs autres numéros sensibles : celui d'Agnès Houvet, la secrétaire de Maugein qui conserve, tout à côté de Madrid, les secrets du maître ; celui de Philippe Maugein, son frère, employé un temps par Trafigura, la société fraudeuse de la bande dans l'affaire « Pétrole contre nourriture ». À la lettre « S », l'inévitable Rui de Sousa (orthographié « de Souza », comme la valise en carton de la belle Linda) est répertorié avec la mention « Toro Monaco ». Parmi les papiers les plus explosifs, les policiers emportent les comptes suisses de Patrick Maugein, avec leurs ramifications à Panama, pour une vente d'avions militaires espagnols à l'armée française (qui n'en avait pas un réel besoin)... avec codes, commissions touchées, ni vues ni connues, sur plusieurs comptes helvétiques à roulettes.

À l'issue des six heures de cette insolite visite domiciliaire que, sur procès-verbal, je qualifierai de « disproportionnée mais courtoise », rendez-vous est pris pour le lendemain matin, rue du Château-des-Rentiers, au siège de la Brigade financière. À la demande des policiers, je dois m'y rendre pour expliquer les circonstances qui m'ont conduit à m'intéresser au dossier du pétrole irakien et à expliquer le contenu de ces documents.

Chez eux, à l'ombre des tours du quartier chinois de Paris, dans le 13e arrondissement, l'atmosphère est plus détendue. Pendant environ sept heures, les questions fusent, précises. Les réponses sont immédiatement enregistrées sur procès-verbal. Une belle jeune femme, élégante capitaine de police, se passionne pour le débat : « Un formidable feuilleton », me dit-elle en partant. Film que je reconstitue ici de mémoire, comme la synthèse de mes souvenirs :

« Comment avez-vous connu l'existence des activités de Patrick Maugein ?

– En 1997-1998, lors de la rédaction de mon livre *Main basse sur l'or de la France*, relatif à la vente à vil prix, par la France, de sa participation dans la mine d'or de Yanacocha au Pérou, véritable gabegie d'argent public[1]. Dans mon ouvrage, j'avais pointé le rôle joué par Mau-

1. J'y révélais que, par la faute de nos gouvernants, 12 milliards de francs étaient partis en fumée, dans une opération de privatisation truquée. En 1994-1995, l'établissement public Bureau de recherches géologiques et minières (BRGM) – autrement dit l'État français – avait cédé à un comparse australien (Normandy Mining) sa participation dans Yanacocha, l'une des plus importantes mines d'or au monde, au Pérou. Le BRGM y était associé avec deux sociétés privées : Buenaventura, de droit péruvien ; Newmont Mining, de droit américain. L'opération de privatisation des intérêts français dans Yanacocha ayant été falsifiée – au profit du comparse australien Normandy –, les deux partenaires historiques de la France avaient fait jouer leur « droit de préemption » et finalement récupéré les parts du BRGM, au terme de plusieurs procédures, puis d'un protocole d'accord mettant fin au différend. Le lecteur peut aussi se reporter à mon livre *Les Voyous de la République* (Albin Michel, 2001), où je donne la suite de mon enquête sur Patrick Maugein, « "*Agent diplomatique indépendant*"... à "*10 %*" ».

gein à partir de juin 1997. Il avait été secrètement recruté par la partie australienne, bénéficiaire du honteux bradage des 800 tonnes d'or que la France détenait potentiellement au sommet de la Cordillère des Andes. Ami corrézien du chef de l'État, Maugein s'était infiltré dans les hautes sphères du pouvoir, à Paris. Il y avait obtenu les informations les plus confidentielles… qu'il avait utilisées dans les neuf lettres menaçantes que vous avez trouvées chez moi. Elles attestent que Maugein a été autorisé à utiliser la fausse qualité de "*conseiller*" du président de la République française. J'ai prévenu tout le monde. Personne n'a voulu m'entendre. En haut lieu, on savait tout sur les agissements de Maugein.

– C'est pourquoi vous avez écrit à l'Élysée cette lettre du 24 juillet 1998 ?

– Je vous ai aussi remis la seconde, que j'ai adressée au président Chirac le 18 septembre 2003, sans réponse cette fois. Mais, en 1998, le chef de l'État m'avait fait répondre par Dominique de Villepin, alors secrétaire général de la présidence de la République. Pour me dire que Maugein "*n'a ni mission officielle ni mission officieuse de l'Élysée*" et que "*si de telles lettres étaient écrites* [*par Patrick Maugein*] *elles ne pourraient provenir, ni du gouvernement français, ni du président de la République, ni de l'Élysée qui, bien évidemment, ne peuvent s'associer à cela*". Cependant, j'ai découvert par la suite, notamment avec le dossier irakien, que Maugein agit, en toute impunité, en se réclamant du président de la République.

– De quelles autres pièces voulez-vous parler ?

– Par exemple de l'action en justice ["*Class action N° 02-0204*"] lancée à Denver, dans le Colorado, le 1er février 2002, par Maugein, contre le géant nord-américain Newmont, à qui il voulait soutirer 200 millions de dollars de commission indue, maintenant réduits à 25. Vous y lisez notamment, sous la plume de ses avocats : "*Maugein, à l'époque, servait de conseiller auprès du gouvernement français. (…) Maugein est également le président-directeur général externe de la société Soco Limited, un producteur et explorateur britannique de pétrole. Maugein est un homme d'affaires couronné de succès, disposant d'un ample réseau de relations, aussi bien à l'intérieur de la France que sur le plan international, aux niveaux les plus élevés du gouvernement* [*français*]." Faire usage, de manière aussi constante et sans que nul ne l'arrête, du titre de "*conseiller du président de la République française*", pour seulement s'enrichir, est une faute très grave. En outre, vous avez devant vous cette pièce qui, sans rapport avec l'affaire du pétrole dérobé en Irak, n'est pas moins révélatrice des liens unissant intimement Patrick Maugein et le trader pétrolier Jean-Paul Cayre, de la société Ibex. Initialement, c'est Cayre qui, en faux-nez de Maugein, devait déposer la *Class action* contre Newmont. Cayre avait acheté par l'intermédiaire de la banque Odier Bungener Courvoisier à Paris les 10 actions nécessaires pour, en qualité d'actionnaire de Newmont, coté à la Bourse de New York, agir devant le tribunal de Denver. Vous avez là le bordereau d'achat de ces 10 titres, en date du 25 mai 1999, avec la lettre d'instruction de Jean-Paul Cayre.

– Quel est ce document en langue espagnole portant le sceau de la République du Pérou, établi à Lima le 26 mars 2002 ?

– Il s'agit, retrouvée par moi et dûment authentifiée, de la sténotypie de l'audition (à sa demande) d'Alan Crossley, qui se présente comme l'"*associé de Patrick Maugein*" dans l'affaire Yanacocha. Avant de transmettre aux parlementaires péruviens et à leur président de "*faux comptes bancaires*" (ce qui est attesté, ici, par le procureur général de l'État péruvien), pour tenter de faire accroire que plusieurs hauts magistrats de Lima s'étaient fait corrompre par les adversaires de Patrick Maugein –, Alan Crossley leur déclare : "*Nous* [*Maugein et moi-même*] *n'avions aucun accord économique avec la partie française* [*l'établissement public BRGM et le Trésor public*]. *Nous agissons par amour de la patrie* [*sic*]." Puis, sans la moindre gêne, Crossley ajoute, sans manifestement avoir conscience de l'énormité de ses paroles : "*Cela ne faisait aucun doute que notre vrai client* [*resic*] *était le groupe australien* [*employeur de Maugein, rémunéré en Suisse 560 000 dollars*] *qui nous avait accordé un* success fee, *une sorte de prime de **10 %**, pour tout ce que nous parviendrions à récupérer* [*dans l'opération de la mine d'or de Yanacocha*]..." Maugein écrit exactement la même chose dans sa *Class action*, finalement rejetée par le tribunal de Denver, l'homme ayant été incapable de fournir le mandat l'autorisant à intervenir au nom de la France, ou de qui que ce soit d'autre. Vous avez là, messieurs, un aveu signé. Quand Maugein se présente, lui-même, dans un autre document sous vos yeux, comme un "*agent diplomatique indépendant de la France*" rémunéré à hauteur de "***10 %***" sur le montant des opérations qu'il réalise, par l'utilisation de la fonction présidentielle de M. Jacques Chirac, et sans que celui-ci bouge le petit doigt, vous avez la confirmation que cet individu ignore l'incompatibilité du statut de diplomate avec celui d'un commissionnaire. »

Dans le petit bureau où ma déposition est scrupuleusement transcrite – je fais attention de bien peser mes mots et de ne surtout pas sortir du cadre de l'instruction du juge Courroye (la corruption et le trafic d'influence, notamment) –, la température monte, annonciatrice des grandes chaleurs qui vont bientôt frapper Paris et toute la France. J'évite de parler de Michel Roussin dont Maugein s'était réclamé en 1998 dans une lettre à mon éditeur pour tenter de me faire taire. Ce que Roussin, furieux, m'avait dit être « un procédé d'aigrefin ». Attitude différente de celle du président Chirac... qui avait renforcé ma volonté de poursuivre mes investigations.

Nous abordons maintenant les rapports anciens de Maugein – ami de Chirac, mais aussi de Roland Dumas – avec Elf Aquitaine. J'explique que le docteur Maxime Bréabout, ancien ami intime de Maugein, m'avait accompagné au Palais de Justice de Paris, pour, après moi, être entendu comme témoin, par les juges d'instruction de l'affaire Elf Aquitaine, Éva Joly et Laurence Vichnievsky[1]. Victime d'un attentat en plein Paris, le 22 juillet 1997, deux tueurs à gages casqués, montés sur une moto, lui avaient tiré deux balles Brennek (pour gros gibier) avec un fusil à canon scié et l'avaient gravement blessé. Aux secouristes et aux policiers, avant de tomber dans le coma sur un trottoir du 13e arrondissement, le malheureux docteur avait dénoncé Patrick Maugein comme le possible commanditaire de l'attentat dont il venait d'être victime. Les relevés des appels téléphoniques entrant et sortant, au domicile et au bureau de Maugein, indiquaient plusieurs communications avec l'Élysée. Par la suite, l'enquête criminelle mit Maugein hors de cause, malgré des indices inquiétants. Les écoutes téléphoniques réalisées à la demande de la justice avaient disparu. Chez moi, les policiers ont pu voir les instructions manuscrites que Maugein avait données à son associé d'alors, José Antonio Jimenez, pour lui souffler son témoignage lors de son audition par les enquêteurs de la police judiciaire.

Ils m'ont aussi semblé surpris de trouver dans mes archives une photo couleur officielle sous bristol de la mairie de Paris, signée Barthélemy Ruggeri, prise à l'Hôtel de Ville le 11 janvier 1999, lors d'un concert de l'Ensemble orchestral de la capitale. Dans les grands salons,

---

1. Toutes deux m'avaient dit connaître le nom de Patrick Maugein, également ami de Roland Dumas et de sa maîtresse Christine Deviers-Joncour. À leur greffier, elles avaient demandé que me soit présentée une lettre anonyme, actée dans leur dossier. Je l'avais lue. Maugein y était dénoncé, avec sa secrétaire madrilène, Agnès Houvet, comme l'homme chargé de faire l'interface entre Elf Aquitaine et la présidence du RPR. Mais la justice n'impliquera pas Maugein dans l'affaire Elf. Son nom sera mentionné lors du procès Elf par Loïk Le Floch-Prigent, avant que le président l'arrête : « Le tribunal n'entend pas aller au-delà. »

le maire en exercice, Jean Tiberi, y salue Michel Bulté, un fidèle de Chirac, ancien RPR maire du 19e arrondissement, en compagnie de sa compagne minaudante. Je l'ai identifiée : habillée de noir, la dame est juge d'instruction. Proche, via son compagnon, de l'état-major chiraquien, c'est elle qui est alors en charge de l'enquête sur l'attentat dont fut victime le docteur Bréabout. Instruction arrêtée.

À l'automne 1998, j'avais réussi à retrouver le docteur Bréabout qui se cachait, apeuré. Avec lui, comme avec José Antonio Jimenez plus tard, mon enquête sur Maugein avançait considérablement. Jimenez – lui, bien plus tard, après sa brouille avec Maugein – m'avait raconté à Madrid, pendant de longues soirées, les circonstances de leur divorce : encore une fois, pour une affaire de gros sous, gagnés en Suisse... grâce à l'achat, par l'armée de l'air française, d'avions militaires espagnols Casa, avec commissions à Patrick Maugein payées en Suisse. Au préjudice de sa société française, la CFID (alors sise au 42 de l'avenue des Champs-Élysées), dont Jimenez était l'associé.

Il se fait tard au 122-126 rue du Château-des-Rentiers. Voilà des heures que nous devisons, sans boire ni manger. Les policiers semblent intéressés par l'épais dossier Casa : « Je le tiens, leur dis-je, de José Antonio Jimenez. Cette affaire a provoqué sa rupture avec Maugein. Tombé sur cette liasse de comptes suisses, Jimenez a subitement compris que Maugein, son ami de vingt-cinq ans, l'avait grugé, en détournant vers ses comptes helvétiques des commissions qu'il aurait dû partager avec lui, en tant qu'associé dans leur société parisienne CFID. »

Dans le dossier complet retrouvé par José Antonio Jimenez, de nombreux virements proviennent du constructeur espagnol d'avions Casa, qui a vendu à l'armée de l'air française 5 avions-cargo C212, à la fin des années 1980, puis 7 avions de transport léger CN235 en

1996. Le contrat avait alors été traité au plus haut niveau, en France comme en Espagne et, en contrepartie, Madrid avait acheté 15 hélicoptères à Eurocopter. Patrick Maugein, introduit aussi bien à l'Élysée qu'à Madrid, auprès du gouvernement socialiste de Felipe González, s'était vu octroyer une commission de **5 %** (**2,6** millions d'euros) qu'aurait dû empocher sa société CFID, représentant officiel de Casa en France, dont Jimenez détenait **30 %** du capital. Mais, vorace, Maugein avait tout gardé pour lui. Dossier éclairant, qui remonte jusqu'au cœur du système Maugein et nous révèle comment l'homme d'affaires s'y prend pour évacuer ses commissions dans les paradis fiscaux.

Devant les policiers de la Brigade financière, je commente à haute voix une note saisie à mon domicile. Je l'avais rédigée, à l'attention de l'avocat d'Albin Michel, Me Christophe Bigot, le 9 décembre 2004. On y découvre un maquis de sociétés écrans et des virements tous azimuts, tous aussi opaques les uns que les autres, qui tombent des caisses de Casa jusqu'aux comptes de sociétés panaméennes, dans des banques de Genève, Lausanne ou Zurich.

Au centre de la pelote, la société Almanati SA, fondée le 27 juin 1979 et officiellement domiciliée au 8 Calle de la Guardia, bâtiment Igra, à Panama. Mais, en réalité, Almanati SA est gérée depuis la Suisse, par le cabinet genevois des avocats René et Jacques Merkt, qui se sont déjà illustrés en gérant les comptes d'un bon ami de Maugein : Alfred Sirven, l'homme des caisses noires d'Elf Aquitaine. Tous les virements, que ce soient ceux de Casa ou d'autres « relations » de Patrick Maugein – la Société nationale des hydrocarbures du Cameroun (SNCH), Marc Rich & Co Ag, ou encore Toro International, l'une des bases arrière du tandem Maugein-Rui de Sousa –, transitent par les comptes Almanati SA à la Société de banque suisse (SBS) (compte CO 291 456-1) ou à la banque Lombard Odier & Cie (compte

85 125 00 23-1). Pour rendre l'argent indétectable, il est ensuite dispatché, dans d'autres établissements : sur le compte TA 292 à la banque Indosuez de Paris ; le compte Pendleton Investissement SA du Banco Exterior de Zurich ou encore le compte « Spot », référence « Michel », à la Trade Development Bank de Genève.

Tous les ordres de virements sont donnés depuis Madrid où réside Agnès Houvet, secrétaire et femme de confiance depuis vingt-cinq ans de Patrick Maugein[1]. Au jour le jour, elle surveille les mouvements d'Almanati où Maugein n'apparaît pas officiellement. Quotidiennement, Agnès Houvet communique avec la Suisse par fax ou téléphone. L'avocat Merkt exécute ses ordres et rend compte scrupuleusement de ses interventions. À l'examen de l'ensemble des comptes de Patrick Maugein, je découvre qu'un système d'écrans successifs lui permet de déconnecter l'entrée des virements (en sa faveur) de leur destination finale.

Petite revue de détail avec un échantillonnage de ces opérations. Il donne une idée du savoir-faire de Maugein, « l'homme en or noir dans l'ombre de Chirac » :

• Un virement venant de Casa de **3 083 000** francs français à la SBS, qui les renvoie aussitôt chez Lombard Odier & Cie. À réception, cette somme est affectée au compte "*TA 292*" contrôlé par Patrick Maugein ;

• Un paiement de Casa de **405 357,18** francs chez Lombard Odier d'où ils repartent, à hauteur de **305 000** francs, sur le compte Pendleton Investment SA

---

1. Agnès Houvet fut même, un temps, la gérante en France de la Société civile immobilière Villa Yumph, propriétaire de la somptueuse propriété (acquise en 1993, pour 21,7 millions de francs) des époux Maugein, au Cap-d'Antibes, entre Cannes et Nice. Société écran où je retrouve une entité panaméenne, la SA Fondecsa, la structure luxembourgeoise au nom marocain ES Saadi, plus l'inévitable Banco Exterior SA. Toujours cette même prédilection pour les montages compliqués, loin du fisc français... dans les paradis fiscaux.

(N° 20886-4) de Patrick Maugein, au Banco Exterior de Zurich ;

• Un versement Casa de **111 910,96** francs, renvoyé par Lombard Odier sur le même compte Pendleton Investment, au Banco Exterior de Zurich ;

• Un règlement de Casa à hauteur de **185 220,67** francs renvoyé par Lombard Odier au compte Pendleton Investment SA, au Banco Exterior de Zurich.

Il faudrait de longues investigations assorties de nombreuses commissions rogatoires internationales pour percer tous les secrets de la « panaméenne » Almanati SA de Patrick Maugein et de ses sociétés satellites : dans le dossier détonant (200 pages) débusqué par José Antonio Jimenez, Olev, Dimitex, Linia, Setour, Rejaolata, Samotillo, Sideral... Une multitude d'autres entités – Cedec Trading Limited, Kadan Trading Inc., Alpha Pacific Fund, Hemisphere Neutral Fund, Bank of Bermuda New York... – sont les phares des paradis fiscaux et trous noirs de la finance offshore.

Lorsque j'en ai fini avec les enquêteurs de la Brigade financière, je relis attentivement ma déposition. Sa rédaction est parfaite : les officiers de police n'ont pas trahi mes propos. J'y ajoute quelques compléments. Pendant ce temps, l'ensemble des pièces que je viens de commenter sont mises sous scellés : 11 au total. Qui seront suivies, le lendemain, de quelques autres, pour des documents complémentaires qu'on m'a prié de retrouver. Nous nous quittons. Durant toutes ces heures, je suis resté factuel, j'ai veillé à éviter toute polémique, demandant que soit bien noté qu'aucune animosité ne m'anime à l'égard de Patrick Maugein.

Au commandant de police et à ses capitaines, je n'ai pu parler de ce que je vais découvrir dans les semaines suivantes, en me plongeant plus à fond dans le dossier « Pétrole contre nourriture ». Lorsque je commence à disséquer le rapport de la CIA, dit « Duelfer » – du nom de son auteur –, sur le régime de Saddam Hussein, puis celui plus récent de Paul Volcker pour le compte de l'ONU et, enfin, le fruit de mes propres recherches, je tombe sur une évidence : l'ami « conseiller » de Jacques Chirac et ses acolytes occupent un rôle central dans les micmacs irakiens sous Saddam. Pourtant, les agissements de Patrick Maugein ont été soigneusement évacués dans le rapport Volcker des Nations unies. Étrange ! En détaillant le parcours des uns et des autres, il est pourtant patent que Patrick Maugein – qui s'en défend[1] et bénéficie, comme tous les autres, de la « présomption d'innocence » – a été le boute-en-train d'une petite équipe de flibustiers, qui tous ont partie liée et ont œuvré, de concert, dans le ténébreux dossier du pétrole irakien.

Soyons précis, je devrais dire logique : au long des années 1980, Rui de Sousa travaille chez Vanoil Inc., une firme de trading qui emploie Jean-Paul Cayre. En 1987, de Sousa et Cayre quittent Vanoil pour... fonder Toro Energy Sam à Monaco, dont Maugein sera administrateur jusqu'à la dissolution opportune de la société, à la fin de 2005. Puis Cayre quitte Toro pour constituer Ibex, tout en continuant à travailler avec l'ami Sousa... à travers la filiale Toro Refining Inc. Solidement ramifié, le

1. 27 janvier 2004, déclaration de Patrick Maugein au journal *Le Monde* : « Je n'ai jamais reçu les 25 millions de barils de pétrole offerts par les Irakiens, c'est délirant et absolument impossible. (...) J'avais simplement des relations avec Tarek Aziz, le vice-Premier ministre, que je voyais souvent à Paris, et les ministres successifs du Pétrole. Je connais bien l'Irak, j'ai toujours été dans le pétrole là-bas. Et ce n'est pas dans leurs habitudes d'offrir des cargaisons. Les Irakiens, contrairement aux Africains, ne laissaient aucune marge sur la table. » Tel n'est pourtant pas ce qui résulte du rapport d'enquête (7 septembre 2005) de l'ONU : il y apparaît que Saddam Hussein faisait, bel et bien, des cadeaux aux amis de son régime et... se servait en retour, en intérêts croisés.

petit club de copains-coquins va maintenant pouvoir se jeter sur le programme « Pétrole contre nourriture ».

Dès le début, Toro y participe en association avec Trafigura, autre membre clé du club. Selon leurs accords, Trafigura reçoit 65 % des gains tirés de ses contrats passés avec la Somo (la société pétrolière de Saddam) et Toro Energy 35 %. En 1997 – « Bizarre ? Vous avez dit bizarre ? Comme c'est bizarre ! » –, les lettres que Trafigura envoie à Bagdad sont signées par... Rui de Sousa, l'homme-orchestre de la galaxie Maugein. Pour rafler en douce des millions de barils grâce au « Programme pétrole contre nourriture » du Conseil de sécurité, les lascars ont maintenant un outil rodé. Les choses sérieuses commencent à la « Phase quatre » du programme. Trafigura – qui n'agit plus pour son propre compte – se fait livrer l'or noir attribué par Saddam à Patrick Maugein. Après la lettre de recommandation du président Chirac au dictateur de Bagdad ? Question clé... pour le juge Philippe Courroye. À laquelle Marc Francelet, un des anciens associés de Loïk Le Floch-Prigent, a partiellement répondu : lui aussi, accompagnant l'ancien président d'Elf à Bagdad, a vu l'original de la fameuse lettre du président Chirac recommandant Patrick Maugein à Saddam Hussein. Francelet était là quand le patron de la Somo, fidèle serviteur du dictateur, la sortit de son tiroir pour la leur faire lire. Et les convaincre d'accepter d'entrer dans la combine des fraudes. Ce que Le Floch-Prigent avait refusé. À l'époque, le « conseiller » de Chirac et Rui de Sousa ont moins de retenue : ils sont reçus à bras ouverts par les officiels irakiens, dont Tarek Aziz. Qui leur allouent les millions de barils... enlevés par Trafigura.

Et quand, en 1999, Trafigura rencontre des problèmes avec les seigneurs de Bagdad – un contrat a été brutalement annulé –, ce sont les deux ambassadeurs de Maugein (Rui de Sousa et Jean-Paul Cayre) qui sont chargés par Trafigura de recoller les pots cassés. Ensemble, ils se rendent à Bagdad... où ils obtiennent un « dédommagement ». En réalité, une fraude des plus grossières. Dans un schéma dit « top-off » [*surcharge*]. Selon cet arrangement, 80 % des gains générés par les ventes de pétrole fraudé vont à Saddam Hussein... qui a grand appétit. Et les 20 % restants à Ibex... chapeauté par Cayre qui, comme d'habitude, passe par Trafigura.

Tel est l'ensemble des faits – et il en est bien d'autres – qu'à l'ONU l'honorable Paul Volcker, en mission diplomatique, n'a pas voulu mettre bout à bout. Raison d'État ?

Comme souvent dans les affaires à hauts risques, un grain de sable va bloquer les robinets des pétroles pompés, sur le dos du peuple irakien et en pied de nez aux Nations unies, dont plusieurs dignitaires ont trempé dans la combine. Rien n'aurait été découvert si, en 2001, le commandant grec d'un supertanker, l'*Essex*, n'avait vendu la mèche dans une lettre adressée à l'ONU et à son comité de sanctions. Son navire fut intercepté au large des côtes sud-américaines. Le commandant indiquait que, rentrant dans le cadre de l'accord « Pétrole contre nourriture », la moitié de son chargement était en règle, mais que les affréteurs de son navire avaient profité du chargement légal pour doubler clandestinement la cargaison permise... au nez et à la barbe des inspecteurs des Nations unies. L'officier grec évoquait deux opérations portant sur 500 000 barils. À l'ONU, l'affaire fit grand bruit. Ibex et Trafigura étaient épinglés, convaincus d'avoir organisé la fraude. Et l'ONU demandait aux pays concernés (la Grande-Bretagne où Trafigura a ses bureaux ; les Pays-Bas où elle a son siège ; la France qui abrite Ibex) de donner des suites pénales, fiscales et douanières à l'affaire.

Devant les policiers qui ont sollicité mon témoignage, je n'ai pas manqué d'évoquer cet aspect crucial du dossier. Quand les enquêteurs des douanes et du fisc français parvinrent à remonter la filière Irak-Ibex-Trafigura, ordre leur fut donné de tout arrêter. Et l'inspecteur des impôts – dont je ne livre pas ici le nom –, en charge des investigations, fut prié de ranger ses crayons.

De même, largement cité dans l'important rapport Charles Duelfer de la CIA, en octobre 2004, Patrick Maugein n'apparaît plus qu'en filigrane dans le rapport ONU de Paul Volcker. Une étrangeté... qui aiguise la curiosité. D'autant que l'épais document Volcker remis aux Nations unies fournit des éléments accablants sur Rui de Sousa, Jean-Paul Cayre, Ibex et Trafigura, partenaires de Patrick Maugein. Mais sans établir le moindre lien avec lui. Théâtre d'ombres qui m'oblige à déplier mes antennes. Dès lors, j'en apprends de bien bonnes : malgré ses brillants états de services et sa réputation planétaire, le rapporteur en chef de l'ONU, Paul Volcker, n'est pas dans une position très confortable. Il siège à l'*Advisory board* (conseil consultatif) de Power Corporation of Canada, compagnie du milliardaire Paul Desmarais, premier actionnaire et administrateur (à l'époque des faits) du pétrolier Total (très en cour en Irak, sous Saddam). Or ce géant français fut le plus important acheteur d'or noir du programme « Pétrole contre nourriture ». De plus, le magnat Desmarais est un proche, de longue date, de la banque Paribas, dont il fut membre du conseil d'administration, jusqu'à sa fusion avec la BNP en l'an 2000 ; BNP-Paribas, puissante banque française, l'un des pivots officiels agréés par l'ONU pour le programme « Pétrole contre nourriture »..., via laquelle ont transité des milliards de dollars ! Desmarais est encore une connaissance de Patrick Maugein. Passons... En outre, en compagnie de Paul Volcker au conseil consultatif de la société du sieur Desmarais, je trouve l'un des plus fidèles soutiens de Patrick Maugein dans les sables du désert : l'infatigable cheikh Zaki Yamani, ancien et influent ministre du Pétrole de l'Arabie Saoudite. Bref, un club comme il faut... où l'argent n'a qu'une odeur : celle du « Brent » et de « l'Arabian light », les deux qualités d'or noir les plus prisées.

Tandis que plusieurs Français ont été mis en examen pour leur implication dans le scandale international « Pétrole contre nourriture », dont deux ambassadeurs et l'ancien ministre d'État et sénateur Charles Pasqua – victime, à l'évidence, d'un de ses collaborateurs, un diplomate mis en examen, qui usurpa son nom en cachette pour se faire attribuer personnellement des cargaisons d'or noir par Saddam Hussein et Tarek Aziz –, Patrick Maugein, lui, n'a eu droit – du moins jusqu'à présent – qu'à une perquisition indolore, à la fin de 2005 (dans ses appartements parisiens), où fut trouvée la trace de ses contacts permanents avec Rui de Sousa. Je laisse au juge Philippe Courroye et à ses voltigeurs de pointe, hautement qualifiés et informés, le soin de nous dire, en toute impartialité – ayant une vue imprenable sur les milliers de pages du dossier judiciaire le plus sensible qui ait existé depuis l'historique décision du Conseil constitutionnel du 22 janvier 1999[1] –, qui est coupable et qui est innocent.

Extravagant Patrick Maugein qui, fort de ses hautes protections, n'aura eu de cesse, depuis l'intronisation de Jacques Chirac à l'Élysée, en 1995, de narguer la justice... en ayant le culot de la bombarder de plaintes contre ceux qui ont l'outrecuidance de se mettre en travers de sa route.

Cynique présidence de la République... qui permet à un milliardaire de l'ombre de ramasser, partout où il le peut – mais aussi au Congo, en Libye, en Russie, au Kazakhstan et ailleurs... –, des fortunes considérables, avec d'invisibles paquets de millions dans les plus loin-

---

1. Cf. *supra*, pp. 225 à 232.

tains paradis fiscaux, où il n'a jamais été un bourricot, mais un remarquable taureau de concours.

Reste à savoir à combien se sont montés les profits scandaleusement tirés des **69** millions de barils (dont 45,493 certainement pompés), octroyés par le bon Saddam à Maugein, Trafigura, Ibex et Rui de Sousa ? Avec commissions on ne sait où. Insupportable dossier qui jette un effroyable soupçon sur la forte opposition de la France aux alliés (américains, britanniques, espagnols, italiens, polonais, et j'en passe) de la deuxième guerre d'Irak déclenchée le 19 mars 2003.

Pollution de la politique et de la diplomatie par des réseaux d'affaires.

15

Ah ! monsieur Chirac, les beaux "messages" de François Mitterrand que voilà !

« Méditer le message » de François Mitterrand ? De quel « message » Jacques Chirac – dont le cerveau n'était pourtant pas surgelé – voulait-il donc parler le 8 janvier 1996, au soir de la mort de l'homme qu'il avait si longtemps combattu et six mois après son intronisation à la présidence de la République ?

Courbé, j'adresse ici un grand merci au chef de l'État pour ce conseil qui m'était resté en travers de la gorge.

À dire vrai, mon enquête sur Jacques Chirac, ses mensonges, ses réseaux, ses porteurs de valises, commença tardivement. J'en fais ici le mea culpa.

Combien de fois me suis-je vu accusé de partialité, de m'être fait l'instrument de la droite contre la gauche, de tirer toujours sur les mêmes cibles ? C'était oublier que, à l'approche, le chasseur suit sa piste, ne commande pas la nature. Tout dépend des traces laissées par l'animal. Et de l'aptitude du tireur à remonter vers lui, à bon vent.

Le 8 janvier 1996, l'oraison funèbre de Jacques Chirac en hommage à François Mitterrand eut sur moi l'effet d'une insupportable piqûre de frelon. Après tant d'années passées à poursuivre la corruption, les duperies de François Mitterrand et les prébendes consenties à ses amis représentaient pour moi le mal absolu... en politique. Entendre Jacques Chirac faire référence et ériger en modèle celui que j'avais combattu si longtemps relevait, ni plus ni moins, de la provocation. Le doute et le soupçon me saisissaient subitement à la gorge. Je ne pouvais accepter de voir Chirac – l'homme en qui j'avais fondé tant d'espoirs – chausser au cimetière les bottes de Mitterrand et nous le donner en exemple. En éveil, mes sens ne tardèrent guère à me conforter dans le sentiment d'avoir été lourdement trompé.

« Méditer le message » de François Mitterrand ? Je m'y suis attelé. En plus de celles de nombreux confrères attachés comme moi à la manifestation de la vérité, j'ai interrogé mes archives...

S'agirait-il du *Programme commun* de la gauche qui, conclu avec les communistes le 27 juin 1972, l'avait porté au pouvoir le 10 mai 1981 ? Funeste programme, que Mitterrand n'avait même pas lu, ainsi que le rapportera excellemment Jean-François Revel dans ses *Mémoires.* Futur membre de l'Académie française, feu notre ami Revel y raconte un dîner de décembre 1972 destiné à préparer son entretien avec François Mitterrand pour l'hebdomadaire *L'Express,* dont il était l'une des grandes plumes et bientôt son directeur : « Je m'étais gaussé d'un article du *Programme commun* qui attribuait la pollution de l'environnement au seul système capitaliste et j'avais rappelé à Mitterrand ce fait notoire que la pollution était mille fois pire dans les pays communistes. Il partagea ma gaieté jusqu'au fou rire et, m'arrachant le livre des mains pour bien vérifier le passage, il s'écria : "*Non ? Pas possible ? Ils ont écrit cette ânerie ?*" "*Ils*"... Toujours les autres. L'autocrate irresponsable que Mitterrand deviendrait durant ses deux présidences se peignait là déjà tout entier[1]. » Par l'entremise des mêmes intermédiaires que Revel en 1972, le grand capitaine d'industrie Ambroise

1. Jean-François Revel, *Le Voleur dans la maison vide,* Plon, 1997, p. 369.

Roux – l'un des plus importants et le plus influent des patrons français – a narré comment, rencontrant Mitterrand, alors premier secrétaire du Parti socialiste, et lui posant lors d'un déjeuner, en mars 1977, « plusieurs questions sur les articles du *Programme commun* de la gauche qui lui paraissaient "*extravagants*", il s'était aperçu que le chef socialiste ignorait le contenu dudit programme » et « qu'entre 1973 et 1977, Mitterrand n'avait toujours pas pris le temps de lire ce *Programme commun*, bien qu'il l'eût cosigné, ni de s'enquérir des objections élevées contre ce texte par les économistes et les entrepreneurs, tant était inébranlable son indifférence aux idées ». Ambroise Roux ayant pointé le doigt sur « quelques absurdités » contenues dans les *110 propositions* du pernicieux programme de gouvernement, Mitterrand avait « foudroyé » l'énarque et conseiller d'État Pierre Soudet déconfit (qui en avait été l'un des rédacteurs) et lui avait demandé : « Est-ce vrai ? On a écrit de telles conneries dans le *Programme commun* ? »

S'agirait-il donc, comme nous le demandait Jacques Chirac ce 8 janvier 1996, de « méditer » le « message » de François Mitterrand consistant – toujours ! – à renvoyer ses propres « conneries » sur les autres, que ce soit ses amis les plus proches (pris la main dans le sac), ses collaborateurs, ses gouvernements, ses ministres, l'administration et l'armée sous ses ordres, ou sa majorité parlementaire, touchés à tour de rôle par les plus graves soupçons ou accusations ?

« Méditer le message » de François Mitterrand ? Plus j'y pense et plus j'enrage, fonçant tête baissée dans l'inventaire des dommages causés par le grand homme.

S'agirait-il de la faillite dans laquelle Mitterrand avait précipité la France, au début de sa gérance, entre 1981 et 1984, dépensant sans compter les deniers de l'État pour la réalisation d'une politique d'inspiration marxiste-léniniste, à laquelle il avait dû très vite renoncer en raison des dégâts qu'elle provoquait, mettant la France en état de quasi-cessation de paiement, avec des nationalisations à 100 %, là où 51 % auraient suffi ?

S'agirait-il – au long de ces noires années où les « camarades » échevelés se ruaient à qui mieux mieux et avec frénésie à l'assaut du pouvoir – de la propension à obéir à des dogmes éculés, à s'entêter dans une logique politique et économique de nivellement par le bas, au point de désespérer les créateurs de richesses (et d'emplois), de faire fuir les détenteurs de capitaux et, par voie de conséquence, de favoriser le développement d'une classe de « nouveaux pauvres » et futurs mendiants, conformément à une vocation ancienne dont le grand Gustave Le Bon dressait les contours dès 1902, dans *Psychologie du socialisme*[1] (« Les socialistes savent bien qu'ils ne peuvent réaliser l'égalité dans la richesse, mais ils espèrent réaliser au mieux l'égalité dans la pauvreté ») ?

S'agirait-il du ridicule dont s'était couvert François Mitterrand en allant plastronner à la table du colonel Kadhafi, mentor de tous les terroristes Carlos et futurs Oussama ben Laden, sous le haut patronage – si je puis dire ! – de son copain Premier ministre grec Andréas Papandréou, lui aussi corrompu jusqu'à ne plus pouvoir compter les bakchichs qu'avec ses comparses il empilait dans des congélateurs offshore ?

S'agirait-il des complicités multiformes des haute et basse mitterrandies avec les réseaux du Premier ministre espagnol Felipe González, qui, au même titre que ses homologues français, italiens et grecs, s'était employé – lui encore ! – à faire main basse sur les fonds dont il avait la garde, fabuleux González qui avait mis en place un système de ratissage des entreprises publiques et privées, en vue de l'enrichissement sans compter des camarillas des gauches espagnoles et européennes, alors partout arrogantes et triomphantes ?

1. Éditions Félix Alcan.

« Méditer le message » de François Mitterrand ? Comment aurais-je pu me soustraire à l'impérieuse réflexion souhaitée par mon héros, Jacques Chirac, quitte à me retrouver, à la veillée, en bonnet de cocu ?

S'agirait-il de la criminelle « opération Greenpeace » dans laquelle Mitterrand avait discrédité nos services secrets, notre défense nationale et notre diplomatie... en supervisant le 10 juillet 1985 à Auckland, port de Nouvelle-Zélande, pays allié de la France, une attaque militaire catastrophique contre le bateau emblème *Rainbow Warrior* qui avait tué un malheureux photographe portugais, Fernando Pereira ?

S'agirait-il, couverts par l'Élysée, des monstrueux mais lucratifs trafics d'armes avec l'Iran des ayatollahs, je veux parler de la fameuse affaire Luchaire, scandale d'État soigneusement étouffé en France, mais heureusement jugée à Venise, en Italie, où les magistrats savaient déjà remplir leur mission jusqu'au bout ?

S'agirait-il de l'utilisation constante de la corruption par un appareil militant supervisé par Lionel Jospin, premier secrétaire du PS à partir de 1981, et son trésorier Henri Emmanuelli, un TRF (Très Respectable Frère ∴ ∴ ∴) jugé et condamné bien plus tard... a minima ?

S'agirait-il de la machine hautement sophistiquée de ramassage de fonds occultes qui sévissait partout en France, diabolique instrument dont l'implacable dictature avait perdu de réputation jusqu'à la Chambre des députés qui n'offrait plus en 1993 que le spectacle désolant d'un repaire de scélérats, d'une Assemblée qui se décimait elle-même par les compromissions de ses membres accrochés à leurs pots-de-vin comme l'ivrogne à son verre ?

S'agirait-il de la vénalité qui avait avili jusqu'à la fonction présidentielle et une large partie du Parlement (toutes tendances confondues) ?

S'agirait-il de la kyrielle d'élus qui, dans nos villes et

régions, se distinguaient dans des bamboches continuelles, avec pour cibles – par exemple – les patrons des grandes surfaces Auchan, Guyenne & Gascogne, Rallye, Carrefour ou Promodès, obligés de verser « 3 500 francs par mètre carré de surface autorisée »... lors de l'implantation, partout en France, de leurs grands magasins ?

Oui, s'agirait-il de ce que j'avais révélé en 1995 dans mon livre *Rendez l'argent !*[1], puis officiellement mis à jour par un juge d'instruction de Pau au cours d'une information judiciaire de dix années, lors de laquelle feu Paul-Louis Halley, président du groupe Promodès, avait tout avoué sans se faire prier : « Vous me demandez si en conséquence j'admets l'existence des faits de financement dénoncés par M. Destrade [*ancien député socialiste des Pyrénées-Atlantiques*] : c'est exact, en tout cas dans leur principe, et je les ai moi-même dénoncés à plusieurs reprises dans le passé (...). J'avais d'ailleurs constaté que l'ensemble des groupes de distribution était sollicité par les différents partis politiques et dans des proportions de plus en plus importantes, à mesure qu'augmentaient leurs besoins financiers. (...) Je définirais ces financements comme un impôt occulte [*sic*] à effet négatif, puisque le non-paiement aurait pu avoir pour conséquence d'exclure notre groupe par rapport à la concurrence. Je crois qu'il s'agissait, en fait, d'une menace à laquelle nous n'avons pas su résister » ?

Entre parenthèses, je note ici que, jugé en janvier-février 2005 par le tribunal correctionnel de Pau, Jean-Pierre Destrade fut, jusqu'au début des années 1990 – après le vote des premières lois réglementant enfin le financement des partis et des hommes politiques –, l'animateur en chef d'une vaste opération de « racket » des groupes de la grande distribution, au profit du PS et du MRG. Poursuivi pour « trafic d'influence, escroquerie et recel d'abus de biens sociaux », Destrade rappellera à

1. *Op. cit.*, pp. 144 à 148 et 214 à 217.

l'audience du 7 février 2005 la mécanique de l'extorsion : « Je récoltais les besoins. J'en parlais au trésorier [*Henri Emmanuelli*]. Il fixait la commission. (...) Je ne comprends toujours pas pourquoi il n'est pas dans cette enceinte ! (...) Mon accablement venait du PS. » D'où, tout aussitôt, cette forte remarque de Me Thierry Sagardoytho, avocat du pauvre Destrade, abandonné à son triste sort par ses courageux camarades : « Le procureur qui a requis le non-lieu des commanditaires présumés du système [*Henri Emmanuelli, notamment*] devra expliquer en quoi il serait juste de punir les donateurs qui ont été contraints de verser pour accéder à un système de concurrence dont les dés étaient pipés »[1].

« Méditer le message » de François Mitterrand, commanditaire en chef de cette bande de vide-goussets ?

Ben voyons !

Dans ma bibliothèque, les dossiers empilés, toujours d'actualité pour la plupart, sont là pour m'interdire d'oublier les dégâts provoqués par ces virtuoses de la razzia, tous déguisés en donneurs de leçons. Aussi, je me dois d'insister...

S'agirait-il de la gangrène de la corruption répandue au sein de la société française pendant que, clignant des cils comme un gentil poupon, François Mitterrand, plus théâtral que jamais, avait continué d'agiter les foules en s'en prenant, l'œil fourbe et des trémolos dans la voix, à « L'argent sale, l'argent qui tue, l'argent qui corrompt, jusqu'à la conscience des hommes » ?

S'agirait-il de cet art consommé du mensonge et de la

1. « Mis en examen », Henri Emmanuelli a contesté avoir confié la moindre mission à l'ancien député socialiste des Pyrénées-Atlantiques Jean-Pierre Destrade, son ami d'adolescence dont il fut le témoin de mariage. Finalement et comme d'autres éminences du PS, assurant qu'il n'avait jamais fui ses responsabilités de trésorier du Parti socialiste, Emmanuelli a bénéficié d'un « non-lieu » en août 2004.

formule magique qui, en 1981, avait permis à Mitterrand de se présenter en parangon de vertu, puis, en 1988, de se maintenir au pouvoir en persistant, avec un égal culot, à fustiger ses adversaires de droite, tous accusés d'être des « accapareurs de fortunes qui veulent tout et de toutes les manières » ?

Oui, s'agirait-il du parfait diagnostic de l'ancien Premier ministre socialiste Michel Rocard lorsqu'il déclare : « On doit avant tout à François Mitterrand d'avoir su conquérir le pouvoir et le garder » ?

Beau programme et fabuleux résultat, marqué (selon Michel Rocard) par « l'aspect d'immoralité relative de sa conduite », et, selon Jean-Paul Huchon, actuel président socialiste du conseil régional de l'Île-de-France, par « une curieuse indulgence pour des gens "*borderline*" au plan de l'argent et de l'histoire ».

« Méditer le message » de François Mitterrand ? Ce vœu de Jacques Chirac me contraint à des travaux d'Hercule...

S'agirait-il – grâce à un stratagème qui a longtemps permis à la gauche (contaminée par une malhonnêteté plurielle) de subsister aux affaires par tous les moyens – du génie réel de François Mitterrand à exploiter l'incapacité de ses opposants RPR et UDF à assumer, sans complexe, leur appartenance à la famille des droites modérées : dès 1983, il met sur orbite une droite intransigeante, provocatrice et bientôt extrême, qui, par la force des choses – à commencer par la montée de l'insécurité, une immigration incontrôlée et un chômage ravageur –, va prendre racine dans les couches les plus désespérées, les plus inquiètes de la population ?

S'agirait-il du choix de l'aventurier des affaires Bernard Tapie – événement unique dans l'histoire de France ! – comme député puis ministre de la Ville (en avril 1992) dans le gouvernement de Pierre Bérégovoy, avant que Mitterrand en appelle au pouvoir de nuisance de ce bonimenteur hors pair pour briser l'élan de son ancien Premier ministre Michel Rocard, lors des élections européennes de 1994 ? Ineffable Bernard Tapie qui n'allait pas tarder à accumuler les records de poursuites et de condamnations devant les tribunaux correctionnels, réussissant ainsi de formidables exploits judiciaires bientôt égalés – attention, je ne dis pas dépassés ! – par on ne sait plus combien d'autres éminences du premier cercle du président Mitterrand impliquées dans une pléiade de procès politico-financiers. Chanceux Bernard Tapie dont l'intègre procureur de la République Éric de Montgolfier se souvient publiquement avec amertume : « (...) Il y avait eu un vote pour la levée de l'immunité de Bernard Tapie. Je me souviens de Jack Lang [*ministre emblématique de François Mitterrand*] enserrant les épaules de M. Tapie pour le réconforter. J'avais trouvé ça dommage... surtout quand on connaît la fin ! Je ne comprendrai jamais pourquoi certains hommes politiques, quand la justice est en marche, veulent se mettre en travers. »

S'agirait-il de l'affaire du sang contaminé où d'autres serviteurs au plus haut niveau de l'État s'en étaient mis plein les poches, non sans provoquer l'une des plus épouvantables catastrophes sanitaires du XXe siècle ? Effroyable affaire jugée avec des pincettes, sans qu'un Zola n'ait le courage d'en prendre le président à témoin et de « dénoncer à la conscience des honnêtes gens cette pression des pouvoirs publics sur la justice du pays ». Comme le proclame l'auteur de « J'accuse [1] » lors de sa comparution en correctionnelle devant le tribunal de la diffamation, le 7 février 1898, avant de se retrouver condamné à un an de prison et de devoir finalement

1. « J'accuse. Lettre au président de la République » (Félix Faure), publiée par Émile Zola dans le quotidien *L'Aurore*, le 13 janvier 1898, pour prendre le parti du malheureux capitaine Dreyfus injustement condamné pour haute trahison et envoyé au bagne, parce que juif.

s'exiler : « Ce sont là des mœurs politiques abominables qui déshonorent une nation libre. »

« Méditer le message » de François Mitterrand ? Plus j'y songe et plus j'en ai la nausée.

S'agirait-il de mon insubmersible ami Roland Dumas, talentueux avocat promu ministre des Affaires étrangères puis président du Conseil constitutionnel, avant de devenir l'un des héros (finalement blanchi, lui) de l'effarante affaire Elf... où, pour son enrichissement personnel et celui de personnalités de gauche ou de droite, une redoutable bande d'aigrefins protégés par l'Élysée – à commencer par Alfred Sirven, précédemment condamné pour « braquage de banque » au Japon – avait capté sans vergogne des milliards de francs, propriété de l'État ?

Exemplaire Alfred Sirven, ancien directeur général de 1989 à 1993 des affaires générales de la compagnie pétrolière Elf Aquitaine (alors nationalisée), mort à 78 ans d'une crise cardiaque le 12 février 2005, avant le prononcé définitif (le 31 mars suivant) du jugement de la 9e chambre de la cour d'appel de Paris, présidée par Françoise Canivet. Condamné en première instance, le 12 novembre 2003, à cinq ans de prison ferme par la 11e chambre du tribunal correctionnel de Paris, Sirven était accusé d'avoir perçu 150 millions d'euros (1 milliard de francs !), sur un montant de 305 millions d'euros, soit 2,67 milliards de francs (!) de détournements entre 1989 et 1993, sous la présidence du mitterrandiste Loïk Le Floch-Prigent. Selon l'accusation, cette somme se décomposait en :

• 345 millions de francs versés à des tiers (hommes politiques compris) ;

• 325 millions de francs prélevés en espèces (pour être redistribués) ;

• 79 millions de francs en antiquités (autre forme de corruption) ;

• 42 millions de francs en bijoux ;

• 10 et 11 millions de francs pour l'achat de résidences secondaires personnelles, le reste ayant été encaissé sur des comptes anonymes au Liechtenstein, en Suisse ou à Monaco, dont certains saisis par la justice.

S'agirait-il des mille et un scandales sur lesquels j'ai tant écrit, je veux parler de toutes ces « affaires » qui avaient fini par désespérer l'honnête peuple de gauche, dont l'aveugle confiance avait été trompée et dont, à la longue, les yeux s'étaient enfin ouverts... au point d'administrer en 1993, au dernier gouvernement socialiste de François Mitterrand dirigé par le malheureux Pierre Bérégovoy, une défaite électorale sans précédent ?

S'agirait-il de la terrible série des crises cardiaques, « suicides », morts subites ou violentes, qui avaient emporté jusqu'aux plus intimes amis ou collaborateurs de François Mitterrand : Roger-Patrice Pelat (copain inculpé de « délit d'initié » en 1989) ; René Bousquet (ex-chef de la police de Vichy fier de l'avoir été, assassiné) ; Pierre Bérégovoy (dépressif chronique abandonné, le 1er mai 1993, à une mort annoncée) ; François de Grossouvre (témoin « suicidé » le 7 avril 1994, prêt à parler) ; Pierre-Yves Guézou (capitaine retrouvé pendu le 14 décembre 1994, après avoir avoué les écoutes téléphoniques illégales de l'Élysée) et j'en passe..., tous disparus dans les conditions les plus troubles, jetant un voile noir sur un règne si long et que l'on nous avait pourtant promis tout en rose ?

S'agirait-il de l'obligation faite par le président Mitterrand aux personnels de l'hôpital militaire du Val-de-Grâce et à tous ses médecins – civils compris ! – de signer ou d'avaliser sans sourciller ses faux bulletins de santé – que nul pourtant ne lui demandait – pour faire accroire que le président de la République se portait comme un bambin, alors même que depuis 1982 il se savait atteint d'un cancer de la prostate... incurable ?

« Méditer le message » de François Mitterrand, nous demandait Jacques Chirac ?

Vaste et beau programme... qui m'obligera à regarder la chiraquie de près, de la même manière que je le fis pour la mitterrandie.

S'agirait-il du spectacle affligeant offert par Mitterrand à la Nation et au monde, lorsque, libertin comme un vieux macaque, il finissait par avouer qu'il avait violé à tout-va les lois du mariage[1], allant jusqu'à installer secrètement dans les murs de la présidence de la République l'une de ses dernières maîtresses attitrées, mais non exclusive (et leur fille adultérine, Mazarine Pingeot, promue princesse secrète de la République), à charge pour le contribuable et ses copains enrichis (à coups d'opérations financières illicites) de faire les frais de sa constante infidélité conjugale et de ses dispendieuses incartades : des dizaines de millions d'euros pour ses dépenses de maisons et châteaux, avions et hélicoptères, limousines et voyages, en plus de la pléthore de gardes du corps mobilisés 24 heures sur 24, quatorze années durant ?

S'agirait-il de l'élégante manie du locataire de l'Élysée de s'exhiber en compagnie de ses conquêtes, ainsi qu'en témoignera son garde du corps, Daniel Gamba ? Dans un ouvrage haut en couleur[2], ce gendarme mobile, membre du GSPR (le Groupement de sécurité de la présidence de la République, créé en 1982 et composé d'une « centaine de machines à tuer »), nous livre sur l'inconduite chronique et aujourd'hui notoire de son auguste patron un souvenir, lui aussi à méditer : « Au bout du compte, François Mitterrand a passé un temps considérable avec les femmes ou à s'en occuper. Il en a vu jusqu'au bout, jusqu'en 1995, jusqu'aux dernières semaines de son second septennat (...). Un matin des

1. Articles 212 et suivant du *Code civil.*

2. *Interlocuteur priviligié, j'ai protégé Mitterrand,* Éditions Jean-Claude Lattès, 2003.

derniers jours de pouvoir, je suis entré dans sa chambre de l'Élysée vers dix heures du matin. Il était encore en pyjama (le président dormait dans un pyjama bien boutonné et parfois dans une robe de chambre à l'ancienne avec le bonnet de nuit et son pompon), allongé sur son lit. On a discuté un instant jusqu'à ce que quelqu'un frappe à la porte et entre sans invitation. C'était une jeune personne charmante que j'avais déjà vue plusieurs fois, présente parmi nous à titre professionnel. C'était une interprète bien connue de l'Élysée depuis qu'elle avait attiré l'attention du président. Nous étions samedi et personne ne travaille ce jour-là à l'Élysée en dehors des permanences. Elle était plutôt à l'aise et elle a participé tranquillement à la conversation. Toujours est-il que personne ne peut entrer de la sorte dans la chambre du président, il faut une introduction. Sauf dans ce cas précis. Elle devait être là avant que je n'arrive et s'était absentée un moment, avant de reparaître. L'incorrigible vieillard aimait décidément les femmes » ?

S'agirait-il des opérations de basse police, des milliers d'écoutes téléphoniques qu'avec le concours actif du cabinet de ses Premiers ministres successifs (Pierre Mauroy et Laurent Fabius), le président Mitterrand, malgré ses dénégations indignées d'alors, organisait bel et bien, en personne, depuis son bureau présidentiel, les surveillant au jour le jour (de 1983 à 1986), avec l'acharnement d'un amoureux caduc et la gourmandise d'un vieillard gagné par une irrépressible perversion ?

S'agirait-il du saint François... oublieux de son historique discours sur « l'immoralité » des « écoutes téléphoniques (...) problème très intéressant [*pour lequel*] nous sommes obligés d'y prendre garde, moi comme vous[1] » et de ses écrits anciens (« Je ne puis m'empêcher de penser que la dictature du micro est aussi celle des idiots. Que font-ils

1. Discours du président Mitterrand (janvier 1982) lors de la rentrée de l'Ordre des avocats du barreau de Paris.

donc de tous ces mots volés[1] ? »), saint François furieux de se voir découvert et finalement interrogé en 1993 à propos des maudites « écoutes de l'Élysée », dont l'existence venait d'être prouvée par le quotidien *Libération*, après qu'elles eurent été stoppées par le ministre Alain Madelin dès son arrivée au ministère des Télécommunications, en 1986[2] ? Saint François menteur qui, plus Tartuffe que celui de Molière, déclare avec le plus bel aplomb à deux journalistes de la télévision belge RTBF : « L'Élysée n'écoute rien ; je ne mange pas de ce pain-là ; le système d'écoutes dépend du Premier ministre ; il n'y a pas de systèmes d'écoutes ici ; moi, personnellement, je n'en ai jamais lu une seule ; c'est nous qui avons installé pratiquement toutes les libertés publiques en France ; (...) je suis très étonné que vous engagiez le débat sur ces choses ; si j'avais su que nous tomberions dans ces bas-fonds, je n'aurais pas accordé cet entretien ; il s'agit d'une polémique fabriquée, inventée, dans laquelle je n'ai rien à voir » ?

Historique moment filmé en mars 1993 et diffusé (le 2 avril) où, avant d'appuyer sur une sonnette pour faire mettre dehors par ses huissiers les journalistes qui osaient insister, Mitterrand avait donné la pleine mesure du « **message** » qu'il entendait nous laisser : « On s'enfonce encore, avait-il ajouté, roulant des yeux comme un merlan jeté sur la plage. Je n'ai pas l'intention de répondre à vous que rien n'autorise à ce genre de questions. La conversation est terminée. Si vous le voulez bien, nous allons nous quitter. »

---

1. Francois Mitterrand, *La Paille et le grain*, Flammarion, 1975.
2. Ministre (libéral) du premier gouvernement de cohabitation (1986-1988) de Jacques Chirac, sous la présidence de François Mitterrand, Alain Madelin fut surpris de constater que les fiches des écoutes téléphoniques illégales (touchant des personnalités de la société civile) étaient jusqu'alors soumises à la signature du ministre de tutelle des Postes et Télécommunications, avant de remonter (pour être de nouveau visées) au ministère de l'Intérieur, puis à leurs commanditaires (témoignage recueilli par l'auteur de cet ouvrage).

Oui, s'agirait-il, pour protéger le secret de la naissance de sa fille naturelle, de l'installation, en 1982, de la fameuse Cellule antiterroriste de l'Élysée, dirigée par le commandant et futur préfet Christian Prouteau – grand maître après « Dieu » des quelque « 5 133 fiches d'écoutes téléphoniques illégales ordonnées par le président », écoutes sauvages recensées dans « 655 notes de synthèse » visant jusqu'à « 150 » personnalités (artistes, avocats, journalistes, écrivains, éditeurs et même la femme de son Premier ministre Laurent Fabius, qui n'y trouva rien à redire) –, s'agirait-il, disais-je, de la nouvelle tentative de François Mitterrand d'autoriser que soit imaginé, du début à la fin de ses deux mandats, avec le concours actif des grands services de police de l'État (sauf la DST et la DGSE [1] qui s'y étaient obstinément opposées), un attentat bidon contre sa personne, non sans l'avoir assorti de l'ordre d'exécution physique, sans autre forme de procès, de Dominique Erulin, un agent secret français (heureusement sauvé par les mêmes DST et DGSE) alors partout présenté pour les besoins du roi, saisi du « syndrome Allende », comme un « dangereux terroriste » à la solde d'un puissant mais inexistant « commando d'extrême droite » [2] ?

Extraordinaire Prouteau qui, prévenu au procès des écoutes téléphoniques de l'Élysée ordonnées par Mitterrand, déclarera tout de go, le 14 décembre 2004, à la barre de la 16e chambre du tribunal correctionnel de Paris, sous mes yeux écarquillés : « J'aurais dû mettre le feu à tout cela [*les fiches d'écoutes retrouvées dans son garage*]. Je me suis comporté stupidement (...). C'est

1. Créée en 1944 par le gouvernement provisoire du général de Gaulle, la DST (Direction de la surveillance du territoire) est, au ministère de l'Intérieur, chargée des missions de contre-espionnage ; sous l'autorité du ministre de la Défense et du président de la République, « chef des armées », la DGSE (Direction générale de la sécurité extérieure) organise les opérations de renseignements et d'actions secrètes hors des frontières françaises.

2. Voir mon livre *Carnets secrets 1 – Les voyous de la République*, Albin Michel, 2001, pp. 141 à 215.

pathétique. (...) J'étais un soutier, et je tiens à rappeler que les soutiers ont toujours les mains sales. »

Le 26 janvier 2005, en réponse à ces deux questions du président Jean-Claude Kross, excédé : « Mais quel est votre niveau de culture ? Vous ne lisez jamais les journaux ? », Prouteau ajoutera, devant un auditoire médusé : « Je suis d'une nullité crasse, mais ceux d'en haut, y compris les Premiers ministres, le sont encore plus, et c'est peut-être pour ça qu'ils m'ont choisi. »

Au fil des jours, le préfet Prouteau n'aura plus aucun souvenir de ce vilain passé : « J'ai 57 plombs dans le crâne, ça fait des trous », expliquera-t-il (sans rire) au tribunal, le 9 février 2005, avant que le procureur de la République François Cordier ne requière contre lui, le 16 février, dix mois de prison avec sursis. Avant aussi que son brillant avocat, Me Francis Szpiner, conseil officiel de Chirac et de feu son brillant collecteur de fonds occultes Jean-Claude Méry, plaide « l'honneur du soldat » contre « la lâcheté de l'État et l'hypocrisie du parquet », puis dénonce l'absence sur les bancs des prévenus de Pierre Mauroy et Laurent Fabius, deux Ponce Pilate de la plus pure eau dont les directeurs de cabinet à Matignon (Michel Delebarre et Louis Schweitzer, futur président de Renault) avaient signé sans sourciller « les demandes d'autorisation de branchement » venant du président de la République en personne[1]. Ce que ne manquera pas

---

1. De mes notes d'audience au procès des écoutes, je retiens cette édifiante déclaration du prévenu Michel Delebarre, directeur de cabinet de Pierre Mauroy (de 1982 à 1984), qui exerçait à ce titre le contrôle des écoutes téléphoniques effectuées sur les ordres de François Mitterrand : « Menacer de dévoiler quelque chose sur le président est un chantage qui peut déstabiliser ce qui représente la clé de voûte de la République. (...) L'existence de Mazarine, où elle vivait, sa sécurité, constituaient des éléments qui ne devaient pas être mis sur la place publique. » Suivant ce principe, c'est la liberté de la presse et de l'édition, véritable clé de voûte de toute démocratie, qui fut ainsi niée et violée par ceux-là mêmes qui prétendaient l'avoir enfin restaurée.

de remarquer le président Kross le 24 novembre 2004 (« C'est ce qu'il y a dans le dossier ! »), quand « le témoin » Pierre Mauroy déclarera à la barre : « Quand l'Élysée demandait, on était obligés d'accepter ; nous n'étions pas une association de joueurs de boules. »

D'où, en présence d'un Prouteau en pleurs à la barre, la forte apostrophe finale de Me Szpiner à l'adresse du tribunal : « Étrange idée que vous avez de la République : ignorer les Premiers ministres et tirer sur les lampistes ; cette procédure a une apparence volontiers gaullienne, celle de la morale, elle recouvre une réalité, celle de l'hypocrisie ; la République qui accuse mon client, c'est celle qui lui a donné les ordres et les moyens de les exécuter ; Laurent Fabius est éternellement un jeune Premier ministre, frappé d'un Alzheimer judiciaire, qui écrit qu'il ne sait rien de cette affaire ; Paul Quilès [*ancien ministre socialiste de la Défense*], un miraculé judiciaire, dont la place n'était pas à la barre des témoins mais devant la Cour de justice de la République ; son directeur de cabinet aussi lâche que son ministre ; Pierre Joxe [*ancien ministre de l'Intérieur*], un grand bourgeois imbu de sa personne, un homme qui avait tout prévu et qui n'a rien empêché ; ce procès n'existe que par la carence coupable de Premiers ministres successifs. »

Justice spectacle... rendue quinze à vingt ans après les faits commis...

Et procès-fleuve, scandaleux... à l'issue duquel la forte observation du président Kross coule sur Prouteau comme l'eau sur un marbre de morgue : « Au cours de ces débats, vous ne nous avez pas tout dit et vous nous avez menti ! »

Qu'importent les mensonges ! La République est bonne fille ! Il lui en aura tout de même coûté, payés par le contribuable, plus de 2 millions d'euros (ce qui équivaut au recrutement de 300 juges par an) pour finalement aboutir (au terme de quatre mois et quarante jours d'audience, commencés le 15 novembre 2004 !) à de maigres condamnations (déjà amnistiées !), à de légères amendes et au paiement de dommages et intérêts... tous forcément à la charge de l'État (et donc des contribuables !). Car les « **223** » délits constatés ont été commis par des fonctionnaires aux ordres ou par des responsables gouvernementaux (Delebarre et Schweitzer), dans l'exercice de leurs fonctions.

« Méditer le message » de François Mitterrand ? À l'évidence, le président Chirac me conviait, ce 8 janvier 1996, à un marathon olympique où il me faudra veiller à ne pas perdre mon souffle...

S'agirait-il de la colonisation des administrations, entreprises et établissements publics par une armée d'obligés prébendiers, de nouveaux nobles incapables de les gérer autrement qu'en les saignant à blanc ? Belle illustration des penchants monarchiques de François Mitterrand qui ont provoqué de sinistres naufrages, des déconfitures retentissantes, tant au Crédit lyonnais – la première de nos banques alors nationalisée, où les copains de Mitterrand allaient faire leur marché sans bourse délier – qu'au Crédit foncier de France – lui encore confié à une fine équipe de satrapes recrutés en priorité chez les Frères ∴ ∴ ∴ la gratouille ∴ ∴ ∴ – ou une kyrielle d'autres vénérables institutions telle la Caisse des dépôts et consignations (pillée dans les règles de l'art), quand ce n'étaient de riches compagnies d'assurances (GAN, UAP, etc.) dont les patrimoines avaient fondu jusqu'à les mettre en état comateux ?

S'agirait-il de la manie de François Mitterrand d'utiliser les postes d'ambassadeur, de préfet, de président d'établissements ou services publics, de même que les plus prestigieuses institutions de la République – Conseil supérieur de la magistrature, Conseil d'État, Conseil économique et social, et j'en passe – pour assurer à ses proches (même à sa sœur !) ou à des témoins encombrants

(Mme Pierre Bérégovoy, pour ne citer qu'elle) des sinécures douillettes ?

S'agirait-il du spectacle affligeant de son ancien Premier ministre, Édith Cresson, qui, devenue (de janvier 1995 à septembre 1999) Commissaire européen chargé de la Science, de la Recherche et du Développement, s'était rendue coupable de « favoritisme » en utilisant sa fonction pour conférer des avantages à des connaissances personnelles, dont un ami dentiste, René Berthelot ? Engagé fictivement à Bruxelles, pendant vingt-huit mois, comme « visiteur scientifique » au cabinet d'Édith Cresson, ce citoyen de Châtellerault (la ville dont elle était le maire) ne s'était pas privé d'empocher au passage 134 000 euros pour « 13 missions quasiment fictives »... justifiées par quelques maigres feuillets ? Forte de l'appui de tous les gouvernements français, de gauche comme de droite, Cresson ne niera pas les faits, mais osera défendre son droit à s'entourer de « conseillers personnels »... payés par les deniers européens. Attitude indigne qui provoquera la chute de la Commission européenne (alors présidée par Jacques Santer), Édith Cresson refusant, bien sûr, de se démettre. Après enquête de l'Office européen de lutte anti-fraudes (Olaf), la Cour de justice européenne sera saisie. Et le 23 février 2006, son avocat général, Leendert Adrie Geelhoed, honorera le message laissé au monde par François Mitterrand en rejetant tous les arguments de la défense et en infligeant un sévère camouflet à l'État français, considérant que « tout type de comportement susceptible de jeter le doute sur l'indépendance et l'impartialité d'un membre particulier de la Commission doit être considéré comme une violation de (ses) obligations ». Finalement, le 11 juillet 2006, la Cour européenne de justice déclarera Édith Cresson coupable de « favoritisme », tout en la dispensant de la moindre sanction.

S'agirait-il de la tentation à laquelle ne put résister l'un de ses deux fils légitimes, Jean-Christophe Mitterrand, de mettre la main dans le pot de confiture ? Rappelons qu'en 1982 le journaliste Jean-Christophe Mitterrand quitta l'Agence France-Presse pour aller servir papa à l'Élysée, à un haut poste de responsabilité : adjoint de Guy Penne, conseiller à la présidence de la République pour les affaires africaines. Dentiste de son vrai métier, le dénommé Guy Penne avait lui-même été récompensé pour avoir réussi à limer les dents de son client François Mitterrand avant l'élection présidentielle miracle de 1981, ce qui l'avait rendu plus présentable et avait contribué à améliorer son image jugée trop carnassière. Puis, quand Guy Penne avait quitté l'Élysée pour entrer au Sénat – au diable l'avarice ! –, Jean-Christophe Mitterrand était devenu à part entière le « conseiller pour les affaires africaines » de son auguste père, Négus des temps modernes... dont le népotisme ne connaissait plus aucune limite. Au point que la comédie de « Monsieur fils », dit aussi « Papa m'a dit », envoyé spécial en Afrique, allait durer jusqu'en 1992... date de ses premières mises en cause dans plusieurs affaires sulfureuses que François Mitterrand s'était appliqué à ne pas voir, puis, quand il en avait été dûment prévenu (par François de Grossouvre, notamment), à ne pas vouloir croire. Fortuné Jean-Christophe immédiatement récupéré par Loïk Le Floch-Prigent, alors respectivement administrateur de la Compagnie générale des eaux (CGE) et patron d'Elf Aquitaine, en le faisant embaucher par la Sogea, une filiale de la CGE, dans laquelle Elf avait des intérêts. « Peu importe qu'il fasse quelque chose ou ne fasse rien. On le paye [*100 000 francs par mois – soit 14 000 euros – jusqu'au jour de la mort de son père*], c'est tout ! » expliquera Loïk Le Floch-Prigent avant de se retrouver lui-même poursuivi, incarcéré et sévèrement condamné dans l'affaire Elf, de même que son second Alfred Sirven, auteur de cette confidence au journaliste Nicolas Beau, peu de jours avant sa mort : « Quand Mitterrand a compris que cela ne se passait pas bien à la cellule Afrique de l'Élysée dirigée par son fils Jean-Christophe, il l'a viré. Il y a eu des hurlements de Danielle [*sa femme*], il a fallu le recaser. On lui a donné 100 000 balles par mois grâce à une fondation en Suisse. Le type de la fondation, c'était un pote. Il n'était pas nul d'ailleurs, ce type[1]. »

Malheureux et désespérant Jean-Christophe, condamné le 8 décembre 2004 à trente mois de prison avec sursis pour « fraude fiscale » ! Infortuné Jean-Christophe qui se morfond aujourd'hui, à plus de 60 ans, dans la chambre à coucher de son père et l'hôtel particulier de sa maman, après quelques semaines d'incarcération à la prison de la Santé, attendant d'être jugé pour « recel d'abus de biens sociaux », « recel d'abus de confiance », « trafic d'influence aggravé » et « complicité de commerce d'armes illicite ». Le juge d'instruction Philippe Courroye lui impute d'avoir perçu de l'homme d'affaires Pierre Falcone, visé par un mandat d'arrêt international depuis janvier 2004, 2,6 millions de dollars. De mauvaise grâce, Jean-Christophe reconnaît en avoir touché 2,1 millions et est ainsi suspecté d'avoir monnayé – via la banque Edmond de Rothschild de Monaco et en Suisse, à la banque Darier de Genève – son statut de « Monsieur fils », auprès de ce marchand de canons en mal de marchés du côté de l'Angola en guerre civile, avec à la clé des dizaines de milliers de morts innocents[2].

Bref, s'agirait-il de la tromperie qui avait permis à François Mitterrand de conquérir la magistrature suprême et de s'y maintenir, vaille que vaille, seule manière d'échapper à la justice des hommes, à défaut de pouvoir continuer à les duper dans les futurs manuels d'histoire ?

1. Propos publiés le 24 février 2005, sous le titre « Bye bye, Alfred » par *Le Gri-Gri International*, « Quinzomadaire satirique panafricain », 33, avenue Philippe-Auguste, 75011 Paris.

2. Pierre Falcone et Jean-Christophe Mitterrand contestent les faits qui leur sont reprochés. N'étant toujours pas jugés, ils bénéficient de la « présomption d'innocence »...

Est-ce ce penchant au mal devenu indomptable, à force d'avoir pris l'habitude d'y succomber, qui justifiait le « souhait » de Jacques Chirac que « nous méditions » le « message » de son prédécesseur ?

Jean-François Revel le souligne dans ses *Mémoires* : « Jamais président de la République française ne se vautra avec autant de glaciale vulgarité et de tranquillité goulue que Mitterrand dans les avantages et les commodités de sa fonction, pour ses plaisirs personnels et ceux de ses parasites, flatteurs et courtisans[1]. » Ancien secrétaire d'État, porte-parole de l'ultime gouvernement de Pierre Mauroy (1983-1984), l'écrivain Max Gallo ne crache pas dans la soupe lorsqu'il lui faut ne pas déroger au devoir de vérité. Honnête homme et ancien député socialiste de Nice, Gallo – pour qui « Bernard Tapie était le pire des candidats pour le PS[2] » – souligne qu'au fil des ans l'entourage du président Mitterrand ne s'était plus composé que « de bouffons et de larbins ».

Pour Revel qui a bien connu lui aussi Mitterrand au long des années 1960 et 1970, s'il est certain que « la personnalisation du pouvoir et l'étouffement des contrôles, l'écrasement du Parlement et l'asservissement du gouvernement datent bel et bien de la période gaullienne », il n'est pas moins établi – sauf à regarder le monde et l'histoire avec des lunettes opaques – qu'à « la confiscation politique du pouvoir, encore aggravée par rapport à l'égocentrisme gaullien, Mitterrand ajouta la confiscation financière de l'argent public et les profits mal acquis, dus à la corruption et à la plate délinquance, sous haute protection de l'État ».

Plus sévère que je ne le fus dans mes livres parus du vivant et sous la présidence de l'ancien chef de l'État, Revel ne manque pas d'observer que l'on savait « Mitterrand friand de la compagnie des escrocs, dont il avait

1. *Op. cit.*, p. 378.
2. Déclaration à RTL, le 25 novembre 1991.

bourré son ministère et son entourage », mais que « sur la fin de ses ans, il avait brillé aussi par sa prédilection pour les assassins avérés, par sa fidélité à René Bousquet et, en mars 1995, par son hommage fervent à Fidel Castro, reçu dans la pompe à l'Élysée et dans l'intimité au domicile privé du ménage Mitterrand, avec tous les honneurs dus aux bienfaiteurs de l'humanité ».

Comme je l'avais fait deux ans auparavant dans *Mitterrand et les 40 voleurs...* [1], Revel revient sur le passé du « résistant » Mitterrand. Il note qu'il fallut le livre de Pierre Péan, *Une Jeunesse française, François Mitterrand 1934-1947*, pour que soient enfin exhumées, et au grand complet, « les convictions et les compromissions vichystes du président socialiste, et, en particulier, son ancienne amitié restée inaltérable durant les décennies ultérieures pour René Bousquet, instigateur en 1942 et organisateur, entre autres crimes, de la grande rafle du Vel' d'Hiv, prélude à la déportation outre-Rhin et à l'extermination de milliers de juifs [2] ».

Extraordinaire François Mitterrand. Indifférent à l'antisémitisme et charmeur de reptiles insensible aux morsures des serpents, n'avait-il pas défendu sans jamais faiblir son « rayonnant » copain, ancien Secrétaire général à la police de Vichy (du 18 avril 1942 à décembre 1943) ? Bien qu'acquitté le 23 juin 1949 par la Haute Cour de justice, Bousquet avait pourtant été inculpé de « crime contre l'humanité » le 1er mars 1991, en dépit de sa présidentielle volonté, ostensiblement affichée, d'empêcher la réouverture des dossiers de la collaboration avec les nazis. Les membres du gouvernement n'avaient-ils pas entendu le président Mitterrand leur déclarer, en Conseil des ministres : « Je prends tout sous ma responsabilité [3] » ?

1. *Op. cit.*, pp. 41 à 43.
2. Fayard, 1994, p. 462.
3. Cf. l'entretien du 30 juin 1994 de François Mitterrand avec Pascale Froment, auteur de *René Bousquet*, Stock, 1994, p. 577.

Comment, dans ces conditions, interpréter l'ultime confidence de François Mitterrand (pages 315 et 316 du livre de Péan) à propos de René Bousquet, assassiné à son domicile le 8 juin 1993, peu après le suicide de Pierre Bérégovoy : « Ce n'était pas un Vichyssois fanatique, comme on l'a présenté... C'était un homme d'une carrure exceptionnelle. Je l'ai trouvé plutôt sympathique, direct, presque brutal. (...) Il n'avait rien à voir avec ce qu'on a pu dire de lui. Il a suscité un véritable culte de l'amitié autour de lui. Bousquet avait un gros rayonnement auprès du corps préfectoral » ?

Textuel !

Est-ce donc ce beau palmarès de François Mitterrand, unique président de la République française à avoir entretenu autour de lui le culte de l'être suprême, qui inspire, ce 8 janvier 1996, cette envolée à Jacques Chirac, comme pour mieux introduire son invite à méditer le « message » de son modèle... à l'élection duquel, avec le concours de ses efficaces ventriloques en bonnets phrygiens, il avait d'ailleurs si brillamment contribué en 1981, en faisant recommander aux militants RPR et plus généralement aux gaullistes de ne surtout pas voter pour le président sortant, Valéry Giscard d'Estaing ?

Que n'avions-nous écouté les mises en garde de notre confrère Gilbert Comte, auteur à la fin de 1977 d'un court pamphlet – au vitriol, certes, mais ô combien prémonitoire [1] ? En ces temps lointains, un jeune carnassier nommé Chirac se distinguait déjà dans une basse alliance avec René Tomasini, puissant baron du « gaullisme immobilier », l'un des plus suspectés d'un régime à l'agonie, à force d'affaires nauséeuses ? Jacques Chirac – qui entamait sans le dire une course effrénée à l'Élysée – s'enflammait contre « des gens qui font actuellement profession de dénonciateurs de scandales ». Tout marri

1. *Jacques Chirac*, Éditions Régine Deforges, 1977.

par cette mésalliance du jeune loup avec le vieux garde-chasse du « parti des sangliers », Gilbert Comte nous avait bien prévenus : « Les naïfs s'étonneront peut-être qu'un aussi grand ambitieux se complaise en si petite compagnie. À tort ! La course à l'Élysée suppose l'utilisation de multiples compétences. Dans ce panier de l'UDR[1] où s'agitent tant de crabes, le patronage d'un Tomasini garantissait dès lors des complicités indispensables à une conquête ultérieure de l'appareil. »

Quatre ans avant le triomphe de Mitterrand, en 1981, Gilbert Comte, journaliste au *Monde* et spécialiste de l'Afrique noire parmi les plus écoutés, voyait juste quand il soulignait que l'opposition de gauche d'alors ne tirait pas son prestige de vertus particulières, mais des répugnances qu'inspirait un clan demeuré trop longtemps maître de la majorité. Pour lui, cette répugnance ne tracassait pas tellement le fondateur du RPR. Homme d'action, de batailles, et surtout d'intrigues, aux journées épuisantes, il ne trouvait pas le temps, ni n'éprouvait le besoin de réfléchir aux rapports mystérieux de la morale et de la politique, pas plus qu'au discrédit qu'en retirait son mouvement. Lui-même ne songeait qu'au pouvoir : « Pour la force qu'il donne, bien sûr, non pour les devoirs qu'il impose, insiste Comte. Dans ce bizarre contraste entre la fébrilité physique et le vide intellectuel, un excès dérange. Plutôt que d'admettre l'existence d'un esprit creux, beaucoup le croient machiavélique. Comment supposer, en effet, qu'un destin d'homme rencontre celui d'un peuple sans qu'il se passe quelque chose ? Avec lui, il ne se passe rien parce qu'il ne peut

1. UDR : Union des démocrates pour la République fondée en 1968, après les événements de Mai et dissoute en 1976 sur proposition de Jacques Chirac, fondateur la même année du RPR (Rassemblement pour la République) qui disparaît après l'élection présidentielle de 2002 pour se fondre dans l'UMP (Union pour un mouvement populaire) qui intègre d'autres formations de droite et non plus les seuls courants gaullistes.

rien se passer, sauf une conférence de presse par-ci, un compromis réussi ou manqué (...) par-là, c'est jour après jour la morne cuisine du pauvre gâte-sauce politicien. Par bonheur, il manque du relief historique à la mesure de ses prétentions. Cette indigence nous sauvera peut-être. Une sourde médiocrité sensible tout au long de sa carrière engage à ne rien en attendre. Qu'il fasse tant et si peu décourage l'espérance, mais interdit l'illusion. »

Sauf celle d'avoir comme porte-drapeau de la maison France un homme-tambour capable de tout sacrifier pour arriver à ses fins !

N'est-ce pas notre ami Philippe de Saint-Robert, fidèle de l'ancien président Georges Pompidou, qui, après avoir entendu Chirac vanter chez Valéry Giscard d'Estaing « toutes les qualités requises pour diriger la nation », s'était vu expliquer, lors d'un échange avec le parrain UDR Alexandre Sanguinetti, lieutenant de Chirac dans l'opération consistant à faire élire Giscard à l'Élysée contre le gaulliste Jacques Chaban-Delmas, proprement poignardé par les siens : « Giscard n'a aucune importance. Quand il aura fait trop de conneries, Chirac le balancera et l'UDR reviendra au pouvoir [1] » ?

Le pouvoir, toujours le pouvoir... et non le service de l'État ! Le pouvoir pour soi-même, et non pour mettre en œuvre un programme au service d'une cause supérieure ! Le pouvoir conquis en prenant ses interlocuteurs pour des imbéciles !

Comment aurais-je pu envisager que, sous Jacques Chirac, des carriéristes, des incapables, des parasites et des gredins allaient changer de couleur, mais non de méthodes, pour s'illustrer dans des exploits plus grands ! ?

Que ne me suis-je rappelé la monstrueuse envolée – trop vite oubliée – de Jacques Chirac, tribun-cascadeur

1. Philippe de Saint-Robert, *Les Septennats interrompus*, Robert Laffont, 1977.

heureux et fier de l'être, après qu'il eut remis son tablier de Premier ministre du président Valéry Giscard d'Estaing, en 1976 : « Je considère qu'il n'est pas possible, pour les hommes politiques, d'assumer une responsabilité ou de gérer s'ils ne sont pas vraiment légitimes. Pour moi, la légitimité dépasse même la légalité » ?

Ainsi fut mise au point par Jacques Chirac, avant même que le peuple souverain lui ait confié la magistrature suprême, une notion toute monarchique (inconnue de notre droit public) fondant sa volonté de se conférer préventivement le statut du seul citoyen de France à pouvoir échapper au regard de nos juges et, pour tout dire, à la loi. À l'instar du président François Mitterrand – dont, le 8 janvier 1996, il prenait le cadavre en otage –, qui, lui du moins, avait évité de se compromettre dans l'étalage de ses propres impostures. Habile Mitterrand qui eut la prudence de ne jamais rien avouer et l'intelligence de ne pas trop se commettre dans le bavardage et la vantardise. Et qui, indifférent surtout au qu'en-dira-t-on, eut l'élégance de bétonner son absolue impunité... dans un silence de plomb.

N'est pas Mitterrand qui veut... Que n'avais-je mieux lu en 1998 notre confrère directeur du *Monde*, Jean-Marie Colombani, dans son courageux essai *Le Résident de la République*, sur le président Chirac, paru chez Stock : « La cohérence et la clarté sont la marque d'un gaullisme institutionnel auquel, il est aisé de le constater, Jacques Chirac tourne radicalement le dos. Dans ce domaine, plus que du gaullisme, l'actuel RPR de Jacques Chirac s'inspire du mitterrandisme dont il met en œuvre une sorte de mime – au moment même où, ironie, le PS se démitterrandise sous la houlette de Lionel Jospin... »

Mime par clonage tragique, en quelque sorte.

Armé d'un parapluie magique qui met sa bonne conscience et sa carrière à l'abri des orages, Jacques Chirac n'est, lui, que la figure emblématique de ceux dont Guy de Maupassant croque avec maestria le portrait dans ses *Contes et nouvelles*[1]. Comme si, par un extraordinaire instinct de divination, l'auteur de *Boule de suif* avait déjà reconnu, planant joyeusement dans l'enceinte du Palais-Bourbon du XIXe siècle finissant, le futur président de la République française, héros de cet ouvrage. Pour Maupassant, notre classe politique est peuplée de ce type d'hommes qui « forment le grand parti des opportunistes aimables qu'on pourrait appeler les "*charmeurs*" ». Ce sont, nous dit-il, « ceux qui gouvernent avec des paroles douces et des promesses trompeuses, qui savent serrer les mains de façon à s'attacher les cœurs, dire "*mon cher ami*" d'une certaine manière délicate aux gens qu'ils connaissent le moins, changer d'opinion sans même s'en douter, s'exalter pour toute idée nouvelle, être sincères dans leurs croyances de girouettes, se laisser tromper comme ils trompent eux-mêmes, ne plus se souvenir le lendemain de ce qu'ils affirmaient la veille ».

Étonnante ressemblance, à un siècle de distance, tant il est vrai que l'homme ici dépeint par Maupassant « est brave et lâche en même temps ; il a, plus que tout autre, le sentiment exalté de l'honneur, mais le sens de la simple honnêteté lui manque, et, les circonstances aidant, il aura des défaillances et commettra des infamies dont il ne se rendra nul compte ; car il obéit, sans discernement, aux oscillations de sa pensée toujours entraînée ».

Pensée fluctuante de Jacques Chirac, empruntée, au gré de ses rencontres, des événements ou des circonstances... pour toujours tromper son monde, imposant aux pauvres Français moqués et à la terre entière le spectacle douloureux de le voir finir son règne en maître de ballet au bal des cocus... à cornes bien pointues.

Ces choses-là, monsieur le président de la République, ne peuvent s'absoudre. J'ose espérer qu'elles vous seront

1. Guy de Maupassant, *L'Homme-fille*, in *Contes et nouvelles*, Gallimard, coll. La Pléiade.

un jour pardonnées... quand, ayant retrouvé le courage qui vous a abandonné, vous voudrez bien vous résoudre à parler vrai. Et à confesser vos fautes aux Français.

Du haut de mes sommets, à Val-d'Isère,
le 24 août 2006, fête de saint Barthélemy.

ANNEXES

ANNEXE 1

EN COMPLÉMENT DU CHAPITRE 12 : UN DOCUMENT POUR L'HISTOIRE

L'interview télévisée de Jacques Chirac, président de la République, interrogé par Élise Lucet, Béatrice Schönberg et Patrick Poivre d'Arvor

Palais de l'Élysée
Samedi 14 juillet 2001

(...)

QUESTION – Monsieur le Président, on va largement y revenir dans le cours de cet entretien. Je voudrais qu'on aborde le deuxième gros titre, si je puis dire, de cette heure que nous allons passer ensemble. Une immense polémique est venue autour du financement de vos voyages privés, lorsque vous étiez maire de Paris entre 1992 et 1995. D'où viennent ces sommes, question très concrète, est-ce que les 2,4 millions que les juges estiment être à peu près la réalité correspondent à la réalité ?

LE PRÉSIDENT – Je voudrais dire que les Français aspirent à plus de vérité, à plus de transparence et à plus de justice. C'est non seulement normal mais souhaitable pour notre démocratie et cela s'impose à chacun d'entre nous. Mais que cette aspiration soit dévoyée, par le soupçon, par la rumeur, par la manipulation, par la présomption de culpabilité érigée en système, alors c'est une autre chose, car cela a pour conséquence, non seulement d'occulter la vérité, mais aussi d'occulter le débat démocratique, et ce à la veille de grandes échéances électorales, sur les problèmes qui se posent aux Français. Ce n'est pas innocent, naturellement, ...

QUESTION – ... Mais qui les développe ?

LE PRÉSIDENT – Si vous permettez que je termine, j'en ai pour une seconde. Ce n'est pas innocent, mais cela ne sert ni la démocratie, ni les Français, ni l'image et donc la capacité d'action de la France à l'étranger.

QUESTION – Monsieur le Président, dans ce cas, est-ce qu'il ne vaudrait mieux pas, tout simplement, vous expliquer ou parler, et cela désamorcerait toute l'affaire ?

LE PRÉSIDENT – C'est une excellente occasion pour moi de le faire...

QUESTION – Alors, parlons... et sur la provenance de ces fonds ?

LE PRÉSIDENT – C'est une excellente occasion pour moi de le faire, et je ne vous cache pas que je suis heureux de pouvoir le faire aujourd'hui. Parler aux Français, c'est toujours une joie, c'est un honneur, mais dans la circonstance actuelle, pour moi, c'est nécessaire et j'attendais, je ne vous le cache pas, ce moment avec un peu d'impatience.

Alors, venons au fait. Il s'agit de quoi ? De mes voyages. Alors, j'ai regardé ce dont il s'agissait, je suis même revenu dans mes agendas pour vérifier des choses et qu'est-ce que je vois ? Vous me permettrez de faire quatre réflexions. D'abord, dans ces voyages, qu'est-ce qu'il y a ?

QUESTION – Privés ou publics ?

LE PRÉSIDENT – Il y a des voyages professionnels, il y a des voyages privés, il y a des voyages, d'ailleurs courts, qu'il m'est arrivé d'offrir à tel ou tel de mes collaborateurs proches, pour les remercier du travail fourni. Et puis alors, là où j'ai été stupéfait, c'est quand je me suis aperçu du chiffre exorbitant que l'on m'imputait au titre de ces voyages et, cherchant à vérifier, quand je me suis aperçu qu'il y avait dans ces voyages, certains que ni moi, ni ma famille, ni aucun de mes amis n'avaient jamais fait, on pourrait prendre des exemples, mais peu importe. Qu'il y avait des voyages qui avaient été faits par certains de mes collaborateurs qui les avaient eux-mêmes, certes par mon agence de voyages, commandés et payés, et que l'on m'imputait. Et qu'il y avait surtout toute une série de voyages à des noms de gens dont je n'ai jamais entendu parler.

QUESTION – Donc, pour vous, les sommes se dégonflent ?

LE PRÉSIDENT – Ce n'est pas qu'elles se dégonflent, c'est

qu'elles font « pschitt », si vous me permettez cette expression.

QUESTION – Et vous arrivez à les chiffrer ?

LE PRÉSIDENT – Je ne l'ai pas fait, mais cela, je peux vous le dire, n'a strictement...

QUESTION – On a parlé de la moitié de la somme ?

LE PRÉSIDENT – ... cela n'a strictement, je peux vous le dire, aucun rapport avec la somme qui est aujourd'hui jetée en pâture à l'opinion publique, sans que personne ne se soit préoccupé de savoir si elle était ou non justifiée, parce que : « calomniez, calomniez, il en restera toujours quelque chose ! »

QUESTION – Deux choses, Monsieur le Président, la question vient de leur provenance, non pas des voyages ?

LE PRÉSIDENT – Vous permettez, j'y viens. Ma deuxième réflexion, c'est que ces règlements ont été faits de manière parfaitement légale, et je vais répondre à votre question, puisque vous l'avez déjà posée. Ils ont tous été faits sur facture. Si j'avais voulu les dissimuler, je n'aurais pas fait faire de factures. Ils ont tous été faits sur facture, c'est d'ailleurs comme cela qu'on les retrouve, sinon on ne les retrouverait pas. Et deuxièmement, ils ont été, nous y reviendrons peut-être tout à l'heure, payés avec mes indemnités personnelles.

Troisièmement vous pourriez me dire, et vous allez me dire, j'en suis sûr, « mais ils ont été payés en espèces... ».

QUESTION – Absolument...

LE PRÉSIDENT – Oui, ils ont été, pour un certain nombre d'entre eux, payés en espèces. Pourquoi ? Tout simplement pour des raisons de discrétion et de sécurité. Un ancien Premier ministre est tenu à un certain nombre de dispositions de sécurité. C'est d'ailleurs la raison pour laquelle l'État met à son service des officiers de police. J'ai moi-même été, vous le savez, l'objet d'un attentat dans le Capitole, que je n'ai pas pris à la dernière minute, je ne me souviens plus pourquoi. Cet attentat, hélas, a fait une victime. Il y a une sécurité et une discrétion nécessaires.

QUESTION – Et là, il y avait des menaces particulières.

LE PRÉSIDENT – Non, il n'y avait pas de menaces particulières. Mais il y a une précaution nécessaire qui implique une certaine sécurité, une certaine discrétion. C'est ce qui explique...

QUESTION – C'est pourquoi il y a des faux noms...

LE PRÉSIDENT – Exactement, c'est ce qui explique que mon agence de voyages ait souvent mis des noms qui n'étaient pas le mien. Les vrais noms étaient donnés à la compagnie aérienne, en particulier, à la dernière minute, au moment où j'allais monter. Je voudrais juste terminer, j'ai un quatrième point et après je répondrai à toutes vos questions. J'ai un quatrième point : l'essentiel de ce qui reste de ces sommes tient naturellement au prix des billets d'avion. Je vais vous dire une chose : je suis ancien Premier ministre depuis 1976. Il y a un usage, je ne crois pas que ce soit un droit, mais en tous les cas c'est un usage, qui a été rappelé par un certain nombre de présidents d'Air France, qui veut que les anciens Premiers ministres et les anciens ministres des Transports peuvent bénéficier, s'ils le demandent, de billets gratuits sur Air France et sur les compagnies associées. Je vais vous dire une chose, je n'ai jamais, jamais, pas une seule fois, demandé et a fortiori bénéficié d'un voyage ou d'un billet gratuit ou même à taux réduit sur Air France. J'ai toujours commandé mes billets à mon agent de voyage. Je les ai toujours payés à taux plein. Je me demande parfois si j'ai eu raison, parce que si j'avais fait autrement, le chiffre finirait de s'effondrer. Peu importe, mais ce que je tiens à dire, c'est que moi, je n'ai jamais demandé et a fortiori obtenu le moindre billet gratuit ou à tarif réduit de la part d'Air France. Voilà.

QUESTION – On va revenir sur la provenance, si vous voulez, Monsieur le Président, de ces fonds. L'un de vos conseillers, Maurice Ulrich, lors de son audition, aurait affirmé que ces billets d'avion auraient été réglés en partie grâce au reliquat des fonds secrets. Pourquoi, si ces fonds n'ont pas été utilisés pour le fonctionnement de la République, ne pas les avoir laissés tout simplement dans les coffres de la République ?

LE PRÉSIDENT – Ce n'est pas un reliquat de fonds secrets, comme vous dites d'ailleurs. Les reliquats de fonds secrets n'existent pratiquement pas. Parce que, comme vous le savez, les fonds secrets sont donnés tous les mois par le payeur général ou par la Banque de France et il n'y a pas de reliquat. Mais on a bien parlé de fonds secrets. Ces fonds secrets, dont nous allons, je pense et je le souhaite, parler tout à l'heure dans la foulée, ont toujours existé. Et une partie, une petite, une toute petite partie de leur usage consiste à donner aux membres du gouvernement, à leurs collaborateurs, en contrepartie d'un travail naturellement très supérieur à la moyenne, des indemnités.

QUESTION – Mais pour leurs besoins privés...

LE PRÉSIDENT – Oui.

QUESTION – Ce n'est pas du détournement d'argent public ?

LE PRÉSIDENT – Non, absolument pas. C'est un complément de rémunération, comme pour les collaborateurs des ministres. C'est une tradition. Je vous dirai tout de suite que je crois que c'est une mauvaise tradition, que les temps ont changé et qu'il faut changer le système. Nous allons y revenir. Je vois que Mme Schönberg le souhaite, et je me rendrai volontiers à son désir.

QUESTION – Oui, parce que c'est quand même de l'argent qui n'est pas déclaré ? Donc, de l'argent au noir d'une certaine façon.

LE PRÉSIDENT – Naturellement, puisqu'il est secret, par définition. Mais, depuis toujours, il y a eu dans la République cette tolérance qui a été considérée comme normale et qu'aujourd'hui l'on conteste, à juste titre, et qui fait que des indemnités étaient données aux membres du gouvernement, aux membres des cabinets ministériels, à un certain nombre de personnels, en contrepartie du travail particulièrement harassant, il faut bien le reconnaître, que ces gens font durant leurs fonctions.

QUESTION – Et c'est de quel ordre ces indemnités, parce qu'on ne le sait jamais ?

LE PRÉSIDENT – Posez réellement votre question. Dites : « combien vous touchiez ? »

QUESTION – Non, mais c'est cela, combien touchaient les différents membres du gouvernement, Premier ministre ?

LE PRÉSIDENT – Je vais vous dire une chose. Ces fonds ont toujours existé, ont toujours été distribués et ont toujours été revêtus du cachet du secret. On peut le déplorer, mais c'est ainsi et c'est un secret qu'il ne m'appartient pas de lever.

QUESTION – C'est pourquoi vous êtes obligé de déclarer, par exemple sur votre déclaration...

LE PRÉSIDENT – Non, non, non. Tous ces fonds, c'était, je ne devrais pas dire « c'était », parce que c'est toujours la même chose...

QUESTION – Il n'y a pas un double délit qui est à la fois un délit moral et fiscal et donc à terme un enrichissement personnel ?

LE PRÉSIDENT – C'était une tolérance. Il était convenu, ce n'est pas seulement dans ce cas-là, il y a d'autres cas où pendant très longtemps par exemple, les parlementaires ne déclaraient pas la totalité... Cela faisait partie d'un statut. Bon, on peut le contester aujourd'hui. Je ne dis pas le contraire, je vais même y revenir parce que j'ai des propositions. Mais, enfin, c'était ainsi. Et, par conséquent, ce secret sur ces indemnités, ce n'est pas à moi de le lever. Ce que je peux vous dire en tous les cas pour ce qui me concerne, c'est que je me suis inscrit très exactement dans la tradition antérieure.

QUESTION – Vous dites, Monsieur le Président : il faut réformer ce système. Alain Madelin, votre ministre des Finances en 1995, affirme qu'il a demandé à l'époque la suppression pure et simple de ces fonds secrets et leur remplacement par un système beaucoup plus transparent. Pourquoi à l'époque n'a-t-il pas été écouté ?

LE PRÉSIDENT – Écoutez, je n'en ai pas le souvenir, mais s'il l'a fait, il a eu raison. Je voudrais revenir un instant sur ces fonds secrets.

QUESTION – Il n'a pas été écouté.

LE PRÉSIDENT – D'après ce qu'il dit, n'est-ce pas. Mais je n'en ai pas le souvenir.

QUESTION – Cela fait quarante ans quand même que cela existe et qu'apparemment...

LE PRÉSIDENT – Cela fait beaucoup plus de quarante ans...

QUESTION – Cela fait un peu hypocrite de dire aujourd'hui : il faut geler...

LE PRÉSIDENT – Oui et non. Les choses ont évolué, elles ont changé. Nous le verrons dans d'autres domaines. Ce qui était considéré comme normal il y a dix ans, il y a vingt ans, il y a trente ans, est considéré aujourd'hui, et à juste titre, comme contestable et anormal. Et quand quelque chose devient anormal, il faut le changer. Je voudrais tout de même rappeler que cela existe toujours et que nos gouvernements travaillent pour une large part en liquide aujourd'hui, et que le Premier ministre, puisque c'est lui qui a l'essentiel des fonds secrets, dispose de sommes considérables qu'il peut utiliser librement, sans aucun contrôle.

QUESTION – L'Élysée également dispose de fonds secrets.

LE PRÉSIDENT – Moins de 5 %...

QUESTION – Une garden-party, c'est financé par les fonds secrets ?

LE PRÉSIDENT – ... moins de 5 %. Permettez-moi de terminer, madame Schönberg...

QUESTION – ... vous êtes en train de nous dire qu'un gel immédiat des fonds secrets, cela serait en fait tout simplement irréalisable ?

LE PRÉSIDENT – Non. Je vais même vous dire exactement le contraire. Je voudrais dire d'abord qu'aujourd'hui cela continue à fonctionner. C'est-à-dire que le Premier ministre, comme son prédécesseur, comme tous ses prédécesseurs, dispose d'une somme considérable en liquide et dont il peut disposer librement sans aucun contrôle. Et là, il ne s'agit pas de quelques dizaines de milliers de francs, il s'agit de centaines de millions de francs.

QUESTION – La part allant aux services secrets par nature ?

LE PRÉSIDENT – Si vous voulez entrer dans le détail, une grosse moitié va aux services, comme vous dites, c'est-à-dire pour des actions dont on ne peut pas contester la légitimité, qui sont l'action secrète de la France et donc c'est légitime. Et le reste, qui se chiffre aussi en centaines de millions, il y en a une partie, petite partie, qui va aux indemnités dont nous parlions tout à l'heure et donc qui pourrait parfaitement être payée par chèques, et c'est ce que je propose, être fiscalisée, dans des conditions qui ne portent pas atteinte aux revenus des gens qui travaillent, eux, soixante-dix heures par semaine.

Le reste, indépendamment du fonctionnement des ministères, de Matignon, de l'Élysée, sont des sommes, je le répète, considérables, qui sont à Matignon, qui l'ont toujours été et qui, elles, sont utilisées sans aucun contrôle. Cela, ce n'est plus possible.

QUESTION – Et vous avez peur que cela serve pour la campagne présidentielle, par exemple ?

LE PRÉSIDENT – Je n'ai peur de rien.

QUESTION – Mais des deux côtés, est-ce que ces fonds, à l'Élysée comme à Matignon, peuvent servir à la campagne ?

LE PRÉSIDENT – Ne dites pas à l'Élysée comme à Matignon. Matignon a 95 % des fonds et l'Élysée, moins de 5 % ! Ce qui veut dire que ce dont dispose l'Élysée, c'est tout juste pour les indemnités des collaborateurs, au sens large du terme, et pour le fonctionnement de la maison. L'Élysée n'a jamais eu de fonds spéciaux, je dirais, politiques.

Alors j'ai, effectivement, approuvé la proposition qui a été faite par les trois présidents des groupes de l'opposition à l'Assemblée nationale, consistant à geler ces fonds. Ne caricaturons pas. Il ne s'agit pas de geler les fonds destinés aux services. Il ne s'agit pas de geler les fonds destinés aux indemnités personnelles des hommes et des femmes, des collaborateurs. Pas du tout. Il ne s'agit pas de geler le fonctionnement même des institutions gouvernementales. Il s'agit de geler la masse énorme des fonds qui, eux, n'ont aucune affectation autre que celle que souhaite ou que décide le Premier ministre.

QUESTION – Vous avez parlé de fonds politiques ?

LE PRÉSIDENT – Oui. On peut appeler ça comme cela ou autrement. Peu importe. Mais ce sont ceux-là qu'il faut geler aujourd'hui. Vous me direz : mais ils ont toujours existé ? Oui, mais il apparaît aujourd'hui qu'il y a un problème, que ce n'est plus dans la mentalité de notre temps, et à juste titre. Et comme on est à une encablure d'échéances électorales extrêmement importantes, je crois qu'il ne faut pas laisser se développer le soupçon. Le soupçon est toujours mauvais pour la démocratie. Alors, pour éviter tout soupçon, je dis : gelons ces fonds et faisons en sorte qu'ils ne puissent être dépensés que par chèques et sous le contrôle d'une commission.

QUESTION – M. Jospin n'était pas pour le gel de ces fonds secrets. En revanche, peut-être y aura-t-il une réforme dès l'automne prochain. Est-ce qu'il y aurait un consensus autour de cette réforme, si M. Jospin la proposait par exemple ?

LE PRÉSIDENT – Je trouve qu'il y a un problème. Il a été soulevé. Il a été porté devant l'opinion publique. Il faut le régler immédiatement. Que l'on fasse ensuite un rapport, une commission comme on en a le secret en France, lorsque l'on veut enterrer quelque chose, je le veux bien. D'autant que ce rapport a été confié au premier président de la Cour des comptes, que je suis moi-même un magistrat de la Cour des comptes, que j'ai donc le plus grand respect pour cette maison et que je suis sûr que le premier président fera des propositions tout à fait objectives. Mais, en attendant, il ne faut pas laisser le temps passer. Il faut prendre une décision immédiate. Un problème apparaît, il faut prendre une décision.

QUESTION – Puisque l'on parle de soupçon, vous vous doutez bien que si les juges se rapprochent à ce point de vous, ce n'est pas pour enquêter sur les fonds spéciaux, c'est pour savoir si cet argent ne vient pas de commissions occultes, de commissions des marchés d'Île-de-France par exemple. Est-ce que vous pouvez nous déclarer que ce n'est absolument pas le cas ? Que cela ne peut pas être le cas ?

LE PRÉSIDENT – Avant de répondre à cette question qui est évidemment essentielle dans le procès que l'on essaie de m'intenter, je voudrais vous dire que je n'ai rien à cacher. Et que je suis tout à fait prêt, sous réserve que l'on ne me demande pas d'étaler sur la place publique ma vie privée – parce que j'ai droit aussi à une vie privée –, je suis prêt à dire aux Français, notamment par votre intermédiaire, et je vous en remercie, tout ce qu'ils veulent savoir. Tout. Mais je voudrais ajouter que lorsque pour m'atteindre on s'en prend à ma fille ou à ma femme, alors là, je trouve que les limites sont franchies.

QUESTION – C'est de la provocation pour vous ?

LE PRÉSIDENT – Ou de l'inconscience.

QUESTION – Il y a de l'acharnement contre les Chirac ?

LE PRÉSIDENT – Ou de l'inconscience. Mais ce que je peux vous dire, c'est que je trouve cela scandaleux.

QUESTION – Cela veut dire que si l'on décidait de convoquer votre épouse, par exemple, vous prendriez cela pour un *casus belli* ?

LE PRÉSIDENT – Je n'ai à faire la guerre à personne. Ma fille a été convoquée. Elle s'est rendue chez le juge, naturellement. On l'a interrogée sur deux voyages, l'un qui était connu comme le loup blanc et qu'elle avait fait en ma compagnie, voyage professionnel, et un deuxième voyage au Kenya, pays dans lequel elle n'a jamais mis les pieds. C'est vous dire le sérieux de tout cela.

QUESTION – Quel regard portez-vous sur l'action des magistrats ?

LE PRÉSIDENT – Attendez. Je voudrais répondre à la question.

Vous me posez une question sur un sujet qui me touche, il est légitime que je puisse répondre. Elle s'est rendue chez le juge. Si ma femme est convoquée, elle s'y rendra, tout simplement parce que c'est son devoir et qu'elle vient d'une famille où l'on n'a jamais, c'est le moins que l'on puisse dire, plaisanté sur les problèmes de la moralité et sur le devoir.

QUESTION – Et vous trouvez que ce sont des conditions blessantes ?

LE PRÉSIDENT – Mais je vais vous dire, si vous me demandez ce que j'en pense : un président de la République a droit, comme tout le monde, à une vie privée et il a le droit à ce qu'on respecte sa famille. Eh bien, ma femme et ma fille ont été profondément meurtries. Et cela, ça m'a blessé, blessé. Moi aussi, j'ai été profondément blessé par ça.

QUESTION – Même si votre fille est votre propre collaboratrice et travaille à l'Élysée ?

QUESTION – Vous diriez qu'il y a un acharnement contre les Chirac. Vous avez parlé tout à l'heure de calomnie. Au début, vous avez même dit qu'il y avait une sorte d'accélération avant le 14 juillet. Mais qui mène la danse ?

LE PRÉSIDENT – Je ne le sais pas...

QUESTION – ... mais, vous le supposez, les juges, la majorité ?

LE PRÉSIDENT – Je vais vous dire, madame Schönberg, je ne le sais pas, je ne veux pas le savoir. La seule chose qui m'intéresse, c'est ce que pensent les Français. Et la seule chose qui m'importe, c'est d'avoir l'occasion de leur dire ce que je pense. Ce dont je vous remercie.

QUESTION – Mais la justice est indépendante, transparente, quand elle fait son travail ?

QUESTION – Quel regard vous portez sur...

LE PRÉSIDENT – La justice, Dieu soit loué, est indépendante. Je ne dirais pas qu'il n'y a pas aujourd'hui dans la justice une certaine confusion...

QUESTION – On a quand même vu deux procureurs qui se répondent par communiqués interposés...

LE PRÉSIDENT – Les procureurs – mais cela n'est pas la faute de la justice, ce n'est pas imputer un tort à la justice, c'est la faute de l'État, du gouvernement, du ministre de la Justice –, les procureurs, quelle est leur vocation ? C'est d'éclairer les juges, de la même façon, qu'ils soient à Lille ou à Marseille...

QUESTION – Là, ils ne les éclairent pas beaucoup.

LE PRÉSIDENT – ... Attendez...

QUESTION – Ils leur donnent deux indications contradictoires...

LE PRÉSIDENT – ... C'est que les procureurs soient en mesure de dire le droit. Quand les procureurs se disputent, quand le principe hiérarchique n'est plus respecté, alors il y a confusion...

QUESTION – ... que le garde des Sceaux intervienne par exemple ?...

LE PRÉSIDENT – ... alors, il y a confusion, et quand il y a confusion, il y a doute et quand le doute s'introduit au sujet du droit, c'est évidemment très mauvais.

QUESTION – Vous voulez dire que les juges entrent, de fait, dans le jeu politique ?

LE PRÉSIDENT – Je ne porte pas de jugement sur les juges. Je dis qu'il y a un devoir, le pouvoir politique doit assumer ses responsabilités. On parlait tout à l'heure de l'insécurité et je vous disais qu'à mon sens, le pouvoir politique, ce n'est pas récent, n'assume pas aujourd'hui ses responsabilités. Que l'autorité de l'État n'est pas respectée. Eh bien, je le dirais de la même façon pour la justice. Ce n'est pas les juges qui sont en cause. C'est l'État, c'est le gouvernement, c'est tout à fait différent.

QUESTION – Donc quand ils se sont autosaisis, vous ne considérez pas qu'ils sont en dehors de la loi ? Je parle des juges. Les juges lorsqu'ils se sont autosaisis ne sont pas en dehors de la loi, ils font leur travail ?

LE PRÉSIDENT – Les juges font leur travail tel qu'ils estiment devoir le faire. Et les juges ne sont pas des autorités démocratiques légitimement élues comme dans certains pays.

QUESTION – Au fond, est-ce que ce n'est pas votre grande réforme que vous appeliez de tous vos vœux en 1996, ce qui n'a pas abouti, et qui donne lieu en effet à un certain flottement ?

LE PRÉSIDENT – Oui, je regrette que cette réforme n'ait pas été poursuivie mais j'espère qu'elle le sera un jour. Il faut remettre un peu d'ordre. On ne peut pas laisser la justice dans un état de confusion dont elle n'est pas responsable, dont la responsabilité incombe à ceux qui ont le pouvoir et le devoir de faire en sorte que la justice soit partout pareille. Si on continue...

QUESTION (inaudible) – ... du ministre de la Justice et du gouvernement...

LE PRÉSIDENT – ... Oui, naturellement...

QUESTION – ... Vous pensez qu'il faudrait qu'il y ait des instructions qui soient données...

LE PRÉSIDENT – Si on continue comme cela, monsieur Poivre d'Arvor, quelqu'un pour le même fait pourrait être emprisonné à Marseille et relâché à Lille. Est-ce que vous pensez que c'est la justice ? La justice doit être la même pour tous dans un pays comme la France. La même pour tous, et cela impose qu'il y ait un minimum de discipline. Cette confusion est grave.

QUESTION – Alors vous dites, « justice la même pour tous », justement Monsieur le Président, certains députés, même à droite d'ailleurs, vous pressent de répondre aux juges par écrit ou plus discrètement ici en les recevant à l'Élysée. Ils affirment aujourd'hui, ces députés de droite donc, que c'est la seule manière de clarifier la situation.

QUESTION – Et c'est ce que pensent d'ailleurs la majorité des Français quand on les sonde ?

LE PRÉSIDENT – Je voudrais d'abord vous dire que cette dérive dont nous parlions à l'instant se traduit notamment par une mise en cause de toutes nos institutions. Alors on met en cause la justice, et on la mettra de plus en plus en cause si elle ne se reprend pas. Enfin, si l'État n'assume pas sa responsabilité... On met en cause le Conseil constitutionnel, seul habilité à décider certaines choses sur l'interprétation de la Constitution...

QUESTION – Est-ce que ce n'est pas la justice justement qui voudrait que ce soit la Cour de cassation qui se prononce...

LE PRÉSIDENT – ... La justice peut vouloir ce qu'elle veut. Il y a une Constitution...

QUESTION – Donc, c'est plus simple que ce soit l'avis du Conseil constitutionnel, il y a deux ans et demi, qui soit retenu ?

LE PRÉSIDENT – Monsieur Poivre d'Arvor, ce n'est pas le problème. La France a cette manie de mettre en cause en permanence, et sous n'importe quel prétexte, ses institutions. Rien n'est plus dangereux pour une démocratie. La Constitution donne un pouvoir au Conseil constitutionnel, il n'y a pas une démocratie dans le monde, en dehors de la France, où ceci serait remis en cause, pas une. On met en cause la Cour de cassation. J'ai entendu des représentants du pouvoir législatif porter des jugements inacceptables sur les chefs de la Cour de cassation. Bref, on met en cause nos institutions. Et quand on cherche pourquoi elles sont mises en cause, qu'est-ce que l'on voit ?

Il y a naturellement ceux qui n'ont qu'une idée, c'est de revenir à la période de la IVe République où les partis politiques faisaient entre eux leur « petite cuisine », comme disait le Général, « sur leurs petits feux ». Ce n'est plus l'idée que nous nous faisons de l'État, et ce n'est plus non plus conforme à la nécessité d'un État fort face aux problèmes auxquels nous sommes confrontés...

QUESTION – Cela veut dire que vous n'envisagez pas...

LE PRÉSIDENT – Mais c'est surtout d'autres qui sont derrière ces affaires. Ce sont les éternels pourfendeurs de la société. Ceux qui, en réalité, ont pour objectif non pas de rechercher la morale, naturellement, mais de casser la société.

QUESTION – Ce sont des députés, des journalistes...

LE PRÉSIDENT – Oh, ce sont... non. Mais ce n'est pas un problème professionnel, c'est un problème de conception philosophique. Vous avez une école de pensée en France, depuis longtemps, qui s'est toujours attaquée aux structures mêmes de la société, qui veut casser l'État. Eh bien, moi, je ne laisserai pas casser l'État et cela m'amène à répondre sur le statut du chef de l'État à la question que Mme Lucet a bien voulu me poser en invoquant les suggestions de certains parlementaires.

Je sais parfaitement qu'une majorité de Français se dit : mais enfin, il n'a probablement rien à se reprocher, pourquoi ne le dit-il pas aux juges puisque les juges le lui demandent ? Je le comprends...

QUESTION – Est-ce que vous le dites aujourd'hui ?

LE PRÉSIDENT – Et je le dis aujourd'hui, mais je le dis aux Français, ce n'est pas pareil. Moi, j'ai été élu par les Français et je le leur dis, et je veux leur dire en particulier pourquoi je n'accepte pas de me rendre à la convocation d'un juge.

QUESTION – Même comme témoin assisté ?

LE PRÉSIDENT – Comme quoi que ce soit...

QUESTION – Cela ne change rien...

LE PRÉSIDENT – ... Cela ne change rien. Le président de la République n'est pas un citoyen comme les autres dans notre pays, comme dans aucune démocratie. Le président de la République a reçu mandat de veiller au respect de la Constitution, au bon fonctionnement des pouvoirs publics, à l'indépendance nationale. Il détient, par exemple, la mise en œuvre, le cas échéant, du feu nucléaire. Bref, il a des responsabilités éminentes et considérables, et il n'a personne pour les déléguer. Il n'y a pas de vice-président, il n'y a pas de suppléant, il n'y a personne.

Alors, il faut réfléchir un peu avant de prendre des positions. Imaginez-vous un instant qu'à la suite d'un soupçon médiatiquement amplifié, à la suite d'une plainte déposée – n'importe qui peut déposer plainte contre n'importe qui, à n'importe quel sujet, sans aucun fondement –, supposez qu'à la suite d'un soupçon ou d'une plainte, un juge d'instruction puisse empêcher le président de la République d'assumer en totale sérénité et en toute liberté ses responsabilités et ses fonctions. Qu'est-ce qui se passerait ? Là encore, l'institution serait profondément atteinte...

QUESTION – Donc vous plaidez pour une réforme du statut...

LE PRÉSIDENT – ... Attendez...

QUESTION – ... Monsieur le Président, pour vous ou pour votre successeur ?

LE PRÉSIDENT – Madame Schönberg, je vais y venir. Mais je voudrais que les Français comprennent d'abord, parce que c'est ce qu'il y a de plus important, pourquoi j'ai pris la position qui est la mienne. Parce que si j'en prenais une autre, le seul résultat ce serait d'affaiblir l'autorité du chef de l'État, d'abaisser cette autorité et donc de le mettre dans l'impossibilité d'assumer ses responsabilités, tant sur le plan intérieur que sur le plan extérieur, et notamment dans la construction européenne, dans la défense des intérêts de la France dans le monde. Eh bien, ne comptez pas sur moi pour affaiblir l'autorité de l'État. C'est tout le contraire que je recherche aujourd'hui, je pense que vous l'avez compris.

QUESTION – Est-ce qu'il faut réformer ce statut après la présidentielle ?

LE PRÉSIDENT – Vous évoquiez d'abord le Conseil constitutionnel. Nous avons une Constitution, respectons-la. Même si quelques juges ne sont pas de cet avis, ils n'ont pas de droit à contester la Constitution, et le Conseil constitutionnel est seul habilité à interpréter la Constitution. Seul, c'est ainsi. Et ses décisions s'imposent, c'est la Constitution qui le dit, à toutes les juridictions, et ne sont soumises à aucun recours. C'est un élément essentiel de notre droit, il ne faut pas le contester. Je répète, ce sont les racines de notre démocratie. Et dans le cas particulier, le Conseil constitutionnel, très sagement, et comme dans toutes les autres grandes démocraties, a dit que la responsabilité pénale du président de la République ne peut être mise en cause que par le Parlement.

QUESTION – Mais on a dit que c'était une décision d'opportunité, il était présidé alors par Roland Dumas.

LE PRÉSIDENT – Vous vous faites le complice de ceux qui veulent casser nos institutions.

QUESTION – Non, je relaie simplement ce qui s'est dit à l'époque.

LE PRÉSIDENT – Si, un jour, nous voulons changer de Constitution, ce n'est pas aux juges, aux journalistes, aux policiers qu'on le demandera, c'est aux Français. On leur fera une proposition et, là, ils changeront la Constitution.

QUESTION – Vous pensez que cela doit passer par un référendum, par exemple sur le statut pénal du chef de l'État ?

LE PRÉSIDENT – Je ne pense pas que nous devions changer notre Constitution. Il est légitime que le président de la République ait un statut, comme dans toutes les autres démocraties, sans exception, qui fait que la clé de sa mise en cause est détenue par le Parlement. Parce que le Parlement, comme le président de la République, émane du peuple, ils ont été élus par le peuple. Alors, vous me disiez, madame Schönberg : mais est-ce qu'il ne faudrait pas changer les choses ?

QUESTION – Et en quoi il faudra modifier ce statut, et à quelle date ? Avant les échéances de 2002 ou après ?

LE PRÉSIDENT – Bon, alors, je voudrais d'abord dire qu'il n'y a rien de plus léger et de plus dangereux que d'obéir à une pression médiatique ou immédiate pour prendre, dans la hâte et la précipitation, des décisions. Je prends un exemple : la majorité a fait voter en première lecture un projet de loi, en sachant très bien qu'il ne serait jamais voté définitivement, modifiant le statut pénal du président de la République. Je vais vous dire simplement une chose. Prenons l'hypothèse où ce texte, élaboré sous la pression et dans l'improvisation, où ce texte serait voté, et s'appliquerait. Aucun président de la République, dans l'avenir, ne pourrait assumer normalement ses fonctions, aucun. Et le seul bénéfice, ce serait pour ceux qui veulent affaiblir les institutions et affaiblir la France. Il ne faut pas compter sur moi pour cela.

Ceci étant, rien n'est permanent et donc je vous rejoins, madame Schönberg. Moi, je suis tout à fait d'accord pour que l'on étudie l'évolution ou la réforme du statut du président de la République, tout à fait d'accord, à condition que, premièrement, cela soit fait par des gens compétents, c'est-à-dire de grands constitutionnalistes. Deuxièmement, que cela ne mette pas en cause les deux principes essentiels qui sont les principes de la démocratie, de la République, et qui sont la séparation des pouvoirs et la continuité de l'État. Et, troisièmement, que, comme dans toutes les démocraties, ce soit le Parlement qui détienne la clé des choses, je dis bien la clé...

QUESTION – Donc, une commission pour en parler...

LE PRÉSIDENT – ... Alors, dans ce cas-là, je suis tout à fait d'accord et je suis même tout disposé à le proposer. Mais dans la sérénité.

QUESTION – Mais dans quel calendrier ?

LE PRÉSIDENT – Après les élections.

QUESTION – Est-ce que vous craignez que les juges n'arbitrent justement cette élection présidentielle dans un an ou neuf mois ?

LE PRÉSIDENT – Je ne le pense pas parce que, moi, j'ai toujours cru au bon sens, je crois que la démocratie est fondée sur le bon sens, même lorsqu'elle est un peu découragée. Et je comprends que les Français soient découragés quand ils voient le niveau où l'on a porté le débat, quand ils sont confrontés à tous les problèmes qu'ils connaissent et qu'ils voient de quoi se préoccupent les « grands », si j'ose dire, entre guillemets, c'est misérable.

QUESTION – Que pensez-vous de l'attitude du Premier ministre dans cette affaire ?

LE PRÉSIDENT – Je n'ai pas de jugement à porter sur le Premier ministre.

QUESTION – Vous êtes choqué par ce climat de pré-campagne ? Est-ce que pour vous c'est une première ? On n'avait jamais vécu cela en France...

LE PRÉSIDENT – Vous savez, je crois au bon sens des Français, et j'espère qu'ils réagiront. Pour réagir, il faut qu'ils aient bien conscience que leur choix devra se porter sur des hommes et des femmes, quelle que soit leur appartenance politique, qui respectent l'État et qui soient décidés, d'une part à renforcer l'autorité de l'État, et d'autre part à assumer une nouvelle répartition des responsabilités dans notre pays, c'est-à-dire à décentraliser, pour utiliser un mot qui n'est pas tout à fait celui qui convient, très largement, de façon à rapprocher ceux qui prennent les décisions de ceux qui les subissent.

QUESTION – Monsieur le Président, qu'est-ce qui pourrait faire que vous ne vous présentiez pas comme candidat ?

LE PRÉSIDENT – Je n'ai aucun commentaire à vous faire sur cette question.

QUESTION – Alors, une autre question. Qui tranchera dans cette affaire sur les voyages ?

LE PRÉSIDENT – Je croyais que l'on devait également évoquer d'autres sujets. Madame Schönberg, je vous donne la parole, madame Lucet, pardonnez-moi.

ANNEXE 2

Les pièces à conviction

Totalisant plusieurs centaines de pages, dans le dossier d'instruction des marchés truqués des 471 lycées d'Île-de-France, l'affaire des billets d'avion payés en argent liquide par Jacques Chirac et ses proches – « 2 429 304 francs (...) apportés [*à l'agence de voyages Gondard*] par des agents de la mairie de Paris » – n'est pas même évoquée dans l'ordonnance de renvoi du juge d'instruction Armand Riberolles, en date du 11 février 2004.

Par voie de conséquence, elle ne put donc être examinée lors du procès devant la 11e chambre du tribunal correctionnel de Paris largement relaté dans cet ouvrage, où plusieurs prévenus ont été condamnés pour le versement de commissions occultes, certaines réglées en espèces.

En raison de cette omission providentielle, la justice – qui avait pourtant longuement travaillé et procédé à de nombreuses auditions – s'est privée de toute poursuite dans ce truculent dossier des voyages, payés en liquide par le chef de l'État, entre le 22 décembre 1992 et le 13 mars 1995, alors qu'il était maire de Paris et président du RPR, candidat à la présidence de la République. Et ce pour des montants excédant la limite légale d'alors (150 000 francs).

Ainsi, sans que cette décision d'abandon soit matérialisée par un seul acte judiciaire, cet oubli a scellé l'extinction des poursuites judiciaires pour la partie du dossier qui remontait directement jusqu'à Jacques Chirac.

Pour parvenir à ce coup d'éponge, l'appareil judiciaire n'a pas ménagé sa peine :

• Certes, le 22 juin 2001, le juge Riberolles estime qu'« à ce stade de l'information, il apparaît nécessaire à la manifestation de la vérité, de recueillir le témoignage de M. Jacques Chirac [*en qualité de "témoin assisté" d'un avocat*], maire de Paris à l'époque des faits », en raison de « l'importance des sommes en cause [*qui*] conduit à s'interroger sur leur origine et sur leur lien avec les faits dont nous sommes saisis ». D'autant que

Chirac avait dit à son agent de voyage que « Mme Casetta [*en charge des fonds occultes au siège du RPR*] l'appellerait pour le règlement ». Propos corroborés par les déclarations posthumes de Jean-Claude Méry et des entrepreneurs mis en examen ;

• Mais, le 17 juillet 2001, après que le président de la République se fut longuement défendu lors de son interview télévisée du 14 juillet (voir l'Annexe 1), les juges d'instruction Armand Riberolles, Marc Brisset-Foucault et Renaud Van Ruymbeke choisissent de s'incliner devant l'avis du parquet général. Dans une ordonnance de 18 pages, communiquée au parquet de Paris, les trois magistrats dénoncent l'existence d'« indices rendant vraisemblable la participation de M. Chirac » aux infractions dont ils sont saisis. Mais ils se déclarent « incompétents » en raison de l'immunité présidentielle faisant de Jacques Chirac un intouchable.

Les juges en resteront là. Par la suite, ils n'entendront pas non plus – alors que rien ne les en empêchait – Mme Bernadette Chirac, l'une des bénéficiaires des voyages payés en espèces. Et ils ne relèveront pas davantage, dans la liste des clients de l'agence Gondard dont les billets d'avion avaient été payés en liquide, le nom de « Sananès », l'acteur clé du trucage des marchés de l'Île-de-France. Un élément qui, à lui seul, aurait dû justifier la poursuite des investigations et le renvoi devant le tribunal ;

• Enfin, le 11 février 2004, le juge Riberolles, resté seul à la barre de l'instruction, se dessaisit finalement de l'affaire des lycées (comprenant celle des fameux voyages), pour qu'elle soit jugée par la 11e chambre du tribunal correctionnel de Paris. Jugement intervenu le 26 octobre 2005 ;

• Dès lors, aucun juge ne pourra plus reprendre les investigations sur le volet écarté et à hauts risques des voyages réglés en espèces. Le dossier est définitivement enterré.

Une disjonction de l'affaire des voyages aurait pu permettre la poursuite de l'enquête, en marge du procès des marchés truqués de la Région Île-de-France. Car l'expert désigné pour examiner les registres et factures de l'agence de voyages Gondard avait noté qu'à la date de leurs paiements, la réglementation fiscale interdisait les versements en espèces au-dessus de 150 000 francs.

Or – nous l'avons vu –, sept versements avaient dépassé ce plafond. Ce qui aurait pu justifier l'ouverture d'une procédure distincte. Mais le parquet ne l'a pas requise. Et le juge d'instruction s'en est abstenu.

Ainsi, quatre ans après que le président Chirac eut affirmé – contre toute vérité – que les sommes visées par l'enquête des juges faisaient « pschitt ! », l'affaire s'est volatilisée... comme par magie. Restent les pièces à conviction que voici, non couvertes par le secret d'une instruction... désormais close.

EMIS PAR/ISSUED BY AIR FRANCE 0571
ENDOS/RESTRICTIONS/ENDORSEMENTS/RESTRICTIONS
SEAT 04A
COUPON DE VOL N° / FLIGHT COUPON N° 2
ORIGINE/DESTINATION/ORIGIN/DESTINATION
2706JX /C00S2P
20201836 12JUL
GONDARD VGES
11 RUE YBRY
NEUILLY FR
0001
NOM DU (DE LA) PASSAGER(E)/NAME OF PASSENGER
CHIRAC / J MR
CODE TOUR/TOUR CODE BSP-FR

X/O	VALABLE POUR TRANSPORT ENTRE ESCALES ENCADREES / GOOD FOR PASSAGE BETWEEN POINTS OUTLINED	TRANSPORT / CARRIER	N° VOL / FLIGHT	CLASSE / CLASS	DATE	HEURE / TIME	Etat Res. / Status	CODIFICATION TARIFAIRE / FARE BASIS	Non valable avant le / Not valid before	Non valable après le / Not valid after	FRANCH. / ALLOW
	PARIS C.GAULLE 2A	AF	002	R	15JUL	1100	OK	RRT1		12JUL	PC
O	NEW YORK KENNEDY						OK	RRT1		15JUL	PC
O	PARIS CH GAULLE 2										

TARIF/FARE FRF 30890
COMPOSANTES TARIFAIRES/FARE CALCULATION 15JUL93 PAR AF NYC2849.43AF PAR2849.43NUC5698.86END RO E5.420385IT1 XF JFK3 XT TAX FRF 9XA 33US
TAXE/TAX XU 58 FR 17 XT 62
TOTAL FRF 31027
MODE DE PAIEMENT/FORM OF PAYMENT NONREF AGENCE
2 057 3503948256 5

Le billet d'avion de Jacques Chirac pour le voyage du 15 juillet 1993 à New York (cf. infra, *p. 275-276).*
Pages suivantes : les fausses factures correspondantes.

D5493/9 D304/

Voyages M. Gondard

Licence A 843

S.A. au capital de 412.500 F - R.C.S. Nanterre 319 287 187

Neuilly le 27/07/93

/93.07.2802

F/ '07.93.6005

Monsieur BERNOLIN
6 Rue de la Huchette
PARIS

PRESTATIONS	MONTANT
Voyage de Mess eurs Bernolin et PierscX 2 New York I5/I8 'uillet Avions, hôtels, 'ransferts voit. privée	Frs.II9.339.-

CONDITIONS DE RÈGLEMENT :

ACOMPTES VERSÉS : RESTE DÛ :

TOTAL : Frs.II9.339.-

Vu et annexé

papillon à joindre à votre règlement

D5493/10 D304/

Voyages M Gondard

Licence A 843

S.A. au capital de 412.500 F - R.C.S. Nanterre 319 267 167

411200020-
LN15902

EMISSION : 1372

Référence

Date : 16/07/93

BERNOLIN USA 15/7/93

No de compte : 93072802

PRESTATIONS					MONTANT
Date de départ : 15/07/93					
MR CHIRAC	PAR NYC PAR	AF	0	3503948256	31027,00
MRS HABERT	PAR NYC PAR	AF	0	3503948257	31027,00
MR MORIN	PAR NYC PAR	AF	0	3503948258	31207,00
COMM					-8393,49

PREFECTURE DE POLICE N°216 - JUDICIAIRE

CONDITIONS DE RÈGLEMENT : Sur relevé

ACOMPTES VERSÉS : 0.00 RESTE DÛ : 84867,51

TOTAL : 84867,51

Vu d'accord

Table

Composition Nord Compo
Impression Bussière, août 2006
Éditions Albin Michel
22, rue Huyghens, 75014 Paris
www.albin-michel.fr

ISBN 2-226-17271-8
N° d'édition : 24538. – N° d'impression : 063078/4.
Dépôt légal : septembre 2006.
Imprimé en France.